—————— 阅读之前 没有真相

午夜文库

网案演绎法：预告犯

何慕 著

新 星 出 版 社　NEW STAR PRESS

目 录

1	自　序　饮冰十年，难凉热血
6	序　章　死亡预告
11	第一章　杀人直播
64	第二章　地狱之火
117	第三章　匿名者
163	第四章　二十年前的杀意
197	第五章　洛川旧事
225	第六章　审判
280	第七章　非关正义
333	第八章　似是故人来

自序 饮冰十年，难凉热血

　　早在二〇〇七年的时候，我还在某个游戏论坛上担任版主，写过一篇半真半假的小说。只有五万字的篇幅，断断续续地写到了二〇〇九年。在落下句点之后，追了三年的网友们，纷纷告诉我这个故事很不错。当然，能够受到这种一边倒的赞誉，大概仅仅因为我是论坛版主的缘故。

　　"你为什么不去正经写一本小说？"游戏里的狗友问，"挣上个几十万稿酬后，回来充值当土豪啊。"

　　"我不行的。"我把这四个字打在了屏幕上。与此同时，我们在副本里团灭了。

　　退出游戏，关掉电脑，躺在床上翻来覆去一个多钟头后，我又鬼使神差地坐了起来，摁亮屏幕，敲下了第一句以出版为目的的文字。那句话直到现在我还记得很清楚："如果说是孤独未免有些矫情，但我的确不喜欢讨好他人。"那是我第一本书第一章里的第一句话，后来出版的时候，编辑把第一章全部给砍掉了。

　　写书，对当时的我来说只不过是个遥不可及的梦想而已，况且我并不确定自己有没有做这个梦的能力。但是我的热血却燃烧了起来，让我鬼使神差地回忆起了二十世纪九十年代。在那个年代的初期，我因为生病休学在家，把父亲的书橱翻了个遍。半生不熟地啃下了很多大部头，收获了一副近视眼镜，成为附近唯一读完四大名著的小学生。跟同时期热衷于扮演"克赛"，击退外星人，保护地球的小伙伴们相比，我确实显得有些另类。更另类的是，每当那些叔伯阿姨问起我最喜欢哪一本书，我都会告诉他们是《福尔摩斯探案全集》。

那可是九十年代初。

小虎队正在流行，但听他们的歌，大多只能用磁带。

电子游戏还没被视为洪水猛兽，不过只有开明点的家长才会给孩子买红白机和超级玛丽、魂斗罗的卡带，就能让孩子们一个暑假不出家门。

课外阅读没有学校提倡，更没有书目给家长参考，相反"闲书"看多了，还被老师拿去当反面教材批评。

所以，那些叔伯阿姨听到这个名字，都会一脸迷惑地看向我的父母。探案？小孩子看这种东西，好吗？那时的我，还不知道类似这种天真的问句，以后会经常出现在我的生命中。最为惨烈的一次是跟初恋女友分手时，她告诉我，很讨厌悬疑推理类的作品，因为里面充斥着阴暗、背叛、杀戮、鲜血、陷阱这些负面情绪。喜欢沉浸其中的家伙们，大概心中都冬眠着一个变态连环杀手。我没有反驳这种想法，因为爱情这种东西，不会如此简单。她只不过是给这段感情的终结，找了一个借口罢了。

毕竟是那样的旧时代，那样的小城市，难免会有这样的歧视存在。就算到了现在，在很多人的眼中，推理悬疑这种类型小说仍旧无法与纯文学相提并论。但时至今日，我已经读过很多书，明白人不应该用自己喜欢读什么样的书来标榜自己的品格，更不应该由此而生出莫名其妙的优越感。甲之熊掌，乙之砒霜。小说这种东西，仅仅是供人阅读消遣罢了。至于阅读者能从中感悟到什么，理解到什么，共情到什么，是作者无法掌控的，尽管他们在写作的时候，难免会有自己的倾向。由于爱好、性格、学识、心境的不同，对同一本书的理解很可能会得出完全相反的结论。就像高中时候，你觉得很好看的《挪威的森林》，会被借去看的女同学斥之为"黄书"一样，也是没有必要去争论的。"你读什么样的书，终将会变成什么样的人"这句话，我一直觉得挺扯淡的。如果有人告诉你跟姚明吃一样的饭，你就会长得跟他一样高，你信吗？

小说对于大多数阅读者来讲，是一个梦境，虽然是虚幻的、不完美的，但也足以让我们沉浸其中。如果能在这个虚幻的梦境中，遇到一些同好，那是再开心不过了。当年我敲下第一本书第一行字的时候，已经知道"挣上几十万稿酬"这种事太过不现实了，所以就选择了自己最喜欢的类型，悬疑推理小说。在前辈们塑造的虚幻梦境中沉浸了二十多年，我非常渴望编织一个类似的梦境。不管别人怎么看待这种梦境，我自己喜欢就好。

徐川系列的第一本书，只写了十五万字左右，二〇一一年出版。坦白地说，现在看来这本处女作相当不成熟，存在的漏洞足以开进去一辆拖拉机。但当年我的心情却是你们想象不到的。收到样书的那天下午，我夹着它走进了市里最大的一家书店，找到了《福尔摩斯探案集》，将它塞在了旁边。虽然两本书的厚薄程度和开本大小有着很大的差距，但阻挡不了我向经典致敬的骄傲和感动。这是我第一本正规出版物，第一个编织成功的梦境，第一次聚集起完全陌生的同好。虽然距今已经过了十年，但现在回想起来，总还是会生出一番感慨。

徐川这个系列，最早是定了个大标题，叫作"浮生七梦"，想要写够七本才告一段落。但是后来却由于种种原因，只出了两本就搁置了。而在这十年里，不管是在哪个网络社交平台，总能遇到一些朋友，追问徐川系列的后续情况。我是个很懒的人，有些文章写到一半就放弃了，有些只是写了个故事梗概，还有些仅仅存在我的脑子里。但是徐川系列，作为打开这个虚幻世界，见识到不一样东西的钥匙，我从未放弃。在结束《三国谍影》之后，我就一直在犹豫。如果看市场反应和人气的话，接着写《三国谍影》第二季无疑是最好的选择，而且我心中还有无数的故事，想要一砖一瓦地搭建起来，将这个将近两千年之前的梦境，变成一个充满传奇的宇宙。

但也有朋友提醒我，距离徐川系列的开始已经过了十年，当年的同好很多都已经结婚生子。如果再延迟下去的话，不知道这个梦境会不会逐渐湮灭了？当你在多年之后，决定继续这个梦境的时候，会不会里面已经空无一人？可如果现在就继续的话，我还不知道要用什么样的方式。当年的那个梦境，以现在的我看来，有太多需要推倒重来的地方。我又深深怀疑，如果推倒以前的设定，那是否就意味着变成了另外一个梦境？以前的同好会不会弃之而去？

世上安得两全法，不负如来不负卿。

直到有一天，开了半天的会，脑袋蒙蒙的，摸鱼般点开了豆瓣，看到了一封豆邮："你说，soulmate到底是死了，还是活着？"署名是：徐川。点开头像，发现状态里面空空如也。接着，同事忽然搭话，我把手机放在了一边，这件事也就放下了。忙忙碌碌直到下班，吃完饭，洗过澡躺到了床上，又拿起手机，却发现那封豆邮不见了。搜索徐川，却再也找不到那个头像的用户。我有些怀疑，这封豆邮是不是从未出现过，这件事也只是一时的记忆错乱。甚至于，从来没有人问过我，徐川系列的后续情况。

但我终于决定重启徐川的故事。十年之后，世界观可能完全变了，但好在徐川还在，熊猫还在，徐佳还在，甚至soulmate也在。他们的性格，并没有太大的变化，就像是我们的老朋友，十年之后，终于命运般地再度重逢。

　　当然，已经十年之久，以前的老朋友之所以怀念徐川，很大程度上是出于一份情怀，而新朋友能不能接受这个梦境，也还是未知。继续编织这个梦境，更像是对自己的一个交代。至于结果如何，我也并没有抱太多的期望。如果想在这个梦境逗留久一点的朋友比较多，可能会按照现在的世界观，将前两本推倒重来，也可能会继续在洛川市的故事。如果很少的话，也不会戛然而止，我还是很希望这个梦境延续下去，尽管可能会更加慢一些。

　　如果，我们足够幸运的话，这个梦境虽然是在某个时刻开始的，但永远不会在某个时刻结束。

序章 死亡预告

九月初的吴松市，依旧热得要命。

天空中没有一片云彩，刺目的阳光从万尺高空坠落下来，砸得人浑身发烫。徐佳穿着警队的夏季制服，顶着让人窒息的高温，在这条商业街上已经走了快五个小时。青蓝色的衬衣被汗水浸湿，又被阳光晒干，反复几次之后，褶皱处已经浮现出一层白色盐渍。她用警帽不停扇着风，可拂面而来的仍是一阵阵闷热，让她的情绪愈加焦躁。

旁边屋檐下蹲着个同样装束的女警，是刚入职网络犯罪调查科的新人，叫陈诺。跟徐佳比起来，她也好不到哪里去。额前的空气刘海被汗水浸成一缕一缕的，晒得通红的脸颊上不时有汗珠滑落，跌在柏油路面上，转瞬就消失不见。

两人是上午一起出警的，询问完街上的所有商户，沿路巡查了几趟，也没有发现什么异常。按理说早该回去了，徐佳却无视陈诺的牢骚，就算是两人都徘徊在中暑边缘，她依旧拽着陈诺，满怀戒备地走来走去。直到陈诺累得快要虚脱，才在一家商铺前停下脚步，稍稍休息一会儿。

而徐佳之所以这么紧张，是因为一个月前收到了一封预告信。信上只有一句话："九月十日，竹溪街道，钢铁之刃，洞穿邪恶。"像这种意义模糊又中二气十足的信件，警方每年会收到一堆，其中绝大多数都是恶作剧，被塞进碎纸机里化为纸屑。但是这一封，却引起了网络犯罪调查科的注意，因为署名是"Soulmate"。

Soulmate 对于吴松警方来说再熟悉不过了。这个 ID 背后是一个名叫张璇、年仅二十一岁的犯罪心理学天才，曾在两年前犯下碎尸重生案，一年前又策划了启明集团案。这两件案子因为案情复杂离奇、线索隐晦纷乱，一度让警方束手无策，直到私家侦探徐川介入后才得以水落石出。而张璇也在向徐川挑衅时暴露了行踪，在警方的抓捕行动中被击毙。

当吴松市有史以来年龄最小、智商最高的犯罪天才的人生终于画上句号时，不少人都松了口气，但也有些人如丧考妣。在那两件案子中，张璇冷酷漠然、无所不能的表现和清秀文静、漂亮柔弱的形象形成极大反差，成了大众津津乐道的谈资。她死后仅仅几个月，详细的犯罪过程就在网络上以惊人的速度传播，并且被不断拔高、神化，成了现代都市传奇。而她使用的 ID "Soulmate"，也成为一个文化符号迅速流行起来，不但出现了她的专属网站，甚至流传出几起以 Soulmate 名义发布的谣言。在警方及时跟进，调查澄清之后，这股热潮才慢慢退去。

本以为 Soulmate 会随着情绪和时间的沉淀而湮灭，但大半年之后，这封署名 Soulmate 的预告信却出现在徐佳的办公桌上。虽然碎尸重生和启明集团两件案子是徐佳和私家侦探徐川联手侦破的，但警方封锁了消息，并没有向外界大肆宣传，甚至很多公安系统的同僚都不清楚。预告信如此精准地送到徐佳手上，显然送信人颇有些能耐。在陈处长的要求下，徐佳等人立刻展开调查，发现寄送点远在山西某市，登记的身份证号码是假的，收发员也不记得寄信人的模样。

就在警方想继续深入调查时，预告信却被以图片形式张贴到了网络上，由于落款是 Soulmate，迅速引起了网众的围观，成为当日热帖。在多达两千条评论中，大多数人都在感慨当年的离奇案情，也有几个人在讨论 Soulmate 的犯罪手法，但对于预告信到底在表达什么，所有人都一筹莫展。"九月十日，竹溪街道"虽然点名了时间和地点，但后面的"钢铁之刃，洞穿邪恶"却颇像充满了中二气息的宣言，以至于绝大部分人认为又是一场幼稚的恶作剧。

网络犯罪调查科试图调查发布预告信的 IP 地址，绕过多个代理服务器后，最终定位在美国曼哈顿街区。为了一则预告信远赴美国显然太不现实。于是，在没有明确威胁性的前提下，警方终止了调查，准备冷处理。但徐佳却一直惴惴不安，总觉得会有什么事发生。到了九月十日这天，她索性拉上陈诺，一起来到竹溪街道。

这是条东西向的步行街，只有一千多米长、六七米宽，南侧是所被高高山墙包围的学校，北侧是几家门前堆满杂物的小店铺。怎么看都是平常的商业街，跟钢铁之刃、邪恶什么的扯不上关系。而且周围的店铺老板大多不知道那封预告信的内容，有些人甚至不知道 Soulmate 是什么。

时间挨到下午两点多，街道上还是一如往常，完全没有要发生什么的迹象。徐佳抬手拢了下被汗水沾湿的短发，快步走到屋檐下的阴影里，举起晒得温热的矿泉水，一口气喝下大半瓶。

"早上我只吃了几个生煎，现在又饿又累又热，快难受死了。"陈诺摇摇晃晃地站起身，马尾在脑后甩来甩去，好像随时都会跌倒。

徐佳又向步行街两侧张望了一番，还在犹豫。

"头儿,我们该不会要在这里待到晚上吧?"陈诺微微斜过来,靠在徐佳身上。

"应该是我多心了。"徐佳的语气也不是很确定,"我们已经排查了五个多小时,也算是把该做的事情都做完了。"

"那不管什么钢铁之刃了?"陈诺来了精神,问道。

"看样子不会发生什么事了。"徐佳擦了下额头上的汗珠。

"肯定是小孩子装模作样搞的恶作剧。"陈诺舔了下发干的嘴唇,"离这里不远,有家店的冰咖啡很好喝,我请你。"

"我请你,算是高温补贴好了。"徐佳从屋檐的阴影下走出来,忍不住又看了街道一眼。正是一天中最热的时候,路面上的空气都被晒得变了形,扭曲着袅袅而上。街上显得有些寂静,只有几个骑车的学生和步行的路人,一派寻常到乏味的景象。陈诺挽起徐佳的胳膊向前走去,能从酷热中解脱出来,她显然十分高兴。

与此同时,一名举起左手遮挡阳光的女高中生,骑着自行车从两人身旁飞快而过。徐佳吓了一跳,下意识地转身去看。前方不远处的一家小饭馆里,有个女人端了盆水出来,习惯性向街上泼出去。女高中生慌忙放下手,扶着车把向左摇摇晃晃地拐去,将迎面走来的男人撞得踉跄着倒退几步,碰到了墙边的脚手架,响起一阵哗啦哗啦的声音。徐佳心头突然涌起一股奇怪的感觉,像是预感到什么事情就要发生,自己却无能为力。男人坐在地上破口大骂,女高中生连连后退,泼水的女人试图上前解释。刹那间,几根钢筋迅速从脚手架上坠下,犹如利剑般刺穿了男人的胸腹部。

辱骂声戛然而止,时间仿佛静止了一般,泼水的女人和骑车的女高中生都呆立在原地,不能理解到底发生了什么。过了好一会儿，徐佳才僵硬地转过头，和脸色苍白的陈诺对望了一眼。被钢筋刺穿的男人还在抽搐着，殷红的血液从身下涌出，沿着路面上的裂纹绽放开来，犹如一朵妖异炽热的死亡之花。

尖叫声这才响了起来，路边小店里跑出来不少人，探头探脑地看向那个男人。徐佳挣开陈诺的手，飞奔到男人身边。只见他眼神已经渐渐涣散，胸膛也停止起伏，没了呼吸。徐佳注意到，除了刺穿男人身体的四根钢筋外，旁边还散落着好几根钢筋，都深深插进了柏油路面，在太阳下映出黑色的光芒。徐佳用袖子垫住手掌，用力拔出一根，发现顶端被打磨得异常尖锐，犹如枪头一般。

她抬头看向高高的脚手架，虽然排查时曾注意过上面堆放着钢筋，但并没有觉得不妥。任谁也想不到，竟然会发生这样离奇巧合的事，完全超越世间常理。

"钢铁之刃，洞穿邪恶……"陈诺的声音有些颤抖，"怎么可能……那封预告信，竟然灵验了？"

滚滚热浪之下，一股寒意犹如毒蛇般爬上脊背，让徐佳不由自主地打了个寒战。她强自镇定下来，摸出手机按下了网络犯罪调查科的电话号码。此时的她还不知道，这个应验了预言的血腥现场，仅仅是一系列匪夷所思的凶案的开端而已。

第一章 杀人直播

这栋写字楼已经建成好几年了,周围依旧静悄悄的,没有什么人气。原先开发商吹嘘的CBD繁华圈,并没有一点成形的迹象。不过林萌倒是很喜欢这种环境,如果信息咨询事务所开在太热闹的地方,未免会显得市井俗气,与出入其中的她显得格格不入。林萌将自行车停在写字楼前的阴影里,用U形锁锁住后轮,接着退后两步,上下左右打量一番。见车把的宝马标志上有个小泥点,便从口袋里掏出片湿巾,仔细擦拭干净。

这辆宝马自行车是表哥徐川的,据说是帮一个富婆找回走失的宠物狗后收到的谢礼。林萌早就盯上了这辆自行车,德国慕尼黑宝马原厂出产,全车身碳纤维打造,销售价在四万元人民币左右,全球只有八十多辆。她觉得这种毫无性价比可言的自行车,很符合她少女侦探的气质,于是就硬抢了过来。虽然她已经协助警方破获了八九件棘手的案子,却还是个十九岁的大一新生,不少人在与她初次见面时总会流露出那么一点点轻视的意思,所以她迫切需要件华而不实的道具来彰显自己的身份。至于表哥怎么出行,完全不是林萌需要考虑的问题,反正现在共享单车很方便嘛。

在太阳下站了这么一会儿,汗水就从额头上沁了出来,林萌快步走向写字楼。刚进大堂,中央空调的凉意就迎面扑来,让她整个人都清爽了许多。环顾四周，保安果然又歪在前台打瞌睡。她撇了下嘴，乘着电梯到了十三楼，随后沿着空荡荡的走廊向十三号房走去。

十三楼十三号，这个"十三"在西方是个很不吉利的数字。这几年国内也有些大楼，特意跳过了十三这个数字。但这栋写字楼的物业显然不在乎，他们标出了每个楼层号和每个房间号，不但有十三楼，还有十三号房。这么做的结果，就是让这栋写字楼低到可怜的出租率雪上加霜，十三楼十三号房从大楼建成起，就没有租出去过，直到表哥徐川把事务所安置到了这里。

而徐川之所以选择这个房间，并不是不信邪，而是因为不用交房租。早先他帮物业公司的老总捉了一次奸，让这个资本家成功踢开了妄图上位的侧室。这让当时还是高中生的林萌，深刻体会到了人世间的复杂。在她尚且淳朴的价值观里，出轨的资本家自然是坏人，出轨的侧室自然也是坏人，可帮助坏人对付坏人的表哥徐川，到底是好人还是坏人？那天她想了很久，最后决定放弃思考这个问题。表哥就是表哥，不管是好人还是坏人，终究还是表哥嘛。

但很多时候，林萌都为有这么一个表哥感到困扰。就算表哥是吴松警方的特别顾问，协助警方破获过不少案子，她也很难以他为荣。徐川身上那种待业青年的气质，让她根本不好意思带出去见人。尤其当你郑重其事向别人介绍他是位青年干探时，一转身却发现他正松松垮垮打着哈欠。林萌跟徐川讲过无数次，但这位警方特别顾问还是一副吊儿郎当的样子，完全不想提升仪表的品位。

经过步梯门的时候，林萌停住脚步，仔细看着门上玻璃中映出的侧影。一头柔顺的长发，完全没有化过妆的素颜，米色长风衣，淡灰色棉质衬衣，水蓝色窄版牛仔裤，还有一双白到晃眼的球鞋。这样青春阳光的装束，林萌并不怎么中意，她平时更喜欢穿深色系的衣服，看起来比较成熟干练。但是，既然是来找表哥徐川的，就照顾一下他的感受算了。

她摸出钥匙开了门，扫视一圈室内，却没有看到徐川。廉价复合木地板上堆满了书本和线缆，气泡水易拉罐和薯片包装袋丢得到处都是，沙发上堆满了换洗的衣服。一个赤膊的胖子正背对门口坐着，眼睛盯着用不锈钢条撑起来的八九块液晶显示屏，将横在大腿上的机械背光键盘敲得啪啪作响。

这个胖子绰号叫"熊猫"，是表哥徐川的死党，北京理工大学的肄业生，计算机高手。自从两年前因为感情问题躲进表哥的事务所后，就再也没有搬出去的迹象。

林萌快步走上前去，一脚踹在胖子肩头，把他踢了个狗啃泥。

胖子撅着屁股，扭过贴在地板上的脸，乐呵呵地傻笑道："哟，萌萌酱来了？"

"熊！猫！"林萌大声骂道，"你这个死肥宅！我上周才把房间打扫干净！"

"都七天了？"熊猫爬起来，提了提短裤。他转过身，在沙发上翻捡几下，随便找了件印有ＡＫＢ48应援图案的Ｔ恤套在身上。

"一点都不知道干净！"林萌狠狠瞪了他一眼，弯下腰捡拾地板上的书。书很多也很杂，小说、传记、宗教、漫画，什么类型都有，还有几本心理学方面的。

熊猫拉开墙角的冰箱，取出听气泡水，边瘫在沙发上边说："这不能怪我啊，这房子是你表哥的，我是客人，哪有客人帮主人做家务的道理？"

"还客人，你都客人两年了，要不要脸？"林萌嘲讽道。

熊猫仰头喝下一大口气泡水，满意地打了个嗝。"我要是要脸，能在这儿住两年？这话你问得就有些见外了。"

林萌拾起一个无线鼠标，狠狠砸向熊猫。熊猫微微动了下肩膀，完美躲过。林萌懒得跟他纠缠，继续将散落在地上的书一本一本地拾起来，码好放在墙角，接着开始捋顺各种纠缠在一起的线缆。

转眼间，熊猫已经喝完了手里的气泡水，扬手将罐子丢向门后的垃圾桶。易拉罐在空中翻滚盘旋，将残存的粉红色液体甩得到处都是，最后准确地砸在垃圾桶边缘，弹起来跌落在地板上。林萌缓缓直起腰，面带微笑地看着熊猫。熊猫搔了搔头，故作镇定地站起身，拾起了易拉罐。

他没有立即将易拉罐丢进垃圾桶，而是握在手上，若有所思道："此情此景，不禁让我想起一九九四年世界杯上，罗伯特·巴乔射失点球后，那个忧郁的蓝色背影……"

话还没说完，他突然身子往前一冲，又一个狗啃泥滑倒在地板上，刚好把那些粉红色的污渍擦得干干净净。熊猫叹了口气："人生啊，你永远不知道意外和明天哪一个先来。"

林萌缩回脚，道："别贫了，我表哥呢？"

"今天是什么日子，侬还记得伐？"熊猫慢慢从地上爬起来，又从冰箱里拎出了一听气泡水。

林萌歪着头，迷惑不解。

"一年前，最爱你表哥的那个女人去世了，他今天肯定要去拜祭的嘛。"熊猫道。

"呸！就他那吊儿郎当的样子，哪里会有女人爱上他？"

"对噢。是我说错了，应该说是他最爱的那个女人。"

"哼，他才不会爱上那个疯子，最多是有点愧疚罢了。"

"也不一定。毕竟张璇对你表哥来说，就是心中的白月光。"熊猫灌下一大口气泡水，"没见过他对女人这么上心。"

"你什么都不知道，"林萌鄙夷地瞟了熊猫一眼，"他的白月光叫陈雪心，才不是张璇那个变态杀人狂。"

"陈雪心？谁啊，怎么从来没听老徐提到过？"熊猫摸着后脑勺问。

"已经死了好多年了。"

"也死了？那你表哥挺惨的。"

"对于男人来说，初恋是永远难以忘记的，尤其是死掉的初恋。陈雪心是初恋，张璇不是，所以张璇只能算我表哥的对手之一，才不是什么白月光。"林萌不以为然地说着，双手却停顿了一下。杂乱的线缆下躺着一枚掉了漆的 U 盘，好像是在碎尸重生案里，张璇给徐川传递消息用过的那枚。她有些不快，拾起来，远远扔向墙角那摞书里。

话虽那么说，林萌也很清楚，表哥徐川和张璇之间虽然互相为敌，但还是有种难以说清的暧昧。在两个人交手的碎尸重生案、启明集团案中，张璇所表现出的谋划缜密、冷静判断、操弄人心的能力，着实让林萌有些恐惧。虽然表哥联手徐佳，最终推断出案件的真相，但她也担心表哥再跟张璇纠缠下去，迟早会死在张璇手里。好在最后，在警方捉拿张璇的过程中，徐佳暗中利用徐川设局，使得这个疯狂的犯罪天才就此殒命。但这也使得徐佳与徐川的合作关系发生了微妙的变化。至少在这一年里，徐川很少再帮徐佳查案，而是回归了老本行，在帮人寻找宠物等烦琐小事中消磨人生。林萌觉得这样也好，毕竟在她看来，徐佳只是在利用表哥破案而已。就从对张璇的处置上来看，徐佳骨子里也是一个冷酷的人,跟这样性情凉薄的女人在一起,表哥怕是随时会以冠冕堂皇的名义被牺牲掉,实在太危险了。

林萌整理完地板上的线缆,又将易拉罐和包装袋塞进垃圾桶,细细碎碎的杂物也都拢到了一起。她摸出片湿巾擦了擦手,才注意到熊猫又坐回那些显示器前。每个显示器上都呈现着不同的进程,有几块是密密麻麻的代码,剩下的是游戏、电影、新闻之类的。其中一块屏幕正在监控一条商业街道,一边是高高的围墙,另一边则是各种小店铺。街上并不怎么热闹,只有几个骑车路过的学生和徒步经过的行人。

"你在偷拍路过的学生妹?"林萌问道。

"哪有,我这是在回放昨天的直播。"熊猫辩解道,"这些小女孩又没萌萌酱好看,有什么偷拍的意义?"

"女人的价值又不是靠容貌决定的,长得好不好看有什么要紧?"林萌冷哼了一声。

"对嘛,萌萌酱说得有道理。"熊猫嘿嘿笑道,"我看这个可不是为了那些女高中生,只是因为事情很诡异。前段时间网上出来个预告,说什么钢铁之刃、洞穿邪恶。原本大家都以为是个无聊的恶作剧,结果昨天就出了这段直播视频,真有人被钢筋戳死了,跟预言一模一样。"

"又是些自媒体在故弄玄虚吧,都什么年代了,还有人相信能预测未来?"林萌兴趣索然,"我表哥去了墓园多久,怎么还没回来?"

熊猫打了个哈哈:"是啊,看时间也该回来了,不会是又遇到什么案子了吧?"

"乌鸦嘴!就不会盼他点好的。"林萌走到墙边坐下,随手拾起一本书,翻开了第一页。她没有注意到,直播界面的左下角有个很小的用户名：Soulmate。

空旷的墓地里没有一棵树。走在笔直的甬道上，没多久徐川便出了一身汗。好在刚割过的草地在太阳的暴晒下，散发出沁人心脾的清香味，稍稍缓解了他燥热的心情。徐川抬眼张望了一下，见离张璇的墓碑已经不远了，连忙加快了脚步。

到底应该以哪种心情面对张璇，徐川一直没有想清楚。尽管他在碎尸重生案中，与张璇面对面交过手，却也不敢说了解对方。这个当年只有十九岁的犯罪心理学天才，布下巧思奇想的杀局，将那些远比她强大的对手拉扯进陷阱之中，一个个开膛破肚。在大众看来，她无疑冷血、残酷、毫无人性。但徐川却也记得，在江旁的沙滩上，那个落寞悲伤的单薄身影。张璇确实是杀人凶手，而且所杀的人大多罪不至死，但她也没有杀过无辜的人，甚至对追查她的徐川和徐佳，都没有动过杀机。

张璇是复杂的，跟自己在某种程度上来说还有些相像。两人虽然称不上朋友，但也不能完全说成敌人。在张璇死后，警方考虑到社会影响，将其秘密埋葬在这家墓园。没有了那些所谓追随者的骚扰，对她来说也未尝不是件好事，只是每年的忌日，便只会有徐川一个人来拜祭。不过按照张璇的性格，大概也不会在乎这些。

徐川抱着这样的想法，来到了张璇的墓碑前。出乎意料的是，那里已经摆放了一束白色菊花。花瓣有些蔫了，但没有完全枯萎，还萦绕着一股淡淡的清香，应该是今天才摆下的。徐川有些诧异地环顾四周，看到了不远处的徐佳。

一身裁剪合身的黑色小西装，既让身材的曲线显露出来，又不失端庄秀丽。徐佳脚上是双大红色的尖头高跟鞋，衬着修长笔直的腿形，散发出干练优雅的气质。她双手大拇指插在裤袋里，正微笑着走过来。

徐川面无表情地回过头，从手上的塑料袋里掏出几听啤酒，放在墓碑前。

"可惜了，如果她不是走错了路，以后肯定会是犯罪心理学方面的顶尖人才，说不定还能协助我们警方破案。虽然已经过去一年，但我还会时不时地想起她，所以偶尔会来拜祭一下。真巧，想不到今天在这里遇到了你。"

徐川又掏出几个橙子放在墓碑旁问道："来了很久了？"

"没，最多比你早了十分钟。"徐佳眨了下眼，问道，"你怎么回事，又是啤酒，又是橙子，拜祭不应该送花的吗？"

"我欠她的。当年的碎尸重生案里，喝过她的啤酒，吃过她的橙子。"徐川道。

徐佳叹了口气，道："其实她本性还是不坏的，就是被仇恨蒙蔽了人性。如果她没有陷得那么深，我倒是很想跟她交个朋友。"

"算了吧。"徐川的语气略微带点嘲讽，"别再演戏了行吗？等我很久了吧，有什么事直说。"

徐佳怔了一下，辩白道："什么演戏啊。我真是来看她的，凑巧才撞到了你。"

"白色菊花是你放的吧？"

"对啊。"

"花瓣已经蔫掉了，花茎也发黑了，至少在空气中暴晒了两三个小时。你脸上的妆都有些花了，是热出汗了的缘故，不像只站了十分钟。你要真是来拜祭的，放下花就走了，何必在这里站上好几个小时？"徐川道，"还有，拜祭就拜祭吧，穿什么高跟鞋，化什么淡妆？你只在有重要事情要谈的时候，才会这么精心打扮。"

徐佳眨了眨眼："这个嘛……其实呢……"

"你看，你又眨眼了。我以前不是告诉过你，一定要改掉说谎时喜欢眨眼的习惯吗？"徐川道，"这一年里，我推掉你不少案子。你觉得直接去事务所找我，肯定还会被拒绝，所以装成拜祭张璇的样子，想跟我取得情感上的共鸣，趁势邀请我查案？"

徐佳讪讪笑了几声："好吧，既然被你看破了，那就不跟你绕圈子了，有个案子的确需要你的帮忙。"

"我很忙，没有空。"

"哈！你忙什么，整天都是寻找走失的猫狗、盯梢出轨的夫妻，最正经的也不过是调查信用背景。都是些鸡毛蒜皮的小把戏，这样下去有什么意思？"

"能养活自己就好，我对人生没有奢求。"徐川耸耸肩。

徐佳急道："什么奢求不奢求的，你这么消磨下去，不是浪费了一身本事？你有没有想过考警察？你可是犯罪心理学大师王进的关门弟子，就算不符合报考条件，走特招也没什么问题。"

"算了吧。我还是喜欢自由自在的生活，朝九晚五不适合我。"徐川蹲下身，用手指揩去墓碑上的灰尘。

徐佳跟着他一起蹲下去："别呀，该不会由于张璇的事情，你就特别记恨我，不愿跟我掺和在一起吧？"

徐川声音平淡："当然不是，我是真不想再查什么案子了。"

"说得好听，你不帮我，却帮林萌破了好几次案，这怎么解释？"

"她是我表妹，你不是。"

"成，我说不过你。以前那些案子，你不帮忙就算了，反正我们也都给破了。但是这次的案子，非得你参与不行。"徐佳自顾自说了下去，"大概一个月前，有人快递给我一封预告信，说是在竹溪街道会有什么钢铁之刃、洞穿邪恶。昨天我和同事一起去了那里，结果就在我眼皮子底下，预告信里的事情真的发生了，有个路人被脚手架上滑下来的钢筋插死了，你说是不是很惊悚？"

"没兴趣。"徐川站起身，准备离开。

徐佳的语速很快地说："那封预告信还被贴到了网上，路人死亡的全过程也在当天被一个叫作千视的APP直播了。从昨天到现在，浏览量已经突破了八百万，在很多网络平台上都成了热门话题。从直播的影像上来看，这件事情完全是一场意外，所以现在很多人都认为，能在一个月前准确描述这件事的人，一定能预测未来。当然，我们警方是不会相信这些的，可如果不尽快解开谜团，肯定会在社会上引起极大的恐慌……"

"已经说了，没兴趣。"徐川向墓园大门走去，"预测未来是唯心主义，根本不可能存在。你们应该找几个哲学家，普及下中学课本上的唯物主义常识。这案子，看不出来有什么需要我参与的必要。"

徐佳追了上去问："那你觉得，为什么预告会应验？"

"要么是精心策划，要么是凑巧发生，没有别的解释。"

"你就不好奇，不想查清楚吗？"穿高跟鞋跑起来并不轻松，徐佳已经被徐川慢慢拉开了距离。

"我又不像汤川学教授那么闲，好奇心也换不来钞票。"

"Soulmate！"徐佳大声喊道。

徐川身形一顿，停住了脚步。

"发布预告、直播意外现场的人，用的名字都是Soulmate。"

徐佳趁机快走几步，赶了上来。

"警方已经公布了张璇的死讯，这次又是假借张璇的名义？"徐川眼底闪过一丝异样的光芒。

"不是，对方只是借用了Soulmate这个名字，并没有声称自己就是张璇。"徐佳道，"但对方会以Soulmate署名，绝对不是信手拈来，或许跟张璇有很大的关系。"

"从哪里看出来的？"

"直觉。"徐佳说得理直气壮。

徐川摇了摇头，又抬起了脚。

徐佳一把揪住他的衣襟，急道："这案子和Soulmate的风格很像，案情匪夷所思，手段干脆利落，凶手大概率是Soulmate的模仿犯，犯罪水平可能近似于张璇。虽然都说是我们搭档，击败了张璇，但破案一直是你在主导。你介入这个案子越早，查出真相也就越早……"

徐川打断了她的话："警方认为应验预告的不是场意外，而是场谋杀？"

"不。有人认为是意外，但我认为是谋杀。"

"有证据？"

"有。作为凶器的钢筋顶端被打磨得很锋利，绝对是事先准备好的。"

"如果怀疑是杀人案，依照调取监控、现场鉴定这套技术手段走下去不就行了吗，为什么非要找上我？是有什么绕不过去的问题吗？"

"我们弄不清楚，凶手是怎么直播杀人过程的。"徐佳的表情有些迷惑，"案子是我和同事眼睁睁看着发生的，和其他同事联系了之后，他们就带着鉴证科的人赶过来了。那时候，我才知道全过程都被网上直播了,但让我们困扰的是,现场根本找不到录像并上传网络的设备。"

徐川的眉头皱了起来,虽然他对如今的高科技电子产品并不怎么熟悉,但网络犯罪调查科里有的是技术精英,如果连他们都找不到的话,那就不是技术上的问题,而是一种犯罪诡计了。

徐佳道:"我知道,你和张璇的关系很微妙,可以说在某种程度上相互认同。凶手借用了Soulmate这个名字,哗众取宠地行凶杀人,让张璇背上污名,你觉得合适吗?她已经死了,唯一能替她主持公道的,除了你还有谁?"

徐川没有说话。

徐佳遥望着张璇的墓碑:"你就不想做点什么吗,就算是为了让死者安息?"

徐川的目光越过徐佳,越过墓碑,消失在墓园的深处。恍惚间,他似乎又回到了那个凉风习习的黄昏,与一个身材单薄的少女同坐在江边,听着风声,喝着啤酒,彼此沉默。那个时候,他们并不知道彼此命运将会以什么样的方式纠缠,不久之后又会以什么样的结局收场。

对未来一无所知,有时也是种幸福。

良久,徐川收回了目光,问道:"直播视频在哪儿?"

凌晨三点多,徐川信息咨询事务所。

面前的几块屏幕分别以不同速率播放着视频,画面闪烁不停,将亮光映射在徐川脸上,斑驳迷离。他仰靠在沙发上,只觉得双眼发涩,太阳穴附近的血管隐隐跳动,头皮不住发紧刺痛。身体是真的不行了,高中那段时间在网吧泡个通宵都没什么问题,现在天还没亮,就已经垮了。

熊猫正在后面的沙发上睡觉,呼噜打得非常有节奏。这家伙把直播视频调成不同速率,还解析成一帧一帧的图片播放,看了几遍之后并没有找到什么问题。徐川不甘心,索性自己坐到电脑前,一遍遍看了起来。

直播视频并不长,开头的十几秒里,还能看到徐佳和一个马尾女警走过去。随后是一家店铺的老板娘走到街边,端着水盆随手往街道上泼水,路过的骑车女学生匆忙拐弯躲避,将对面的路人撞到墙边的脚手架上。脚手架被撞得摇晃几下,几根钢筋滑落下来,刺穿了那个路人的身体。

视频已经在网上流传了将近三天,出现了各种各样的流言,警方至今还没有发布官方消息。因为之前收到了预告信的缘故,他们产生了分歧,在为到底是意外还是谋杀而争论不休。虽然在事件发生后,警方立刻提审了老板娘和骑车女学生,并进行了初步调查,但结果让所有人都深感意外。老板娘、骑车女学生和死去的路人,三人互不认识,没有交际往来,没有矛盾冲突,甚至连老板娘什么时候泼水、高中女生什么时候骑车路过,都是非常偶然的事。

徐川拿起旁边的案卷,又粗略翻看一遍。店铺老板娘叫刘静,三十九岁,高中肄业,籍贯安徽淮南。十七岁来吴松市打工,二十四岁结识现任丈夫,三十一岁在这条街道上开了家小饭馆。曾有一子,初中时发生意外事故死亡,此后她未再生育。社会人际关系简单,没有前科。

骑车学生叫程露,女,十九岁,高三在读学生,籍贯吴松市。父母均是吴松本地人,一家三口在附近居住了二十二年,邻里关系和睦,是很常见的三口之家。

死于意外的路人叫陈山宇,男,三十三岁,籍贯吴松市。高中文凭，半年前从一家小公司离职，直到现在都是无业状态。

三个人不只是社会关系上没有交集，身份、行业、年龄差别也很大，如果说是谋杀的话，饭店老板娘和女高中生作为同伙，去杀一个和她们毫无交集的中年人，怎么说都很荒谬。而且从直播视频上看，所有人的反应都很正常，尤其是老板娘和女高中生，看不出提前准备、相互配合的眼神和动作。一些警察认定这是意外事故，但以徐佳为首的另一部分人则坚信这是一场谋杀，除了被打磨得很锋利的钢筋头之外，最重要的是他们不相信有人可以准确预测未来。

持两种观点的人争论了很久，谁也说服不了谁，只好回到目前最头疼的问题上，直播视频是如何上传到网络的。当时徐佳迅速控制了现场，并通知了她所在的网络犯罪调查科。附近派出所的民警先行赶到，负责维持周围秩序。接着是网络犯罪调查科和刑警总队的同事对饭店老板娘刘静、高中生程露和围观群众进行简单的问询。最后到的是鉴证科，忙活了一阵子后，确定了死亡时间、死因，却没有发现任何直播设备。

不仅如此，凭借问询笔录中的证言和直播视频，警方找到了所有当时在附近持手机拍摄的人，然而他们的录像时间都晚于视频直播时间。也就是说，现场有个人未卜先知，在老板娘出门泼水之前，就对准这条街道开始直播。而这个人和他直播的设备，没有被任何人目击到。

这个谜团解不开，警方根本无法辟谣，更不用说给案子定性了。

徐川揉着发涨的太阳穴，拉开冰箱门，拎出一听气泡水走到窗前。天空还是灰蒙蒙的，只在远方露出一些淡淡的红色，预示着太阳快要升起了。他摇了摇头，只有日出这种符合客观规律的事情，人类才有能力去进行预告。直播视频中如此巧合的致死事件，怎么可能在一个月前就被人预言？

徐川扯开拉环，喝了一大口，甘甜冰冷的味道将纷乱的思绪压了下去。电脑屏幕上的画面还在变幻，行人一次又一次被钢筋刺穿。视频的像素并不是很高，还灰蒙蒙的，可能是用手机拍的。而且画面显得很死板，没有移动过视角，从头到尾都是同一个机位。从直播角度来看，就好像直播者站在离现场不远处的墙边，拍摄下了事件发生的全过程。

没有人看到拍摄者，那么就代表没有人在拍摄。话很拗口，但徐川在看过几次视频后，就明白了这个结论的意义所在。所谓现场直播，很可能是通过远程手段来操控放置在现场的手机进行的。但是这样假设的话，又面临着一个问题：将手机孤零零地放在大街上，没准儿直播开始前，就有人把手机拿走了。况且，警方按照视频的角度和距离进行了定位，并没有发现手机或者其他拍摄器材。

视频从开始拍摄到行人死亡结束，一共三分四十一秒。在视频的结尾，还能看到行人被钢筋刺穿后，徐佳和另一个女警冲上前去。其他人则是远远地围观，大多数人脸上还浮现着看热闹的兴奋表情，随后信号中断，画面一片黑暗。现场虽然有些混乱，但有两名警察在场、众多路人围观之下，是不可能有人上前取走直播设备的。

徐川扭动了下酸涩的脖子，习惯性往屏幕下一抓，却抓了个空，这才注意到原先放在那里的东西不见了。他有些困惑地往前倾斜身子，看是不是落在了附近什么地方，却没有找到。

一阵焦躁浮上心头，徐川转身踢了熊猫一脚，看到胖子没什么反应，又加重力道踢了一脚。熊猫发出个意义不明的音节，嘟嘟囔囔地抱怨道："你搞什么呢？"

"我U盘呢？"

"什么？"

"U盘！"

"哦，你经常在手里把玩的那个吗？你找找地上，前几天我拉线的时候，不小心把那个木盒弄翻了，应该掉到地上了。"熊猫双手抱头，准备继续睡。

"地上被整理过了，你弄的？"

"怎么可能？是萌萌酱！"熊猫用手堵住耳朵，"从现在开始，咱俩谁再说话谁是狗！"

徐川在房内转了一圈，将码放好的东西翻得乱七八糟，出了一身汗也没有找到。他摸出手机，点开联系人，滑到林萌的名字那里，却犹豫了一下没有拨出去。他继续往下滑，停在那个熟悉的名字上。

自上一次从山城回来之后，这个号码就再也没有拨通过。熊猫当时说，张璇很可能为了躲避警方追踪，将电话卡销毁了。但徐川却一直没有删掉这个号码，哪怕在出席张璇的葬礼之后还依旧保留着。在他潜意识里，只要留着这个号码，张璇就没有死去。

他放下手机，目光无意间扫到墙角，看到两摞书中间的缝隙里，露出一小块熟悉的颜色。他快步走上去，是那个U盘没错。表面的蓝漆已经褪掉了一些，由于经常把玩的缘故，露出白色的PVC材质。他伸出手指，将U盘拈了出来，熟练地在指间翻转。过了好一会儿，他似乎想到了什么，起身将屏幕关掉，后退几步，疲倦地歪倒在沙发上。

透过窗帘的缝隙，徐川看到外面的天空已经蒙蒙亮了，呈现出一片惨白。他摇了摇头,闭上眼睛,渐渐堕入梦境之中。

当他再度醒来,已经到了下午。

窗帘不知道被谁拉开了,阳光迎面洒进屋子,将窗边的人映出了虚幻的剪影。徐川坐在沙发边恍惚了好一阵子,才看清是徐佳正捧着一本书在读。那是他在一个被杀的瘾君子家中带回来的《枪炮、病菌与钢铁》,只读了三十多页就丢在了墙角。

"看得进去?"徐川光脚踩在木地板上,暖暖的触感似乎让困意又卷土重来。

"蛮枯燥的,读到二三十页就不行了。"徐佳把书放到窗台上,"只不过是为了等你起来,消磨下时间罢了。"

徐川拐进狭小的洗手间,抓起一块透明皂在脸上抹了起来。充满香精味道的泡沫覆盖了整张脸,又很快一一破裂。他掬了几捧水将滑腻的感觉抹去,拿起了牙刷。

徐佳靠在门边问道:"熬了个通宵?"

徐川含糊不清地应了一声。

"我来的时候,刚好碰到熊猫挎着那台尼康单反相机出门了,大概又是去拍妹子。你们合住多长时间了,他为什么一直不肯搬出去?"

徐川仍旧敷衍了一声。

"视频看了两天,弄清楚凶手的直播方法了吗?"徐佳切入了正题。

"还没有,我又不是神仙,你们警方搞不定的事,我解决起来也没那么轻松。"徐川吐掉嘴里的泡沫,"不过从预告信上,倒是能看出点直播者的心理特征。"

"说来听听。"

"'九月十日,竹溪街道,钢铁之刃,洞穿邪恶'。直播者的措辞虽然简洁,充满了中二气息,却将时间、地点、凶器、动机都点了出来。钢铁之刃就是钢筋,洞穿邪恶这句应该是在暗示,被钢筋插死的路人陈山宇是个有罪之人。"徐川问道,"这个人你们后来有深入调查吗?"

"查了,没什么特别的。能称得上邪恶的事,不过是借了很多网贷,欠了不少钱没还。但因为借贷不还,就被视为有罪之人被钢筋插死,怎么说都太牵强了。"徐佳道,"还有一点也比较奇怪。泼水的老板娘和骑车的女高中生,虽然看起来没有杀死陈山宇的意图,但确实是她们的行为导致了陈山宇的死亡。根据我的经验,死者家属一般会对这两个人纠缠不休,但陈山宇的父母却没有这个意思。"

"不去讹人才算合情合理吧,有什么奇怪的?"

"不是,我们前去调查的同事,听到陈山宇的母亲小声说了一个词:报应。"

"报应?也就是说,陈山宇的父母认同那封预告信,觉得自己儿子邪恶、该死,所以才没去讹人?他们为什么有这种想法?"

"问了,他们没说。同事讲,陈山宇的父母跟儿子关系很一般,好像很久之前就有矛盾。这倒也省了我们很多事,不必分心去调解纠纷,可以更多地把精力放在追查案子上。"徐佳道。

徐川把头探到水龙头下,让凉水漫过头皮,一下子精神起来。

徐佳敲了敲洗手间的门说:"还有预告信,就是送到我办公桌上那封,凶手没有用影像和音频预告,可能是怕留下可被追查的线索。毕竟以我们警方现在的技术,就算用了变声器或者打了马赛克，也可以解析出来。预告信上的字块颜色发黄，是从各种旧报纸上剪下来的。好些年前，打印机和电脑都没普及的时候，有些绑架犯喜欢用这种方式写勒索信，避免警方通过笔迹来追查线索。"

"不完全对。"徐川用毛巾擦掉头上的水珠，手指胡乱梳了下头发，"如果仅仅是为了减少线索，直接打印预告信就可以了，犯不着用报纸杂志的字块，而且还是旧报纸的。直播者这么做，应该有想额外传递的信息。"

"什么信息？"

"我还没想到。"

"直播者的心理特征呢，你刚才不是说可以看出来一点？"

徐川终于从洗手间出来了。"按照目前这点线索，只能简单做个犯罪心理画像。这人年龄在二十岁到四十五岁之间，心思缜密，处事干练，研究过心理学，精通电脑和网络技术，有较高的教育水平，自我意识过盛，注重仪式感，或许还有一点强迫症。"

"这有什么用？"徐佳不满道，"吴松市常住人口上千万，符合这个画像的人太多了，根本没办法筛查。"

"那我们等会儿去现场，看看能不能再发现点什么线索。"

"还等会儿？现在就走。"

"我还没吃早饭呢。"

"吃什么早饭，现在都快下午三点了。这样吧，现场附近有好多小饭馆，到了再吃饭。"徐佳催促道。

徐佳平时的那辆旧桑塔纳警车，被同事开着出了外勤，两人只好先骑共享单车转公交再转地铁后步行，等到现场的时候已经六点多了。反正饿过了头，徐川便直接走向发生意外的脚手架。

现在太阳西斜，天气不算热了，光线还可以，正是勘查现场的好时候。

"你怀疑这是谋杀，除了钢筋头有打磨过的痕迹，还发现其他线索了没有？"徐川边走边问。

"当然有了，不过不多，"徐佳有些挑衅的意思，"你再给看看，能不能发现些新东西？"

徐川绕过地上的白色痕迹固定线，来到脚手架前，微微皱起眉头。这种户外作业的移动脚手架是不锈钢管材质的，本身结构并不是非常稳定，高度一般不超过两米，而眼前这个却足足有五米多高，快有两层楼的高度了。四天前，就是这个脚手架最上层放置的几根钢筋滑落下来，戳穿了路人陈山宇的胸腹。从这个高度落下的钢筋，再加上顶端被打磨得非常锋利，刺穿人的身体轻而易举。看起来这的确是场意外，但问题是，这么高的脚手架为何会放在路边，钢筋的顶端又为何被打磨得这么锋利？

徐川伸出手指，在脚手架上揩了一下，发现上面布满了灰尘，看起来很久没有人打理过。他轻轻踢了下，脚手架发出一阵哗啦声响，摇晃了好几下就站住了，竟然没有散架。不锈钢管衔接处的螺丝有些松动了，有些比较紧，但都没有锈迹。他索性抓着横栏，向上爬了几步，看到最上面的作业层有几道淡淡的印痕。印痕微微向下凹陷，而且表面倾斜光滑，那不是钢筋放久后的锈迹，更像是用砂轮打出来的。

徐川小心地下来，问道："刺穿路人的钢筋是什么样子的？"

"很光滑，没有螺纹。"徐佳道，"平常的建筑钢筋都有螺纹，是为了跟混凝土有更好的咬合。没有螺纹的话，摩擦力会变小，放在脚手架上很容易滑动。而且不止一个目击者表示，案发前脚手架上并没有钢筋。"

"晃动的脚手架，打磨过的凹陷，没有螺纹的钢筋……"徐川喃喃道。

"还有那个刚好泼水的女人、骑自行车路过的女学生，这些没办法全都用巧合来解释。"

徐川的目光在街道上巡弋了几次。这条街道并不宽，有些店铺还在街边码放了商品杂物，占据了一部分路面。路面状况也不是很好，大大小小的凹坑遍布，尤其是脚手架附近，更是有个直径足足超过三十厘米的凹坑。水泼出来的时候，自行车为了躲避脏水和凹坑，只能往脚手架这边斜，势必会撞上行人。但换个角度去想，脚手架、凹坑如此之近，过往行人和车子很不方便，却一直没人去挪动脚手架或者填平凹坑，这有点说不过去。

"单独出现的巧合，不过是偶然发生的小概率事件。"徐佳道，"但太多的巧合一起出现……"

"则必定是处心积虑的谋划。"徐川接过了话，"看了一遍现场之后，再说意外就太牵强了。"

"我也是这么想的，但即便确定了谋杀，凶案到底是如何直播的呢？"徐佳叹了口气道，"不弄清这个，还是没办法召开新闻发布会。"

"我看过你们的报告，说是没有发现直播器材？"徐川问道。

"是的，鉴证科根据视频的角度和距离，推断出了机位所在，却没有发现手机。开始的时候，他们以为自己算错了，但反复推演了几遍之后，结果还是这样。"徐佳抿紧嘴唇，"有些人怀疑是在陈山宇死后，我和陈诺维持现场时，有人偷偷拿走了直播设备。"

"这种说法，你服气吗？"徐川道。

"我又不瞎，绝对不会犯那种低级错误。"徐佳愤愤道，"而且,意外发生之后,这里围观的人非常多,凶手设下了这么精妙的杀人陷阱,却还冒着被当场抓到的风险回来拿手机,这不是前后矛盾吗?"

徐川笑笑,没有说话。

徐佳道:"算了,不说这些了。你不是早上都没吃饭吗,先吃饭吧,我请客。"

随后,徐佳拐进了路边一家小饭馆,空调凉气迅速驱散了身上的闷热感,让人的精神为之一振,食欲也跟着蠢蠢欲动。徐川挑了个角落坐下,点了份炒面,要了瓶气泡水,闷头吃了起来。他一碗炒面吃完,徐佳还在小心翼翼地咬着馄饨,才吃了不过两三个。徐川抽出桌上的餐巾纸,揩去嘴边油渍,观察着店内。这是那种很常见的小店,放了五六张长桌。现在正是饭点儿,生意却不怎么好,除了他和徐佳之外,只有一个看起来有些奇怪的女客人。说奇怪,是因为她穿了身很上档次的灰色小西装,妆容也很素雅。这种打扮应该坐在西餐厅里,而不是在这种小饭店。不过现在经济形势不太好,很多白领虽然衣着光鲜,但生活质量都下降了不少,可能以后这种景象看多了也就不奇怪了。徐川转过视线,看到唯一的服务员正靠在门口,摆弄着手机。说是服务员,应该还不到二十岁的样子,小伙子穿了件挂满小玩意儿的皮夹克,牛仔裤上满是破洞,一双球鞋五颜六色。

徐川站起了身,走近服务员道:"麻烦再来一份炒面。"

服务员冲后厨喊了声"加份炒面",接着对徐川得意地说:"怎么样,我家炒面好吃吧?"

"圆面条、粗肉丝、鸡毛菜,味道真是不错,这么正宗的吴松炒面现在可真不好吃到了。"

服务员竖起了大拇指说:"我爹,东北人,在吴松混了四十多年，就凭这学来的手艺，很多人都以为他是个老吴松。我们生意好得很，往常这时候来都是爆满，连位子都不见得有。"

"怎么今天人这么少？"

"嗐，前几天门口死了个人，都嫌晦气呗。要我说，因为这个不来吃饭，真是脑子有毛病。"服务员抱怨道。

徐川装作好奇地问："我也听说了，好像这人死得挺蹊跷，你们这边就没有什么议论吗？"

"怎么没有议论！好多人都说那人注定死在这里。那天啊，隔壁刘阿姨不晓得犯了什么神经，忽然要擦洗抽油烟机。擦就擦呗，擦完脏水往外一泼，刚好有个骑车的女学生路过。小孩子嘛，车子骑得飞快，一看有人泼水，停不下来了，只能往旁边躲。结果迎头撞到那个倒霉鬼，那倒霉鬼又撞到脚手架，被滑下来的钢筋插死了。你说这得有多巧，不就是该他死吗？"小伙子压低了声音，"还有啊，听说早些时候，就有人预告过这人会死，真是太邪气了。"

"应该是巧合吧。"徐川岔开话题，"我看这街上也没在施工，怎么墙边会放着脚手架？"

"好像是去年哪家店搞完装修，扔在那里的，风吹日晒的也没人管。"听到后厨喊声，小伙子进去端出来一份炒面，搁在徐川面前，"我说，你是做公众号的吧？"

徐川微微笑道："你怎么看出来的？"

"这人死得这么离奇，好多网络主播和公众号之类的都跑来凑热闹，网上都快吵翻天了。你要是主播，就会一直拿着手机录，只有做公众号的才会一直问。"小伙子朝远处的徐佳瞟了眼，"其实有这条件，不如让她做主播啊。这年头，只要长得好看，就算在屏幕前发呆都能有很多粉丝。"

"说得也是，我回头劝劝她。"徐川把话题又拉了回来，"发生意外的前几天，附近有没有出现什么奇怪的人，比如拿着手机在周围拍来拍去的那种？"

"没，我们这儿又不算正经的商业区，能有什么新鲜玩意儿可拍。"服务员道。

"我看隔壁，就是你说的刘阿姨那家店关着门，她怎么了？"

"还能怎么样？当时她都快被吓死了，还被警察盘问了一通，这几天就没见开门。"

"怎么，心里觉得很愧疚？"徐川问道。

"哪有，人又不是她杀的，意外嘛，愧疚个啥。她是怕死人的那家来讹钱，先躲两天再说。"

"那有人来找她麻烦吗？"

"没有。这都好几天了，一直没人上门，应该也是明白点事理吧。"服务员突然想起了什么，"说起来奇怪，撞到人的那个女高中生，以前每天骑车路过这儿，总会在外面停一小会儿，照照镜子再走。但自从这事儿以后，她虽然还从这条街过，却也没再停下来。"

徐川眉头一紧："照镜子？你是说墙上有面镜子？"

"不是墙上有镜子，是墙边放了一面落地镜来着。"服务员往外探了下头，"欸，怎么没了？我说那个女高中生怎么不停下来了。"

"为什么会放了面落地镜在墙边？"徐川追问道。

"这个说来话长了。"服务员挠头道，"咱们街对面不就是所高中嘛，那面镜子是个毕业班送给班主任的，一直摆在校园里，但是没过多久班主任又因为体罚学生被处分了。学校觉得不合适，就把镜子挪到了外面，说是等风头过了再搬回去。结果一直丢在这里，没人记得这茬了。"

毕业生送给老师的镜子，一般一米多宽，两米多高，带有边框和镜脚，会在镜面标上赠送人的落款。这种镜子叫作仪容镜，有鼓励新生、感谢老师的寓意。这几年虽然送镜子的少了，倒也不算稀奇，但恰巧放在了那里，仅仅是巧合吗？

"镜子什么时候不见的，是在案发之前还是之后？"

"这我倒没有注意，"服务员有些不好意思，"可能是我想多了吧，毕竟是她害死了人，有点害怕也说不定。"

"她停下来的时候，是背对着你还是面对着你？"

"背对着的。说实话她人虽然漂亮，但很冷淡。我以前跟她打过招呼来着，理都不理我。嘿嘿，现在的小姑娘都不怎么懂礼貌。"

"背对着你的话，那就是走过了你家店，快到刘阿姨家的店面了？"徐川道。

"差不多吧，她停车的地方，再往前走一点就看不到了。"

"那个女高中生有多高？"

"大概一米六多？"服务员并不是很确定。

"她一般停下来多长时间？"

"也不长，就二三十秒吧。"服务员好奇道，"为什么打听得这么详细？"

"写公众号嘛，肯定需要一些别人不知道的细节，"徐川敷衍道，"能帮我打包一下这份炒面吗，我要带回去当夜宵。"

看到服务员向柜台走去，徐佳凑了上来问："你怎么总能问出些新的东西？"

"面对警方的询问，很多人都会下意识地隐藏一些对自己不利的信息。如果这个小哥说了女高中生的事，肯定会被你们翻来

35

覆去地追问，他不想惹上这种麻烦。"徐川道，"帮熊猫拿好炒面，我出去看看。"

不等徐佳同意，他就起身走出了店外。天色已经黑了，气温也降下去不少，偶尔还有微风吹过。街道上的行人很少，路灯漾出昏黄的光，让周围的一切显得影影绰绰。面对着店铺橱窗，徐川来回挪动脚步，终于在一个位置停了下来。从这里透过炒面店的窗户，刚好能看到正在柜台前结账的徐佳，再朝旁边跨出一步，便被墙壁挡住了视线。那个女高中生，应该每天就停在这个位置。徐川用脚在地上画出个十字，看到身侧不过三四步的地方，就是白色的现场痕迹固定线，女高中生应该就是在附近撞到路人陈山宇的。

徐川顺着围墙走了十几步，发现墙上有个一人高长方形的淡淡印迹，与周围稍微有些色差，应该是长时间被遮挡的缘故。他心念一动，又画出个十字，一步步走回刚才那个十字处。一共十五步，这个距离的话，虽然能在镜子里看到自己，但会不会太小了？他若有所思地踱着步，又走到长方形印迹前，蹲下身仔细看着地面。

徐佳走了出来，问道："你在那里干什么？"

"找机位。"

"鉴证科分析过了，机位离那里还有段距离。"

路面上随处可见大大小小的凹坑和狭长的裂纹，就算离杀人直播已经过去了三四天，就算是环卫工人一直在打扫，大的碎片可能会被清扫掉，但凹坑和裂纹里一定会残存细小的碎片。徐川打开手机的照明功能，路面反射出星星点点的光芒，都是镜子的碎屑。

"鉴证科找直播器材的时候，留意到放在这里的仪容镜吗？"

徐川问道。

"刚才不是说了吗,这里离他们计算出来的机位还有段距离。"徐佳意识到了什么,"你觉得机位在这里?"

徐川点了点头。

"他们搬动镜子,发现后面什么也没有,就又放了回去。"

"那面仪容镜很可能是个双层镜子,直播杀人视频的手机,就放在仪容镜的夹层之中。"

徐佳愣了下说道:"你这算什么推理,一点证据也没有,未免太天马行空了。"

"跟你们警方注重逻辑关联、证据支持不一样,我比较倾向于大胆假设、小心求证的查案方式。"徐川道,"很多时候,对于一个谜题可以推导出很多想法,逐一跟现场发现相印证之后,就能筛选出那个最接近真相的。"

"然后再根据这个最接近真相的想法,去寻求证据支持?"徐佳不以为然道,"很多冤案都是这么形成的,我们早就不允许这么干了。"

"跟你们不同,我破案的压力很小,受到的外界干扰不多,拥有反复试错的优势。在重视逻辑和证据的自洽基础上,这是最简单快捷的方法。"徐川不想在这个话题上争辩下去,"先按照我的思路走下去……"

徐佳不客气地打断了他的话:"好,手机放在仪容镜的夹层里,那就只能朝垂直于镜子的方向拍摄。但是仪容镜和发生命案的地方,是有很大角度的。"

"有很多种方式可以将手机机身倾斜后固定,最简单的就是双面胶,这样就可以拍摄到发生命案的地方。"

"就算角度问题解决了,手机放在镜子后面,怎么能拍到外面?"

"单向透视镜。从外面看是镜子,从内侧看是玻璃的那种。警方的不少审讯室都安装着这种单向镜,你没联想到吗?"徐川道,"你在看视频的时候,有没有注意到画面灰蒙蒙的?什么样的直播设备,成像质量会这么模糊?"

"手机啊。鉴证科分析过了,能录制视频并且实时上传的直播设备,在这种场合下只有手机最为便利。视频画面不清晰,可能是摄像头像素不高所致。"

"都什么年代了,就算是几百块钱的手机,摄像头也不至于那么不堪。"徐川道,"再说,既然选择了直播意外这种犯罪方式,为什么不选择好一点的手机?"

徐佳皱起了眉,鉴证科的说法确实有点不妥。

"有没有试过拍镜子里的自己?如果镜子表层不干净的话,成像质量也不会很清晰。如果直播手机是透过单向镜拍摄,而单向镜因为在户外放置的时间过久,蒙了一层细小灰尘的话,就会影响手机的摄像效果。"徐川道,"这是第一个逻辑自洽点。"

徐佳勉强同意:"好吧,你这个说法更合理一些。但就算手机是在仪容镜的夹层中,这个机位也跟我们推算出来的不一样。"

"所谓机位,是你们根据视频的角度和距离推算出来的。但在你们推算出来的地方,并没有找到手机,也没有发现手机存在的痕迹,对吧?"

"你要说什么?别卖关子。"

"如果你能接受手机是通过单向透视镜拍摄的话,这个问题就迎刃而解了。"徐川道。

"迎刃而解什么呀,你……"徐佳停住了埋怨,沉默了数秒,"玻璃的折射率!"

"不错，玻璃的折射率。在单向镜后面的手机，直播视频时光线透过镜面发生了折射，使得视频里的一切都发生了位移，导致推算出的机位比真实机位更近一些。"徐川道，"这是第二个逻辑自洽点。"

徐佳不由得点了点头。

"接下来是第三个逻辑自洽点。警方勘查了现场之后，由于是步行街的缘故，无法封锁隔离，所以也就撤走了人手。结果当晚有人打破了这面仪容镜，取走了其中的手机，地上那些镜子碎屑可以作为证明，这也是那个女高中生第二天没有再停下的原因。"

"好……吧，"徐佳勉强同意，问道，"那被打破的仪容镜呢？扛着走出这条街的话，万一碰到人，也显得很奇怪。"

"不用扛。"徐川下巴朝前面扬了一下，那里停着辆环卫车，"破窗理论听说过吧，仪容镜没碎之前，在环卫工眼中不算垃圾。一旦被打破，玻璃碎片撒了一地的话，环卫工就会在凌晨清扫街道时，全部装车带走。这是第四个逻辑自洽点。想要验证这一点也很容易，跟环卫部门联系下就好。"

"虽然这四个逻辑自洽点难得相互吻合，几乎说服了我，但你这只能算推理，接下来要根据你说的这个方向，进一步调查验证。"徐佳的态度很谨慎，"我还是觉得你的推理方法有些不可靠，好像仅凭一点蛛丝马迹，就能在重重迷雾中一把揪出真相。"

"我这种查案方式，如果具备了很强的想象力和跳跃性思维，可能会比警方更快发现真相。但如果自身能力欠缺，就可能会一直犯错，直至走进死胡同。"徐川摇了摇头，"而且我探查出来的真相，由于缺少相关的证人证据，缺少合法的取证手段，很难将罪犯绳之以法。这种个人风格太强、风险性太大的方式，对于警方来说只能是一种辅助,没有推广的价值和意义。"

"哟,跟以前不一样了,"徐佳有些意外,"现在懂得客观看问题了?"

"也许是年纪大了,对这个世界和自己都越来越宽容了。"

"不管怎么说,还是要谢谢你。"徐佳摆了下手,"这几天网络上的谣言越来越嚣张,很多人都说是灵异事件。今天我们发现的这些线索,如果能够找到证据印证,就能把案子定性为谋杀了。打破仪容镜的人很可能就是凶手,接着只要查到他的身份,这案子可能就结了。"

"不会是凶手取走的,他做事不会如此草率。"徐川道,"直播者在发布预告信和直播杀人现场时,心思缜密,布局周严,绝不会亲自出面拿走手机。"

"也就是说,拿走手机的是凶手的同伙?"

"还不能断定。直播者表现出来的智商和情商都很高,而且对细节的掌握到了严苛的程度,这种类型的犯罪者和别人协同作案的概率不高。"徐川顿了一下,"取走手机的人很可能只是被凶手利用了,不会知道太多跟案子有关的事情。"

"不管有没有希望,都只能顺着这条线索往下查了。"徐佳道,"希望一切顺利。"

徐川脸上的表情捉摸不透,他抬起头向远处看去,一盏盏路灯散发着昏黄的光,形成一条光带延伸向远方。在光带的尽头,是一片幽深寂静的黑暗。

第二天在事务所里醒来的时候,屋子里只有徐川一个人。熊猫不在,那台尼康单反相机却还在,让他有点惊讶。这个胖子自从跟自己住到一起后,难得出次门必定会挎着那台相机,说是要将世间美好风景化为永恒的纪念,但每次回来相机里都只有女孩子的照片。

徐川伸了个懒腰,感觉浑身酸痛,知道这是劳累过度的表现。他坐在沙发边发了会儿呆,才走进狭小的洗手间。人是一种无奈的生物,每天必须重复做很多事,比如洗漱、吃饭和睡觉。不过徐川觉得自己还好一些,除了这些无可奈何的事情之外,他就是自由的。不用打卡上班,没有工作压力,不会为复杂的人际关系耗费精力。他很喜欢这种散漫的生活,对徐佳提议报考警察的事情一再拒绝。

洗漱完毕,徐川坐到熊猫的电脑前,又打开了视频。他并没有去网络犯罪调查科的打算,破解了手机直播的诡计后,警方接下来要做的是通过监控找出拿走镜子的人,这种事他帮不上什么忙。而且徐佳并不笨,大部分问题她都能自己处理。

门锁发出机簧转动的声音,林萌在门缝中探出了头。她穿了件棉质的灰格子衬衣,配了条深蓝色的高腰棉布裙,脚上是双黑色圆头乐福鞋。徐川觉得有点奇怪,每次林萌来找自己,都穿得像个高中女生一样。但从她的处世态度来看,这孩子正处在一个特别想证明自己已经成熟的年纪。这种外在和内在的冲突倒是很有趣,或许有空得跟她好好聊聊。

"刚起床?"林萌往洗手间瞄了一眼,"熊猫不在?"

"出去了。"徐川注意到她手上拎着几个塑料袋。

"哦,那早餐又买多了。"林萌将塑料袋里的餐盒掏出来,一个个摆到地板上,打开了盖子。徐川顺着沙发蹲下来,伸手就去抓粢饭团,却被林萌打了下手。

"洗手去!"

"刚洗过。"

"吃饭前要再洗一次！"

徐川只好讪讪起身，进了洗手间。他打开水龙头，胡乱湿了下手，在毛巾上揩了下就出来了。林萌跪坐在地上，撕开塑料袋，垫到餐盒下面，还专门留出地方放餐盒盖。

"我都说了多少次了，就不能买张桌子吗？"她皱着眉头抱怨道。

"买了桌子就会想着买凳子，买了凳子还会想着买柜子，你看这房间放得下吗？"徐川咬了口粢饭团，嘟囔道。

"那换个大点的房子呗。"

"没钱啊，成年人的世界……"

"得了吧，"林萌打断了徐川的话，"你就是懒，要是真想挣钱，有的是办法。"

徐川捧起餐盒遮住脸，大口喝着豆浆，故意弄出很响的吞咽声。

林萌皱了皱眉，掏出一包餐巾纸丢到徐川身上："徐佳那案子，现在进行到哪一步了？"

"不知道，帮她破解了怎么直播视频后，接下来的我没有参与，"徐川忽然问道，"你们这个年龄段经常玩新款手机吧，知道智能手机最长能待机多久吗？"

"一般的也就两三天吧。"

"不一般的呢？"

"那就说不准了。我听赖泽峰说过，他爸爸有个军工手机，能待机二三十天。"

"赖泽峰？"徐川沉吟起来。赖泽峰是林萌的同学，父亲是本市知名的企业家，因为家境非常殷实，门路特别广，经常能弄到各种稀奇古怪的玩意儿。两个人联手查过好几宗案子，似乎有点青春期的暧昧关系。

林萌好奇道:"问这个干吗?"

"我在想,如果根据手机的待机时间,确定调阅监控的时间节点,再依据时间节点,把出现两次以上的人都挑出来,进一步筛查,可能会有所发现。但若是有手机能待机这么久,恐怕不太容易查。"

"你不说没参与吗,还操那么多心干什么,"林萌看了他一眼,"你又不是不了解徐佳,当心被她当枪使。"

徐川笑笑,拈起一根油条。

"你不要陷得太深了。"林萌板起脸道,"这两天我总有种感觉,这个案子可能是冲着你来的。"

"冲着我来的?"徐川重复了一句。

"你就没想过,这会是张璇的崇拜者,借着这个案子向你复仇?"林萌身子前倾,故意说得阴森森的。

"没想过,如果向我复仇的话,那个被钢筋戳穿的人应该是我才对。"

"那就太便宜你了。"林萌很认真地说,"用看似跟张璇有关的案子把你牵扯进去,接着一步步把你拉入陷阱,制造假象让警方以为你才是幕后真凶,最后借徐佳之手将你杀死,这才是最完美的复仇。"

徐川抬起头,用很奇怪的眼神看着林萌。

林萌不解道:"你盯着我看什么,怎么了?"

"没事儿,没事儿,你担心得挺有道理。"徐川敷衍道。

"别以为我在危言耸听,徐佳如果怀疑你是真凶,才不会跟你讲一点点情面!张璇是怎么死的,你最清楚不过。"

"知道了,我一定会小心的。"徐川往后靠了靠,也换上正经的表情。面对林萌的唠叨，让她闭嘴的最好办法，就是假装听进了她的话。

林萌稍稍放下心来。"还有，我觉得你们一直在意凶手用什么办法直播现场，却忽略了另外一个很关键的点。"

"你是说，凶手为什么要费心费神，用预告、直播这些手法杀人？"徐川道，"不是忽略了这个点，而是用现有的线索推断不出来。先绕过去，或许抓到凶手后，一切都会水落石出。"

"你们这么想，刚好如凶手所愿。"

徐川皱起了眉头问："什么意思？"

林萌嘴角微微翘起。"我问你，对于预测未来你怎么看？"

"关于超越物理常识的事情，我一向抱着谨慎的态度。"

"我也不相信。"林萌道，"但是，如果我现在告诉你，你今天坐地铁的时候会丢钱包，你会不会受这句话的影响？"

"会。虽然我不相信你可以预测未来，但到了地铁上会比平时更注意自己的钱包。从心理学上来讲，这是既定描述的提醒状态，你提出了一个假定的可能，而这种可能与我有关，我会下意识做出行为上的改变。"徐川道。

"如果就算你注意了，在地铁上钱包还是丢了呢？"

"我会觉得是巧合。"

"那如果第二天，我又预言了丢钱包的事情，结果又成真了呢？"

"虽然觉得有些奇怪，但依然不会相信你能预测未来。"

"第三天还是如此呢？"

"这不可能。"徐川道，"除非你找了个高手，连续三天偷走了我的钱包。"

"是的。我在做出预言后，用现实的办法可以让预言成真。

有些人会思考，猜想我用了什么办法。但近半的人，会相信我拥有预测未来的神秘能力。"林萌很认真地说。

"荒谬。"徐川嗤之以鼻。

"有什么荒谬的？现在这个时代，还有不少人相信风水、气运、鬼神这些东西。"

徐川的脸色有些凝重，意识到了问题所在。"这么说来，凶手之所以大费周折，是为了将自己塑造成神？"

"凶手借用 Soulmate 的 ID、发布犯罪预告、直播犯罪现场，如此高调张扬，是为了尽可能吸引社会关注度；但利用旧报纸字块拼成预告信、利用单向镜子隐藏直播手机，又慎重缜密，以保证自己的安全。"林萌一字一句道，"只有他安全了，才能继续犯案。即便警方解释了预告应验的原因，如果不能阻挡他继续杀人，也会有相当一部分人相信他确实有能力预测未来，甚至站到他的立场上。这是类似斯德哥尔摩综合征的心理现象，对于不可抵抗的力量产生认同，从而暗示自己不会受到这种力量的伤害，你应该知道吧？"

不等徐川回答，林萌就接着道："而凶手的目的，不仅仅是要杀人，更是要树立自己的神秘感和权威感，从而在公众面前传递自己的价值观。总而言之，杀人是手段，表达是诉求。他要公众相信，所有被杀的人都罪有应得，是受到天谴而死的。以这种犯案手段，不但可以杀死被害者，更能让被害者受到社会舆论的谴责。"

林萌说完撩了下头发，挑衅地看着徐川。

徐川微微有些愣神。林萌将凶手的心理状态分析得很透彻，完全出乎他的意料。有些论断，徐川也只是模模糊糊有点想法，却被林萌娓娓道来，让他莫名生出一种智商被碾压的威胁感。但很快，徐川就意识到了问题所在，林萌的言语里有太多书面用语，跟她一贯的说话风格并不相称。

他猜到是怎么回事了，却仍旧点头称赞道："分析得很到位嘛，现在真是不能小瞧你了，感觉有些东西你比我看得透彻多了。"

林萌满脸都是骄傲的笑容，得意地说道："以后你想不通的地方，只管问我就好了。"

徐川淡笑两声，也没有戳破，恰好手机响了起来，是徐佳的号码。他拿起手机："有新线索了？"

"我们扩大了监控搜寻范围和时段，很快就找到了拿走手机的人，但是……哎呀，电话里说不清，你赶紧来一下。"徐佳的声音里充满了失望。

"徐佳也太不客气了，使唤你跟使唤下属一样。"林萌偷偷观察着徐川的表情，"你要去吗？"

"去看看。"徐川站起身，眼光无意间落到了那个掉漆的U盘上，心里不由得一动。林萌刚才说，这个案子的目的是向他复仇，这个可能性会不会也是那个人的推断？旋即，他就摇了摇头。那个人不会有这种幼稚的想法。

网络犯罪调查科成立不过几年时间，人手不多，在吴松刑警总队办公大楼的顶层办公。徐川顺着门牌，找到了徐佳所在的房间，看到她正俯身跟一个同事说着什么。

林萌将徐川拽到后面，抢先几步上前，喊道："徐佳！"

徐佳回过头，有些错愕道："林萌，你又翘课？跑来这里干吗？"

林萌脸上的笑容发腻，嘴里的话却有点不好听："我表哥不是正帮你们查案吗，整天累得失魂落魄也没个补助，真是让人心疼死了。这几天我稍微琢磨了下，想到些东西，希望对你们有些帮助，早点儿破案。"

徐川耸了下肩，有些无可奈何。他时常感到困惑，徐佳和林萌一直不对付，整天明枪暗箭的，也不知道到底为什么。

徐佳也笑得很假，话里带刺："那看来是有很重大的发现，我们破案得全靠你了？"

"哪有，只是一些很浅薄的想法。"林萌脑袋往旁边一摆，"借一步说话？"

两人到一旁窃窃私语起来，徐川反而成了多余的人。他讪讪地站了一会儿，只好去看徐佳的那位同事。这姑娘跟徐佳一样，都没穿制服，但着装也有点太奇怪了。洗到发白，满是洞洞的牛仔裤，长款纯黑T恤，亚麻色的马尾正在左右晃动。过了一会儿，徐川意识到马尾之所以晃动，是因为它的主人正冷冷地看着自己，还在不住摇头。

"不好意思……"

"看够了没？"马尾一脸倦容，鄙夷道。

"欸？不是……"没等徐川解释，这位姑娘已经扭过头去，还随手戴上了一个包耳式耳机。

徐川自嘲地笑笑，自己不过是在好奇为什么警局里有人穿着这么懒散，却把别人当成了色鬼。他也无意再去解释，注意力转到了马尾面前的屏幕上。那是杀人直播现场附近的监控视频，被分成了好几个格子，正在快速地播放。马尾的手指在键盘上灵巧敲击，这些视频不断快速地放大或者缩小，最后逐一定格下来。虽然角度和景色各有差别，但画面中却始终有个相同的身影，是名骑着辆半旧自行车，穿着校服的高中男生。

马尾气势磅礴地敲了下回车键，画面上出现了一个捕捉框，套住了男生的上半身。随着一次又一次的刷新，捕捉框中的分辨率越来越高，画面也越来越清晰，逐渐显出了男生的面容。头发像是几天没洗了，戴着一副黑框树脂眼镜，鼻翼和嘴唇都肉肉的，看起来憨厚朴实。旁边的另一块屏幕上，身份识别系统正根据图像快速搜寻，罗列出数十个容貌相仿的头像，然后又根据特征一一剔除，最后展示出一张信息表格：苏敬林，男，十六岁，明诚中学高一学生。下面则是居住地址、父母信息和联系方式。

马尾摘下耳机："头儿，又筛选核对了一遍，就是他没错。"

徐佳丢下林萌，凑过来看了眼屏幕："确定吗？"

"确定。"马尾的话斩钉截铁。

徐佳有些失望。虽然都说人不可貌相，但这种普通高中生，无论如何也没有能力去策划实施杀人直播吧？

马尾伸了个懒腰。"人给你找到了，我都二十多个小时没睡了，先补觉啦。"

不等徐佳同意，她就站了起来，打着哈欠径直走了出去。

徐川下巴朝她的背影点了下问："谁啊？"

"陈诺，今年新招进来的，电脑水平挺厉害。"徐佳道，"就是她和我一起出的外勤，目击了整个案子的发生过程。"

徐川没有兴趣追问下去，直接切入正题："现在找到了拿走手机的人，接下来就要找到手机……"

徐佳从桌子上推过来一个透明塑料袋。徐川拆开袋子，袋子里塞满了海绵，而在海绵的包裹之中，有张白色字条和一部样式笨重的手机。

"在找到这个孩子之前，直播现场的手机已经被送回来了。这是款二〇一八年诺基亚为爱尔兰军方定制的军工手机，待机时长四十五天。昨天晚上，这部手机被人用海绵包着装在塑料袋里，从墙外丢进了市局的院子。市局同事没有追上人，看到里面有个字条，就把东西送到了刑警总队。"

徐川将塑料袋里白色的字条拈了出来，只见上面歪歪扭扭地写着：请转交给负责前几天竹溪街道直播案子的警察。

"手机上没有留下指纹，应该是被擦拭过了。字迹跟这个高中生的不符，有可能是左手写的。这么做大概是不想暴露自己，但是他太低估警方了。"徐佳道，"竹溪街道两端都有监控摄像头，记录了当晚出现在那条街上的人，我们对这些人进行了逐一筛查。这个高中生的家不在竹溪街道的方向，而且是在凌晨一点左右骑车进入街道，又在半个小时后折返。镜子是杀人直播第二天后不见的，整个晚上只有他一个人行踪蹊跷，手机绝对是他拿走的。"

"那就去提审他，为什么还要我过来？"徐川问道。

"是不是手机里的东西都被删掉了？"林萌又一次插嘴。

"那倒没有，手机里的直播APP和视频都在。"

"手机发现时，电量多少？"林萌问道。

"几乎是满格的。"

"满格？难道那个高中生拿走手机后，又给手机充了电？不对啊，他哪儿来的充电器？"林萌问道。

"这款手机是Type-C接口的，充电器倒是挺容易找。"徐佳耐心回答林萌的问题，"但由于电量是满的，我们无法根据电量推断手机在竹溪街道放置了多长时间，而且监视视频的储存期只有三十天，你知道意味着什么吧？"

手机待机时间是四十五天，监控视频储存期是三十天，两者有十五天的时间差，如果凶手是在这十五天内安置手机的，那么监控视频里是找不到他的。即便他没有提前十五天去安置手机，想从三十天的监控视频中，找到只出现过一次、还没有明显特征的人，也无异于大海捞针。

"那个高中生为什么要把手机还给警方？"徐川问道。

"有可能他之前不知道直播的事情，拿到手机后看到了里面的视频，害怕被怀疑成凶手，才偷偷摸摸地归还手机。但他擦拭了指纹，还用左手写字，这么强的戒备心，不会什么都不知道。"

"那接下来，调查这个高中生不就好了？"

"现在有个问题，最近网络舆情给我们带来了很大的压力。微博、微信、贴吧、抖音、快手几大网络平台都有这件案子的话题，从预测未来的超能力到心理实验的阴谋论，各种鬼扯满天飞。虽然宣传部门屏蔽删除了一些，但效果并不理想。"徐佳心烦意乱道，"我们要赶紧筹备一场记者招待会，把案子定性为意外事件。至于那个预告信，只能先对外公布成巧合了。"

"为什么不公布谋杀？"徐川有些诧异。

"这几天有不少人声称自己是发布预告信的人，勒索、诈骗、恐吓的警情已经有三十多起了。如果说是谋杀，必须公布我们掌握到的证据以及推断，这样就等于告诉凶手我们查到了哪一步，但现在还不到时候，只能先把舆情压下来，免得更多人浑水摸鱼。在这种状况下，如果我们正式公开调查一个高中生，等于自相矛盾，所以不得不由你出面。"

"可我也有个警方顾问的头衔，没问题吗？"

"你都一年多没帮我们办过案子了，谁会记得你？就算有人提到这点，也可以说是你的私人行为。"徐佳笑得很温柔，"而且很多人面对警方，都会隐藏起一些可能对自己不利的信息，这可是你说的。高中生这种小孩子，你去问更合适一些。"

徐川没有反驳，算是接下了这个差事。在协助警方办案时，经常会出现这种情况，况且这次他也很想知道凶手是如何利用这个高中生的。

林萌忽然插嘴问道："手机里面除了杀人直播视频外，还有什么东西？"

搞定徐川之后，徐佳明显对林萌的问题不太上心："什么都没有。"

徐川心中一动，追问道："什么都没有？预装软件、联系人和短信记录呢？"

"都是空的。"

林萌再一次抢在徐川前面："直播杀人用的短视频软件是什么？"

"是一个新上市不久的软件，叫千视，市场占有率并不高。"

"奇怪，"林萌道，"如果凶手直播杀人的经过，是为了扩大网络影响力，那为什么不选取用户更多的大平台？"

徐川插话道："我在翻看资料的时候，也注意到了这一点。既然凶手在网上直播了杀人过程，那么调查直播平台、搞清用户的注册信息必不可少。现在进行到哪一步了？"

徐佳疲倦地叹了口气："一言难尽。案发后我们第一时间接触了千视公司，但他们拒绝配合。理由是我们没有足够的证据证明这是起谋杀案，他们有权保护用户的隐私。"

"一个小公司态度这么嚣张，是有什么背景吗？"林萌抿嘴问道。

"市政府招商项目，公司创始人是拿着外资回来的海归，在国外技术圈和投资圈都有一定人脉。而且他们已经在美国的OTCBB挂牌上市，正在融资。上面觉得事情闹大了，会影响招商环境，要我们慎重对待企业的合理要求。"徐佳道。

"这也太畏首畏尾了，招商环境什么的，会比真相更重要吗？"对此林萌不以为然。

"上面的顾虑是对的。虽然我们通过逻辑推理，确定这是谋杀，但现在手里都是些旁证，说服力并不是很强。即便把这些都讲给千视公司，即便他们相信是谋杀，但出于他们公司的利益考虑，也还是会跟我们打嘴皮子官司。如果采用强制手段的话，"徐佳郑重其事道，"陈处长说过，无所顾忌地滥用公权力，即便追查到了真相，也必然沾满鲜血。"

林萌不满地哼了一声，却没有再说话。

"O什么C什么的，是什么东西？"徐川插了一句。

"就是美国场外柜台交易系统，全美证券商协会所管理的一个交易中介系统，你可以简单理解为上市条件不那么高的股票交易所。"徐佳道。

徐川还是摇了摇头，对于股票，他从未关注过。

林萌的语气中带了点嘲讽："原来是在美国上市的外资公司，怪不得你们查起案子缩手缩脚。"

"不说这个了，眼下还有很多事要忙，千视公司先放到一边去。"徐佳看了眼挂钟，"我要去给陈处长准备记者见面会材料了。现在网络犯罪调查科还没任命科长，一切工作都是我这个副科长主持，真是累死了。"

徐川意味深长地笑了笑，带着林萌走出了刑警总队大楼。还没走到院门口，后背就被拍了一巴掌，回过头才发现是林萌打的。

林萌似笑非笑地看着他，问道："怎么，这么快就走？不跟那个陈诺好好聊聊？"

"陈诺？那是谁？"徐川皱起了眉头。

"刚才不还看了人家老半天吗？色眯眯的样子，真丢人。"林萌道。

徐川想起来了，那个马尾好像是叫陈诺："我哪有色眯眯的……"

林萌打断了他的话："从小到大，我还不了解你？解释什么啊。"

"好吧，那我不解释。"徐川无可奈何道，"饿不饿，我请你去吃牛肉面。"

"才不要，这附近有家高档日料店，我们去吃那个。"

徐川的眉毛抖了一下。

"没事，不用你掏钱，我请客。"林萌嘻嘻笑道。

"你请客？你哪来的钱？"

"赖泽峰给了我一张贵宾卡，里面应该还有很多钱。"

徐川的脸色严肃起来："萌萌，不管赖泽峰对你有什么想法，这么做都不好，别乱花他的钱。"

林萌翻了个白眼："你想哪里去了，这是因为我帮他破了塞壬之歌那个案子，他爸爸表示感谢才送我的。再说就算是他的卡又怎么样，男女之间就不能有点友谊了？男生请客吃饭，女生就必须得跟他交往吗？都什么年代了，你的想法怎么还这么老土。"

"不管什么年代，都不要用性别优势去为自己谋取利益，不然你早晚会因为这点吃大亏。"徐川很认真地说。

"知道啦，知道啦。啰啰唆唆的跟个老妈子一样。"林萌已经快步向前走去。

徐川朝身后的刑警总队办公楼瞥了一眼，对于只能调查高中生这唯一线索的说法，他并不怎么相信。经历了张璇之死后，徐佳对他已经不再推心置腹，肯定还留有后手，不会把所有的希望都寄托在他身上。

这个短发圆脸、黑框眼镜的呆萌姑娘，现在胸中的城府到底有多深，对他隐瞒了多少事，徐川并没有去猜度查证。人与人之间的关系，是靠一个又一个秘密来维持的。如果你洞察了对方太多的秘密，就算以前关系再亲密，也只会是决裂的开始。他最近虽然跟徐佳疏远了一些，但远远没有到决裂的程度。况且，不管她出于什么目的，的确帮了自己不少忙，让事务所得以继续开下去。所谓物是人非，不过是人生的必经之路罢了，不必斤斤计较。

徐川朝着林萌的方向，缓步跟了上去。

找到拿走镜子的高中生，很顺利；约到这个拿走镜子的高中生，也是出乎意料地顺利。当然，约他的人不是徐川，而是林萌。虽然徐川比警方来说更合适问询，但相较青春活泼的女大学生，哪个对高中男生更有吸引力，显然毋庸置疑。按照林萌的说法，这就是徐川所不齿的性别优势。而且她少女侦探的名头，在学生群体当中要比徐川响亮太多了。

徐川这个人最大的优点，就是没有什么原则底线，更不会意气用事。于是，即便上午刚刚教训过林萌，下午他就欣然接受了林萌的提议，而且毫无情绪波澜。此时此刻，听从林萌提议的徐川，正坐在白熊咖啡厅里，对着面前的黑咖啡一脸呆滞。

徐川对于咖啡的理解，仅限于那种一块钱一条的速溶咖啡，一块钱以上的都很少喝。面前的这杯咖啡价格足足抵上三十多条速溶咖啡，还苦得要命。当林萌给他点了这杯美式黑咖啡时，他曾经试探过要换成气泡水，再不济橙汁也好，结果被斥责为没有品位。品位这个东西，徐川是一直不在意的，明明人生已经很苦了，为什么还要为了让自己显得有品位，去咽下这些黑色的苦水？

咖啡厅的装修风格是半开放式的，若不刻意掩饰，很容易听到相邻卡座的说话声。徐川放下对气泡水的执念，看着面前那一小杯咖啡，耳朵听着后面的动静。几分钟前，林萌领着那个归还手机的高中男生刚刚落座。

"这地方应该很贵吧，林侦……林学姐，我们其实没必要来这么高档的地方，学校附近有个水吧，挺实惠的。"名叫苏敬林的男生有些拘谨。

"你不要在意这些，是我有事找你嘛。我请客，不找个条件好点的地方怎么行？"林萌暖暖地笑着，语气也很温和，跟与徐川相处的时候完全不一样。

"那、那真不好意思，让你破费了。"

"没事儿，我查案子的时候经常请人吃饭。你想吃什么，尽管点好啦。"林萌飞快地划着平板电脑上的菜单。

"我吃个意大利面就行。对了，说起推理破案来，林学姐可真神了，你怎么知道是我取走了手机？"苏敬林讨好地问道。

"我帮警方破了那么多案子，能是白混的吗？"林萌有些得意，随即压低了声音，"放心好了，我是不会透露给警方的，这只是我的私人兴趣而已。"

苏敬林松了口气："我不知道学姐也关注这款手游，你应该没怎么玩吧，不然的话我是拿不到第一的。"

林萌没有说话，只是微微笑着，似乎默认了他的话。这种套话方式很是稳妥，多表达情绪，少涉及内容，让对方自行补上所有细节经过。徐川有些惊讶于林萌的成长，一直以为她就是个咋咋呼呼的小丫头，没想到已经这么成熟了。大概归功于王进吧，自从他做了王进的关门弟子，林萌也经常往那里跑。跟国内首屈一指的犯罪心理学专家相处久了，自然会有不小的变化。前段时间，那些对凶手的心理分析得很到位的话，应该就是她从王进那里听来的。但是，王进那种不在乎黑白对错的性格，对林萌来说究竟是好是坏？

苏敬林搔了搔头说："两个月前，我是看到同学在玩，才下载了那个推理游戏。开始感觉谜题挺有意思，每个环节都还有点实物奖励，虽然不是什么稀罕东西，但那种成就感很棒，马上就陷进去。对了，里面有个案子，是以林学姐查过的黄泉歧路案为参考的，我一眼就看出来了。我以前听人说起过那个案子，所以成了全服第一个解谜的人，一下子把排名拉上去了。"

"黄泉歧路那个案子啊……其实蛮简单的，不过是运用了以车换车的置换诡计。"

"还有那个因为顶罪而产生的时间诡计。"苏敬林有点不好意思地说，"我是不是有点得意忘形了？"

"哪有，自信的男生才最帅气。就算黄泉歧路的案子取了巧，你的名次也一直靠前，说明是很有实力的。"林萌敲了下平板电脑，"再给你叫一份烤肋排吧，男孩子不多吃点怎么行？"

受到赞扬，苏敬林有些不好意思："没有，没有，我运气好而已。林学姐，你是什么时候开始玩那个游戏的？"

"我没玩。我的同学在玩，遇到特别困扰的谜题，她会来问我。"林萌面不改色地扯谎，"但是她又怕我也玩的话，会抢了她的名次，所以每次都只跟我说说谜题。到现在，我还不知道那个游戏究竟长什么样子。"

苏敬林兴奋地掏出自己的手机，递给林萌："就是那个蓝灰色的图标,在线神探。"

林萌戳了一下图标,进入了游戏界面。单调的背景,呆板的文字,杂乱的评论区,像是赶工应付出来的东西。她快速滑动界面,拉到最后一个谜题,评论区里附有详细的解答过程,应该是苏敬林写下来的。

"在这个单向镜子的谜题之后,怎么游戏就好像没了动静?"林萌问道。

"第一个赛季就结束了啊,奖品是个军工手机。"苏敬林道。

"军工手机?我还没见过呢,你带了吗?"林萌仔细观察苏敬林的神色。

苏敬林挠了挠头:"在电话里我没说清楚,那个奖品手机不知道怎么搞的,拍下了一段意外视频,还给传到网上了。我去拿的时候都半夜了,也不知道发生过这些事,回去就给手机充上电了。第二天起床后,才发现了那段视频,还以为是新谜题,琢磨到出门前也没想出个名堂。结果去学校才听同学说起,那条街真的死人了,跟手机里拍下的视频一模一样。这可把我吓坏了,但又不敢去报警,只好把手机偷偷扔到公安局去了。"

"为什么不去报警?"林萌的声音很轻。

"你不觉得很奇怪吗?推理游戏的奖品,录下了意外死人的视频,还给上传到网络上了。"苏敬林压低了声音,"还有啊,听说在意外发生之前,有个叫Soulmate的人预言了这次意外!Soulmate,学姐你知道的吧?"

"知道,一个连环杀人凶手,但是已经死了。"

"这才可怕啊!死掉的人怎么还能预测未来?感觉这里面肯定有个很大的阴谋,我可不想跟这样的案子扯上关系。"

点的餐终于端了上来,林萌将意大利面和烤肋排都推给苏敬林，自己只留了份水果沙拉。她吃得不快，偶尔还偷眼看下苏敬林的表情。这个男生还是有些拘谨，吃东西的动作幅度很小，生怕给林萌留下粗鲁的印象。

"晚上你去取手机的时候，有没有跟谁说过？"林萌问道。

"没有，谜题出来的时候，已经是晚上十二点多了。我想出答案之后，就赶忙骑上自行车，到那里验证去了。"

"你是怎么想出来的？第二天同学把谜题讲给我之后，我也是想了两天才推断出来的。"林萌嘻嘻笑道，"我看你前几次的解谜速度并不是最快的。"

"对，对，我哪有学姐这么聪明。"苏敬林连忙解释，"其实也是凑巧了。在这个谜题出来前三四天，我曾经在评论区里碰到一个人，私聊的时候偶然聊到了类似的单向镜子诡计。"

"这么巧？你的运气真是太好了。"

"是啊。聊过的诡计忽然在现实中出现，我是觉得挺惊讶的。"苏敬林尴尬地笑道。

"那个跟你聊诡计的人呢？他一定也很惊讶吧。"

"那就不知道了。我拿到手机后，试着联系他，但他把账户注销了。"

听到这里，林萌已经明白了。早在这起意外直播之前，凶手就开发了一个游戏APP，在一些学校的推理社团中进行传播。凶手通过对游戏用户的性格能力、行为模式进行分析评判，从而挑选出适合取走手机的人，然后在谜题设置上对他进行倾斜，甚至匿名向他泄底，从而保证这个人在最终谜题出现后，第一个破解并取走奖品。

"那天晚上，你取走手机后，是怎么处理那面仪容镜的？"她问道。

"本来按照游戏规则,我要将现场痕迹清理干净,处理完所有物证。我本来苦恼要怎么处理,可弄碎镜子后,却凑巧看到旁边停着一辆垃圾车,就随手把镜子放进了车后面的拖斗里。"

"垃圾车?半夜停在路边?"林萌问道,"车上有人吗,记得车牌不?"

"车上没人,车牌嘛……我没注意去看。怎么了,学姐,那辆垃圾车有问题吗?"

"没什么,我就是随便问问。"林萌抿了口红酒。没问题才怪,这辆垃圾车简直就是故意停在路边,让这位高中生神探有机会丢掉镜子的。跟表哥揣度的"破窗理论"不同,幕后策划这场直播的人,还留了个心理暗示的陷阱,算是双重保险。毕竟出了街口,就有监控摄像头,如果这个高中生带着镜子走出去,第二天警方就能找到他,破解直播之谜。凶手何至于这么谨慎?留下这个难以破解的直播谜团,是不是为了引表哥参与这件案子?

"拿到手机的时候,你留意过剩余电量吗?"林萌继续问道。

"不知道,手机一直锁屏来着,不显示电量。我好几次试着解锁都没成功,只好用家里的充电器给充上电,去睡觉了。第二天醒过来的时候,发现电量已经充满了,锁屏也自动取消了。"

好吧,凶手连这点细节都考虑进去了。林萌丢掉了手里的刀叉,只觉得挫败感犹如潮水般将自己淹没。仅仅是拿走手机这一个环节,凶手就设计得这么复杂,难以追查。他到底要干什么?究竟布下了多大的局?即便追寻到了这一步,解开了直播之谜,又有什么意义?这个取走手机的高中生,对调查的下一步进展没有半点帮助。

"对了,学姐。"苏敬林放下手里的肋排,道,"你来找我问这个案子,提前告诉过什么人吗?"

"没有啊,为什么你会这么想?"林萌警惕地反问。

苏敬林犹豫了一会儿:"我把军工手机丢进公安局院子之后,没过多久,在线神探这个游戏就给我发了一条后台消息,说如果有人知道是我破解单向镜子诡计的时候,务必要给这个人看看。"

"什么消息?"林萌有些疑惑。

"是张图片,我不知道是什么意思。"

苏敬林点开手机相册,林萌身子往前倾,脸上的表情逐渐凝固。图片上是张 A4 大小的打印纸,纸上贴满了大大小小颜色各异的字块。还未看清内容,她就已经意识到,这是下一起杀人预告。

"十月十四日,瑞麟京唐,地狱之火,从天而降。"

伍越泽顶着大太阳,在路边已经站了好一会儿。他对着便利店的玻璃墙,不安地打量着自己的影子。衬衣有些宽大,不是很合身,但好在干净。裤腿刚到脚踝,露出黑色的袜子,显得有些窘迫。帆布球鞋被脚指头顶破了个洞,看起来很是扎眼。这身装束,去便利店买东西最多被人多看几眼,但在就餐台上写作业的话,会不会被店员赶出来?他平时都在公园里写作业,树荫下虽然算不上凉爽,但至少不会一直出汗,弄脏了作业本。可今天公园恰好施工,他没地方去了,才想来这家新开的便利店看看。

胸前的衬衣被汗水浸透了,额头上的汗珠也不知道出了几次,伍越泽终于推开了便利店的玻璃门。他先买了两个包子,然后走到落地玻璃墙的长条餐台旁边,小心看了眼四周。店员正在收银台后整理杂物,几个顾客都在挑选商品,没有人注意到他。空调嗡嗡作响,沁人的凉意很快将身上的燥热抚平。他从书包里掏出课本放在餐台上,开始写作业。笔尖在作业本上不断滑动,写下一行又一行端正的字迹。老师经常夸赞伍越泽的作业,不但字迹工整干净,而且极少出现错误疏漏。"伍越泽同学以后考重点高中绝对没什么问题。"不止一个老师这么说过,但同学们却大多表示怀疑。毕竟像他这种寄人篱下的孩子,能不能读完初中都不一定。

身后终于响起了脚步声,作业连一半还都没写完。伍越泽叹了口气,一边收拾课本,一边小声道歉:"对不起,我马上就走。"

"没地方写作业?"店员有些好奇,"没带家里的钥匙吗?你多大了,上初几啊?"

"对不起,我以后不会来了。"伍越泽低着头,抱起书包准备出去。

店员却拽住了他说:"哎,别走。要是写作业的话,在这里待多久都没问题。"

伍越泽有些诧异地抬起头,仰望着店员。看起来这是个二十岁多点的女孩子,长得不算漂亮,但给人干净爽朗的感觉。

店员俯下身说:"就在这里写吧,能算什么事儿啊。"

"可是,占用了就餐台,会不会不方便其他人……"

"不要紧的,能有几个人在这儿吃东西?你又是个小孩子。"店员笑得很温暖,"照顾小孩子,是大人应该做的事。"

伍越泽拘谨地点了下头,重新把书包放到了餐台上。

"不是买了包子吗,不先吃了吗?饿着肚子怎么能写好作业?"店员道。

伍越泽只好掏出一个包子,一小口一小口地吃完,然后旋开带来的旧水杯,将里面的白开水全部喝光。

"不是买了两个吗,怎么只吃一个?"店员还没有走。

"剩下一个,明天早上吃。"伍越泽小声道。

"喂,喂!结账啦!"收银台前已经排了几个顾客,最前面那位已经等得不耐烦了。

店员应了一声"不好意思",小跑过去。伍越泽松了口气,不管怎么样,今天应该能在这家便利店里写完作业了。已经习惯了被呵斥和驱赶,这突如其来的好意,让他觉得有点不太自在。时间过得很快,作业全部写完的时候,天已经完全黑了。伍越泽按了按肚子,虽然喝了很多水,但还是有些饿。他开始收拾书包,店员却又走了过来,将一碗关东煮推到他的面前。贡丸、海带尖、鱼豆腐从红色的汤底里冒出来,袅袅升起的香气蹿进了鼻腔,让他喉头滚动一下,咽下一口口水。

"吃啊!"

"我……我没有……钱。"伍越泽的声音小得几乎听不到。

"不要你钱,我请客!"店员看他不吃,自己插起一颗贡丸丢进嘴里,"你尝尝,我们全嘉便利店是吴松第一个有红辣锅底的,比罗森还要早呢!"

伍越泽犹豫了一会儿,插起一块鱼豆腐放进嘴里,轻轻咬了下去。微辣的汤汁浸润所有味蕾,浓郁的香味迅速弥漫在唇齿之间。他想起了从前妈妈带他吃关东煮的情形,眼眶不觉湿润了。

"接着吃嘛!"店员把关东煮往他身边推了推,自己又插起一个海带尖,"我们一起!"

"谢谢。"伍越泽小心地插起一颗贡丸放进嘴里,慢慢嚼着。

"我叫文若男,贵州的,你呢?"店员问道。

"伍……伍越泽,本地人。"

"啊?你还是本地人啊,我还以为你也是外地的呢。"文若男问道,"你怎么不回家写作业,要到便利店写?"

伍越泽没有说话。

文若男"啪"地拍了下脑门："嗐，你看我这话问的，真没水平。我看你字写得挺好，解题也很快，学习成绩一定很好吧？"

"还……还差不多。"

"原来在贵州老家，我在镇里初中经常考年级第一，不过几个娃都读书的话，家里实在负担不起，我只好出来打工了。我家老幺跟你岁数差不多，可惜不怎么爱读书，成绩差得很。"

伍越泽又沉默下来。

一碗关东煮很快就吃完了，店员问道："要不要再吃个包子？"

"不了，不了，吃饱了。"伍越泽赶忙拒绝。这是他几个月来最丰盛的一餐了。不能吃得太多，不然胃还会被撑大，那样以后晚上又会饿得睡不着。

"哎呀，长身体的时候，不吃饱怎么成！"文若男跑去又拿了两个包子，塞到他手里，"拿着！我家老幺一顿能吃六个包子呢！"

门上的风铃响了一声，又有客人进来了。文若男拍了拍伍越泽的肩膀："明天这时候还是我当班，来写作业吧！"

看伍越泽没有吭声，她想了一下又说："姐姐有些英语上的问题想请教你，一定要来！"

伍越泽点了下头，文若男这才笑了，转身向收银台走去。少年推开了便利店的门，闷热压抑的空气迎面扑来。他回头看着灯火通明的便利店，心中忽然升起一股莫名的勇气，驱散了连日来的阴郁。

我一定会报答你的。他在心中默念，然后头也不回地走进黑暗中。

63

第二章 地狱之火

"十月十四日,瑞麟京唐,地狱之火,从天而降。"

这些字块提取自苏敬林收到的那张图片,由技侦组经过锐化处理,打印出来贴在了会议室的白板上。提高解析度后,字块已经变得比较清楚,与上一次一样,仍旧是从旧报纸上裁剪下来,然后贴到白纸上的。

白板前放了两张黑胡桃色的长桌,虚位以待。长桌对面,则是六排三列相同款式的会议桌,坐满了身穿制服的警察。几乎所有人都盯着白板,反复读着上面的字块,议论纷纷。这则杀人预告的含义,发布之后很快就被推断了出来。两次预告都只有四句话,第一句是时间,第二句是地点,瑞麟京唐指的就是瑞麟路和京唐路的交叉路口。第三句是杀人方式,这次跟火有关。

虽然弄清楚了预告的意思,但警方却面对着很大的舆论压力。在苏敬林向林萌转发预告图片的时候,触发了那款手游的木马指令,自动将预告图片发送给了所有玩家。仅仅两个多小时后,各大网络社交平台上均出现了这张图片,算是借游戏玩家之手,非常高调地预言了第二次杀人直播。

警方刚开过新闻发布会,将第一起案件定性为意外,并认定预告信只是巧合。谁知道,第二起杀人直播的预告就接踵而至,相当于狠狠抽了警方一个耳光。各种媒体平台上,指责警方愚蠢无能的评论数以万计，以至于市公安局官方微博不得不出面道歉，并承诺尽快查清案件真相。

徐佳坐在第一排长桌后，一脸沮丧的表情。本来召开新闻发布会是为了平息网络谣言，结果却掀起了更大的舆情。策划了第一起杀人直播的凶手，犯案节奏把握得很准确，游刃有余地掌控着网络舆论的走势。前几天林萌说的一大堆犯罪心理画像分析，应该是从徐川那里现学现卖的。其中有一点看来是正确的，凶手非常注重扩大这件案子的社会影响程度，而且还会继续犯案。如此高调地公布了第二次杀人直播预告，说明凶手有十足的信心，认为这次依然可以全身而退。这种赤裸裸向警方挑衅的态度，让徐佳心中充满了屈辱感。

会议室的门被推开了。陈处长一行人走了进来，一言不发地坐在主席台上，翻看着桌子上的汇报材料。很久没见过陈处长了，他还是一头花白短寸，脸颊棱角分明，神色严肃。徐佳觉得有些恍惚，调查碎尸重生案时，他还是个意气风发的中年大叔，现在倒有点像个老人了。说起来，自己也是调查碎尸重生案的时候认识了徐川，之后发生了那么多事情……

"徐佳。"

听到自己的名字，徐佳下意识地站了起来，迎着陈处长冰冷的目光。

"这次由于误判形势而引发的网络舆情，让我们非常被动。汇报材料上写得很清楚，现在的麻烦是我们的特别顾问徐川所引起的。我们安排他去接触苏敬林，他却又自作主张，安排了个大学生林萌去做这件事，以至于触发了木马程序。把调查任务当成儿戏，你认为他有资格继续担任顾问吗？"陈处长不像是询问，更像是质问。

"我认为,由于林萌和苏敬林都是学生,身份相仿,更容易获取情报,徐川这样安排是没有问题的。"徐佳盯着陈处长道。

"即便造成了这样的后果?"陈处长道。

"我们基层警务人员,"徐佳把"基层"两个字咬得很重,"在查案的时候,只能选择自己认为最稳妥、最便捷的方式。由于个人能力有限,对未来的预估难免会有局限性,不能保证每次都会得到意料之中的结果。徐川虽然是编外人员,但也因此有身份优势,对查案帮助很大。而且此案涉及Soulmate,我依然认为他很有必要参与这件案子。"

陈处长不置可否,转头问身边的人:"这个会,徐川怎么没参加?"

"他在会议开始之前就跟徐佳讨论过案情进展,并且拒绝列席会议。"

"蛮有性格的嘛。"陈处长淡淡道。

徐佳低声嘟囔了一句:"有能力的人自然会有性格。"

声音虽然不大,但第一排和主席台上的人是能听到的。陈处长脸上没有表情,开始向其他组提问。舆情组、现场组、鉴证组、技侦组……一个又一个组的负责人相继站起来,回答完问题后又坐了下去。问答持续了一个多小时,案情梳理总结得越来越清晰,已经到了尾声,徐佳却还一直站着。

陈处长将桌上的资料立起来,在桌面上磕了磕,目光扫视全场,开始布置任务。

"程小青!你带队前往瑞麟路和京唐路的交叉路口实地搜查,对街道附属物和地形特点逐一排查登记!"

"张无诤!你带队前往交警部门,对路口附近所有监控摄像头进行检查布防,从现在起要做到全方位监控覆盖!"

"陆澹安！你要尽快找到在线神探这款非法运营手游的服务器地址、运营人员，汇总出游戏用户的名单！"

"曹正文！你负责……"

所有人都领到了任务，除了徐佳。陈处长看了她一眼，故意沉默了十多秒，才开口问道："你的那个特别顾问，现在在忙什么？"

"他去调查第一起直播杀人案的死者住所了。"

"我们不是已经调查过了，他也看过资料了？"

"是的。"徐佳道，"他认为有些细节需要确认一下。"

"觉得自己比警察水平更高？蛮有性格的嘛。"陈处长重复了一句，猛然提高声音，"散会！"

会议室里响起一阵桌椅拉动的声音，同事们相继离去，只留下陈处长和徐佳两个人。徐佳依旧站着，倔强地盯着陈处长，没有一丝妥协的意思。陈处长抚了下自己短短的头发，走到了徐佳身边，拍了拍她的肩膀。

"快两个小时了，腿都麻了吧？先坐。"

"我不累。"徐佳梗着脖子回应。

陈处长叹了口气："跟我年轻时候一个德行，总觉得自己才是对的。"

他退后两步，靠在主席台的长桌旁，从制服内袋里摸出一支烟，点燃后狠狠抽了一大口。

"室内不允许抽烟。"徐佳夸张地举起手，在面前扇了扇。

"我跟你爸，那时候总是借口留下来打扫会议室，然后凑在一起抽烟。那时候工资很低，也抽不起什么好烟，甚至有时候一根烟得两个人分着抽。"陈处长忽然笑了笑，"跟你说这些干吗，你这丫头根本不会懂。"

徐佳低下头，沉默不语。

陈处长语重心长道："老徐死得早，就你这一个闺女，我多少也得照应下。你就是上学时候推理小说看多了，崇拜什么名侦探。徐川那个人，流里流气的没个正经样子，你别看他破案有两下子，就觉得他什么都好。"

"我才没有，我一直都在利用他破案而已。"徐佳吸了下鼻子，"我知道你想说什么，根本不可能的事，你就别瞎操心了。"

"那样最好。说实在的，我连警察都不建议你找。等这个案子结束了，我给你介绍个作家，人品很好，特别老实。"陈处长抬腕看了下表，"你有时间，也回去看看你妈。当初老徐他俩离婚，也不能全怪她。我们当警察的，有几个顾得上家的？"

徐佳边翻着桌子上的材料边说："我根本没考虑过这些，恋爱、结婚对我来说都是枷锁。"

"迟早会碰到这个坎的。我还有事，得先走了。记住我的话，查案是查案，可得离那个徐川远点儿。"陈处长看着依旧站着的徐佳，摇摇头走出了会议室。

会议室的门刚关上，徐佳就一下子瘫到了凳子上。她咬着牙，弯起手指轻轻地敲着酸麻的小腿，过了好一阵子才缓过劲儿来。刚才会上，几个查案方向都已经安排了人手跟进，应该很快就会有进展。尤其是提前对现场进行布控、介入周边监控，都是很有力的手段。虽然第二次杀人预告给了警方很大压力，但也提供了更多线索。如果凶手在第一起案子之后就销声匿迹，那还真不好抓到他。

徐佳活动了下双腿，随手拿起桌子上的气泡水喝了两口，忽然意识到那是徐川喝剩下的。她夸张地撇着嘴，冲到墙角饮水机那儿，仔仔细细漱了几回口，才忍住想吐的冲动。拐回来看到桌上的气泡水,她心头泛起一阵焦躁,抓起瓶子狠狠掼进了垃圾桶。这个徐川,不参加会也就算了,还总是自以为是。原本想拉上他,一起去预告的路口看看情况,他却坚持要亲自调查第一起案子中的死者住所。明明早就把调查资料全给了他,现在还过去做什么呢?距离十月十四日没有多少时间了,还不把精力放到第二起凶案上,偏偏去纠缠第一起案子?两人在会议室里争执了好一阵子,那个人小鬼大的林萌,全程笑嘻嘻的,时不时赞同徐川一句,简直要把人活活气死。

碎尸重生案和启明集团案时,林萌还是个高中生,自然掺和不到案子里。那时候自己跟徐川也没有什么隔阂,合作起来倒是挺顺利的。现在经历了张璇的事情,又多了个聒噪的林萌,对徐川的掌控已经越来越弱了。这样发展下去,可不会出现什么好结果。而且,如果那件事被徐川发现了的话,恐怕就完全无法收拾了。

徐佳推了推快从鼻梁上滑下来的眼镜,忧心忡忡地叹了口气。

林萌打了个响亮的喷嚏,揉了揉鼻尖:"今天怎么回事,一直打喷嚏,该不会有人在背后骂我吧?"

徐川道:"你一个正在接受高等教育的人,怎么也这么迷信。"

"不是迷信,就随口说一句。"林萌皱了皱鼻子,"不过这世上有很多事,还都不能用科学来解释。我觉得现在这个案子,就有些神神道道的。虽然我们解开了直播诡计,也发现了案发现场有人为布置的痕迹,但那个泼水的大妈和骑车的女学生,她们互不相识,甚至都没见过对方,根本没有合作的可能。换句话说,那个行人还是死于意外,对不对?"

徐川没有回答。他觉得这里面肯定有问题，却始终解不开这个谜团。放置手机的人依旧没有找到，拿走手机的高中生也跟老板娘、骑车女生互不相识。最重要的是，他们跟死者也并不相识。一群陌生人联合起来，在毫无交流的前提下，以意外事故的方式去杀死另一个陌生人，这太荒诞了。他甚至怀疑，那个自称Soulmate的人从头到尾都没有出现，就连放置直播手机的，也是一个毫无交集的陌生人。

"其实，昨天我想到了一个可能。"林萌故意停顿了一下，吸引徐川的注意，"会不会是催眠？"

"催眠？"

"Soulmate利用催眠的手段，操纵了那些人的潜意识，制造了这个离奇的凶杀案。"林萌字斟句酌地说，"我还记得，你就吃过催眠的亏。张璇曾经对你进行了深度催眠，让你回忆起很多年前的……"

"但她却操纵不了我去做某一件具体的事情。催眠没有那么神奇的威力，不但需要被催眠者的高度配合，而且还有许多限制条件。就算催眠成功，也只能影响被催眠者的情绪，最极致也就是接受心理暗示。"徐川摇头道，"即便像张璇那种出类拔萃的天才，也不可能通过催眠的手段，让多人联手配合完成某一件事，更别说合作杀人了。"

林萌沉默了一会儿，忽然问道："那通过催眠，能不能改变一个人的情感？比如说让谁仇恨谁，或者爱慕谁？"

"理论上或许可以，不过我没有听说过现实中有成功的案例。"徐川道，"人的思绪瞬息万变，通过深度催眠，或许可以影响一时的情绪，但绝不可能影响一世的情感。你问这个干什么？"

"没事，就是想到这儿了，随便问问。"林萌抬手指着前方，"到了。"

被害人陈山宇的家，就在眼前这栋破旧的老式公房里。外墙上黄色的小瓷片已经脱落了不少，裸露出石灰底层，斑驳不堪，很是扎眼。整栋楼有六层高，每层十多个房间，开放式走廊上堆满了杂物，铁栏杆上也是锈迹斑斑。

"住这样的房子，经济条件也不怎么样吧。"林萌翻着手上的资料，"陈山宇，以前在家小公司任职，负责自动贩售机的维修业务，并且向商场、工厂这些地方推广增加营业点。不过从业绩表上来看，他的业务能力可真算一般。半年前因为跟同事打架，从公司离职，至今无业。徐佳他们调查得还挺仔细的，我们真的有必要再来一趟吗？"

徐川斜了她一眼："你觉得没必要，那为什么还要跟徐佳唱反调？"

"我不是帮你说话嘛，总不能让你被她压下去了。要不是我，她能给你钥匙才怪。"林萌想起拿到钥匙时徐佳一脸不情愿的样子，嘴角不禁翘得更高。"你坚持再调查一次，是不是觉得徐佳他们可能遗漏了什么？"

"不是不相信徐佳。这个预告杀人，各个环节都安排得非常缜密，算计得很精确。如果用这样的手段，随机杀死一个路人，有什么意义？陈山宇被杀，一定有他被杀的理由，不会是无差别杀人。"徐川顺着楼梯拾级而上。

"去他房间里，就能搞清楚这个问题？"林萌在后面问道。

"只是希望而已。"徐川道，"按照已知的线索，第二起直播杀人发生之前，我们能做的事不多，不如来这里瞧瞧。"

说话间，两人已经走到了四楼，站到一处房门前。林萌摸出两副白手套，递给徐川一副，自己戴上了一副，然后又从裤袋里摸出了一把钥匙，插进锈迹斑斑的锁眼里。刚打开门，一股发霉的味道就扑面而来，她立刻捂住嘴退到徐川身后。

徐川耸耸肩，自己先走了进去。房间不大，只有二十多平方米的样子，像极了快捷酒店的客房。进门右手边，用毛玻璃隔开了一个狭小的洗手间，拐过去看到了一张单人床，上面散落着被褥。床头旁的简易衣柜半开着门，衣服胡乱塞在里面。正对着床的地方放了一张固定在墙上的书桌，上面有些碗装方便面和几听啤酒饮料。书桌上方的墙壁上，钉了个挂衣架，领带和裤子胡乱挂在一起。

"典型的宅男，跟熊猫那个死胖子差不多。"林萌在门外道，"除了没有电脑。"

看到警方资料的时候，徐川就注意到了这个细节。陈山宇三十三岁，这个年龄段的人，尤其是这种收入水平的人，娱乐方式一般都是靠电子产品。玩游戏、刷微博、看抖音，都是花钱不多，又很能消磨时间的好办法。但陈山宇不仅没有电脑，手机里也没装什么APP，显得与时代有些格格不入。

墙角有个一米宽的三层书柜，上面摆满了书。徐川走到书柜前，手指搭在书脊上，却没有动。全是小说，科幻、推理、悬疑、都市，种类也算是五花八门。徐川记得，警方的调查资料上显示，陈山宇是高中毕业，并没有上过大学。对于学历高低、收入多少，徐川向来没有偏颇的看法。但放到现在的社会环境下，像陈山宇这种条件，还喜欢读实体书的人可谓少之又少。

书并不多，也就一百本左右，不乏一些名家名作。像《三体》《冰与火之歌》这类的大部头也有，都按照顺序码放得整整齐齐。就连不同开本的书，也都归类好，分层码放。徐川忽然有了个念头，往后退了几步，再度环视房间四周。他觉察到整个房间里充斥着一种不协调感。林萌不知道什么时候走了进来，歪头看着书架，似乎也想到了什么。

"这个书架，确定是陈山宇的？"徐川问道。

"资料上都写着呢，警方搜查的时候，在书架和书上都发现了陈山宇的指纹，肯定是他的没错。但是……"

"但是这个书架有些奇怪。"徐川道，"这间屋子里所有东西都很乱，唯独这个书架上的书码放得很整齐。"

书架体现出陈山宇近乎强迫症的收纳习惯，但桌子上、床上堆放的东西，却又随意、散漫。人的收纳习惯是由其性格决定的，同一个人在同一个场所，断然不会出现两种截然相反的习惯。

"也不全是，《银河帝国》的第六本就放错了层。"林萌踮起脚尖，把那本《基地边缘》抽了出来。

她捻起书角，快速翻了一遍，没发现什么异常，就扒拉开那排整齐的《银河帝国》系列，准备按照正确顺序放回去。徐川忽然伸手，握住了她的手腕。林萌的动作为之一滞，略略有些恼怒。她转头瞪向徐川，却看到徐川眉头紧锁，盯着那排《银河帝国》。林萌有些好奇，索性把几本《银河帝国》全都抽了出来，却在书架后的墙壁上，看到一张旧报纸。

"本报记者发自纽约华盛顿现场的报道……美国遭遇恐怖袭击……中国致电布什总统……"林萌小声念了几句，"这是……二〇〇一年九月的报纸？"

徐川忽然抬手，将书架上的书全都拿了下来，发现书架后面只贴了这一张报纸。

"你干吗？"林萌不解地问道。

"两次杀人直播的预告信你都见过，有没有觉得眼熟？"

"旧报纸字块！"林萌恍然大悟，"这个陈山宇，是制作预告信的人？"

"不对。这张旧报纸应该是最近刚贴上去的，屋里这么潮湿，如果贴了几个月，纸早就发霉了。"徐川道，"书架上的书码放得如此整齐，应该也不是陈山宇所为，而是有人为了吸引我们的注意，重新进行了整理。这个人，才是贴旧报纸的人。"

"很有可能也是制作预告信、直播杀人现场的人。"林萌很快跟上了徐川的思路，"可是，贴这张报纸是什么意思？是想暗示我们，那些预告信上的字块也是二〇〇一年的旧报纸上的？"

徐川伸出手指，仔细摩挲着墙上的报纸。这张报纸原先应该保存得很好，而且也是不久前才贴在这里的。纸面虽然已经发黄，但并没有变湿变软的迹象。两次杀人预告都采用旧报纸字块，显然对凶手来说有特殊的意义。如林萌所说，这张报纸点出了二〇〇一年这个时间，那凶手是不是在暗示，二〇〇一年发生的某件事情，才是这一系列杀人直播的源头？

徐川的动作停了下来，尽管隔着手套，他还是感觉到有种细微的凹凸感。他小心滑动手指，沿着凹痕上下移动，勾勒出一个小小的"d"形。把线索隐藏得这么深，有必要吗？徐川往回退了一步，再度环视四周。

林萌好奇上前，手指搭在徐川刚才停留的地方："d？dark？"

徐川抓起桌子上的一根铅笔，横着笔尖放在报纸上，小心摩擦起来。淡淡的铅墨在旧报纸上氤氲开来，更多的字母从中现身。

"No……accident。"林萌轻声念了出来。

徐川的眉头依旧紧锁，一丝诡异的气氛在湿闷的室内蔓延。

"这是什么意思?"林萌问道。

"不知道。"徐川脸上没有一丝尴尬,"我又不懂英语。"

林萌无可奈何地叹了口气:"这行字的字面意思是,不是意外。我是问凶手留下这条信息,是什么用意?"

"不是意外。"徐川重复了一遍,"这等于是凶手明确承认了,第一起远程直播的案件是谋杀。"

"费了这么多周折,就是为了传递这么一个消息?小题大做。"林萌哼了一声,"我们早就知道不是意外,是件凶杀案了。"

"可是我们没有证据。"

"你是说……"

"叫徐佳他们过来。拿到凶手的自白,千视公司总不至于还拒绝配合调查。"

林萌摸出手机,开始联系徐佳。徐川走到房门口,左右看看空无一人的走廊,靠在掉了漆的铁栏杆上。尽管有了新的突破口,他却有种不好的预感。这个信息,应该是陈山宇死亡后,凶手潜入他的房间留下的。不然的话,陈山宇一定会发现书架上的变动。而且,这个人用这种方式留下线索,似乎笃定徐川会来这个房间探查,并由书的排列顺序发现端倪。这种被凶手看破的感觉,让徐川觉得很不舒服。

他定了下心神,冲林萌道:"徐佳什么时候到?"

"说是要报告领导,得到批准后,才能集合鉴证组、技侦组的人,至少要一个小时。"

"好吧,我们正好在这里透透气。"徐川伸了个懒腰。

"No accident。"林萌喃喃道。

"得了,别炫耀你的英语了,我也听不懂。"徐川道。

"不是,这个句式有点奇怪。要是按照习惯来说,应该是

There is no accident 才对，这样有点不规范。"

"或许跟我一样，都不懂英文。"

"那直接用中文不好了，我是觉得后面好像缺了半句。"林萌道，"如果是这样的开头，一般后面会跟个 it's 什么什么的。表达这不是意外，而是别的什么才对。"

"我们把报纸全涂黑了，并没有发现后半句。"徐川有些意兴阑珊，"看徐佳他们能不能在这里找到什么。"

林萌从口袋里摸出一块巧克力，脱下手套后剥开一半包装纸，递给徐川。

徐川愣了一下，整个人稍稍放松，伸手接过。他轻轻咬了一口，味道非常不错，下意识地看了眼包装，却全是些奇怪的字母。

"这是……法国的？"

"比利时的，"林萌笑嘻嘻地看着徐川，"好吃吧？赖泽峰给了我一盒，我平时都不舍得吃。看你一直愁眉苦脸的样子，便宜你了。"

徐川舔了下嘴唇："谢谢了。对了，赖泽峰对你这么好，是不是喜欢你？那小子长得挺帅，还一副文质彬彬很有涵养的模样，你早晚得栽到他手里。"

"怎么会？他太装模作样了。吃个牛排都要告诉我煎蛋不能直接吃，要把切好的牛排蘸着蛋黄吃。"林萌往后一仰，坐到铁栏杆上，"我爱怎么吃就怎么吃，哪来那么多规矩。"

"还有个小哥，叫什么来着？不是经常考全校第一，还入选数学建模大赛了？他不是你青梅竹马吗，怎么样？"

"陈然那个呆头鹅？闷得要命，整天跟在我后面唠叨查案太危险之类的，比我妈还烦。"林萌斜眼看着他，"我说，你今天怎么变得这么啰唆,问这些是什么意思,想给我介绍男朋友?"

"没,没。"徐川举手投降,"你才大一,好好上学,别瞎谈什么恋爱。"

林萌翻了个白眼:"你还是先操心你自己吧,这么大的人了,连个女朋友都没有。"

徐川默然无语,将整块巧克力塞进了嘴里,香甜细腻的味道充斥齿颊之间,心中却泛起一丝若有若无的苦涩。

熊猫被楼下的狗叫声吵醒了。

他擦掉嘴角的口水,打着哈欠走到窗户边,往楼下看去。路边有两只狗在对着狂吠,它们各自的主人也在叉腰对骂。

熊猫津津有味地看了半晌,直到人狗都散了,才回到沙发边,随便拾起一条短裤套上。他无聊地拍拍肚子,拉开冰箱的门,发现里面没有什么吃的东西了,只好拎出听气泡水,仰脖一口气灌下,打出个响嗝。他拎着空易拉罐,本来想远远地投入垃圾桶里,犹豫了一下,还是老老实实走到跟前丢了进去。

接着,他走到墙角坐下,拾起戴蒙德的《枪炮、病菌与钢铁》,翻到三分之二处,继续读了下去。这本书从历史观和行文结构上来说,都跟黄仁宇比较类似,属于"大历史"的范畴。从宏观入手,对不同时代、不同国家纵向、横向的分析比较大气磅礴。他看了眼丢在旁边的另一本书,茨威格的《人类群星闪耀时》,憨憨地咧开嘴笑了。那本书是前几天读完的,刚好跟手上这本相反,认为是几个偶然时刻造成了人类历史上的伟大转折。两本书对照着读,对比其中观点相悖之处,当真有趣得很。

电脑突然发出悠长空灵的提示音,熊猫警觉地直起了身。这个声音上次响起来还是一年半前,源自大洋彼岸的一个黑客组织。他走到冰箱前，又拎出一听气泡水，才盘腿在电脑前坐下。九个屏幕上显示出不同的提醒画面，对方已经攻破了防火墙，正在试探性地往系统核心进攻。

熊猫抠开拉环，灌下一大口气泡水，随后十指搭在键盘上，好整以暇。他的电脑上装了个免费的杀毒软件，可以阻挡大部分病毒和木马。但对于黑客有目的性的攻击，也起不了多大的防护作用。他看到对方正在更改杀毒软件的管理权限，将自身列入可信任名单。

熊猫的手指动了，键盘在敲击之下闪烁着五颜六色的光芒，响起了悦耳的伴奏。这个机械键盘是他花了三千多块买了配件后组装的，红轴、青轴、茶轴、黑轴交替使用，每个键位都嵌入了不同颜色的LED灯，并配上了不同的音乐。虽然被林萌吐槽一股城乡接合部的审美，却是他最喜欢的一把键盘。

熊猫没有阻挡对方的进攻，而是任其攻破第二道防火墙，顺势将其引导进一个虚拟系统里。那里有个影子操作系统，对方发布的每道命令看似都得到了执行，但其实反馈的都是假象。这个系统是熊猫在被大洋彼岸的黑客组织攻击后，花费八个月心血做出来的，经过无数次模拟测试后，第一次进入实战。到目前为止，熊猫对自己的手艺感到很满意。对方已经跌入了陷阱，在虚拟系统内扔了两个比较容易发现的病毒，又埋下了一个套着系统文件外壳的木马。

这是黑客惯用的招数，当被攻击方发现入侵记录并进行检查时，往往会在杀掉两个容易发现的病毒后，忽略那个隐藏最深的。只可惜，这也是熊猫的惯用招数。他拈起气泡水，又喝了一口，接着开始小心翼翼地追踪攻击方的IP来源。他并没有跟对方正面交锋，而是挂上了个小程序，跟着对方的数据流遥遥而上。越过几个代理服务器后,他很快就遇到了阻碍,是一层带有反制措施的防火墙。他没有贸然进攻,立刻脱离跟踪。

熊猫切换了信号源,侵入 IP 地址附近的移动网络,找到了离攻击方电脑很近的一只手机。轻而易举绕过防御之后,他调出谷歌地图,确认了地址。

吴松刑警总队办公楼。

熊猫兴奋起来,吹了个口哨,手指在键盘上敲击如飞,不断试探着附近的手机。然而让他失望的是,没有一只手机的摄像头能看到进攻方的那台电脑。他犹豫了一下,决定冒险一搏,顺着一只手机的 Wi-Fi 信号,经过无线路由器,侵入一台正在待机的笔记本电脑。笔记本电脑上的摄像头闪了下蓝光,将画面传输了过来。由于角度的问题,他只能看到进攻方电脑后方的一条亚麻色的马尾,然后是条牛仔裤,粉红色 T 恤。

"咦,怎么是个妹子啊?"熊猫挖着鼻孔,自言自语。

"怎么样了?"画面外传来一个熟悉的声音,徐佳走到了粉红色 T 恤的后面。

"你不说他是个黑客吗?"粉红色 T 恤有点迟疑,"我觉得侵入得太容易了,会不会是个陷阱?"

"有什么不对劲的地方吗?"

"那倒没有。他的电脑上设了两道防火墙,第一道是幌子,很容易就攻破了;第二道有些难,不过也被我攻破了。等他发觉后,会查杀两个木马程序,但应该发现不了我埋得最深的第三个。等到合适的时候,我们就可以启动第三个木马程序,对他的电脑进行监控了。"粉红色 T 恤道。

"这不挺好吗?"徐佳道,"熊猫应该是没发觉。虽然徐川老是说他水平很高,但我觉得也就那样。上次我们潜入他的电脑,钓出张璇的地址,他也没发觉。那次负责潜入的程序员,水平比你差远了……"

熊猫傻乎乎地笑了,他气势磅礴地敲了下回车键,切断了摄像头,哼着aLIEz摸出了自己的手机。刚才的影像已经转录到手机里,他点开微信,找到徐川的头像,把视频传了过去。

徐川和徐佳之间,因为张璇的死有了层隔阂。不管监控熊猫电脑是徐佳的主意,还是她上司的命令,都会让徐川产生更强烈的不信任感。这倒是件好事,徐川这个人,总是对身边的女孩有种莫名其妙的信任感。

熊猫等了一会儿,徐川那边还没有回音,于是又点开微信,发了条消息:"视频看了?"

这次总算有了回应:"顾不着,等会儿徐佳就要到现场了,有重要线索。"

"嘿嘿,那你可更要看看视频了。"

"什么意思,你能不能把话说清楚?"

"酌酒与君君自宽,人情翻覆似波澜。下一句记得是什么不?"

徐川那边停了一会儿:"明白了。我现在就看视频。"

"记得静音。"熊猫又提醒了一句。

熊猫发完消息,把手机丢到一边,从沙发上拽出几件T恤,挑了件印有御坂美琴头像的,胡乱套到身上。接着他活动了下手脚,走进洗手间,踩着坐便器的边沿站了上去。双臂向上一伸,刚好够得着石棉瓦吊顶,他用手指顶开左边的那块吊顶,踮起脚尖向上摸了一会儿,拽下来一个黑色袋子。

熊猫跳下来,撕了几张卫生纸仔细擦去坐便器边沿的脚印,然后将袋子塞进T恤里,推开洗手间的门,径直向屋外走去。

走廊里依旧静悄悄的，看样子郊区写字楼的十三层永远都不会有什么人气。他慢悠悠地走到走廊尽头，一脸笑容地迈进女洗手间，用拖把顶住门，进了一个隔间里。

熊猫摸出袋子，拉开封口，取出一部卫星电话，按下几个数字，然后耐心等待。这个时候，那边好像是晚上吧？他咧开嘴，不怀好意地笑起来，能有正当理由打扰到某人的睡眠，真是件开心到爆炸的好事情。

徐川三人按照约定的时间，到了千视公司楼下，却被告知公司的法人代表韩百川有个重要活动。秘书陪着他们参观完公司，徐川见韩百川那边还没有要结束的样子，只好到会议室里继续等。

千视公司的小，显然是相比大公司来说的。办公地点位于一栋市中心的写字楼中，在职员工三百多人，餐厅、健身房、休息室一应俱全，就算在网络新媒体公司里，条件也是相当不错了。会议室的装修也充满了时尚感，房间当中放了张简约风格的玻璃材质长桌，两边各摆了八张造型别致的黑色真皮座椅，脚下是原木色的塑胶地板，四周的墙壁也都是后现代软包风格。徐川用力往下坐了坐，发现椅子坐垫虽然很软，但韧性很强，刚好能把臀部包裹起来，不至于产生悬空感。不过就算椅子再舒服，他也已经坐了一个多小时，早有点不耐烦了。旁边的徐佳也是一样，不时抬头看看墙上的石英钟。林萌倒是无所谓，一直拿着手机，不知道在跟谁聊天。

徐川往后靠去，头耷拉在坐椅靠背上，无聊地看着天花板。那天徐佳他们到了陈山宇的房间，将遗留信息拍下来，并对整个屋子进行了再搜查。对于发现的新线索，徐佳十分在意，详细询问了整个过程,然后跑到一旁打电话,嘀嘀咕咕说了好久。直到鉴证科忙完收队,她才又找到徐川,说上面已经批准了对千视公司进行调查约谈,要徐川同行。林萌闹着要一起去,徐川没有掺和,装作接电话走到了外面走廊的尽头。

看了熊猫发来的视频,知道徐佳授意陈诺入侵了熊猫的电脑后,徐川并没有很震惊。去年徐佳也是用这种方式,查到了张璇的地址,这次故伎重施,很可能是怕徐川在查案时有所隐瞒。"酌酒与君君自宽,人情翻覆似波澜"的下一句,是"白首相知犹按剑,朱门先达笑弹冠",徐川记得,也很理解。人之常情罢了,犯不着大惊小怪地去问个所以然。更何况很多时候,问到的答案不见得是真正的答案,甚至不是你想要的答案。有些事,自己心里明白就可以了。

林萌轻轻捅了徐川一下说:"怎么我们都在会议室等了快两个钟头了,这家公司的负责人还没出来?他们这么嚣张,徐佳好像也没什么办法。"

徐佳听到了林萌的话,没好气地答道:"不是人家嚣张,我们这次来没有搜查令,只是要求对方配合调查。他们不是正在跟风投公司面谈吗,晾我们几个钟头,也是正常的。"

林萌撇嘴道:"以前我看电影和小说里,警方只要一登门,对方都是毕恭毕敬的。跟着你们查了这么多案子,有些时候真是觉得挺憋屈的。"

徐佳道:"你是被那些虚构的东西给带歪了,小说电影都是怎么好看怎么来,根本不注重真实性。说到底,我们警方是调查真相、追捕罪犯的,不是到处跟人抖威风的。不管什么时候,我们都不能随心所欲,得严格按照规矩来。"

林萌不服气道:"什么事都按照规矩来的话,不但放不开手脚，效率也会比较低吧，让罪犯逍遥法外了怎么办？"

徐佳有些无奈地说："但警方不能因为要查案抓人，就侵犯其他人的合法权益。说到底，惩恶不是单纯为了惩恶，而是为了扬善。如果在让更多人受到伤害和让罪犯逃脱两个选项之中必须选择一个，很多时候我们只能选择后者。"

林萌摇头道："这可不成，只要能抓到罪犯，其余人做点牺牲又怎么了？只要我们把握好尺度就行了。"

"这是现实，可不是推理小说。蝴蝶效应你也懂吧，现实里没有人能把握好这个尺度，只能尽量不去做。"徐佳道，"而且对于警方这样的公权力单位来说，一旦多次执法越界之后，就会失去公众的信任。长此以往，不单是公信力的崩塌，更会给全社会带来恐慌。"

林萌还想说什么，会议室的门忽然被推开了。推开门的中年人短碎黑发，金边眼镜，白色真丝衬衫熨烫得体，毛料西裤笔挺修长，黑色皮鞋锃亮耀眼，标准的商界精英模样。他在门口稍稍停顿，径直向徐佳走了过去，远远地伸出了右手。徐佳起身迎了上去，被这中年人握住手用力抖了抖。

"不好意思，不好意思，事关公司生死的融资，不知不觉谈得久了一些。"他眼角瞄到空荡荡的会议桌，扭头喊道："克里斯汀，克里斯汀！"

戴着黑框眼镜，抱着一摞文件夹的秘书小跑过来，身子微微前倾，用询问的眼神看着中年人。

中年人责怪道："你看看你，又犯了顾此失彼的错误。只顾着招呼风投，这边几位连茶水都没上。"

秘书脸色微微发红，道歉道："对不起，韩总。"

中年人又转过身，微笑道："几位，我这里还有盒上好的雨前毛尖,就拿出来给大家赔罪,还请见谅。"

他恍然发现还握着徐佳的手,赶紧松开,笑道:"哎呀,真不是有意怠慢各位,你看我这忙得晕头转向。我姓韩,韩百川,千视公司的法人代表,也是总裁。接下来的时间里,我将谢绝一切会面来访,全力配合警方调查。"

徐佳示意他坐到会议桌对面,摊开了手册说道:"我们这次来的目的,已经提前跟您沟通过了……"

"是的,我明白。"韩百川整了整衬衫,"对那位行人的不幸,我代表公司和个人表示深切的同情,也愿意支付一部分费用补贴他的家人。但是,现在把整个事件定性为谋杀,是不是太草率了一些,会不会引起社会的恐慌?"

徐川的眼睛眯了起来。韩百川浑身上下透着一股精英的味道,说话做事滴水不漏,是个难缠的角色。

"韩总,在死者房间里发现了疑似凶手留下的信息,基本可以断定是凶杀案了。"徐佳道。

"何以见得?徐警官能不能向我解释下呢?"韩百川摆出一副愿闻其详的表情。

"在直播现场,我们不但发现了很多人为布置的痕迹,还查清了直播手段,再结合相关人等的口供,意外事故的可能性已经很小了。接着调查过程中又出现了第二起预告,更加让我们警方统一了意见,推定很可能是谋杀。当时我们联系了贵公司,要求协查,但你们觉得没有确凿的证据,不认可我们的推定。现在我们在死者的房间里,发现了疑似凶手留下的信息,上面用英文写明了这不是一场意外。警方认为,凶手很可能会继续选用你们的软件进行直播,还请配合调查。"徐佳道。

"刚才你也说到了,疑似凶手留下的信息,那就是说现在还不能确定,死者房间里的那句话绝对是凶手留下。应该还有其他可能吧?"韩百川表现得很诚恳。

门被再一次推开,秘书带着两个文员送进来了雨前毛尖,还有用青花瓷碟盛放的精致茶点。徐川端起茶碗,只见狭长纤细的茶叶躺在瓷碗底,映得茶汤嫩绿隐翠,醇香顺着热气袅袅而起,在鼻端萦绕。他轻轻抿了一下,觉得入口清冽,回味香醇,不由得点了下头。

旁边林萌悄悄问道:"怎么,喜欢喝碳酸饮料的人,也喝得惯茶叶?"

徐川不理会她的调侃,看向徐佳和韩百川。两人仍在你一句我一句,虽然说得很热闹,却没有半点实质性进展。刚一进门,韩百川就掌握了话语的主动权,连续抛出了几个疑问。徐佳被韩百川牵着鼻子走,正不厌其烦地反复解释。在徐川看来,韩百川一直在揣着明白装糊涂,其实是不愿意配合警方调查。再这么下去,就算两人聊到半夜,也没什么用。

徐川敲了下茶碗,发出清脆的声音,把徐佳和韩百川的目光都吸引过来。他迎着韩百川,面无表情道:"韩总,我们这次来,主要想调查直播账号'Soulmate'。"

韩百川笑道:"哎呀,徐先生,久仰大名,久仰大名。前几天跟启明集团的萧城董事长吃饭,听他提起过你。当年那个案子,你可真是神了,从那么纷乱复杂的……"

在这里听到萧城的名字,让徐川稍稍愣了下神。一年前,他应警方的邀请,作为特约顾问参与了一宗尸体消失案。在那件案子里,徐川结识了萧城,不但帮他洗清了犯罪嫌疑,还帮他解开了困扰多年的身世之谜,两人因而结下了奇特而坚实的友谊。以萧城的性格,跟韩百川关系不会怎么样。

徐川没有再听韩百川说下去："据我所知，萧城一个月前去了法国，直到现在还没回国，不知道你说的前几天是哪一天？套近乎的话没必要说了，我们还是谈案子比较好。"

韩百川只是稍微顿了一下，没有表现出丝毫的尴尬，他收起笑容，换上副平淡的表情："既然徐先生这么说，那就公事公办好了。鄙公司刚刚创立，市场占有率不大，目前还在艰难维持。尤其前段时间刚刚在美国OTCBB上市，融资进展非常缓慢。这个时候，如果被警方怀疑公司跟凶杀案有关系，对我们会有什么样的影响，让我非常担忧。"

"韩总是怕因为案子，使千视直播软件受到打击，在市场上一蹶不振？"徐川故意靠在椅背上，展现出傲慢的姿势，"可是据我所知，杀人过程在千视上直播之后，千视的注册人数和活跃用户就开始爆炸式增长，不到一个月的时间，已经从三百万暴增至一千一百万。贵公司更是趁热打铁，跟一批当红主播签约。现在发展势头这么好，韩总说的那个什么股票市场，还有融资的事儿，应该都不难吧？怎么看，都是这个杀人直播案给韩总带来了巨大商机。"

韩百川面不改色地说："对，杀人直播这个不可替代的热点，让千视得到了前所未有的关注度，我们也是借势进行了扩张。但这些都建立在这件事只是意外的前提下，如果是蓄意谋杀，对我们公司会有什么影响，你这个警方顾问会考虑不到？"

"韩总说得好像自己非常谨慎一样，事实果真如此吗？这段被一遍又一遍重播的杀人视频下面有大量的评论，您作为互联网公司总裁，没注意过吗？"徐川盯着手机屏幕，"35.3%的评论偏向于人为凶杀，15.4%的评论偏向神鬼作怪，9.6%的评论偏向……"

"这些数据,徐先生是如何弄到手的?"韩百川打断了徐川的话,"还有前面提到我们的用户数、融资、上市之类的情况,不知道徐先生是通过合法途径,还是非法途径弄到手的?我很想知道,你所做的这一切,是否是在警方的允许下,或者说暗示下进行的?"

"对贵公司感兴趣的不是警方,而是我的一个朋友,我只是借用他的调查结果而已。你放心,我问过律师了,这不犯法。"徐川将茶碗往前推了下,"况且我那个朋友还发现,杀人直播视频在贵平台被多次转载、编辑、解说,有些内容夸张到匪夷所思,引发了大量讨论甚至骂战,而其中大部分持续炒热人气操作的 IP 地址,都来自贵公司。"

"对热点进行拓展,保持话题热度,按照徐先生的说法,这也不犯法。"韩百川的眼神终于凌厉起来。

"可能吧。不过想必你也注意到了,在我们来访前,直播视频下忽然出现了几十条令人不太舒服的评论。指责这起所谓的意外事故,是贵公司自导自演的凶杀案,为了制造话题增加关注度。而巧合的是,因为这起杀人直播带来的红利,贵公司刚刚谈妥了一起风投,在美国的股价也开始上涨。"徐川笑道,"网络时代,最不缺的就是这种阴谋论,也很容易形成热门话题。虽然贵公司的技术人员删掉了不少评论,封禁了一些账号,但这些评论还是在持续出现,很让人头疼对不对?不过,如果贵公司同意协助警方进行调查,估计这种评论很快就会消失。"

"如果我不同意呢?"

"如果贵公司拒绝与警方合作,岂不是落人口实?这些声音会越来越大,迫于舆论压力,再怎么为了营商环境也要让步吧?警方可能会采取强制措施,进入贵公司调查。到时候,没有转账的风投还能不能到位,股票会不会大跌,都不好说了吧?"

沉默弥漫在会议室里,犹如暴风雨来临之前的宁静。

良久,韩百川终于站了起来:"徐先生,你真是个人才。"

"过奖,热心助人是我不多的美德之一,还请韩总不要见外。"徐川端起茶碗,"这雨前毛尖还挺好喝的,能不能续杯?"

韩百川没有回答,转身走出了会议室。

林萌嘻嘻笑道:"这人笑里藏刀,不是个好东西,看你把他怼得哑口无言,真是解气。"

"我本来是想激怒他,但他却没有爆发,"徐川摇头道,"城府这么深,不好对付。"

徐佳嗔怪道:"怎么你掌握了这么多资料,来之前却不告诉我?"

"进门前,熊猫才发给我的,没来得及跟你说。"徐川随口搪塞道。

徐佳忧心道:"你做得这么过激,妥当吗?"

"这位韩总是个彻彻底底的奸商。你跟他讲社会责任感、公众关注度,他根本不会理你。他只追求自身利益最大化,不会管接下来会不会死人,人命在他眼中只是流量。站在他的立场上,我们越晚破案,越可以使千视保持热度,对他发展越有利。"徐川耐心解释道,"对付这种人,不用点过激手段是不行的。"

徐佳板着脸道:"你别为了破案不择手段。如果超过了底线,就算有警方顾问的身份,我也照样抓你。"

林萌戳了徐川一下,幸灾乐祸道:"怎么样,给我说中了吧?"

徐川漫不经心道:"放心,我知道底线在哪里,不会以身试法。"

毫无预兆地，门又被推开了，韩百川带着一个三十多岁的人走了进来。这人留着很老气的偏分发型，眼眶很深，鼻梁笔挺，下巴刮得很干净，连隐约的胡楂都看不到。上身是件灰白色棉质T恤，下身搭了条黑色混纺面料的休闲裤，然后是双圆头皮鞋。徐川略微有些意外，这样老派打扮的人，出现在遍布时尚气息的网络直播公司里，颇有点格格不入。

"尚容胥，海归博士，我们公司的技术总监。"韩百川面无表情地引荐。

尚容胥微微躬身，走上前将众人面前的茶水续满："徐警官、徐先生、林女士，韩总等会儿还有个会，有什么请尽管问我好了，我会积极配合的。"

徐佳站了起来说："韩总，我认为还是和你谈更合适。"

韩百川皱眉，冷然道："你知道什么叫修养吗？"

"什么修养？"

"一个美国上市公司的总裁，亲自接待一个只有二级警司衔的副科长。"韩百川点了徐佳一下，又点向徐川和林萌，"还有一个无业游民、一个女大学生，这就是修养。"

徐佳忍着怒气，没有回话。

"我跟你们局长熟得很，负责这次案件的处长姓陈吧？我们见过一两次面，也算是个知道分寸的人，他的下属不知道修养是什么就算了，怎么还咄咄逼人，'礼貌'两个字也不会写吗？"韩百川转身推门离去，秘书小跑跟在后面。

徐佳想要喊住他，尚容胥却拉过座椅，挡住她的视线坐下，笑道："这几天公司事情挺多，韩总忙得有些焦躁，礼节上有对不住的地方，还请多多包涵。"

徐佳脸色僵硬地说："嚣张跋扈！配合警方调查是每个公民

应尽的义务!"

尚容胥连声道:"对不住,对不住。韩总这人吧,我们也总是抱怨他,老是刚愎自用,盛气凌人,素质确实差了点。"

"你说自己老板的坏话,没问题吗?"林萌好奇地问道。

"算不上什么坏话吧,我自己的真实感受,也跟韩总当面说过。"尚容胥摊了下手,"当然,他并不把我的感受当回事。"

"你这个人,挺有趣的。"林萌嘻嘻笑道。

徐佳克制住情绪,把话题拉回来:"尚先生是技术总监对吗,对公司的事情了解全面吗?"

"千视直播软件是我带着技术团队开发出来的,凶手的直播账号、注册资料这些都可以问我。"尚容胥微笑道,"别看我这样,这家公司算是我和韩总一起创办起来的,跟警方合作的话,我反而是最合适的人选。"

徐佳脸色已经缓和下来。"那就好,希望接下来你能积极配合调查。"

尚容胥微微颔首道:"当然,徐警官问到哪里,我就答到哪里。即便需要我去局里,我也会立刻放下手头所有的工作。"

徐佳皱了下眉头。这个人谈吐应对都很得体,但不知道为什么让人有点不舒服。

尚容胥抬腕看了下表,道:"都快十二点钟了。这样吧,我们这边谈着,餐饮部那边准备午饭,两不耽误,如何?对了,徐先生,你喜欢喝气泡水吧,我交代下餐厅,提前给你冰镇几瓶。"

徐佳语气生硬地说道:"不行,公职人员不能接受被调查对象的宴请。"

尚容胥也没有坚持。"那好,今天是公事,不便留你们。改天我以私人的身份,邀请你们三位一起吃个饭,还请不要推辞。"

林萌瞪大了眼睛问:"还有我?"

"怎么会没有您呢,林女士。"尚容胥微微笑道,"少女侦探的名头,我也早有耳闻。如果我只邀请徐警官和徐先生,错过了您这么美貌与智慧并重的女士,岂不是很失礼?"

林萌故作谦虚地摆了摆手,挺直了腰,还偷偷瞟了徐川一眼。

徐川却站起身:"不好意思。你们先谈,我去一下洗手间。"

尚容胥立刻起身,替他拉开会议室的门:"要不要我派个人,带你过去?"

"不用这么客气,我随便找找就行了。"徐川冲他点点头,随手关上了门。

会议室外是一条开放式的走廊,对面就是用磨砂玻璃隔开的办公区。徐川迟疑了一下,才推开玻璃门,挨着墙边静静站了一会儿。办公区域的色调以蓝白灰为主,几列办公隔断整齐排列,分出好几条走廊,倒也不显得拥挤。徐川沿着一条走廊,左顾右盼地闲逛起来。大多数员工都在对着电脑屏幕忙碌,也有几个摸鱼的,其中一个竟然正明目张胆地玩游戏。

徐川沿着走廊走到尽头,推开玻璃门,看到迎面墙上挂着"运营部"的吊牌,意识到这只是千视公司的一个部门。他在三岔路口辨别了下方向,直行到了技术部的办公区域。这里虽然面积小了一些,隔断却宽敞了不少。不远处还有个休息角,摆了几张沙发和一张简易茶几,零食架、茶水柜、阅览架也一应俱全。

徐川走过去,从零食架上拎下一袋薯片拆开,瘫倒在沙发里。他用薯片袋挡住手机,打开摄像头,将附近的景象全部拍了下来。韩百川的态度在意料之中,尚容胥虽然礼数周全,但奢望他能不顾忌公司利益,全力配合破案就太天真了。仅凭警方的取调程序,这次收获不会很大。况且,凶手在直播时之所以没有选择一些大型直播公司，应该就是为了钻注册审核不严的空子。就算尚容胥肯配合，也不见得能拿到什么有用的信息。

徐川点开微信，将拍好的视频传给熊猫，打字道："我到技术部了，但是没有搜到Wi-Fi信号。"

"搜到也没用，看样子这个技术部只负责处理日常问题，不是我们要找的核心部分。"熊猫回复。

"什么叫核心部分？"徐川有些失望。

"至少得有服务器，就是那种一人多高，四四方方冰箱样式的黑色大块头。"熊猫的字出来得很快，"去之前，我不是给你看了建筑图吗？你要不顺着建筑图纸，随便逛逛，碰碰运气？"

"我刚才逛过了。他们重新搞了装修，打掉了一些非承重墙，加了一些隔断，跟建筑图纸上不一样。"

熊猫发了个摊手的表情："那就没办法了，先撤吧。"

徐川有些不甘心："我没有看到监控摄像头，需不需要我找台空闲的电脑连上手机，让你先侵入网络试试？"

"千万别，瞎撞没用的。服务器跟这个技术部肯定是两套网络，而且如果他们安保系统足够好，很容易发现你的。"熊猫停了一会儿，"不要着急，免得打草惊蛇。"

"好吧。"徐川刚敲上两个字，就看到一名女员工走了过来。他飞快将聊天界面切了出去，稳了下心神，意识到刚才有些冲动。或许是案子一直没有实质性的进展，让他有些心浮气躁。熊猫说得对，好不容易才能跟千视公司搭上线，如果这个时候被抓个现行，只会给韩百川提供借口，更加不配合调查。

那名女员工在零食架前犹豫了一会儿，什么也没拿，转向了阅览架。徐川瞥了她一眼，三十出头的样子，穿了身棉质格子衬衫，头发随意地扎在脑后，脸上的妆很淡。虽然没用心打扮，却流露出文静柔弱的气质,有点与众不同。徐川心底涌起一种似曾相识的感觉,但努力回忆一番,却也没有什么印象。她胸前的工牌刚好翻了过去,看不清名字。

徐川没有上前搭讪的念头,以前真的见过也好,即视感也好,都无法给他主动与陌生女性攀谈的兴致。他将手里的薯片放在茶几上,回了熊猫一句"稍后再说",站起身准备返回会议室。时间差不多了,再不回去,搞不好会让徐佳起疑。

阅览架那边传来金属支架摩擦地面的刺耳声音,引得徐川不由侧目看去。只见那名女员工选中了最上层的一本杂志,正踮起脚想把它抽出来。杂志被夹得有些紧,她用力往外拽着,带动整个阅览架都摇晃起来。阅览架不管从材质还是结构上来说,都在追求时尚造型,谈不上坚固耐用。女员工拽了几下,杂志没有拽出来,倒是把阅览架拽得重心不稳,毫无悬念地倾倒下来砸在地板上,杂志、报刊散落一地。不少人从工位上抬头向这边看过来,那名女员工则站在旁边,一脸的不知所措。

徐川叹了口气,示意女员工和自己一起将阅览架扶了起来,然后捡起地上散落的报纸杂志塞回去。忙活了好一阵之后,总算把阅览架摆好归位。那名女员工既没有道歉,也没有感谢,低头沿着走廊匆匆离去。徐川自嘲地笑笑,无意间扫了一眼摆好的报纸杂志,目光却陡然停滞。阅览架的顶层,有本颜色发黄的老杂志,二〇〇一年九月刊的《科幻世界》,正居高临下地俯视着他。

徐川后退几步,嘴里泛起苦味,死死盯着阅览架。除了这本《科幻世界》外,所有杂志都是二〇二〇年的。这不是巧合,而是直播杀人的凶手在向他传递信息。徐川屏住呼吸,抽出那本《科幻世界》,一页一页地认真翻完,却没有发现什么异样。合上杂志的时候,他已经明白了。这本杂志中并没有什么信息,但放上这本杂志这件事是凶手在暗示徐川，他的一举一动都在其掌控之中。

徐川转过头，那名女员工早已不知去向。四周所有人都埋头在办公隔断里，没人注意到他。凶手知道今天警方要来千视公司？这本杂志是什么时候放上去的？为什么凶手能料到他会经过这片区域？徐川下意识地将《科幻世界》卷了起来，握在手上，心中竟涌起一阵空落落的茫然。

房间里面很暗，厚重的窗帘将外面遮挡得严严实实，边角处溢出些许微光，勉强映出一幅影影绰绰的景象。窗帘左边似乎是个小套间，但由于光线太暗，黑洞洞的，什么也看不清楚。

正对着窗帘摆了一张造型简易的木桌，一个身材单薄的女人双眼平视，似乎正看着木桌上的笔记本电脑屏幕，又似乎已经失神很久。电脑旁有个空了的玻璃水杯，不远处还有块吃了一半的白面包，被保鲜膜方方正正地包裹着。在木桌的右侧有张原色松木床，没有床垫，只有套薄薄的冷色调被褥。除此之外，房间里没有其他的家具，别说电视空调，连个衣柜都没有。虽然房间面积不大，但因为家具太少的缘故，倒显得有些宽敞。

笔记本屏幕忽然闪了一下，弹出一个提示框，询问是否播放音频。女人犹豫了一会儿，伸出手搭在鼠标上，点下了左键。

"我表哥怎么又不在？"一个清脆的女声问道。

"好像是去找他导师去了。"

"王进那个老头子？两人凑在一起只会聊张璇，烦死了。"

"他们两个最多只会聊起张璇的智商多高、手段多狠之类的。跟我们正常男人不一样，我们只谈女人的身材。"一个猥琐的声音嘿嘿笑道。

"谁说精神一定比肉体高级了？对女人产生精神上的迷恋和肉体上的迷恋，又有什么区别？"

"哈哈哈，你说得倒也对……"

女人脸上没有表情，依旧木然地坐着，听着。毫无营养的对话在断断续续进行，时间也在一分一秒地流逝。直到很久之后，电脑里完全没有了声音，女人才慢慢站起身。她走到窗户旁边，将厚重的窗帘稍微拉开一道缝。已经是晚上了，由于地处郊区，外面灯光稀疏，黑暗中的一切都影影绰绰，只有几栋写字楼比较显眼。这几栋楼上亮着灯的房间也不多，显得没有什么人气，跟开发商吹嘘的华灯璀璨显然有很大差距。女人的目光没有游离，准确地落在其中一栋写字楼的十三层十三号房间上，那里的灯亮得很刺眼。

那个房间里住着个警方顾问，二十多岁，看起来一副人畜无害、游手好闲的样子。听说他虽然打着私家侦探的招牌，但在业内也不怎么出名，只是早先协助警方调查过几个案子，平时靠寻找宠物之类不入流的委托勉强糊口。不过，女人却清楚地知道，这个所谓不靠谱的侦探，是淞沪大学犯罪心理学专家王进的学生，思维灵活，敏感多疑，相当难应付。至少在这段监听的时间里，这个警方顾问的查案进度之快，捕捉线索之准，已经远远超越她的预估。本来她很担心，留下的那些蛛丝马迹太过隐晦，会不会被他忽略。但几次交手之后，她发现自己需要担心的是如何保持安全距离。毕竟刚开始杀人，绝对不能半途而废。

十三层十三号的灯终于暗了下去。女人重新拉好窗帘，走到套间门口，推开虚掩的木门，摸索着摁下墙上的开关，一片红光迎面挟裹而来，让她有些眩晕，靠着门框站了一会儿才缓过神来。天花板上是个造型简单的LED灯，映着满墙红色基调的壁画,将整个套间都笼罩在了暗红之中。壁画是鲜见的西方地狱题材,血红色的背景铺满了整面墙壁,铁灰色的幽灵和骷髅杂陈其间,山羊犄角的邪神张牙舞爪,黑色翅膀的恶魔肆意大笑。一个手持金色权杖,骨尾细长的魔王在它们簇拥下居中而坐,正冷冷斜睨前方。整面壁画刺目压抑,似乎这些恶灵随时都会冲破墙壁,将人拦腰咬断,咀嚼吞下。

在墙壁的前面,安置着一个简单的木质祷告台,台上铺着一沓发黄的羊皮纸。女人走上前,低头看去。羊皮纸已经用了很长时间,边缘破损,字迹也有些模糊了,但依然能辨认出上面的希腊文字。

"若这个世界腐朽污秽,那我便化身洗礼万物的洪水;若这个世界阴冷黑暗,那我便化身炙热耀眼的圣光;若这个世界恶者横行,那我便化身审判裁决的利刃……"她低声默念了几遍,目光落在布满伤痕的手腕上,摇了摇头。身为罪人,自己没有资格诵读这样的判词。

但是,这世间千千万万的人,又有谁是无罪的?

女人抬起头,眼睛中的光芒逐渐坚定,凝视着对面的地狱。如果能湮灭罪人,即便化身恶魔,以邪恶之名履正义之责,那也无妨。

神会宽恕我的。

她轻声祷告。

淞沪大学图书馆。

王进的办公室里没有人。徐川翻了翻桌子上的日程表,发现他下午有节课。挺稀罕的,王进虽然是淞沪大学的教授,有着国宝级犯罪心理学专家的称号,但这些年已经很少教学了。这老头年轻时脾气就很古怪，经常在课上跟学生吵起来，是个很难相处的人。校方也只不过拿他当招牌，单独在图书馆给他弄了间办公室，没指望他教书育人，甚至还希望他少跟学生接触，少惹点麻烦。他大多数时候都窝在办公室里，读那些大部头的著作，偶尔心血来潮，才会跑到教学楼前的公示板，用红色马克笔写上几号几点会在阶梯教室里讲一节课。至于原先在那里排好课的老师，不用通知就会乖乖让出来，甚至提前在阶梯教室里占个位置，听这老头子的课。毕竟王进的课是听一节少一节了，每次开课人多得都坐不下，甚至把走廊都挤满了。

徐川之所以能认识他，是因为在碎尸重生案里对他进行过调查。当时张璇跟王进关系比较亲密，徐川通过半吊子的犯罪心理侧写，发现王进很符合碎尸案的凶手特征。两人明里暗里较量了几回，徐川才发现这位犯罪心理学专家虽然满腹学识，但性格上却更像个顽劣的老小孩，不可能动手杀人。也是经过这么一番折腾，不知道这老头儿脑子里哪根弦搭错了，觉得徐川资质不错，非得破格收他当研究生。徐川的全日制学历不过高中而已，对学习自然不感兴趣，尤其被老头子逼着听了两节《拓扑心理学原理》，更是苦不堪言。

两人纠缠了好久，最终达成协议。徐川可以用王进学生的名号，去公安局担任警方特别顾问，代价是要时常回到淞沪大学聆听恩师教诲。本来徐川只是想敷衍一下，但在后来几次接触中，却发现老头的确有两把刷子。虽然很多时候像神棍一样爱打机锋，但往往都能一针见血。就算后来徐川因张璇的死而很少跟警方合作，他还是喜欢有空就找王进聊聊。

徐川看了眼墙上的石英钟，离下课还有半个小时的时间，就坐到了王进的位子上，随手在桌边拿了本书。那是本新出版的心理侧写方面的著作，作者似乎挺有名气，徐川在网上看到过好几次推送。他粗略翻了下，发现王进已经看了大半，还在一些段落下用红铅笔画了好多横线，在旁边写上了诸如"狗屁、胡扯"之类的粗话。他摇了摇头，将书又放回原处。这老头儿这几年脾气越来越差了。桌上一个小木盒引起了徐川的注意，那个木盒打磨得光滑柔润，里面堆了些红绿混杂的浆果干，看起来很上档次。他捏了一颗浆果干丢进嘴里，味道还挺不错，于是抓了一捧，双腿跷到办公桌上，边吃浆果干，边漫不经心地看着门外来回走动的学生。

千视公司那边，技术总监尚容胥虽然嘴上说得漂亮，但只提供了ID为Soulmate的用户注册资料。注册资料中的身份证号码经徐佳查验，发现是个已经失联多年的农民工。接下来的协查要求，尚容胥就往韩百川那边推，说自己做不了主。而韩百川整天都在出差，电话也联系不上，分明是在故意拖延。尚容胥表态，如果警方要求，千视公司可以立刻封禁Soulmate的账号，却被徐佳阻止了。封禁账号没有实质意义，如果凶手换了平台进行直播，反而不好进行监控。

这样的结果，早在徐川的预料之中。当时他跟着去千视公司，是想让熊猫趁机侵入对方的服务器，结果不但没有成功，反而被凶手警告。不过也不算完全没有收获，通过在阅览架上的发现，可以确定两封预告信都是由从二〇〇一年的旧报纸上剪下的字块拼成。也就是说，这一系列的直播凶案，动机很可能与二〇〇一年有关。徐川把这个消息告诉了徐佳，并和熊猫、林萌分头进行调查，但几天下来一无所获。不奇怪，他们只知道二〇〇一年这个年份，连究竟要找什么都不知道。

离杀人直播预告的时间只剩两天了，警方已经在瑞麟路和京唐路的交叉路口排查了好几次,并没有发现什么异常。据说当天会安排上百警力,保证全方位布控。而且还调用了通信监控设备,只要直播者一有动作,就会在五分钟内锁定信号源。按道理讲,这样的布置已经万无一失,但徐川还是有种莫名的担心,总觉得不会顺利阻止第二次杀人直播。当然这种毫无依据的担心,在他向徐佳提醒过后,只换来了一个白眼。

"把你那狗腿给我放下去!"门口响起一声怒喝,是王进下课回来了。

徐川讪讪笑着,把腿挪下来。"怎么这么快就回来了,不是离下课还有十几分钟来着?"

"我高兴什么时候下课就什么时候下课,一个下课铃还能管住我不成?"老头子瞪着眼,"把桌子给我擦干净!"

徐川用袖子在桌子上胡乱抹了两把,又顺手从木盒里抓了一把浆果干,拉张椅子坐在办公桌对面。王进坐回自己的位置,从厚厚的眼镜片下投去鄙视的目光,在发现徐川无动于衷之后,只好恨铁不成钢地叹了口气,靠在座椅上。他头发已经全白了,眼睛近视度数也越来越深,就连饭量都比不上以前了。本来想着找到了这么一块可塑之才,好歹传承下衣钵,没料想却是个毫无上进心的废物。

王进从皱巴巴的西装口袋里摸出个小袋子,用剪刀剪开,把里面的浆果干小心地倒进木盒里。

"这什么果子,挺好吃的。"徐川随口问道。

"美国货,你又不懂英文,跟你说了没用。别人给我快递回来了好几包,已经吃得差不多了。"王进叹了口气,"多乎哉,不多也。"

浆果干只倒了一半,还没有将木盒装满,王进就用书报夹把小袋子夹好，又装进了西装口袋。他又从口袋里摸出个扁平的金属酒壶，旋开盖子，抿一口酒，吃一粒浆果干，好不惬意。

"图书馆里喝酒，没问题吗？"徐川问道。

"他们才不敢管我。"王进把双脚跷到办公桌上，歪过身子问道，"怎么，又有烦心事了？先说好，这次不借钱给你。"

"不是来借钱的。熊猫前段时间结了笔账，够花一阵子了。"徐川盯着木盒里的浆果干，"林萌是不是来找过你？"

"你怎么知道的？"

"问了你网络直播的案子吧？她跟我说得头头是道，还夹杂了很多书面用语，一听就是从你这儿现学现卖的。"

"那小丫头不行，争强好胜，情感丰富，心理脆弱，早晚出事。"王进见眼镜快滑下来了，索性取下来丢到桌上，"其实张璇那孩子挺不错，比你要强太多了。"

徐川干笑一声，又伸手从木盒里抓了把浆果干。

"还是会梦到她？"

徐川点了点头说："没有以前那么频繁了。"

"人所有的情感记忆，包括那些你觉得刻骨铭心，一辈子都无法忘怀的，都会被时间所湮灭。"王进抿了一口酒，"你会渐渐忘掉她的，你觉得这算好事还是坏事？"

"忘掉就忘掉吧，"徐川打了个哈哈，"其实我跟她只见过两面，根本没有什么像样的交流。"

"一九九三年，我的一个朋友去广州出差，在公交车上看到了一位路边的姑娘，匆匆一瞥之下就爱上了她。于是他天天去那段路上找那个姑娘，在广州足足耽搁了四十多天。"王进道，"你不相信一见钟情吧？但像我们这种人，如果碰到气味相投的同类，就会生出好感。不一定是爱情，不一定是友情，只是想更靠近一些，因为太孤独了……"

"你说的那个朋友，是不是你自己？"徐川斜眼看着老头。

"是。"王进很干脆地承认了。

"一九九三年，你得有四十多了吧？老流氓，后来怎么样？"

"追问结果就没意思了。"王进摆了摆手，"我听林萌说，这次的杀人预告，借的是张璇的名义。"

"不是张璇做的。这次的凶手虽然跟她风格比较像，但有一点截然相反。"徐川捻了颗浆果干在手里，仔细观察王进的表情，"凶手对煽动舆论、利用大众情绪得心应手，张璇是不屑于这么做的。你觉得呢？"

王进身子往后一仰，靠在椅子上问道："给我挖坑呢？"

"又被你识破了。"徐川笑得有些不自然。

"张璇已经死了，这案子当然不是她做的，何必去分析什么作案风格。这都一年多了，你还是觉得张璇没死，觉得我知道什么内情？"

徐川舔了下发干的嘴唇说："她不会那么容易就被查到，还死在警方的枪下。"

王进又抿了一口酒，面无表情地看着徐川，没有继续谈下去的意思。

徐川只好抛开这个话题："现在这个案子里，我最想不通的是，凶手的犯罪水平，可以说跟张璇不相上下，为什么非要借用她的名义？林萌说凶手这么做，可能是在向我复仇，这也是你的推断？"

"你觉得呢？"王进促狭地笑了，像只不怀好意的老狐狸。

"我问的是，是不是你跟林萌这么说的。"

"不是。"王进把话题又绕了回去，"如果是向你复仇，至少有一百种更好的方法。从目前已知的线索，只能推断出凶手恐怕是想要将你牵扯进这件案子里。"

"把我牵扯过来，对凶手有什么好处？"

"对于高智商的罪犯，挑战警方后最难以达到的境界是什么？"王进的嘴角微微翘起，"棋逢对手，将遇良才。顶尖厨师烹饪的一流菜肴，被卓越的美食家品尝，才算是完美匹配。凶手大概认为只有你，才能破解他的各种暗示，期望你能挖掘出所谓杀人直播背后的深意，以戏剧性的形式昭告天下。"

徐川沉默了。早在之前，他就已经意识到，既然凶手会采用直播这种仪式感很强的手法，那么杀人不会是他的主要目的，想要表达的内容才是关键。如果王进的推断是正确的，那徐川就相当于凶手和警方之间的桥梁。徐川参与案子后，破解了杀人直播之谜，发现了陈山宇房间里留下的信息，这些是凶手笃定徐川能够做到的，也正因为徐川做到了，才让案子按照凶手希望的节奏一步步走下去。

那么，现在最让人想不通的问题，就变成了凶手为什么对徐川了解得如此透彻，能力、性格、态度、思维模式这些方面，全都把握到位。凶手如此行事，到底是想通过这一系列案子，让徐川发现什么？

"看你的表情，以为这就完了？"王进嗤笑道，"林萌说的复仇虽然不成立，但凶手就没有其他目的了？"

"其他目的？"徐川试探道，"你是说，凶手一直在用二〇〇一年的旧报纸杂志……"

"跟那个无关，"王进打断了他的话，"这个你自己去体会，我说太多了反而不好。"

徐川耸耸肩，又伸手去木盒里抓浆果干，却被王进抢先拽走了盒子。

"就会占我便宜,张璇那孩子每次过来都会带点东西。"王进有些伤感,"你比她可差远了。"

徐川的手悬在半空,相当尴尬。这老头子越来越伤春悲秋,敏感得很,对这种小事都很在意。

王进身子窝在座椅里,长叹一声:"你跟张璇为敌的时候,她可没想着置你于死地。她虽然利用你杀了一些人,却从未对你表现出恶意。你们在某种意义上,有些同病相怜,可以说是同类。"

"我跟她,不是同类。"徐川闷声道,"在碎尸重生案里,就算她是为了复仇,但也亲手杀了人。在启明集团案中,她更是凭自己喜好来摆布他人生死。你可能不知道,徐佳他们还调查出来,在北京发生过几桩涉及心理医生的命案,跟张璇也有关系……"

"如果以后,你的女朋友杀了人,你也会态度坚决地把她送入监狱吧?警方特别顾问,徐川先生?"王进戏谑道。

徐川脸色平淡:"为没有发生的事情烦恼,不是我的风格。"

"如果是你杀了人,你的女朋友把你送入监狱呢?你会有什么反应?"

"我不会杀人。我虽然不是什么正义感爆棚的家伙,也干过些不恰当的事,但唯独杀人这件事我是绝对不会做的,这是我的底线。"徐川道,"这就是我跟张璇的最大不同,虽然……"

王进再次打断了他的话:"你跟她的最大不同,是你没有经历过她经历的事情,但你们在本性上是一样的,这也是为什么我中意你们的原因。"

徐川愣了一下,刚才说的那些话,是他早已想好的搪塞之词。对于张璇的那份特殊情感，绝对不能表现出来。但王进这个老狐狸，似乎一眼就看破了他的伪装。

徐川捏了颗浆果干丢进嘴里，浑不吝地笑道："你肯定在等我问本性是什么，可我不会问的。"

"你是个相当以自我为中心的人，只注重自己的情感和认知，不屑用传统的道德观念去约束自己，对于善恶都是站在自己的角度去判定，甚至认为大众是无知愚昧、易于煽动的。你不想被别人关注和评判，就用肤浅、市侩、庸俗、戏谑甚至粗鄙来伪装自己。看起来是个浑浑噩噩的废宅，其实内心比谁都敏感，比谁都脆弱。从犯罪心理学的角度来分析，你必定有个不同寻常的童年或者少年时代，有兴趣谈谈吗？"王进的目光锐利，犹如一把手术刀在徐川脸上徘徊。

徐川笑道："回头有时间，我好好跟你聊聊我的那些初恋故事。"

"陈雪心吗？"王进也戏谑地笑了。

"从林萌那里听来的？"徐川表情骤变。

"陈雪心的死，使得你筑起了一道心理防御，尽量将自己从正常的情感中剥离出来。所以，你才对张璇的死没有产生共情，甚至否认她对你的影响。但这只是暂时的压抑而已，你在待人接物中，还是不免下意识地流露出真实感受。不然为什么不再替警方查案，为什么要远离徐佳，为什么几乎对所有人都怀有疑虑？"

"老头儿，你喝醉了。"徐川躲闪着王进的目光。

"你或许很抗拒这种说法。但只要经历了足够多的事情，遭受了和她同样的痛苦，就会成为第二个张璇。"王进身子前倾，带着不容辩驳的压迫感。"你们的确是同类，对此，我深信不疑。"

十月十四日，凌晨六点。

瑞麟路和京唐路都是双向四车道，二十多米宽的沥青路面，标志线齐备，交通灯运转正常。行人和车辆匆匆经过这个十字路口，谁都没发觉周边埋伏了一百多名警察，方圆五百米内也早已被布控。

路口右侧有栋二十多层的写字楼，零零散散的有几个房间亮着灯，看起来像是正在通宵加班。其中一间屋子里，徐川正坐在落地玻璃墙旁边，默默看着十字路口。直播预告只说了十月十四日，并没有具体到哪一个时段，所以警方提前两天就进行了布控。徐川是昨晚才到这里的，看着满屋子忙碌的警察，感觉自己是个闲人。转了几个圈，发现没人搭理自己后，索性搬了把椅子，坐在玻璃墙边打盹。

几次似睡非睡的挣扎过后，天色已经渐渐亮了，路上的行人和车辆也多了起来。徐川想要分辨出谁是便衣，仔细看了一会儿，却一无所获。徐佳坐到他的旁边，揉了揉发红的眼睛，递给他一听罐装咖啡。徐川扯开拉环，小心翼翼地抿了一口，发现并不太苦，于是仰头喝下大半。

他瞥了一眼马尾T恤的陈诺，此刻她仍戴着耳机，面对屏幕不知道在忙碌着什么。对面的墙上，悬挂着两幅投影幕布，都是蓝色背景的待机画面。警方已经通过千视公司，锁定了Soulmate的账户，一旦直播开始，第一个幕布就会同步显示直播画面。第二个幕布则接上了多个信号源，当作备用。除此之外，路口周围五百米范围的所有通信信号都在警方监控之下，一旦出现异常流量，五分钟内就可以锁定位置。如果这次凶手是亲自直播，绝对能逮个正着。

当然，这些都是听徐佳说的。

徐川对于网络技术了解不多，虽然仍认为不会这么容易就抓到凶手，却也提不出什么质疑。刚进屋时，他问能不能在凶手直播时，顺着数据流向凶手的手机内植入木马程序。虽然当时没有人理他，但也能感觉到所有人都在忍着笑，像是他提出了非常幼稚的问题。他悻悻地走向饮水机，用喝水来掩饰自己的尴尬，然后听到陈诺说了句"白痴"，声音大小刚好能让他听到。

徐川决定不去理会她。王进曾说过，女性对于男性的绝大部分攻击，其目的都是为了吸引男性的注意。他觉得这句话很有道理，虽然王进一辈子都没有结婚，也没有几个女性朋友。

"我在想，"徐川看着身旁的徐佳，"这栋楼都是落地玻璃墙，我们这样待在窗边，会不会被凶手注意到？"

"十一楼呢，而且是深色玻璃，他哪里看得清楚。我们选这个地方，是经过对比分析后确定的最好的临场地点。"

"但是……等会儿锁定了直播地址，我们还来得及冲下去吗？"徐川将手中的咖啡喝完，摇晃着空罐问道。

徐佳扭身，从后面的桌子上又给他拿了一罐，说："我们是技术组，行动组都埋伏在路口两旁，确定地址后会立刻封锁交通，抓人。"

"如果跟上次一样，是提前放置好手机，远程直播呢？"徐川道。

"你当我们没考虑到吗？"徐佳道，"前天行动组已经带着探测仪，把这路口附近所有适合直播的地点都扫描了十二个小时，没有发现任何一部八个小时以上未改变位置的移动终端。放心吧，凶手这次很可能会亲自直播。就算我们漏掉了哪个位置，让他得以进行远程直播，技术组也能追踪IP地址，锁定他的位置。"

"万无一失?"徐川揶揄道。

"万无一失。"徐佳瞪了他一眼,"等会儿抓到凶手,你可以旁听审讯,但不许提问题。"

徐川抿了口咖啡,没有接话,毕竟人都还没有抓到,纠缠这个问题毫无意义。现在看来,技术、行动都用不着他,他的确是个闲人而已。徐佳喊他来,估计也就是让他露露脸。门口响起约定好的敲门声,一个警员踮起脚走过去,经过猫眼确认之后,才打开了门。是买早饭回来的警员,一共两个人,提了大大小小七八包东西。

徐川看了眼时间,七点四十六分,十月十四日这天已经快过去三分之一了,不知道还要再等多久。接过徐佳递来的三明治,他下意识地咬了两口,只觉得索然无味。也不怪王进说他,他的心态确实不如张璇。张璇不管在什么时候、什么地方都沉得住气,徐川却只要遇到一点事情,就会忐忑不安,甚至会在前一晚失眠。但对于他和张璇本性一样的说法,徐川觉得只是王进的一厢情愿,毕竟他的性格要比张璇柔和不少,不是那么激进。

又在等待中过去了几个小时,一直到了中午,还是什么都没有发生。在精神紧张的状态下过了十二个小时,不少人都有些松懈,甚至开始讨论中午要吃什么了。就在收集好所有人的意见,准备安排人出去买的时候,墙上的一幅投影幕布突然闪了一下,出现了路口的景象。那是千视软件的画面,Soulmate 上线,开始直播了。紧接着,对讲机里传来急促的命令,所有人一扫疲态,回到座位上,全神贯注。

徐川看着幕布,只见车辆行人在信号灯的指引下有序穿行,并没有什么异样。房间里鸦雀无声,只有陈诺和她的几个同事正飞快地敲击键盘,压抑的呼吸声萦绕在每个人的心头。

"直播视频的 IP 地址无加密，就在吴松市区！"陈诺道。

"具体位置？"徐佳急声追问。

"正在扫描，很快就可以锁定！"

徐川抱着肩膀，略微诧异地看着幕布。几秒钟过后，就像所有人期待的那样，变故发生了。红绿灯信号变换后，向南拐弯驶去的轿车，与直行的轿车发生碰撞，停在路口。一辆是迈巴赫 S 级，一辆是 AMG S 级，都是奔驰的超豪华车型。两辆车的保险杠都被撞得变了形，大灯尾灯碎了一地，到处是灯罩和灯泡碎片。这场小事故的维修费用应该不低，后面的车全部停了下来，离得远远的，生怕被牵连。路边不少行人也被这起车祸吸引，停下脚步，驻足观看。

又是交通事故？这两辆车上会有受害者吗？徐川觉得有些奇怪，凶手的第二次犯案，会跟第一次的模式如此相似吗？

迈巴赫里下来了个头戴棒球帽、一身休闲打扮的外国人，看着自己的车尾，不住地摇头。AMG 里是个衣着妆容精致的年轻女人，一副黑超遮住了大半张面孔，拿着手机正对着车祸现场自拍。外国人似乎中文水平一般，那女人也好像不懂英文，两人面对面比画了一番，站在那里大眼瞪小眼。徐川看了眼时间，离直播开始刚刚过去了三分十六秒，陈诺已经站了起来，无比兴奋地冲徐佳比了个"搞定"的手势。

徐佳抓起对讲机："陈处长，直播信号源地址已锁定，发送至各组组长，请求立即抓捕！"

没有丝毫犹豫，对讲机中传来了高亢的命令："A 组，路口维持秩序！

"B 组、C 组立刻行动，拘捕嫌犯！

"D 组！原地待命！"

话音未落，就见七八个交警从路口各处飞奔而出，拉起蓝白相间的隔离带，将两辆车与周边行人车辆隔开。还有几个穿着制服的警察冲上前去，分别拖走了两辆车的驾驶员。紧接着一队便衣、一队防暴警察快速穿过路口，一前一后冲进路东一家咖啡厅内，激起一阵喧哗。另外几名制服警察拔枪在手，堵住咖啡厅的两个出入口，严禁任何人出入。

警方的反应非常迅速且有条不紊，在第一时间占尽先机。投影幕布上的画面，仍然是十字路口，两辆轿车孤零零地停在那里，人们还在好奇地观望。直播画面的左下角，正滚动着观众们的评论。

"这怎么回事，这些人是干吗的？"

"警察啊，你看交通警察和防暴警察都来了，穿便衣的应该是刑警。"

"这么刺激，跟警匪片一样！"

"说好的大场面呢？这下是不是啥都看不到了？"

"刚才冲进咖啡厅的那些人，也是警察？Soulmate在那里吗？"

"Soulmate不会被警察抓到吧？"

"怎么可能，预言之神怎么会栽到凡人手里。"

……

人是种很奇怪的生物，越是不了解事情的真相，就越不容易产生共情之心，只会兴致勃勃地看热闹。大多数人并没有自己正在观看杀人直播的感觉，或者说就算意识到了这点，仍旧觉得无所谓。

旁边的那块幕布也亮了起来，是不住晃动的咖啡馆画面，应该同步了警察身上佩戴的执法记录仪。画面中，几名便衣安抚了店员和顾客,剩下几人跟着那队防暴警察,正在小心翼翼地上楼。

"信号源在二楼的东北角包间里。"陈诺一副胜券在握的表情。

"这回就算跳楼,也跑不了他的。"徐佳的双手紧握着。

徐川却莫名其妙地想到了一年前,那个雨夜,是不是也是这样的警力配置,冲进了张璇的房间?那阵收割了张璇生命的枪声,似乎又在耳边回荡。他摇了摇头,将这股情绪驱散开来。警察已经上了二楼,所有包间都是毛玻璃门,看不到里面的情况。几名便衣示意顾客们安静,防暴警察分成两个方向,朝锁定的包间悄悄摸去。

头盔防弹衣装备齐全,长枪短枪都指向包间门口,这架势不像是抓黑客,倒像是抓恐怖分子。领队干脆利落地做了几个手势,后面一人拽开个黑乎乎的罐子,从毛玻璃门下丢了进去。里面随即响起了尖叫声和咳嗽声,烟雾迅速弥漫开来。紧接着,防暴警察撞开门冲了进去,在一片混沌中将人摁倒在地。

"搞定!"陈诺得意地打了个响指。

徐川有些疑惑,刚才的尖叫声似乎有些耳熟,他心头涌起不好的预感。奇怪的是,旁边的直播幕布上仍旧是十字路口的景象,清晰得很。如果凶手是在包间里直播,烟幕弹应该会把画面弄得一团模糊才对。很快,所有人都发现了这个诡吊之处,刚刚响起的欢呼声像被扼住了喉咙,戛然而止。

另一边,执法仪幕布上的烟雾伴随着咳嗽声正慢慢散去,看得出来包间里被拿下的是两个人。这两个人的身材徐川都比较熟悉,已经猜到了他们的身份。他看向徐佳,发现她的神色也变得迷茫起来。防暴警察将两人拉起来,并排站好,幕布上是两张涕泪横流的脸——熊猫和林萌。

"怎么回事？"陈诺问道，"这小姑娘是不是去过我们科里？"

"IP 地址锁定错了？"徐川问。虽然不知道他们怎么会出现在现场，但两个人绝不可能是凶手。

直播幕布忽然闪了一下，路口的景色完全消失，取而代之的是一间公寓房。画面是俯拍的，将房间内所有布置一览无余。一体化开放式设计，卫生间、厨房、客厅和卧室都融合在同一个空间里，有五十多平方米。单人床上躺了一个人，盖着夏凉被，似乎睡得很沉。

"凶手利用公共 Wi-Fi，侵入他们的手机，建立了 TCP 伪链接，所以才让我们追踪地址错误。直播设备在其他地方！"陈诺已经反应过来，大声喊道，"这种 Wi-Fi 的范围一般不会超过三百米，凶手就在那个包间的周围三百米之内！"

陈诺将执法仪的信号切断，换上路口建筑的三维构造图，飞快筛查符合条件的地点。徐佳向前走了几步，紧盯着幕布，肩膀在微微颤抖。三百米之内共有七栋大型公寓楼，根据装修风格，陈诺很快就锁定了其中一栋。她又抬眼看了下直播幕布，房间内斜斜照进大片阳光，洒在床上。现在是中午十二点二十四分，公寓楼七层以下都被前方建筑遮挡，看不到阳光。西户和中户的阳光面积比较大，倾斜角度小。结合 Wi-Fi 信号半径综合判断的话，被直播房间应该在八层到二十层的东户。

徐佳抓起对讲机："陈处长，直播房间很可能在莉莎公寓楼，八层到二十层之间！"

对讲机中没有犹豫："D 组，从二十层往下查！A 组，从八层往上查！B 组，把好公寓楼前后出口！"

徐川往前走了两步，若有所思地看着公寓房的直播画面。直播镜头切过去之后，床上的人就没有动过，这有点不同寻常。离床铺不远的料理台上，水槽里堆满了没洗的空碗和空盘，上面的褐色油污已经流到了仿大理石台面上。不远处是嵌入式燃气灶，上面放了个蒸锅。奇怪的是，在蒸锅旁边，有一个红色的老式机械闹钟。徐川记得很清楚，小时候他床头就有一个，每天都要给闹钟上好发条。到了定好的时间，不锈钢撞锤就会快速敲击两边的钢帽，发出清脆悦耳的闹铃声。

他转身对陈诺道："那个谁，麻烦放大一下料理台。"

陈诺翻了下白眼，没有理他。

徐佳问道："怎么了？"

"地狱之火。"

徐佳瞄了眼料理台，声音低沉急促："放大料理台！"

陈诺有些不情愿地敲了几下键盘，料理台的画面充斥整个幕布，短暂的停顿之后，所有人都清楚地看到，燃气灶的旋钮是横着的。燃烧器和蒸锅锅底之间的空间，好像被什么扭曲了，后面的东西完全变了形。那是由于燃气和空气的密度不同，产生了折射现象。也就是说，燃气正在泄漏。徐佳脸色变得苍白，拿起对讲机正要说话，却听见陈诺"咦"了一声："有异常的数据流量涌动！附近有伪基站！"

话音未落，房间里就响起了此起彼伏的短信提示音，徐川冲到玻璃墙边，看到街上几乎所有人都掏出了手机，低头观看。行动组已经冲到公寓楼下，防暴警察冲向步梯，便衣警察冲向电梯，似乎一切都在控制之中。与此同时，直播幕布上，老式闹钟突兀地响了起来，金色不锈钢撞锤发疯一般左右抖动，急促撞击着两边的红色钢帽。幽蓝色的火苗在钢帽上飘然而起，紧接着红色火焰凭空炸出，瞬间吞没整个幕布，归于一片漆黑。巨响轰隆而起，公寓楼上无数玻璃碎片喷射而出，灸热赤红的火焰挟裹黑烟，冲出外墙张牙舞爪。像是一瞬间，又像是过了很长的时间，徐川才感觉到脚下微微振动，那是爆炸所产生的震荡波，终于传了过来。

地狱之火，从天而降。

路口被交通事故阻挡的人们，都仰起了头，对着滚滚黑烟处指指点点，甚至拿出手机拍照录像。徐川心中的顾虑应验了，凶手果然技高一筹。

预告信中的文字内容、直播最初显示的交通画面，都很容易让人跟第一次凶案的印象结合起来，认为第二次凶案的地点就是十字路口。但那只是虚晃一枪。徐川心中泛起疑虑，如果说凶手这么谋划是利用了人的惯性心理，那路口的车祸、咖啡厅包间里的熊猫和林萌，也在凶手的预料之中吗？他是如何确定这两件事在直播前，必定会发生的？

他沉默了一会儿，低头点开刚刚收到的短信：No accident.
不是意外。

这是在陈山宇房间内发现的遗留信息，当时以为是提示，现在看起来，更像是宣战。徐川转过头，对讲机里人声嘈杂，彼此大声争辩着什么，有人冲出去，有人冲进来，徐佳咬紧嘴唇一言不发，死死盯着已是空白的幕布；陈诺在飞快敲击键盘，试图追踪信号，一副仓皇无措的样子。警方尽管做了充足的准备，却还是功亏一篑。徐川正犹豫着，要不要上前安慰徐佳几句，紧接着耳边又响起各种手机短信提示音，一下子将混乱转为死寂。

徐川拿起手机，看到第二条短信嚣张而至。

It's judgment.

天色已经黑透了，小巷里的路灯坏了一大半，零星亮着的那些，也只能散出些惨淡的昏黄光晕，像是濒死病人有气无力地干咳一般。

九月毕竟是从夏入秋的时节，上旬还热得要命，这才刚下过一场雨，酷暑就有了消退的势头。伍越泽背着书包，弓着身子仔细看着路面，一步一步向家里走去。天气没那么热了，巷子里的酸臭味好像也淡了一些，不用再捏着鼻子匆匆跑过去了。以前有天晚上他跑得太快，不留神踩进路上一个凹坑里，结果灌了满满一鞋污水。回家后，虽然用凉水泡了一晚上鞋子，但第二天还是有些臭味。当季的鞋子只有那一双，伍越泽只好穿着湿臭的鞋子去上学，结果被同桌的女生闻到，捏着鼻子夸张地大呼小叫。鄙夷、同情、厌恶、嘲讽的目光从教室的四面八方汇聚而来，以他最不想要的方式，将他变成了全班的焦点。那样的经历，一次就足够了。

终于走到了家门口。这是一栋联排楼房，黏土红砖混合砂浆砌成了外墙，到处是雨水冲刷形成的黑色污迹，再加上狭小的窗户门洞，处处透出衰败压抑的气息。伍越泽走进黑乎乎的楼道口，摸索着上到六楼之后，从裤袋里掏出钥匙打开了西户的大门。一阵艰涩的门枢转动声响过，呛人的烟雾挟裹着刺目的灯光扑面而来。

他低着头走进去，嘴唇嗫嚅着算是打了招呼，无声走过客厅里正在打麻将的几个人。那几个人正在兴头上，谁也没有搭理他。伍越泽松了口气，走到堆放杂物的那间小屋子门口，小心地推开门，闪身进去。

门还没有关上，突然听到身后一个刻薄的声音响起："回来连个屁都不放，天天白吃那么多饭了！"

伍越泽没有接话，轻轻推上了门。他静静站了一会儿，等眼睛适应了黑暗,才走到窗前,将地上的杂物逐一抱起来堆在门口,又从柜子后抽出张破旧的折叠钢丝床伸展开来,再铺上薄薄的床垫被褥,躺了上去。

"你看!说他也没个反应,就像只老鼠一样,真是气死人!不晓得我妹妹跟哪个野男人生了这个下贱胚子,一点都不像我们家的人!"那个刻薄的声音又响了起来。

"算了吧,别整天骂他。要不是他妈死得早,你们一家人能搬进这栋楼?"有个沙哑的声音接话,"等下,别动!二条我吃了,和了!"

"真倒霉,这丧门星一回来我就走背运!"

"得了吧,你白白占了一房子,打牌输几手算什么背运?"

"哪里算得上白白!"姨妈的语气激动起来,"你们不晓得吗?我可得养活这丧门星上了大学,房子才归我!还有这么多年,吃饭、穿衣、学费,哪样不得我出啊。这下来多少钱,你们算过吗?"

没有人接腔,只有哗啦哗啦洗牌的声音。都是街坊邻居,伍越泽吃穿怎么样,谁不看在眼里?已经上了初中的孩子,要么只给点零钱吃些包子油条,要么就是吃剩饭;衣服鞋子大多都是穿表哥换下来的,一年到头不见得能买件新的。这么养孩子,一年能花多少钱?就算是养到上大学,也抵不上一栋房子。但是这些话,没有人会替伍越泽说。他的母亲死后,姨妈全家已经住进来几年了。没有人会为了一个初中生,去得罪以后朝夕相处的邻居。

幸好,牌桌上的人很快对这个话题失去了兴趣,开始议论三楼张妈家的女儿如何不争气,高中就去做了人流。伍越泽稍稍放了些心,如果关于自己的话题持续得太久,等到牌场散了的时候，姨妈总免不了隔着门指桑骂槐大吵一通。他躺在摇摇欲坠的钢丝床上，摸出一杆样式普通的崭新钢笔，慢慢拧开笔盖，呆呆看着微微发亮的笔尖。

这支钢笔是便利店里的姐姐送的，当作他的生日礼物。原先的钢笔笔尖已经磨秃了，墨水下得也不是很顺畅，写字时要不停地甩笔。他本想等原先的笔完全不能用了，再换上这支，但那个姐姐说了，有了好东西就要赶快去用，未来的事谁都说不准，别因为舍不得而错过了。

生日礼物，好像是很久远的事情了。伍越泽还记得，妈妈活着的时候，每年都会给他准备一件礼物。但那时候，他总是觉得礼物不怎么合自己的心意。有一年的礼物是变形金刚玩具，明明说好了要买擎天柱，妈妈却买了个大黄蜂，只不过因为大黄蜂要比擎天柱便宜一些。他当时觉得很委屈，跟妈妈大吵了一架，吵累了就自己去睡了，醒来后却在床头看到了崭新的擎天柱。那是妈妈又回到商店，跟人说了很多好话，用大黄蜂加上差价换回来的。

那个擎天柱，他很快就玩腻了，不知道丢到哪里去了。没过多久妈妈也过世了，从那以后再也没有人给他送过生日礼物。直到现在，伍越泽还经常想起那个擎天柱，想起跟妈妈的那次争吵。他非常后悔，觉得自己做了不可原谅的事情，如果没有那次吵架，他和妈妈最后的一段日子，应该全都是美好的回忆。

但他无论怎么后悔，怎么自责，妈妈也不会活过来了，这是他必须接受的现实。

伍越泽握着钢笔，在一片漆黑之中，依旧睁着眼睛。他没有流泪，他已经十六岁了，他要坚强地面对这个世界，才能活下去。

第三章 匿名者

No accident, It's judgment.

徐川坐在网络犯罪调查科的办公室里，盯着这句话已经看了很长时间。按照徐佳她们的翻译，这句英文的意思是"不是意外，而是审判"。早在陈山宇的房间里发现前半句的时候，林萌就说过句式有些怪，应该还有后半句。当时自己并没有在意，紧跟着被徐佳监控熊猫电脑的事情搞得心烦意乱，完全没有做任何推断分析。如果……没有如果，难道当时注意到了这一点，就能阻止第二场杀人直播的发生吗？

警方已经将案情全部梳理完毕，凶手利用公共Wi-Fi入侵林萌的手机，建立TCP伪链接，反馈虚假IP地址。在瑞麟路和京唐路的交叉路口发生车祸时，利用虚假IP地址将警方的埋伏全部吸引了出来，摸清了警力配置，还顺便引来了大量围观路人。然后，凶手才把信号源切到了真正的直播场地。就算警方很快推断出直播的大致位置，将警力转向莉莎公寓楼，但也已经来不及了。凶手好整以暇地直播了第二次杀人全过程，同时利用伪基站群发了两次短信，引得不少路人用手机拍摄下了爆炸画面。就算警方屏蔽他的直播账号，这些路人拍摄的视频也将在网络上大肆传播，同样可以在社会上造成轰动。

虽然出于舆情影响考虑，各大平台都对这次直播进行了限流，但此案引发的网络舆论热度仍然是现象级的，对于Soulmate的议论更是上了各大热搜榜。只不过，Soulmate已经从原先的预言之神变成了审判之神。甚至有不少人开始在网络上公布各种信息，披露那些应该受到审判的人，希望Soulmate对这些人进行惩罚。网络犯罪调查科对网上的信息进行了短暂梳理，可马上就放弃了。因为这些信息不但数量巨大，且每时每刻都在增加，再加上真假难辨，根本无法查证。凶手不但成功杀害了目标死者，还将社会影响最大化，最后仍能全身而退。这种周密的布局，必定花费了很长的时间，经过了多次的推演甚至模拟。

徐川抬起头，看了眼周围，办公室里只剩下他一个人了。徐佳他们都在询问室，给相关人等做调查笔录，熊猫和林萌也是被询问的对象。他疲倦地伸了个懒腰，拿起桌上的空纸杯，接了满满一杯凉水，然后一饮而下，冰凉的温度在秋夜浸润五脏六腑，多少提了下神。

对于案发现场的状况，警方也进行了详尽的调查，并在一个小时前的案情推进会上总结汇报。徐川并没有参加会议，他不习惯向人汇报，更不习惯被人质询。会后听徐佳说，房间内的闹钟之所以起火，是因为钢帽上涂了一层白磷，白磷外又涂了一层红蜡。时间一到，闹钟的钢锤敲击钢帽，将红蜡层敲破，使得白磷在撞击下发生自燃，引爆了早已充斥房间的燃气。

死者名叫张礼道，三十二岁，男性，中国籍，是一家保险公司的职员。案发当天早上，他通过短信请了一天假，说是有病要去诊所输液。现在看来，很可能是凶手用他的手机冒名请的假。公寓楼只有大堂和电梯等处安装了监控摄像头，凶手完全可以经由逃生门和步梯上楼，进入死者房间。警方虽然已经开始调阅监控录像，但希望不大。对保安的问询也毫无收获，没有发现可疑的人。尸检结果显示，死者胃里发现了大剂量的扎来普隆，虽然没有达到致死程度，但足以让人陷入昏睡。可以肯定的是，直播开始之前，失去意识的张礼道已经在床上躺了很长时间。

对两辆在路口相撞的豪车的调查也进行完毕，一个是世界五百强企业的外籍高管，来中国进行营销指导；一个是本地知名企业家的女儿，自己名下也有几家公司，算得上商圈名媛。两人互不相识，更不认识死者，当天只是偶然经过，又偶然发生了车祸而已。两人的律师团队第一时间赶到，等警方进行了简单质询后，就将人带走了。律师团队的态度很强硬，坚称拥有这种社会地位、家庭财富、商界影响的人，会参与一场跟自己毫无利益纠葛的凶杀案，是相当荒谬的妄想。如果警方要继续质询，需要拿出有力的证据，不然的话将召开记者会，控诉警方行政乱作为。

至于那款叫作"在线神探"的手游，在第一起命案后，就再也没有更新。当初提供下载和运营的服务器，竟然在河南省一家高校的实验室里。河南警方上门核查时，实验室的相关人等都是一脸的莫名其妙，根本不知道自己的服务器被入侵了。至于苏敬林那个高中生，这段时间跟踪下来，也没有发现什么可疑的举动，倒是整天跟同学吹嘘林萌请他吃饭，协助查案什么的。也就是说到目前为止，已经两人被杀，网络舆论几乎处于失控状态，警方仍未掌握实质性的进展。

徐川丢掉空纸杯，走出办公室，在走廊尽头的自动售货机买了两罐咖啡，拐进尽头的问询室里。徐佳正靠着墙，抱着肩膀，一脸倦容地看着对面。徐川走过去，递给她一罐咖啡，自己打开一罐。单向镜将房间一分为二，外面能清楚地看到里面，里面却看不到外面。此刻里面坐了两个年轻的警察，正反复盘问林萌。林萌的神情很是不耐烦，对于警察的问话并不是很配合。

"怎么不是你来询问？"徐川问道。

"回避制度。"徐佳将咖啡罐贴在额头上，用微凉的温度提振精神。"熊猫已经做完笔录，回留置室了。如果林萌说的跟熊猫差不多，就可以放他们走了。"

"你明知道他们两个没有问题。"

"但总得给其他人一个解释。"

"怎么，你的同事怀疑他俩？"

"太过巧合了。当天咖啡厅里顾客和店员加起来有六十多人，为什么凶手选中了林萌？"

"或许是凶手的挑衅。"

徐佳愣了一下神说："你也知道，这么说有些牵强。"

"也有可能凶手很早就入侵了林萌的手机，知道熊猫他俩会去，所以才通过林萌的手机给我们设下了陷阱。"徐川道，"即便他们两个当天有事没去，凶手也可以入侵咖啡厅其他人的手机，不会对杀人直播有实质性的影响。"

徐佳道："熊猫说是林萌对案子十分好奇，硬拉着他去了咖啡厅。两人一边用熊猫的手机看视频直播，一边观察十字路口。由于林萌的手机一直放在桌子上，所以两人对于被黑客入侵的事情都没有察觉。"

"这种口供合情合理吧。"

"截至目前，林萌的口供跟熊猫的吻合。之所以还在问询，只是例行公事罢了。草草放他们两个出去的话，那些网络自媒体不知道会写什么。"徐佳转换了话题，"我记得，之前你给凶手做过心理画像，现在还有什么想补充的吗？"

徐川抿了口咖啡后说:"这是个难缠的对手,我之前低估了他。凶手借用Soulmate这个ID犯案,预设心理的考量应该也是理由之一。"

"预设心理?"

"因为碎尸重生和启明集团两件案子的影响,Soulmate在一定数量的网民中有着坚实的心理基础,他们会很自然地站在Soulmate一方。接着凶手利用网络进行杀人直播,最高限度扩大了影响力。那种充满了神秘感、戏剧化的杀人过程,极大满足了民众的猎奇心理,塑造出预言者、审判者的形象,获得了广泛认同。"徐川顿了一下,说道,"现在看来,对于凶手来说,杀人和直播是密不可分、相辅相成的。凶手之所以做了这么多画蛇添足的事情,主要是为了在杀死陈山宇和张礼道后,让民众认为他们确实罪有应得。仅仅从肉体上杀死他们,满足不了凶手,凶手要的是他们社会性的死亡。"

徐佳有些疑惑。"如果这两个死者确实有罪,为什么不先把他们的罪行公之于众,之后再挟裹汹涌民意,交给法律制裁。这样岂不是更能达到凶手的目的?"

"或者……按照现行法律的话,这两名死者的罪行,不够死刑的标准。"徐川苦笑道,"如果利用民意,尤其是网络民意,得到大量匿名民众的支持,在一定程度上是可以影响法律裁决的。"

徐佳摇头道:"不可能,法律裁决的要求一直是公正公平,不会被外界因素左右。"

"怎么不可能,李昌奎案、许霆案都是近几年很典型的例子。"

徐佳咬了咬嘴唇,没有吭声。

"民意影响司法裁决这个问题太深了,我们没必要讨论。"徐川道,"我现在担心的是,凶手正在利用这种现象,逐步接近自己的目的。你们警方一直在监控网络舆情,网友的态度应该是偏向凶手一方的居多吧?"

"确实如此。"徐佳苦笑道,"我们发现,网络上近七成的评论留言,都在支持Soulmate,甚至有人声称死去的两个人,肯定犯下了不可原谅的罪行,Soulmate是在为民除害。这些评论留言来自全国各个地区,不像是凶手留下的,倒像是那些网民的真心看法。"

"都说公道自在人心,但人心却是最容易被蛊惑的。如果你熟知心理学,就会发现很多时候,很多人的爱与恨、信任和怀疑都可以被轻而易举地操弄。"徐川想到了什么,"那句英文表明在凶手的善恶观中,死去的两个人都罪有应得。凶手表达这样的情绪,可能是因为有罪之人没有得到司法机关的惩处,他将自己化身为审判者。你们查过那两名死者的履历,真的没发现什么问题?"

徐佳摇摇头:"都是很普通的人,没有犯罪前科。我们正在往深度排查,扩大到父母、亲友这个范围,看能不能找出点线索。"

"除了这条线外,还有一个疑点,就是凶手为什么在两次犯案前,都用二〇〇一年的旧报纸字块做预告。凶手是在暗示我们,这两个人之所以被杀,是因为在二〇〇一年发生了什么事。"

"我们已经调查过了。二〇〇一年时两个死者都还在上初中,而且不是一个学校的。两个人虽然当时都是小流氓,打过架什么的,但都没有涉及刑事责任。如果真的有什么重要罪行没被发现,那凶手为什么没有在当时就杀死他们,反而隔了二十年,才进行杀人直播?"徐佳犹豫道,"不过有个奇怪的共同点是,他们两家原先住得比较近，而且后来都搬过家。"

"搬家？有没有向搬家前的邻居询问过？"

"因为二〇一〇年那一带进行了拆迁，不少邻居都搬走了，现在联系起来相当困难。虽然找到了几家以前的住户，但对这两家人也没有什么特别的印象。"徐佳苦笑道，"上面的意思是，还是要把侦查的重点放到凶手这方面，我们打算加大对第二起案发现场的排查范围，希望能有所发现。"

"现场百遍。"徐川感叹了一句，"虽然这是警方办案的铁则，但我总觉得在这个案子里的收获不会很大。就像第一次杀人直播里的意外现场，我们虽然知道脚手架和镜子一年多前就出现在墙边，可直到现在，这些到底是凶手早早就布置好的，还是在案发时偶尔利用了它们，我们仍不能确定。"

"有没有可能，这两次的案发现场，都是很久之前就布置好的？"徐佳皱着眉问道，"这样的话，我们现场排查的时候，确实发现不了什么有用的线索。"

"这只是我的个人猜测，还是不要影响你们的办案方向。"徐川微微低头，"抱歉，这次没帮上什么忙。案子闹得这么大，让你承受了不少压力。"

徐佳奇怪地看了他一眼问道："怎么忽然这么说？"

徐川道："听说在全体会议上，你被上司训斥了一通。"

"你不用担心，我脸皮倒不至于那么薄。而且陈处长这个人，嘴上虽然骂得厉害，但压力都是他在扛着。"徐佳眨了眨眼，"我们之间都熟到了无话不谈的地步，以后别这么客气，突然感觉有点……生分的样子。"

徐川笑笑："接下来，需要我做什么？"

"我们估计还会有第三次杀人直播，陈处长要我们继续跟进千视公司。明天你和我一起再去见见韩百川，必须让陈诺成功调查他们的服务器，找到 Soulmate 的访问记录，推算出 IP 地址。"

"没问题。"徐川回答得很干脆。

问询室里的警察终于起身，合上了档案夹，向林萌伸出了手。林萌却把手背在身后，一溜儿小跑出门，直接拐进了徐川所在的房间。

她看都没看徐佳，冲徐川喊道："表哥！我就知道你会在镜子这边等我。"

徐川拍了拍她的头，问徐佳道："熊猫也可以走了吗？"

"那是自然，你们可以直接去留置室找他了。回去好好睡一晚，休息下吧。就按刚才说的，明天一早我们就去千视公司。"

徐川点头应许，拽着林萌向留置室的方向走去。徐佳看着他们的背影，拉开咖啡罐的拉环，仰头喝了一大口，用手背拭去嘴角的咖啡渍。陈诺从外面走进来，揽住她的腰问道："已经熬了两个通宵了，怎么还不去睡会儿？"

徐佳突兀地问道："你入侵熊猫电脑的时候，没有露出什么马脚吧？"

"没有啊。如果有的话，他肯定就反击了。我这几天还一直在监控着他的电脑，那个死胖子正在做一个网络游戏的外挂。"陈诺道，"怎么了，为什么突然问这个？"

"那倒没有，就是觉得徐川这段时间有些怪怪的，是不是正背着我们搞什么事情。"徐佳扯下黑色镜框，揉了揉发涩的眼睛。

陈诺哼了一声："这个好说，我们接下来可以控制他们电脑的摄像头和麦克风，全程录像录音，他们说什么、做什么，都能弄得清清楚楚。"

走出刑警总队的办公楼，徐川就有些后悔了，还不如在徐佳办公室挨到天亮。

凌晨四点多，公交车和地铁都还没有开始运营，如果打车回事务所，少不得要一百多块。他看了眼熊猫，这胖子立刻会意，摸遍全身凑出来一把零钱，粗略点了下有三十三块。接着又摸出手机，鼓捣了一通道："手机上一共还有五十七块一毛四分，加起来总共九十块左右。从这儿打车到事务所，最少得一百块吧，你身上还有多少？"

徐川干咳了一声："前几天你不是刚收了笔款吗，怎么这么快就没钱了？"

熊猫理直气壮道："都还网贷了嘛！"

林萌扬了扬手机说道："别说那些有的没的了，我已经叫了车，再有三分钟就到了。"

熊猫心安理得地蹲在路边。"看看吧，还是萌萌酱靠谱，我们等下直接回事务所吗？"

"都这个点儿了，先去吃饭吧。"

听到吃饭，熊猫咽了下口水。"你不是和赖泽峰去过江月居吗？听说那里二十四小时营业，现在还能刷他的卡不？"

"不去，要吃饭就去肯德基。"林萌干巴巴地说。

"为什么不去会所吃大餐，反而要去快餐店吃炸鸡？"熊猫一脸疑惑。

"因为有个白痴喜欢喝气泡水。"林萌白了徐川一眼，跳下路边石，朝迎面驶来的出租车挥舞手臂。

"肯德基里也没有气泡水啊？"熊猫忍不住向徐川问道，"大哥，怎么回事？"

"你管那么多干吗？"徐川心虚地搪塞着，跟着林萌坐到了出租车后座。

"得，大餐变成快餐，咱还不能问。"熊猫嘟囔着坐到前排，冲司机露出一个灿烂的笑脸，"麻烦肯德基，走咯！"

十多分钟后，三人已经坐到了肯德基的餐台前。熊猫自己要了个全家桶，抱着啃得不亦乐乎。徐川握着冰凉的大杯可乐，看着玻璃窗外漆黑的夜色，忽然想起两年前，他和徐佳、吴滔也半夜在肯德基里一起吃过饭。那是第一次跟徐佳共事，因为碎尸重生的案子。这两年说起来很远，又像是很近，其间发生了太多事，如同白云苍狗一般，让人心生块垒，却又无从感叹。

"你怎么了？"林萌终于憋不住了，问道，"为什么不说我？"

"说你什么？"徐川将目光从窗外收回，看着林萌道。

"我拉着熊猫去直播现场的事啊，怎么不说我太乱来、太冒失之类的话？"

"你今年都十九岁了，是个成年人了，想要帮警方破案，没什么不妥。"

"你真这么想？"林萌有些兴奋。

"你自己都查了不少案子，不能再把你当小孩子看了。而且你也注意到了安全，去咖啡厅的时候不是还叫上了熊猫吗？"徐川伸手去拿手枪腿，"虽然这胖子没帮上什么忙。"

林萌"啪"地打了一下他的手，摸出一片湿巾递给他，盯着他撕开擦完手，才把手枪腿递给他。徐川咬了一口，觉得有些油腻，又放回了餐盘。

林萌故作轻松道："你能这么开明就好啦，我最讨厌被别人当成小孩。"

"你和熊猫一起去咖啡厅的事情，都谁知道？"

"没人知道。"林萌蹙着眉头，"我觉得凶手选中我不是偶然，他肯定也知道我们正在查这个案子,甚至在监视我们的行踪。"

"不错。上次去千视公司,我在一个休息角的阅览架上,发现了一本二〇〇一年的杂志,那时候就有这种怀疑了。这次他大概是通过你的手机,知道你和熊猫会去现场,索性用你引警方出动。"徐川道,"熊猫,等会儿回去你就查查萌萌的手机,看有没有木马病毒之类的。"

"我们三个人的手机都得查一下。"林萌补充道。

"我的没问题,入侵也是入侵你俩的。"熊猫正在啃徐川放下的那只手枪腿。

林萌压低声音:"这算是对我们的警告吗?目的是要我们不再查这案子?"

"不至于。不然的话,他没必要在陈山宇房间里给我们留下那半句英文提示。"徐川道,"我倒是觉得,凶手是在引导我们,想告诉我们一些信息。"

"你说那些二〇〇一年的旧报纸字块、英文留言都是他对我们的暗示?可是告诉我们的信息越多,他不就越容易暴露吗?"

"大概凶手认为自己可以把握好节奏,直到他做完要做的事情后,我们才能弄清楚那些暗示。"徐川道,"以目前的状况来说,他的确做得很成功。"

林萌不服气道:"他想得美,我们一定会提前抓到他。"

"希望吧。"徐川揭开纸杯的盖子,仰头喝了一口。

林萌看着满嘴食物的熊猫,嫌弃地踢了他一脚:"就知道吃,你也不发表下对案子的看法。"

熊猫咽下一大口鸡肉,委屈道:"萌萌酱,查案这种事我根本就不懂,发表什么意见啊。你们想到了什么,我照做就是了,不过总得先让我吃饱吧,皇帝还不差饿兵呢。"

徐川有意袒护熊猫,岔开话道:"徐佳要我接下来跟她一起去千视公司。她想让那个马尾辫去搜查千视公司的核心服务器。熊猫,你能在不被警方和千视公司发现的前提下,黑进他们的核心服务器吗?"

"虽然难度很大,但也不是做不到。"熊猫抓着把薯条道,"不过我觉得没那个必要。"

"为什么?"林萌问道。

"这次的凶手水平蛮高的,应该不会留下能让警察轻而易举找到的痕迹。再说,我不喜欢跟别人做一样的事情。"

"那样的话,倒有个差事挺适合你的。"徐川道。

熊猫扬了下头,表示他在听。

"案子进展到这一步,有个点我一直想不通,但又查不出来。"徐川道,"第一起案子里,泼水的老板娘、骑车的女高中生促成了陈山宇的意外致死;第二起案子里,两辆相撞的奔驰豪车促使警方提前行动,暴露了警力配置。这两件事看起来都太过巧合了。尤其是第二起案子里,直播视频提前对准了十字路口,好像笃定那里会发生什么似的。"

"你能确定,真的不是催眠吗?"林萌忍不住插话。

"不是说过了吗?就算是深度催眠,也不能将人的行为控制得如此精确,他们在做下这些事的时候,神志一定是清醒的。我曾想过,这些人可能都是凶手的从犯,但前后两起案子里的人,身份、财富、地位相差太悬殊,是两个完全不同的社交圈。从犯罪心理学的角度来讲,很难同时约束社会地位差异这么大的两种人。他们可能不会是听令于凶手的从犯,但他们到底有没有参与这些案子,知不知道自己对杀死陈山宇、张礼道起到了推波助澜的作用?我想尽快搞清楚这点。"

"徐佳呢,他们不是查了吗?"林萌有些不怀好意。

"第一起案子里,警方的主要精力都放在确定这是场意外还是凶杀上了,并没有重点调查这些人。等到案子定性之后,已经过去很长时间,不但现场的痕迹几乎消失了,连行人和邻居能提供的证言都不太可靠。到了第二起案子,那个外国人和富二代的社会地位很高,还有专业的律师团队,警方无法放开手脚进行调查。我总觉得,前后这两起案子相关人的身份,可能是凶手精心安排的,让警方无法从他们那里找到突破口。"

"简单地说,就是虽然警方在户籍系统、人际关系排查方面有优势,但靠这些正常渠道查不出什么有用的东西,"林萌瞥了眼熊猫,"那就由我们从非常规的渠道去查。"

熊猫依旧在啃手枪腿,将骨头吮吸得啧啧有声,丝毫没有将要出马的思想准备。

"警方已经调查过他们,发现他们并不认识,甚至彼此没见过面。但若是他们参与了这两起案子,就一定要有联系渠道。如果在现实生活中没有交集的话,只能是通过网络联系。警方查过他们的手机通信记录和即时通信软件,但不够彻底。有些不需要实名制的论坛、聊天室和网站,只有入侵他们的电脑手机,才查得出来。"

"你说的这些人,有个名单没?"

"没有,只有个大致的范围。比如说第二起案子里发生车祸的两个车主、莉莎公寓的所有住户、咖啡馆的所有员工,这些人的电脑手机都需要熊猫去入侵调查。"

熊猫被噎了一下。"你两片嘴唇一碰说得轻巧!那么多移动终端,你知道会是多大的工作量不?"

林萌脸一板,拍着桌子道:"叫你查你就查,哪来那么多废话!"

熊猫咬着吸管,叹气道,"没问题,没问题,这些我来搞定。萌萌酱,能再来一大杯可乐不?"

林萌站起身,问徐川道:"你都没怎么吃东西,要不来份咖喱鸡肉饭?"

"脆皮炸鸡,脆皮炸鸡。"熊猫笑着插话道,"他最喜欢脆皮炸鸡。"

"是他喜欢脆皮炸鸡,还是你喜欢啊。"林萌白了熊猫一眼,向餐台走去。

看她走远了,熊猫才低声对徐川道:"你就任由她查案,不阻止吗?"

"萌萌的性格你应该很清楚,越不让她做什么,她偏要做什么。既然阻止不了,不如同意她参与,把握她查案的进度和方式,这样才能更好地保护她。"徐川道。

"说得也是。"熊猫坏坏地笑道,"我说你脑子转得这么快,好多事都能想明白,为什么追个妹子那么难?你要是把徐佳给收了,她肯定舍不得往我电脑里放木马,偷偷监视你。"

"正经点儿,别开这种玩笑。那个马尾,叫什么来着,有进一步的举动吗?"

"一直在潜伏,不过近期应该会有些动作了。如果是我的话,就趁我们在外面晃荡的这段时间,发动潜伏的木马,一举拿下系统的操控权。"熊猫道。

徐川有些担心地说:"你能应付得来吧?"

"没问题的。"熊猫随口应了一声,抬头看着走回来的林萌,"萌萌酱,这么快就回来了?"

林萌将托盘放到桌子上,怀疑地看着熊猫:"笑成这个样子,又在哄我表哥跟你去干什么坏事？"

熊猫抓起一块脆皮炸鸡，张牙舞爪道："哪有，你哥正夸你来着，说你颜值高、身材好、气质棒，走到哪里都闪亮。"

林萌脸色绯红，拢了下耳后的头发，小声道："也没有啦，哪有那么完美。"她偷偷瞥了眼徐川，看到一脸无可奈何的表情，立刻明白了是怎么回事。小姑娘抓起一包薯条，狠狠拍在熊猫脑门上，恼羞成怒："听你这个死胖子鬼扯！"

对于警方的再次来访，千视公司依然没有重视起来。韩百川据说去了北京，跟几家广告公司商谈业务合作，仍旧委托技术总监尚容胥出面接待。

徐佳、徐川和陈诺三人在前台等了二十多分钟，尚容胥才匆匆出来。他们简单寒暄几句后，一起向服务器机房走去。徐川注意到，离上次来访不到一个月的时间，千视公司不但增加了办公区域，还招收了不少员工。看来两次的杀人直播，给公司带来了非常可观的流量。这些流量引来的大量用户和利润，让千视公司迅速获得了资本的青睐，也为韩百川提供了疯狂扩张的信心和条件。

众人来到服务器机房外，一堵厚重的对开式碳钢防盗门挡住去路，跟银行的金库门差不了多少。尚容胥掏出一张通行卡，在旁边的电子锁上刷了一下，然后一只手遮挡住键盘，输入了密码。厚重的碳钢门无声滑开，几名职员早已准备好了鞋套，上前一一递给众人。

尚容胥率先穿好，道："这是我们的核心服务机房，对卫生、温度和湿度都有很严苛的要求，还请大家见谅。"

他看到徐川并没有穿，于是微笑道："不好意思，徐先生？"

徐川道："我对电脑什么的不是很懂，就不进去了。趁这个空当，想在贵公司随便转转。"

尚容胥有些意外："需要人陪着你吗？"

"不用了，有人跟着我反而不自在。"

徐佳向他使了个眼色："陈诺要对服务器的访问记录进行详细检测，还得请尚总监在旁协助，打开服务器秘钥，接入系统。这一套操作下来估计要很长时间，你慢慢转，不用着急。"

"就是，其实这次你不来都行。"陈诺语气刻薄地说。

这马尾怕不是个傻子。徐川在心里埋怨了一句，转身离开了。既然熊猫说过，服务器机房里查不出什么东西，也就没必要进去做什么手脚了。趁此机会，他倒是想再看看上次的那个休息角，会不会还有什么情况。顺着走廊转了几个区域，问了几个人之后，徐川才走到了技术部。出乎他的意料，有两个员工正坐在沙发上激烈讨论着什么。

徐川摸了摸鼻翼，犹豫了一会儿，还是走了上去。他走到冷藏柜旁，拉开柜门，拿出一瓶气泡水，然后站在阅览架边假装找书。两个职员并没有理睬他，声音仍然很大，好像是在争论程序代码问题。徐川放下心来，仔细筛查了一遍阅览架，并没有发现什么特别的。他略略有些失望，随手抽出一本杂志，走到窗边。

上次发现二〇〇一年的杂志后，他仔细观察了周围，并没有找到监控摄像头之类的东西，凶手是如何监视他的？如果按熊猫所说，凶手是侵入了千视公司员工的笔记本电脑中，利用电脑摄像头将徐川定位的，那又是如何将杂志放到阅览架上的？凶手选择千视公司直播杀人，一方面是小公司注册审核不严的关系；另一方面会不会是在公司有内应？让熊猫入侵两次杀人直播中那些相关人电脑的事情，也不知道进行得怎么样了。

"怎么，一个人想事情？"身后突然响起问话声，让徐川微微吃了一惊。

他回过头，发现尚容胥也拿了瓶气泡水，正微笑着走过来。

"你不是要协助徐佳他们？"

"打开服务器秘钥后，我就被那个女警察给呛出来了。她说接下来涉及警方办案机密，要我回避。"尚容胥扬了下手中的气泡水，"好巧，难得还能遇到喜欢喝碳酸饮料的中年人。"

"我才二十多岁，不算中年人。"徐川道。

"二十几岁？"尚容胥促狭道，"我比你大不了十年吧，怎么说得好像有代沟一样。"

"这年头，五六年就是代沟了。"徐川道，"我注意到了，你们公司的所有办公区域都没有安装监控摄像头，这是为什么？"

"这是韩总的意思。他觉得只有建立好激励机制，让员工发自内心地去努力工作，公司才会有好业绩，而不是靠考勤、监督、惩戒这些手段，你说是不是？"尚容胥道。

徐川试探道："听说尚总在麻省理工学院，不但拿到了博士学位，考了一大堆证书，还跟随导师开发软件上市销售。你是位非常优秀的电脑技术人才，韩百川是个纯粹的商人吧，你们怎么认识的？他是怎么说服你一起回国创业的？"

"别小看了韩总，他是我的学长，正经MBA毕业。我刚拿到博士学位的时候，他已经在商界闯荡一番了。我和导师开发的软件，也是他牵线搭桥才进入市场销售的。"尚容胥道，"回国跟着他创业，不用费太多口舌，毕竟我也想要赚钱，想早日实现财务自由嘛。"

"财务自由……"徐川抿了口气泡水，"不知道为什么，我对挣钱没什么欲望。"

尚容胥笑道："可能你没有受过苦吧。小时候我家境很不好，对未来总是充满恐惧，以为只要有钱了就会有安全感。后来年龄大了，虽然明白安全感这东西不是靠钱来保障的，但有钱了也能做一些想做的事，这倒也是事实。"

徐川道："我看你们公司的扩张速度非常快，应该拉了不少投资，挣了不少钱。不过之所以有这种现状，只能说是托杀人直播选中千视软件的福了。和抖音、快手这些大型公司相比，你们在技术和渠道上都没有什么优势，杀人直播案子告破之后，公司还有发展后劲吗？"

尚容胥摇头道："杀人直播只是一个机遇而已。它当然起到了很好的广告效应，但直播软件能不能留住用户，还是看真材实料的。如果你用过其他公司的直播软件，就会发现我们的软件虽然上市时间不长，但在创新举措方面是做得最好的。"

"但这世界上很多好东西依旧被埋没了，它们缺少的也是一个机遇。"

"徐先生，你到底想说什么？"

"没什么。只是想起了一个朋友的话，有些看似理所当然的事情，不知道背后是什么样的暗流涌动。"

尚容胥忽然笑了："好巧，你这句话，我在几个月前也听人说过。"

徐川心中猛地一震，扭头看着他："你说什么？"

"具体的字句记不太贴切了，但意思应该还是这个意思。"

"是个女的？"

"对啊。是个中国人，二十出头的样子吧。人长得很漂亮，但是感觉性格很凉薄，待人接物都很冷淡……"

"什么时候，什么地方？"

尚容胥有点奇怪徐川的反应，道："就是三四个月前吧，麻省理工校友会。"

"她也在麻省理工上过学？"

"那倒不清楚，虽然说是校友会，但每个人都可以带朋友去的。"

徐川眼神冰冷地说："如果我理解得没错，你们的校友会应该是派对性质的吧。那晚你一定见了不少人，为什么会对一个陌生女人说的话记得那么清楚？"

"因为她特别年轻漂亮的缘故。"尚容胥笑笑，"其实是她主动找我攀谈的，我们全程用英语交流，临结束她却忽然用中文抱怨了这么一句，所以我印象有点深。"

"你们聊了什么？"

"她问了我一些网络技术上的问题，看得出来她的水平并不是很高，却能句句问到点子上，相当聪明。她自我介绍是学犯罪心理学的，以前去过麻省理工短暂学习。"尚容胥耸耸肩，"大部分人都知道麻省理工以工程学和计算机闻名于世，少有人知道也有心理学，所以她应该没有撒谎。怎么徐先生一直问起她，你觉得就是你那个朋友吗？"

"不会有那么巧的事，我就是好奇问问而已。她叫什么名字？"

"英文名字叫蕾安娜，中文嘛……没有问过。"

"口音呢？普通话怎么样？"

"相当纯熟，应该在国内生活过很长时间。对了，听说徐先生是淞沪大学王进教授的学生？"

"挂名的而已。"徐川警觉道，"问这个干吗？"

"蕾安娜说过，她跟淞沪大学也有点渊源，说不定真的是你那个朋友。"尚容胥笑道,"这世界可真小。"

徐川心脏跳得很快:"有她的照片吗,手机照的也行?"

"那倒没有,在派对上和人自拍,对于我这个年龄段的人来说太尴尬了。"

"派对之后还有联系吗?"

"没有。只是偶然遇到了而已,并没有留下什么联系方式。到底怎么了,感觉徐先生心事重重的样子?"

徐川眼角余光扫到远处正走来的徐佳,打了个哈哈:"没有,最近睡眠不足,一直都是这个样子。"

不等尚容胥接话,他便冲徐佳喊道:"怎么这么快,查到了什么?"

"哪有这么快。陈诺刚把核查程序安装好,至少得好几天才能分析完所有数据。"徐佳已经走到了跟前,"你们在聊什么?"

尚容胥道:"刚才徐先生说到一个朋友……"

"没什么,瞎聊聊而已。"徐川打断了尚容胥的话,"时候也不早了,我和徐佳先去吃饭。"

尚容胥热情道:"这么麻烦干吗,我请几位一起去吃点好了。"

徐佳皱眉说道:"执行公务期间,不接受对方宴请。"

尚容胥笑道:"怎么能那么死板,家常便饭罢了。"

徐佳的语气很生硬:"不接受宴请,谢谢。"

然后,她拽着徐川胳膊,怒气冲冲地向外面走去。徐川略微尴尬地冲尚容胥摆了摆手,跟着徐佳出了千视公司的大门。外面天色已晚,华灯初上,到处是来来往往的行人和车辆。此起彼伏的声音和五彩斑斓的灯光扑面而来,炫耀着市区的夜生活已经到来。徐川只觉得有些焦躁,往后退了两步,对融入这个嘈杂的世界有些抗拒。

他瞄了眼徐佳,问道:"刚才你怎么对尚容胥态度那么差,他不是挺配合调查的吗,服务器机房都任由你们摆布。"

徐佳愤愤道:"在里面人多,我已经给他留了面子。陈诺核查了他们的数据库,发现虽然要求用户实名注册,但根本没做审核,很多用户都是冒用别人的身份证。怪不得上次调阅Soulmate的注册资料也是假的。而且按规定,要记录异常账号的访问路径,他们也没有行动。但凡他们肯用心一点点,现在也不会查得这么麻烦。"

"他们开公司的主要目的是赚钱,在审核方面要求严了,门槛高了,注册用户数肯定会少。在没有审查惩罚的前提下,不会有人去严格遵守不利于自己的制度。这是人的天性,可以理解。"徐川道,"等下要去吃什么?你们来的时候开没开车?"

"没有。我们出来之前,附近一个镇上出了点状况,那辆警车也被调过去了。你呢,还是骑自行车来的?"

"没有。这里离事务所太远了,我地铁都坐了一个多小时。"徐川缓缓吐出口气,调解好了情绪。"给那个谁,马尾捎饭的话,就在附近吃?"

徐佳看着街上的车水马龙,道:"你还记不记得,我们查启明集团那个案子的时候,经常去的那家拉面店?离这里只有三个路口。"

"怎么,要去那里吃拉面?"

"一起骑自行车去吧。"

"三个路口,骑车至少要十多分钟吧。真想去那里的话,公交车怎么样,刚好顺路?"

"不,还是骑自行车。"

徐川怔了下,道:"那成,就骑自行车过去,那边有共享单车。"

两个人一起骑上共享单车,穿过闹市夜色,一前一后拐进了条稍稍安静的街道。徐川用力蹬了几下,追上徐佳,并排而行。他觉察到了徐佳的异样,但并不想开口询问,这个时候沉默对他来说更有利。

"什么朋友?"徐佳突然问道。

"什么什么朋友?"徐川反问道。

"当一个人反问已经听清的问题时,十有八九都是在为自己争取时间。这是你自己说过的话。"徐佳眼睛看着前方,"在千视公司里,你跟我搭话时,尚容胥说你们正聊起一个朋友。"

徐川淡淡道:"只是私事而已,与案子没有关系。"

徐佳沉默了一会儿,道:"你还记不记得,好像是前年,我们查那个无印足迹杀人案的时候,一起骑车去过松江。"

徐川没有回答。

"一路上我们推演了好几种杀人诡计,最后却发现是死者自杀,为了嫁祸给别人。"徐佳道,"那个时候,我们虽然认识的时间并不久,但是对彼此并没有什么隐瞒。现在我却能感觉到一种疏离感,你在防着我什么?"

徐川打了个哈哈:"我怎么会防着你?你是不是查案太累了,变得敏感多疑了。"

"好,我不问原因。我就问你,到底是什么朋友?"徐佳道,"你别想再敷衍过去了,不行我就去问尚容胥,看他到底说了什么。"

徐川道:"你怎么这么多事呢?就是我在套他话的时候,偶然说了句从以前一个朋友那里听来的话,嘲讽他。他说在几个月前,也听到过类似的话,觉得很巧。还说那个人也跟淞沪大学有关系,搞不好是同一个人。"

徐佳皱眉道:"那是同一个人吗?"

"不是。我那个朋友已经死了,尚容胥遇到的不可能是她。"

"死了?怎么死的?"

"被你们打死的,一年前,防暴警察。张璇。"

"你说什么?几个月前尚容胥遇到过张璇?"徐佳的声音变了。

徐川不露声色地说:"他遇到的肯定不是张璇,你那么惊讶干什么?"

"我是觉得……我是说……不是,那个人,搞不好跟凶手有关系。"徐佳有些语无伦次,"我们之前不是推理过,这次的凶手假借张璇的 Soulmate 名义,可能是个模仿犯嘛。"

"我们不是已经推翻这个结论了?凶手不是模仿犯,是借用 Soulmate 的名义,为了在网络舆情上占得先机,挟裹民意。"

"那也是我们的推测,凶手到底是怎么想的,没抓到他之前还不能确定。"徐佳强辩道。

徐川淡淡笑道:"还说我变了,你也瞒了我不少事。"

"我这是工作纪律,有要求的,跟你不一样!"徐佳有些急了。

"到了。"徐川捏住前闸,停在一家门头很小的拉面馆前。他跳下车子,弯腰锁好,没有招呼徐佳,径自向里走去。徐佳脸色有些阴郁,也停好车子,跟着走了进去。

老板看到他俩,笑道:"好久没见你们了,还以为结婚了,不来了。"

两人都没有反驳老板的话。

徐川道："麻烦要两碗拉面，一碟卤牛腱，一碟西红柿炒鸡蛋，一碟醋熘豆芽，两听可乐，要冰的。"

老板应了声，转身回厨房忙去了。

徐佳从冷藏柜里拿出两听可乐，坐在桌子对面，嘴里嘟囔道："点这么多，吃得完吗？"

"不是还有那个马尾吗？吃不完你给她带回去。"徐川道，"放心吧，我请客。"

"她肯定不会吃你的剩菜。"

"那正好，我把剩菜带回去给熊猫好了。"

徐佳拉开拉环，将一听可乐推给徐川，自己捧起另一听先喝了一大口。徐川忽然问道："张璇是不是没死？"

徐佳被可乐呛住，连连咳嗽了好几声："死了，当场击毙。"

"我没看到尸体。"

"被半自动步枪掀翻了头盖骨，脑浆溅了一地，你就算看到了，也认不出来。"

"不见得，还有肢体特征。"

徐佳瞪着眼睛问："你想干什么，开馆验尸？早就火化了！"

徐川摆了摆手："别紧张，我就是随口说说而已。"

卤牛腱端了上来，徐川夹起了一块，放进嘴里，慢慢嚼着。徐佳盯着他的眼睛，看了很久，直到西红柿炒鸡蛋也端了上来，才又拿起可乐。徐川在慢条斯理地吃菜，脸上没有什么表情。

徐佳犹豫了一会儿，道："其实这次找你来协助破案，我也很纠结。陈处长总觉得像你这种人，虽然智商高，但价值观并不坚定。用他的话来说，如果总是独自一人去窥视黑暗，终有一天会被拉入黑暗。"

"他说得好像有点道理。"徐川轻轻点头。

"正经点。我总觉得你最近变化很大，尤其是张璇死后，你虽然很少介入刑事案件，但屡次有出格的举动。盯梢跟踪、私闯民宅，派出所接到过好几次投诉，如果不是我给你开脱，你那事务所早就关门了。"

"帮助弱者去向强者讨个公道，只要结果是正确的，过程是错的又如何？"

"如果过程是错的，结果怎么会是正确的？"徐佳压低了声音。

徐川扭身喊道："醋熘豆芽和拉面多放点盐，味道太淡了。"

老板端着醋熘豆芽放到桌上，随手丢过来个调味盒。

徐佳怏怏道："我知道，现在说什么你都听不进去。但我所做的一切，都是不愿你变成第二个张璇。"

徐川面无表情地打断了她的话："放心吧，我有分寸。跟她不一样，我没有背负什么化解不开的仇恨。"

徐佳还想说什么，徐川把西红柿炒鸡蛋往她那边推了下："赶紧吃吧，这菜本来做得就不怎么样，一凉可就吃不下去了。"

徐佳看着低头吃菜的徐川，叹了口气。她已经明白，虽然还是相同的地方，相同的人，但他们已经再也回不去了。

既然话不投机，饭很快就吃完了。徐佳只打包了一份炒拉条，坚持留下二百块说她请客，就骑着共享单车回了千视公司。徐川看她走远，摸出手机发了条微信，然后就等在那里。不多时，熊猫出现在门口。他套了件"笑脸男人"的黑色T恤，穿了条阿迪达斯的黑色速干裤，挎了个黑色电脑包，趿拉着一双拖鞋，往里面小心翼翼地探头探脑。确定只有徐川一人后，熊猫才挺直腰杆，大摇大摆地走到桌边，一屁股坐了下来。他没有跟徐川搭话，把电脑包绕到背后，随手拿起徐佳的筷子，大口大口地吃菜。

徐川冲老板打了个招呼，给熊猫加了一碗拉面，一听可乐，然后才问道："怎么样？"

"那家咖啡厅，警察搜过了吗？"熊猫嘴里满是食物，含糊不清地问道。

"搜过，没有什么发现，怎么了？"

"我坐在那天的位子上，用笔记本电脑反向推演入侵，发现如果要兼顾入侵萌萌酱手机和直播公寓爆炸，必须得在咖啡厅里安装信号放大器。"熊猫道，"陈诺又不是傻子，肯定也想到了这一点，拿着探测器上去兜一圈，怎么会没什么发现？"

"你的意思是，徐佳对我隐瞒了这条线索？"

熊猫重重点了点头。

徐川略一思索，道："不会，她对我隐瞒这种跟张璇无关的线索没有意义，应该是警方确实没有发现。也就是说，那咖啡厅里应该会有凶手的同伙，在警方赶到之前，取走了信号放大器。"

"同伙？"熊猫喝了一大口可乐，"根据你给凶手做的犯罪侧写，他不是那种会找很多同伙的人吧？"

"我现在也拿不准了。"徐川摇头道，"这案子里的凶手，在很多方面都无法用常理推断，已经杀了两个人，还搞出这么大动静。现在只知道他的犯罪心理状态是以审判者自居，要给予死者社会性的抹杀。但是死去的这两个人，偏偏没有前科，也没有什么严重的劣迹。到底是我们没有发现，还是凶手在故弄玄虚，现在都还不好说。"

熊猫道："对了，我用电脑定位了伪基站的范围，但没什么参考价值。利用伪基站向你们发送短信的人,可能在十字路口附近某个房间里、某辆车里或者就在街上背个双肩包来回走动。当然,如果他有我这种技术水平,甚至可以远程控制,不用亲临现场。"

"也就是说,你虽然忙了一天,可也没找到什么突破口。"徐川道。

"早就说过,这人技术很高,脑子聪明,不会留下什么明显破绽。"熊猫扒了几口拉面,嘟囔道。

"那些案子的相关人有查过吗?"

"我用了好几天的时间,查了七百四十六个人,把他们的网络社交软件记录翻了个底朝天。发现了三十七个出轨的,五个贪污受贿的,一个有犯罪前科的,还有好多见不得人的秘密,不过都跟案子无关。"

"查清楚了?"徐川很是失望。

"查清楚了。只要安装过网络社交软件,就算删除了也会在磁盘里留下最近的数据备份。我还通过 Wi-Fi 侵入了他们的手机,都没发现跟案子有什么关系。"熊猫嘿嘿笑道,"一般人到这个地步肯定放弃了,但幸好我不是一般人。"

"别卖关子,赶紧讲。"

"第二起案子中撞车的外籍高管、女富二代,这两个人的电脑上有一款境外网络游戏的卸载记录。"

徐川瞬间就明白了:"他们的网络交流平台是网络游戏!第一起案子呢?"

"第一起案子里没有发现,女高中生的电脑刚买没几天,老板娘好像没有电脑。不过有一点很奇怪,女高中生的电脑上,有些资料应该是两三年前的。"熊猫一口气喝完面汤,满意地打了个嗝。

"没什么奇怪。女高中生肯定是换了新电脑,老板娘则是直接把旧电脑处理了。"徐川道,"这应该是他们的约定。如果我们动作够快,在第一起案子的相关人群中,会发现更多玩过同一款境外网络游戏的人。"

"是的,你脑子转得真快,本来我还想给你个惊喜。"熊猫嘿嘿笑道,"按照你的交代,我扩大了第二起案子的相关人调查范围,结果发现咖啡厅的老板、公寓楼的老板、奔驰4S店的最大股东,家里的电脑上都曾运行过相同的网游。"

也就是说,第二起杀人直播,至少动用了五个互不相识的人,他们在现实生活中几乎没有交集,通过网络游戏来相互联系,筹划布局,最终将警方玩弄于股掌之上。不,不对,松散的自发性行动,在邀请伙伴形成组织的阶段,就会不可避免地发生泄密,甚至导致杀人直播计划的流产。不是他们相互联系,筹划布局,而是有一个核心人物通过详细彻底的调查之后,筛选出最合适也最愿意参与杀人直播的人,再经由网络游戏交流互动,编织了这场匪夷所思的精彩杀局。这个核心人物,才是这两场杀人直播的审判之神,其余人都是他忠实的信徒。

徐川的嗓子有些发涩:"可以拿到他们的注册资料,证明他们在游戏中接触过吗?"

熊猫有些尴尬:"这个就很难了。网络游戏跟社交软件不一样,聊天数据都是暂时储存在服务器里,滚动过后就完全清除了,没办法知道他们跟谁聊了什么。而且,这游戏的服务器架设在境外,注册的身份信息都是外国人的,没办法跟这些人对上号。"

"换句话说,我们没有办法利用这个信息去要挟他们,就算被我们找上门,他们也只会说是巧合而已,甚至不承认自己玩过网络游戏。"徐川自言自语道,"境外网游的话,徐佳他们也没有权力要求网游公司提供相关数据……"

"徐佳?"熊猫啧啧了两声,"你傻了吧,找她?我们这么干可是犯法的,你指望她跟你一起疯?"

徐川自嘲地笑道:"是我迷糊了。那些人卸载游戏是什么时候?"

熊猫打了个响指。"问到点子上了,都是在直播发生后的第三天。"

徐川身子后仰,靠到吱吱作响的椅背上。"也就是说,杀人直播后的第三天,是他们最后一次的交流沟通,确认案情发展。如果没什么问题,就卸载游戏不再联系了。然后在不到一个月的时间里,所有的参与人都会处理掉手上的电脑,把仅存的痕迹彻底抹去。"

他不由得生出一股焦躁的情绪,不管是谁设下了这个局,都无懈可击。就算事后掌握了蛛丝马迹,就算推断出了犯案手法,也很难再跟进下去。

"三天后。"徐川沉吟了片刻,"下次再从相关人员入手,在案发三天内找到他们电脑上用来联系的网络游戏,你有多少把握?"

熊猫放下菜碟,问道:"你觉得,还会有下一次杀人直播?"

"凶手在第二起直播中刚刚传达完信息,就犯罪心理学的角度来讲,肯定还会继续作案,强化他的表达,引起更高的关注度和议论度。案子不会就此结束,绝对还会有第三起。"徐川道。

"那也就是说,如果凶手不继续犯案的话,你很难再追查到他?"熊猫觍着脸问道。

"有这个可能。"徐川的眼神黯淡下去,"如果你去过市局刑警总队的办公楼,就会发现他们专门有一层地下室用来存放悬案档案。有很多案子,局限于当时的线索、技术、能力,都查不到真相。法网恢恢,疏而不漏,更相当于自我安慰而已。"

"我就觉得吧,这两年你真是越来越沮丧,看事情也变得偏激了。"熊猫打个饱嗝,"以前青年干探的劲头呢,都丢了吗?"

徐川自嘲地笑笑,没有反驳。他转头向窗外看去,发现不知道什么时候,外面下起了小雨。玻璃窗上布满了微小的水滴,折射出一片迷离的光晕,映得人影影绰绰,充满了虚幻感。

饭已经吃完,徐川抓起桌上的二百块钱去结了账。熊猫走到门口,看着漫天细雨,正不住地摇头。徐川来到他旁边,也仰头看天,只见无数的雨点在昏暗灯光的映射下,从无尽漆黑中坠落,在地面积水中砸出一个又一个的涟漪。

"这下糟糕了,没带伞呢。"熊猫嘟囔道。

徐川径直走了出去,雨点络绎不绝地打在身上,很快就带走了皮肤的温热。他回身向熊猫摆了下头,胖子愣了一下,骂了声脏话,动作干脆地跳进雨中。徐川迎着雨,顺着街道漫无目的地走着。雨水打湿了头发衣服,汇成细微涓流,像小鱼一般顺着身体往下游去。积水在脚下溅开,钻进鞋子,浸透袜子。每一次抬脚,就会带起一连串的水珠,洒落在冰冷的街道上,粉身碎骨。熊猫蹦蹦跳跳地躲避水坑,大呼小叫地跟在后面。冰凉的雨水让徐川有些刺痛的感觉,却也使得疲惫的身体逐渐清醒过来。

凶手为什么使用 Soulmate 这个 ID,被徐川引导到了利用心理优势这个原因上,不管面对徐佳还是林萌,他都是这套说辞。对于王进那个言之凿凿的推断,他并没有向任何人提起。王进要他自己去体会,其实他也感觉到了,凶手不但把他揣摩得很透彻，还在提供暗示和线索，一步步引导着他。就像徐佳所担心的一样，凶手好像想要同化他。如果在这个案子里经历了什么，自己会不会真的变得像张璇一样偏执？

毫无预兆地，清脆的提示音骤然响起，一道看不到的电磁波穿越虚无深邃的黑暗，落在徐川身上。他下意识地摸出手机，点开屏幕，发现是那个已经沉寂了很久的号码。雨点落在屏幕上，逐渐连成一层斑驳的屏障。徐川盯着"张璇"两个字沉默了很久，终于揩去水渍，点开了信息。

"我来帮你找出真凶。"

短短的几个字，徐川的嘴角浮现一丝冷笑。

好像过了很长时间，又好像仅仅过了几秒，提示音再度响起，又一条短信发了过来。没有犹豫，徐川立刻点开了短信。

"不要相信我。"

发信人仍旧是张璇。

徐川表情漠然地摁下关机键，将手机塞进了口袋。

熊猫小跑着跟上来，好奇问道："谁的短信啊？徐佳那边有线索了？"

"发错了。"徐川干巴巴地回应道。

"发错了两次？"熊猫捋了下湿漉漉的头发。

"怎么，你要看我的手机？"徐川的手伸进了口袋。

熊猫举起双手，道："得，我就是随口问问而已。不管多好的兄弟，也得给人留点秘密，你说是不是？"

徐川冷不丁问道："你有什么秘密吗？"

"有，当然有。"熊猫得意地笑了笑，"你也别问，我是不会告诉你的。"

徐川点了点头，一脸毫无兴趣的表情，径直向前走去。

熊猫的笑容变得有些尴尬:"我说你这人,就一点也不想知道我的秘密?你要是多问我几次,兴许我就说了呢?你别走那么快成不,我刚刚吃得有点撑,不能剧烈运动……"

两人在雨中越走越远,声音也越来越小,最后几不可闻。街道拐角处,一柄老式的黑色雨伞转了出来,雨水顺着伞骨隆起处汇聚,形成几道珠帘般的涓流落下,遮得伞下人面庞模糊不清。但可以肯定的是,黑伞下那道深邃冰冷的目光,盯着的正是徐川和熊猫的方向。即便两人的背影消失已久,那人仍久久不愿离去。

天然大理石的餐台,花纹素雅的细瓷杯碟,银质的雕花餐具,一切都在白烛的辉映下闪闪发光。跟着赖泽峰出入过不少高档的西餐厅,对于在这样的环境下要消费多少,林萌心里自然有个大致数目。她右手悄悄垂下,隔着裤子捏了下自己的钱包,一脸假笑地向餐台对面看去。尚容胥正捧着法文菜单,偶尔伸出手指轻轻点一下,旁边一个戴着白绸手套、身穿燕尾服的中年男子,便用纯正的巴黎口音小声重复一遍。林萌有些后悔,为了将尚容胥诳出来,提前说好了她请客,地方随便挑。谁知道这家伙一点自觉都没有,竟然选了个这样的地方。这顿饭吃下来,应该足够表哥吃上几百碗牛肉面了。

尚容胥终于合上了菜单,向林萌问道:"我先点了几道还可以的菜,你要不要再看下菜单,加上几个自己喜欢吃的?"

林萌脑袋摇得像钟摆:"不了,不了。我随便吃点就好了。"

"那好,"尚容胥将菜单递给侍者,笑道,"希望我点的几道菜,能合林女士的口味。"

"无所谓,我对吃的东西不怎么挑剔。"林萌有些沾沾自喜。

尚容胥是第一个称呼她为林女士的人,也是第一个把她当成年人看待的人,这让她获得了被尊重的满足感。

"这顿饭,还是由我来请的好。"尚容胥道,"于情于理,总得给我次表现绅士风度的机会。"

"那怎么好意思?"林萌有些意外。

"麻烦下次由林女士做东,带我尝尝老吴松的地道美食,不知道这样可不可以?"

"那当然没问题。"林萌松了口气,"尚总……尚先生,这么叫真别扭。这样吧,你也别叫我林女士,我也别叫你什么先生老总了。我们随便点,行不?"

"当然,如果你不介意的话。"

林萌道:"我刚进餐厅的时候,就有点想不通。你不是在美国读书的吗,怎么会来吃法国菜?"

尚容胥有些无奈地摊了下手:"美国菜嘛……一言难尽。"

"传闻是真的?美国菜都是些炸鸡汉堡,确实很难吃吗?"林萌歪着头问道。

"也有其他菜,倒不是说难吃,只是不太合我的口味。"尚容胥笑道。

"其实,法国菜也不怎么样吧。我看网上都说欧美人非常喜欢吃中餐,国外的中餐馆几乎都是爆满的。有些欧美人吃过一次中餐,就再也不愿意吃本国的食物了,是这样的吗?"林萌不动声色地挖了个坑。

"幸存者偏差。你到国内的西餐厅和日料店,也会觉得客人很多。"尚容胥笑道,"喜欢正宗中餐的欧美人并不多,他们觉得中餐重油、重盐,味道不好而且不健康。欧美国家的中餐馆里,菜式大多都改良过。像宫保鸡丁、左宗棠鸡、麻婆豆腐这些很受欢迎的所谓中国菜，跟国内的味道并不一样。如果你在唐人街吃到这些菜，怕是不会觉得好吃。"

"原来如此。"林萌装作恍然大悟的样子，"你的汉语也说得很流利，是回国后学的吗？"

"不是。我在国内生活过一段时间，后来跟随养父一起去的英国。"尚容胥看到侍者端来了红茶，起身先给林萌斟了一杯。

橙红色的茶水在细瓷杯中荡漾，一股芬芳素雅的香味萦绕鼻端。林萌端起茶杯，轻轻抿了一口，先是犹如葡萄般的清香，然后泛起淡淡苦味，最后则是一连串跌宕起伏的甘甜。

"我以前都喝咖啡，想不到英国红茶味道也不错。"她满意地点了点头。

"当然，说到茶，整个欧美国家里就只有英国了。"尚容胥道，"这是产自喜马拉雅山附近的大吉岭红茶，也算是不错了。只可惜不是五月的新茶，回味上终究还是差了那么一点。"

一名传菜侍者走过来，小心翼翼地将银质托盘呈到面前，燕尾服中年人动作优雅地端起细瓷餐碟，放到大理石桌面上。在晶莹剔透的柠檬切片和翠绿色迷迭香的衬托下，几根煎至金黄的肋排错落有致地摆放着，犹如精雕细琢的艺术品。中年人微笑着看了尚容胥和林萌一眼，伸手做了个请用的姿势，用很标准的普通话、英语和法语报了三次菜名：迷迭香鸡汁焗羊排。说完又后退一步，安静地站着。

林萌直接下手，拿起一根肋排，咬了下去。肉质焦脆鲜嫩，没有丝毫的油腻感，只有浓郁的肉香。她微微点了下头，不论从口感和味道来说，都比以前在西餐厅吃的各种牛排好多了。

"我发现你这个人挺有意思的。"林萌吃完一根，又拿起了一根。"从衣着打扮上，跟商业精英不太合拍，像是个很老土没见过世面的人，但坐下来听你的谈吐，又跟个上流阶层的公子哥儿一样。"

尚容胥温和地笑道："什么上流阶层啊，我也就是在大学的时候，跟几位朋友相处久了，懂了点皮毛而已。搞不好再聊几句，你就会看透我这个人，发现不过是个呆板无趣的程序员。"

"过分自谦了不是？"林萌想起了自己的表哥，"不知道怎么回事，你跟我表哥分明是两种人，我却觉得你们两个有点像。"

"你说徐先生？我虽然不怎么喜欢喝气泡水，但也觉得跟他没有什么距离感。你觉得我们两个像，大概因为我们骨子里都是敏感的人吧。"

"你觉得他敏感？"林萌扬了下眉毛。

"徐先生虽然看起来邋遢沉闷、玩世不恭，"尚容胥笑了笑，"但他的内心很善良，感情很细腻，只是不愿意表现出来罢了。"

林萌看了他一眼："你们才见了几面啊？"

"有很多人相处了一辈子，也无法了解对方；有些人只要见上一面，就会知道对方到底是什么样的人。"

"那韩百川呢？"林萌迅速搭上话题，"你对他怎么看？"

"商人。"尚容胥不假思索地回答。

"具体点儿。"

"有生意头脑，嗅觉敏锐，无视道德规则，情感凉薄，追求利益最大化。"

又一道菜上来了，松露扣鹅肝。林萌大大咧咧地叉起一块鹅肝，塞进嘴里，嚼了几下。鹅肝的柔滑配着松露的醇香，瞬间遍布齿颊之间。

林萌舔了下嘴唇问道："既然知道他是个人渣，还跟他做朋友，你是怎么想的呢？"

尚容胥竖起手指摇了摇。"我跟韩总并不是朋友,我是他的员工,他是我的老板,仅此而已。老板不会在乎员工是不是个好人,只会在乎员工能不能创造价值;员工当然也不会在意老板的人品,只要待遇薪金够好就行了。"

林萌阴阳怪气道:"那你到千视公司出任技术总监,就是为了钱咯?我听表哥说,是韩百川直接去你们学校聘请的你?"

"准确地说,他是去聘请我导师的。但我导师跟他接触几次,觉得他跟华尔街那帮浑蛋一样,贪得无厌、背信弃义,就没有答应他。"尚容胥耸了耸肩,"于是韩总找到了我,我就答应了。"

"你很缺钱吗?"

"在这个世界上,没有钱是无法立足的。我想要做一些事情,前提条件就是要有钱。"尚容胥道,"换句话说,钱是手段,不是目的。"

林萌嗤笑一声:"有什么两样?"

"或许以后你会明白。"尚容胥认真道,"现在就算我说了,你也不见得相信。"

"嗯,"林萌敷衍了一声,问道,"你在麻省是学什么的?"

"Computer Systems and Architecture,系统工程师。MCSE、CCNA、MCDBA这类资格证书我在英国读书时就拿到了。到了麻省之后,用了一年时间就拿到了CCIE……"

"这些都是什么?"

"计算机方面的从业资格证书,好找工作而已。"尚容胥轻描淡写道。

"也就是说,你在麻省也算一流的计算机人才,所以韩百川虽然没有聘请到你的导师,但能请动你,也算是达到目的了。"

"最起码他开公司,技术支持这方面没有问题。"

"就算你自吹自擂是个大神，你们的服务器防护还是那么烂，一再被 Soulmate 利用，而且还查不出来。"林萌撇撇嘴。

尚容胥微微笑着，并没有一丝羞愧的表情。

林萌摆了摆手："凶手利用千视 APP 直播杀人，第一次让人觉得他是预言之神，第二次成了审判之神，在网络上传得沸沸扬扬，甚至有人说他拥有超自然的能力。你怎么看呢？"

第三道菜是白葡萄酒青口。林萌不喜欢贝壳类的食物，端起红茶抿了一口，等待着尚容胥的回答。

"在麻省就读时，有一年圣诞节放假，我和朋友们一起，想要驾车从波士顿跑到旧金山，完成一趟横穿美国的壮举。但是车子还没到匹兹堡，就半夜熄火坏在了郊外公路上。五个人手机都没有信号，只能窝在车里等到天亮。在那段时间里，一个室友给我们表演起了扑克魔术。就是那种抽牌魔术，他先让一个人从扑克牌里抽出一张，然后重新洗牌，让另一个人再抽出一张，结果第二个人抽的牌，每次都和第一个人的一模一样。"

"不会吧，这么神奇？"林萌瞪大了眼睛。

"是啊，当初连抽了六七次，全都是这个结果，我也觉得非常不可思议。"尚容胥满脸都是回味的笑容，"直到十几次过后，我才发现了一个问题。"

"什么问题？"

"这十几次里，不管他们如何插科打诨，如何大呼小叫，从来没有让我做过第一个抽牌的人。"

林萌歪着头，思索了一会儿，恍然大悟："他们四个是一伙的，只有你是被骗的那个！"

"对。因为第一个抽牌的人，并不需要把抽到的牌公布给大家看，所以没人知道他抽到了什么牌。那么，无论第二个人抽到了什么，只要第一个人承认是同一张就可以了。"

"真幼稚，这么拙劣的魔术，他们还玩得很开心？"

"每次看到我张大了嘴巴，一脸惊奇的表情，他们恐怕在心里都笑得不行。"尚容胥道，"其实很多充满神秘色彩的东西，在真相没有被戳破之前，都叫人百思不得其解；真相被戳破之后，又会让人觉得不过如此。换到这件案子上来说，我觉得凶手不会有什么超能力，之所以显得神神秘秘，应该是跟那个魔术一样，有什么我们没觉察到的手段而已。"

林萌点了点头，这个衣着朴素、谈吐文雅的中年男人，对案子的判断倒是和表哥有点接近。

"而且，现在科技这么发达，稍微动点脑筋就能做到一些看起来很神秘的事情。"尚容胥拈起一颗青口，剥去硬壳，"比如说，很多社交软件都有查看身边的人这项功能，如果社交软件被黑客入侵，获得的用户数据达到一定量值，就可以做到对某个人二十四小时位置的监控，还绝对不会被他发觉。"

"那凶手是怎么利用千视软件犯案的，你心里有数吗？"林萌追问道。

"那倒没有，查案子是警方的事情，韩总的要求是在警方查清案子之前，实现我们利益的最大化。"尚容胥摊了下手，"抱歉，我是公司员工，只能听老板的。"

"那倒是。"林萌觉得他很坦诚。

"看现在这架势，警方似乎怀疑凶手跟我们公司有牵连，"尚容胥斟酌了下词句，"怎么说呢，我觉得不大可能。凶手之所以选我们公司，应该是因为我们公司体量小、管理比较混乱，处于发展期，更好利用罢了。如果他选择的是大公司的话，出于公司的美誉度考虑，他们会在第一时间封杀直播账号，甚至会组织一流的技术人员进行反向追查,抓到他只是时间问题。"

"那你们呢?嘴上说跟凶手没有关系,会不会为了博取流量,故意跟凶手合作?"

"那不至于。韩总到底是个商人,可能会为追求利润不择手段,违反一些经济层面的法律法规。但刑事案件应该不会涉及,毕竟就算挣了钱,也要有命花才行。"

"我不信。"林萌不以为然道,"资本来到这个世界,从头到脚,每一个毛孔都滴着血和肮脏的东西。一旦有适当的利润,资本就胆大起来。如果有百分之十的利润,就保证会被到处使用;有百分之二十五的利润,它就活跃起来;有百分之五十的利润,就会铤而走险;为了百分之百的利润,就敢践踏一切法律;有百分之三百的利润,就敢犯任何罪行,甚至冒绞首的危险。"

尚容胥露出吃惊的表情,道:"好精辟的论断,不得不说,我有些小看你了。"

"卡尔·马克思说的,不是我。"林萌嘻嘻笑道,"警方怀疑你们是有道理的。即便跟韩百川没有关系,他不也抱着纵容的态度吗?我记得跟徐佳去你们公司的时候,询问他这半年有没有发生过异常的情况,他十分干脆地说没有。"

尚容胥思索了一下,道:"确实没有什么异常啊。"

"这就是你跟韩百川的区别。一般人听到这种问题,总要回忆一下,但韩百川那天张口就来,根本就是在说谎。要么他心里有鬼,要么他不想配合警方查案。"

尚容胥怔了下,张了张嘴唇,似乎想要说什么,却又端起了红茶掩饰。

"怎么?"

"没什么。"尚容胥笑笑,"不管韩总怎么想,我并没有接到奇怪的命令。对于你们的调查，我会全力配合，不管是技术上还是人事上，尽管问我。"

"一言为定。我觉得你这人还挺有趣的，以后有什么好玩的事也可以喊上我。"林萌站起了身，"抱歉，去个洗手间。"

身旁的中年燕尾服立刻在前面引路，七拐八拐之后，走到了女洗手间的门口。林萌回身，确定看不到尚容胥后，才走了进去。她从怀里摸出手机，摁下了终止键。刚才跟尚容胥所有的谈话内容，都同步传送给了熊猫。熊猫对谈话中的内容逐一进行验证后，把调查结果发送了过来。

尚容胥在国内的生活轨迹没有查到，从英国开始才有相关记录。他跟养父住在一起，在英国私立学校读了四年，以优异成绩考入麻省理工学院，跟着导师进行科研项目时被韩百川聘用。这些经历在互联网上的记录，与尚容胥说的基本相同，没有什么出入。只是那个CCIE被熊猫用黑体着重标注了出来：CCIE被全球公认为IT业最权威的认证，是全球互联网领域的终极认证证书，在全球网络系统工程师中人数不足1%。以尚容胥的专业能力，只要愿意动手，就算第一次凶案时没能注意到，第二次凶案时也有概率追踪到Soulmate。林萌不禁想起尚容胥刚才说的话，是"在警方查清案子之前"。这家伙坦诚倒算是坦诚，但还是站在千视公司的立场上。

接着向下翻，尚容胥在硅谷的时候，和一个中国籍的同事是恋爱关系。这个女朋友跟随他一起回国，加入了韩百川的千视公司，但几天前不知道为什么又辞职了。林萌粗略扫了一眼，对这段近似八卦的消息并不感兴趣，于是将手机放回口袋。她对着镜子中的少女撇了下嘴，虽然知道了一些事情，却没什么关键性的消息，看来还得跟这个尚容胥继续接触下去。

雨仿佛不会停了，一直下了好几天。

文若男合上长柄雨伞，抬头看着派出所的门牌，心中有些忐忑不安。刚才去便利店换班，同事说有警察打过来电话，似乎是因为那个小孩子。文若男给派出所回了电话，对方说伍越泽虐待小猫、和人打架，需要家长前去领人。无奈之下，文若男只好让同事先替一会儿班，搭上公交车心急火燎地赶了过来。在她的印象中，伍越泽虽然沉默寡言，有些阴郁，但绝不会虐待小猫。她深吸了一口气，径直走进派出所。

刚进门，就看到伍越泽正站在窗口旁边，直愣愣地看着大雨，一言不发。他那不合身的外套上全是泥巴，衬衫纽扣也掉了几颗，额头上的伤口已经结痂，形成一片暗淡的褐色。对面是四五个同龄的孩子，清一色的名牌衣服球鞋，鼻青脸肿地站成一排，个个都是不服气的表情。

"你找谁？"一个年轻警察远远喊道。

文若男冲伍越泽微微笑了下，小跑到警察跟前："窗边这孩子，请问发生了什么事吗？"

"伍越泽吗？"警察有些疑惑地问，"你……是他什么人？"

"姐姐，"文若男拢了下头发，"表姐。"

"身份证，登记下。"

文若男有些忐忑，拿出身份证递给了警察。如果警察查阅户籍系统的话，很快就会发现她在撒谎，到时候通知伍越泽家人的话，就不好说了。好在警察只是抄下了身份证号码，就还给了她。

"你这表弟有能耐啊，一个人打五个，要不是我们有同事路过，还不知道最后弄成什么样子。"

"请问……听说他虐待小猫，是怎么回事？"

"哦,是只流浪猫。那几个小孩看到他要把一只流浪猫弄死,就上前阻止他,结果三说两说打起来了。"

"不会吧,伍……我表弟不是那种小孩。"文若男忍不住看了窗边的伍越泽一眼。伍越泽低着头,默不作声。

"这当家长的呢,都觉得自己的孩子很乖。这种例子我见得多了,别说虐猫,像他们这种年纪,偷盗、抢劫,甚至强奸杀人的都有。事情出来后,家长都一副不可思议,一定是哪里弄错了的表情。"

"请问,虐猫这件事……"

"那五个孩子都这么说,"年轻警察不耐烦道,"你表弟也亲口承认了,还能有假吗?"

文若男没有再吭声。

年轻警察将一张表格推给她。"要不是曹哥跟这孩子认识,专门打了招呼,我才懒得管你们的事。悔过书已经让他写了,你再履行个程序,赶紧把他领走。我们提前了两个小时通知你,就是要打个时间差,不让你们和那几个孩子的家长碰面。"

文若男不再说话,抓起表格,飞快填上内容,摁上了手指印。跟警察道过谢后,她拉起伍越泽的手,快步走出了派出所。外面的雨依旧下得很大,两人共举一把伞,走到了一处避风的屋檐下。文若男从口袋里掏出块手帕,小心擦去伍越泽脸上的灰尘。然后,她又拽紧伍越泽的手挤上公交,坐到全嘉便利店附近下车,一路上默默无语。

推开便利店的门,同事满脸惊讶地迎了上来。

文若男语气轻松道:"小孩子打架,没什么大问题。你在店里放了换洗的衣服吧,能借他穿穿不?"

同事犹豫了一下。

文若男笑道:"怎么,怕我不给你洗干净?前段时间,我老家邮寄过来的柑橘,你可是没少吃啊。"

同事也笑了起来:"看你说到哪里去了,我的衣服太大,不知道这孩子在意不在意。我这就去拿。"

同事拿来换洗衣服,给了文若男,客套几句就离开了便利店。

文若男把伍越泽安顿到餐台,把换洗衣服塞给他:"这么大的人了,自己换吧。"

伍越泽抱着衣服,沉默了好久,才抬起头问道:"你怎么没有骂我?"

"为什么要骂你?"

"他们说我弄死了猫。"

"是你做的?"

"是的。"伍越泽脸上没有什么表情,"我放学路过那里,看到他们几个正在欺负那只流浪猫,就站在那里看了一会儿。那只猫的两条腿都被打断了,他们还不停地把它拎起来,抛到半空中让它摔下来,把一只眼睛也摔瞎了。我听到他们说,要找个没雨的地方,把那只猫活剥了皮架在火堆上烤,还要骗附近的流浪汉吃烤熟的猫肉。我看着那只猫,那只猫用仅剩的一只眼睛也看着我,它的肚子不停地起伏,应该是活不成了。我就冲进去,把那只猫扼死了。我觉得,与其让它一直忍受痛苦,还不如给它个……"

"所以,那几个孩子就打了你?"文若男叹了口气。

"事情做到一半被打断了,谁都会生气。"伍越泽道,"但是那只猫太可怜了。"

"这些怎么不跟警察说?"

"说了,可警察不相信五个人会一起说谎,觉得说谎的肯定是我。"伍越泽突然笑了一下,"而且我穿得这么穷酸,他们五个都是一身名牌。家庭条件好的孩子,肯定要比穷人家的孩子素质高,这就是大人们的逻辑。"

"这种想法是不对的。"

"对错有什么关系,大多数人都这么想。"

文若男叹了口气,拍了拍他的头:"不管别人怎么想,你自己要知道对错,错的事情就算再多人做了,你也不要去做。"

"那样会活得很难。"伍越泽的声音很小。

文若男愣了下。今天的伍越泽有些反常,不仅话很多,而且很倔强,跟平时感觉完全不同。她想了一会儿,索性放弃说教:"其实姐姐岁数也不大,接触的环境也不算复杂,并没有经历过多少事情,很多道理都只是听说而已,也不知道在现实生活中到底管不管用。但是无论如何,我都希望你以后是个善良的人,不要因为自己的利益,去伤害别人。"

"如果别人伤害了我呢?"伍越泽道。

"那就由你决定要怎样做。"文若男很认真地说,"虽然我觉得报复不是件必须要做的事情,但没有底线的宽恕并不是善良,而是懦弱。无论对方做了什么都宽恕的话,反而会让他更加肆无忌惮。"

"我也是这么想的。"伍越泽抬起了头。

"但是我们这种想法到底对不对,我也说不准。你不要把这种想法到处跟人去说,自己明白就好。还有,我觉得你扼死小猫是不对的。"

"为什么?它已经活不成了,我只是不想让它受苦……"

"我们并不是神,不管是出于善意还是恶意,都没有权力决定它的生死。就算它那时活得很痛苦,你要做的也应该是阻止伤害它的人，而不是扼杀它。"文若男凝视着伍越泽的眼睛，"我这么说，你能理解吗？"

"你相信这个世界上有神吗？"伍越泽反问道。

"还好吧，我算是个基督徒。"

"如果有神，为什么世界上还有这么多不公平的事情？为什么还有这么多人受苦？为什么他连一只被虐待的猫都不肯救？"

"我不知道。但神父告诉过我，信仰上帝不是为了替自己谋利，也不是为了改变世界，而是要改变自己，让自己远离罪恶。"文若男拍了拍伍越泽的肩膀，向收银台走去。"好了，你一个小孩子，不要整天钻牛角尖想这些东西。"

伍越泽没有再说话，转过头，向落地玻璃墙外看去。雨依旧下得很大，玻璃上满是蜿蜒水痕，映得外面的一切都朦朦胧胧。已经过了下班的高峰期，路上行人不算多了，偶尔有没打伞的小孩子嬉笑打闹着跑过。明明是很平常的景象，伍越泽心头却始终萦绕着一股悲伤，不知道是为下午死去的那只流浪猫，还是为自己。

文若男默默地看着他，这个男孩身上有着与年龄不相称的成熟，如果小弟能有他一半懂事就好了。这个世界很奇怪，越是懂事的孩子，越要经历更多的磨难。可即便再懂事的孩子，依旧是个孩子。这是不公平的，不过这世界又何时公平过？她从收银台下拿出一个黑色塑料袋，走过来递给伍越泽。伍越泽没有接，他已经拿了姐姐太多东西，虽然每次都说是教她英语的报酬，但他也明白那只是个借口，为了维护他那可怜的自尊心。

文若男硬塞到伍越泽怀里："拿着，就是一双帆布球鞋，不是什么稀罕东西。你要是真不好意思，以后有出息了再还我就好。"

伍越泽眼眶有些湿，他拆开袋子，把帆布球鞋拿了出来，轻轻抚摸。这是一双灰色的帆布球鞋，应该只有几十块钱的样子，却是他这几年唯一的新鞋。手指在球鞋上拭过，结实的布料、细密的针脚、柔韧的鞋底都给他一股颤抖的触感。他小心地将帆布球鞋又放进塑料袋，一层层裹起来，塞进了书包。

他还不知道，在这个初秋的雨夜，在这个寂静的便利店里，这个看似很平常的瞬间，将成为他生命中为数不多值得铭记的时刻。许多年以后，每当他回忆起这个瞬间，总会涌起一种很奇妙的感觉，就像在一望无际的冰冷漆黑雨夜，忽然看到了温暖明亮的光。

第四章 二十年前的杀意

接到徐佳的电话，说在服务器中找到了线索的时候，徐川有些吃惊。按照熊猫的说法，凶手的技术水平很高，再加上行事缜密，理应不会在服务器中留下痕迹才对。坐了一个多小时地铁赶到千视公司，徐川带着满脑子困惑，进了服务器机房。尚容胥一脸凝重地坐在旁边，陈诺还在手指如飞地敲击键盘，徐佳则是眉头紧锁地看着一张张打印出来的资料。

徐川走上前去，小声向尚容胥问道："你们不是说对服务器的数据进行了筛查，没有发现什么线索吗？"

"他们只查了正式运营后的服务器数据库，线索是在测试服务器数据库里找到的。"陈诺的手指没有停，语气中充满了嘲讽，"Soulmate这个ID，一年前在测试数据库里出现过，有一次调试软件的访问记录。"

"调试软件的访问记录？"徐川低声重复，"难道这个Soulmate是千视公司内部员工？"

"IP地址就是他们的技术部，我正在根据调试时间和访问路径，确定这个人的身份。"陈诺奚落道，"怪不得对调查推三阻四，原来是有内鬼啊。"

尚容胥尴尬道："陈警官您言重了。当初我们包括警方都以为Soulmate是个外部注册用户，没想到会是早期测试人员，所以给疏忽了。"

陈诺一扬眉毛,正要反驳,却被徐佳伸手按住了肩膀。两人交换了下眼神,陈诺咽下到了嘴边的话,气鼓鼓地盯着屏幕,没有再理尚容胥。

"还要多久,才能确定身份?"徐川问道。

"快了,"徐佳道,"小诺说 Soulmate 虽然动了一点手脚,但没花费太多心思,不难破解。"

"我刚才在楼下,看到停了好几辆警车……"

"等确定了身份信息,如果那个员工还在公司,就立刻抓捕;如果在外面的话,也通知了特警队待命。这个不用担心。"

徐川觉得有些蹊跷。凶手在一年前进入千视服务器,对软件进行测试,是为了在正式运营后,更好地进行网络杀人直播。这种说法就算合理,为什么在测试和运营时,都选用 Soulmate 这个 ID?如果前后使用两个不同 ID,警方如何能发现其中的联系?既然在隐藏访问路径时动了一些手脚,那就是意识到了有暴露自己的危险,为何不隐藏得更彻底些?或者干脆删除访问记录?

"搞定!"陈诺大声喊道,用力敲下了回车键。

屏幕上的分析进度条已经读取完毕,出现了一张表格,列出了姓名、年龄这些内容,照片也出现了。是个瓜子脸的女人,戴着无框眼镜,眼神淡漠,嘴唇紧紧抿着,一股拒人千里之外的气息。姚佳宸,女,三十四岁,技术部系统工程师,两个多月前离职。

徐川愣住了,这个女人有些熟悉,好像在哪里见过一样。他往后退了几步,某个飘忽不定的结论正在记忆深处四处游荡,却无论如何都捕捉不到。徐川有些焦躁,大拇指顶住太阳穴,紧闭双眼,努力地思索着。周围的声音亮光全被抽离,意识的最深处,黑暗寂静之中,一张旧报纸凭空出现,哗啦作响地飘落下来。徐川下意识伸手去抓,旧报纸骤然破碎,变成无数的铅块字如雨坠下,砸在身上,落在地上,拼成了一张模糊的人像。他深深吸了一口气,闻到了熟悉的气味,全部都记了起来。

气泡水和炒面。

他睁开眼,回到当下,发现徐佳正在大声追问尚容胥。

"谁跟她最熟悉?"

"我……应该是我吧。"尚容胥犹犹豫豫道,"她是我……前女友。"

"前女友?最近可有联系?"

"没有,两周前我们刚刚分手,马上她就离职了。"

"工位在哪里?"

"招聘了一批新员工,已经有人占了她的工位,恐怕……"

"她住哪里?"

"知道。不过是以前的,不知道搬家了没有。"

徐佳把手机横在尚容胥面前:"在地图上给我标出来!"

尚容胥边输入位置,边不住摇头:"她怎么会跟案子有牵连?这不可能,一定是哪里搞错了。"

徐佳抬头,眼神复杂地瞟了徐川一眼,紧接着就将位置发送给了楼下待命的特警队。她快步走到陈诺身边,低声说了几句什么。陈诺点头,十指如飞地在电脑上搜索起来。

徐川冲尚容胥摆了下头,两人一起出了服务器机房。墙角就是个休息区,徐川上前从冷藏柜里拿了两瓶气泡水,递给了尚容胥一瓶。尚容胥旋开瓶盖,灌下几口,长出了一口气。他抬头看到不远处,那个名叫克里斯汀的秘书正焦灼地看着这边,于是快步走到她身边。两人低下头，小声说了几句之后，秘书神色沮丧地小跑离开了。尚容胥冲徐川苦笑着，又走了回来。

"第一次？"徐川问道。

"什么？"

"自己亲近的人涉嫌凶杀案，对你来说是第一次吧。"徐川道，"感觉很不舒服？"

"有点难以置信。佳宸虽然待人接物比较冷淡，但不是那么残忍的人。"

"你们是在麻省理工认识的吗？是她追的你？"

"不，不，没有那么早。我和她是在硅谷认识的，而且是我追的她。那时候我跟着导师为一家公司做项目，她是那家公司的技术人员，一起参加过几次技术讨论会。我觉得她与众不同，很有魅力，就开始有意与她接触。"

"多久之后，你们确定了恋爱关系？"

"她很难追的。"尚容胥苦笑道，"对于我的暗示，她没有接受，也没有拒绝，若即若离了两年多，直到前年圣诞节才算同意。"

"前年的话……"徐川停顿了一下，"那时你是不是已经收到了韩百川回国创业的邀约？"

尚容胥摇头道："我明白你的意思，但这么说有些牵强，毕竟是我追求的她，而不是她追求的我。"

"有些人对恋爱这种事得心应手，你之所以会喜欢上她，未必不是她抛出的饵。"徐川停顿了下，"你们为什么会分手？"

"她和我分手得挺突兀的，明明什么都没有发生。"尚容胥仍旧固执道，"可能遇到了什么事，或许是被凶手胁迫。不是徐先生想的那样，佳宸不是心机那么重的人。"

机房内响起椅子拉动的声音,徐佳快步走了出来。

尚容胥迎了上去:"怎么,找到佳宸了?"

"离这里比较远,特警大半个钟头之后才能赶到。刚才陈诺又查到一些东西,姚佳宸的嫌疑更大了。在两起案发现场附近,她都产生过消费记录,而且时间刚好在案发前。从刑侦意义上来说,事先踩点的可能性很大。"徐佳清了下嗓子,"你们是因为什么分手的?"

"这个很重要吗?"尚容胥显然不愿意谈下去。

"当然很重要。我现在怀疑,你和姚佳宸的感情出现危机,她为了报复你,才谋划了这一系列杀人直播。"徐佳逼问道。

"你弄错了。是姚佳宸为了谋划这一系列杀人直播,才接近他,做他的女朋友。"徐川插话道。

徐佳怔了一下,马上改口道:"不错,从现有的资料看来,这种推断更为合理。"

"有监控可以查到是不是本人在消费吗?"尚容胥低声问。

"还不清楚,但已经派警员前去核实了,很快就能知道结果。"徐佳非常不满,"韩百川呢,现在公司内部出现了犯罪嫌疑人,他还有心思在外面跑?"

"已经报告过韩总了,他还在美国处理些OTCBB上股票的问题,估计明天会飞回来。"尚容胥道,"他也在电话里说了,对出现这样的状况深表遗憾,警方需要什么,我们会全力配合。"

徐川看到不远处,那个秘书刚刚回来,正在走廊尽头徘徊,似乎是拿不定主意要不要过来。尚容胥这个人,说谎真是面不改色。韩百川到底在不在美国,是不是去了什么OTCBB,恐怕都不能确定。如果韩百川出于自己的利益考量,一直避而不见警方的话,那这个案子接下来还是很麻烦的。

"你身为凶手的前男友,又是韩百川的代理人,请先回科里协助调查。"徐佳道。

"好的。只是……我还是不相信佳宸会是凶手,如果找到了她,还请你们不要伤害她。"尚容胥的声音有些干涩,跟着两个警员离开了机房门口。走廊尽头的秘书小跑着迎向他,急切地低声说着什么,徐川隐约听到了封锁消息、控制舆论的字眼,扭头看向徐佳。

徐佳没好气地吼道:"画蛇添足,我们警方绝对不会泄露案情的!"

"怎么火气这么大?"徐川明知故问。

"什么没有注意测试数据库,你相信他那套鬼话吗?"徐佳道,"只要拿出为了公司这个借口,就能心安理得地把真相一直隐藏下去的人,都是利欲熏心的人渣。"

"搞不好尚容胥是真的不知情,他本可以把测试库里的访问数据也删掉。"

"删除证据和知情不报这两者区别可大了,他们不过是选了违法成本最低的那个。"徐佳依旧在气头上,"要不是这个韩百川搞鬼,案子怎么会查得这么慢!"

"你有多久没睡了?"徐川看着徐佳。

"你问这个干什么?"

"是不是最近这段时间都没休息好?你的情绪是越来越焦躁了。"徐川道,"在这种状态下,很容易误判案情。"

徐佳取下黑框眼镜,疲倦地掐着鼻梁:"能有什么办法?现在网络上都闹翻天了,你都不知道我整天有多大压力,一闭眼就是这个案子,根本睡不着。"

"抓到姚佳宸之后,可以休息下了。"

"不好说。不管是你还是总队做的犯罪心理画像,都跟这个姚佳宸对不上,案子恐怕没这么简单。"徐佳咬了下嘴唇,"搞不好跟林萌那次差不多,是凶手借用了她的 IP 地址。"

"姚佳宸是不是凶手的确不好说,但她肯定跟这个案子有关。"

"为什么这么说?"

"我见过她,准确地说,我们两个都见过她。"徐川摇摇手中只剩下半瓶的气泡水,"不久前我们来千视公司,我在一个休息角发现二〇〇一年旧杂志的事,还记得吧?"

"我记得你说过,是一个女白领抽书的时候,拉倒了整个阅览架。"

"那时候我还疑惑,凶手是怎么知道我要来千视公司,又是怎么知道我会去休息角的。刚才看到姚佳宸的照片,我突然认出来了,她就是那个女白领。虽然衣着和妆容差别很大,但的确是她没错。"

徐佳眼里有了亮光。"这么说的话,当时她在公司,和尚容胥还是男女朋友,自然可以知道我们来公司调查。趁着你去休息角的时候,她带着二〇〇一年的杂志,装作抽书将阅览架拉倒。整理书报的时候,再趁机将旧杂志塞回去。"

徐川微微点头。

"不对,那也是你见过她,为什么说我也见过?"

"你再仔细想想,第一次的案发现场,我们去路边的小饭馆吃饭,斜着隔了三张桌子的人是谁?"

徐佳低眉回忆了片刻,猛然抬头:"那个穿了身灰色小西装的女白领!"

"不错。到底是什么原因,让她连续两次出现在不该出现的地方？如果能见到她，大概会解开这案子里的很多疑惑。"

徐佳的声音兴奋得发抖："这么说的话，也能解释为什么她住在那里了。"

"什么意思？"徐川有些疑惑。

"姚佳宸的住所，就在你事务所的对面。"

一个小时之后，徐川和徐佳站在姚佳宸的住址门口，面面相觑。空空荡荡的房间，看不到一件家具甚至杂物，木地板可以照出人影，四壁也光秃秃的，连颗钉子都没有。先前赶到的特警已经返回楼下待命，只剩下两个鉴证科的警员呆站在房间中央。

"奇怪了，搬家也不会搬得这么彻底啊。"徐川道。

"没有搬家。已经联系上了房东，姚佳宸把房租预交到了明年，没有跟他提过退房的事。"徐佳疲倦地靠在门边，"我们来的路上，科里已经问过尚容胥。他们分手后，姚佳宸的手机号还能打通，但一直没有接过他的电话，发消息也没有回复。尚容胥也来这里找过，但姚佳宸把门锁换了，他进不来。再后来，尚容胥就没再跟姚佳宸联系了。我觉得这里有问题，即便屡次碰壁，尚容胥放弃得也太轻易了。"

"很多男人在两性方面有时候会表现得非常固执，可一旦突破心理底线，又会割舍得非常决绝。屡次碰壁之后，断了联系也是常见的事。"徐川解释道，"这些年做私家侦探，这种情形我见得多了。"

"那就不是真爱了。"徐佳冷哼了一声，"你表妹对尚容胥很有好感，看来这斯文败类还挺有女人缘的，要不要提醒她一下？"

徐川耸了耸肩，套上鞋套走了进去，房间里似乎飘着股淡淡的奇怪味道。他走到窗边,拉开厚厚的窗帘,迎面不远处就是一栋写字楼,能够清楚看见自己事务所的玻璃窗。原来这女人一直住在自己附近,大概是为了方便监视吧。那天从肯德基回去,熊猫检查过三人的手机,发现林萌的手机一早就被入侵了。姚佳宸又把住址放得这么近,难怪会知道徐川他们的查案进度,在咖啡厅提前设局了。他转过头,看到旁边有扇虚掩的门,微微透出些红光。

旁边的鉴证科警员解释道:"那里是个小套间,里面……怪怪的。"

徐佳抢上前去,用脚尖顶开虚掩的门,一片红光扑面而来。是一幅整墙的壁画,血红色的地狱景象,数不清的骷髅、幽灵、恶魔面目狰狞,似乎要破墙而出,给人极为强烈的压迫感。徐佳不由往后退了一步,徐川轻轻扶住了她的肩膀。

"金色权杖……细骨长尾……莫非是米诺斯?"

"什么?"徐佳偏过头,问道。

"中间那个被簇拥的黄色眼珠魔王,是希腊神话中的冥界三判官之一。但丁·阿利盖利撰写的《神曲》中,米诺斯负责最终审判,判处亡灵坠入地狱的第几层。"

"你怎么会知道这个?"徐佳警觉地问道。

"以前查过个案子,凶手借喻希腊神话杀人,多少了解一点。"徐川仔细端详着壁画。

"那……在这个案子里,表达的是什么意思?凶手是正义天使,陈山宇和张礼道都是冥界里的魔鬼?这个米诺斯是谁,最后一个死者吗?"

"恐怕不是。这幅画里没有代表正义的天使,只有冥界判官米诺斯。"

"你是说，这个米诺斯是姚佳宸？"徐佳皱着眉头，"魔王是审判之神？什么乱糟糟的。"

"审判这个东西，在西方神话体系里不只存在于天堂，更多存在于冥界。后人总喜欢把地狱和邪恶联系在一起，并将各种角色统称为魔鬼。但在早期希腊神话中，冥界中的诸多神祇并不是邪恶的一方，尤其是地狱判官米诺斯，以公正公平著称。可笑的是，由于口口相传的谬误，让米诺斯的形象逐渐演化，变成了现在这副魔王般的形象。"

墙壁前立着个简易的祷告台，徐川走上前去，发现台面上有浅浅的印痕，应该是放过什么东西。他看了看墙上的巨幅壁画，又看了看小小的祷告台，一股不协调的感觉弥漫在心头。

徐佳摇了摇头："什么正义邪恶，冥界判官，姚佳宸都三十好几的人了，怎么还这么中二？"

徐川用力嗅了嗅，那种奇怪的味道好像闻不到了。他退出套间，发觉只有在外面的房间里才闻得到。

"漂白剂，"那个鉴证科警员道，"外面这个房间被人用漂白剂打扫过。"

"里面这个套间没有？"徐川有些疑惑。

"没有。但两个房间都清扫过，没发现毛发、指纹、脚印、衣物纤维这些有价值的线索。"

"为什么里面这个房间，没有用漂白剂？"徐川喃喃自语道。

"漂白剂多少会对壁画有些影响吧，不利于长期保存。"警员自己也觉得牵强，"那幅壁画有什么长期保存的意义吗？"

徐川冲警员笑了笑，转身仔细观察外面的房间。他将手指搭在墙壁上，缓缓掠过。指尖的触感很粗糙，甚至还有些灰尘，但并没有粉尘跌落。不远处有一小块污渍，似乎是咖啡或者茶水溅到了上面。窗户是双层玻璃，虽说擦过了，但并不仔细，还留着些水渍干后的灰色印记。白色的木门已经有些发黄，一扇门框还掉了块漆，露出发红的木头，有些扎眼。只有木地板榫接得严丝合缝，光滑平整，一尘不染。他单手撑地，趴在地板上，那股奇怪的味道越发浓郁。看来整个房间，只有外面的木地板被人用漂白剂清洗过。壁画上的希腊神话在他经办的案子里出现过，漂白剂的话……

"怎么了，发现了什么？"徐佳问道。

"你觉不觉得……在测试库中发现Soulmate调试记录的过程，太容易了？"

"你这么说，陈诺非气死不可。她费了好大力气才查出来的。"徐佳道。

"但如果警方调查服务器，测试期的数据也是肯定要查的。"徐川的脸贴到了地板上。

徐佳怔了下说："你是说，这是那凶手故意留给我们的？"

"如果我是凶手，还有那么高的权限，直接删掉测试期间的操作记录就好了。"徐川道，"凶手把自己当成了舞台上的艺术家，抛出破案线索，对警方进行挑战，享受智力角逐的畅快感，这是高智商罪犯最喜欢的游戏方式。陈山宇房间里的旧报纸、张礼道死后发出的短信，都指向了这个心理特征。"

徐佳蹙起眉："你觉得这房间里有凶手留下的线索？会不会太乐观了？"

徐川抬起头，冲那个鉴证科警员道："鲁米诺反应做了吗？"

警员有些尴尬地摊了下手。

徐佳不解道："没有打斗迹象，为什么要做血液反应测定？"

"地板上有漂白剂的味道，其他地方没有。"徐川道，"还记得鑫蓉花园那个案子吗？在鲁米诺测试中，次氯酸漂白剂和血液的发光形式很像，凶手利用这点误导我们，伪造了第一现场。"

"你想说什么，这里原来也有血迹，但被凶手用次氯酸漂白剂清洗过了？"

"不，关键是次氯酸漂白剂在鲁米诺测试中会发光，有没有血迹并不重要。"

徐佳明白过来："凶手用次氯酸留下了线索，只有在鲁米诺测试下会显现出来？为什么会这么想？"

"游戏嘛，乐趣就在出谜猜谜的过程。还记得在陈山宇的房间里，我们是怎么找到遗留信息的吗？书柜上有几本书的摆放顺序，跟陈山宇的心理画像不符，我将书抽出来，发现贴在墙壁上的旧报纸上有凹痕，用铅笔打磨之后出现了字迹。如果凶手在测试库中留下线索，是为了让我们追踪到这里的话，那么这里必定有一个谜题在等着我们。"

"用这种办法留下线索？有必要搞得这么复杂吗？会不会凶手单纯用漂白剂打扫了卫生，没有特殊的用意？"

"凶手只用漂白剂清理了外面房间的地板，并没有清理墙壁、窗户和木门。不管是清理命案现场，还是单纯的清洁卫生，这都不合逻辑。而且把所有的家具全部搬走，更像是为了让地板不被遮挡。"徐川耐心解释道，"还有在第一次杀人直播中，由那个直播的谜题引出军工手机，这些都足以说明凶手的行事风格。我觉得这个房间里，留有线索的概率至少八成以上。"

徐佳冲鉴证科警员道："设备带着吗？"

鉴证科警员点了下头，两人出了屋子，拎进来一个大工具箱。徐川和徐佳退到门外，几分钟之后，鲁米诺反应已经进行完毕。不出徐川所料，将房间布置成暗室的那一刻，木地板几乎完全变成了蓝色，只有中间一小块空白。徐川走到客厅中间，看到空白处有两行蓝光。细细辨认之后，是上下并列的两行英文：No accident, It's judgment.

"果然留有线索，但这条留言不是已经通过短信发给我们了，再次出现是什么意思？"徐佳俯身问道。

徐川沉思片刻，弯起手指，轻轻地敲击那块木地板，空心的。徐佳立刻会意，朝身后摆了下手，鉴证科警员立刻上前。他从口袋里摸出一只细长的手电筒，摁开电源后咬在嘴里，用镊子和改锥小心地将木地板撬了起来。确定下面没有什么机关，警员才将木地板移开，拿出一个透明的塑料袋。塑料袋里有张A4纸，上面贴着大大小小、五颜六色的旧报纸字块。在手电筒的耀眼光亮下，所有人都看清了，那是下一次杀人直播的预告信。

"十一月三日，千视公司，冰霜之龙，馈赠死亡。"

于峰掀开塑料餐盒的盖子，发现里面的炸鸡排似乎又薄了一些，不由得哼了一声。在这家店点的外卖多了，竟然开始在分量上动起手脚，这就是传说中的大数据杀熟吗？当初之所以一直在这家店吃，就是因为量多实惠，要是再这么下去，只能换一家店了。他用筷子胡乱扒拉几下，结果菜渍溅到了刚填好的报表上，心情更加郁闷起来。

毕业后通过考试，于峰终于成了派出所的一名片警。但入职后，他很快就发现这份工作跟想象中不太一样。虽然制服挺帅，走在外面也很威风，但日子却过得紧巴巴的。每月的薪水不高，工作也是鸡毛蒜皮的小事，加班加点却是常态。所里的同事大多住在附近，中午还能回家吃饭，只有他每天靠外卖填饱肚子。转眼入职就快一年了，他有些迷茫起来，当初选择做警察，是想办几件足以名动天下的大案。现在这个样子,别说查案,到底要多少年才能转成刑警都不知道。他叹了口气,将盒饭放到一边,拿起一张空白表格,准备照着脏了的那张重新抄一遍。

"就你一个人。"忽然响起了一个声音。

于峰抬起头,发现是个落拓的中年人。他三十多岁的样子,头发油腻腻的,满面胡楂,黑眼圈很深,衣服也脏兮兮的。大概又是求助的流浪汉吧。

"什么事?"于峰问道。

中年人抬起胳膊,用袖子擦了下脸:"你是警察?为什么只有你一个人?"

"你真会开玩笑,我穿着警服在派出所里坐着,不是警察还能是罪犯吗?现在是中午,下班了,只有我一个人值班。"于峰有些不耐烦,很多人因为一点小事都能纠缠半天。

"我找你们所长。你让他给老子出来。"

"现在下班了。他不在,有什么事你对我说就行了。"

"跟你说没屁用。"

"你不说,怎么知道没用?"于峰头又低了下去,开始抄写表格。虽然上班时间不算长,他也明白了点东西。原先总以为要对来访的群众热情温和,笑脸相迎,但不少人却因为这种和气的态度,提出非常过分的要求。保持点距离感,反而会省下很多麻烦。

中年人沉默了好一会儿,突然说道:"有人要杀我。"

于峰吃了一惊,下意识地摸了下腰间,警棍和手铐都还在。他站起身,拿出一沓报案登记表,指着对面的凳子:"你先坐下,慢慢说。"

中年人没有动,依旧贴着办事柜台站着,又抬起袖子擦了下脸。于峰这才注意到，现在已经快十月底，天气并不是很热了，这个中年人却在一直出汗。他脸色还很苍白，身体在微微颤抖，好像在崩溃边缘。

"麻烦你，姓名？"于峰握紧中性笔，有一点紧张。

"不能说。"

"什么？"

"跟你这小喽啰当然要保密，谁知道凶手现在有没有盯上我。"

"住址呢？"

"也不能说。"

于峰皱起了眉头："年龄能不能说？"

中年人摇了摇头。

于峰放下手里的笔问道："既然有人要杀你，那你总得说点什么吧？"

"可能是因为二〇〇一年的那件事。"

"二〇〇一年？"于峰感到十分荒谬，"那时候你多大，高中生？初中生？"

"你们这些警察必须要保护我。"中年人的目光躲躲闪闪，"那件事也不能说，保密。"

可能是个精神错乱的病人。于峰得出这样的结论，精神松懈下来，看了一眼旁边快要凉掉的盒饭。

"在我之前，已经有两个同伴被杀了，下一个肯定是我。"

"已经有两个同伴被杀了……"于峰重复着，完全不知道什么意思。

"你们要保护我。"

"凶手是什么人，为什么要杀你？"

"他可能不是人，是鬼！你们要保护我，你们所长要上报给最大的官，至少要派几百名警察保护我，一定不要让他得手。"中年人喋喋不休，嘴角泛出白色的唾沫，"要是出了问题，你这个小喽啰得负责。不，你负不起这个责，你得告诉你们所长。"

如果把这件事报告给所长，一定会挨顿批。于峰这么想着，问道："总之，你说有人要杀你，但拒绝透露名字、住址这些信息，而且也不知道凶手是谁，为什么杀你，对吧？"

"二〇〇一年的事啊！"中年人突然激动起来，大声吼道。

"二〇〇一年的事，"于峰在报案登记表上，草草写下这么一行，"在你之前已经死了两个人，他们是谁，什么时候死的？"

"凶手有没有盯上我？"中年人答非所问。

"前两个死者的姓名？"

"你不知道？"中年人很诧异地问道。

于峰呆了一下："我怎么会知道？"

中年人惊恐地往后退了几步："你不知道，你怎么可能不知道？你跟他是一伙的！你要杀我！你也是鬼！"

于峰站起了身，茫然不解地看着这个中年人。

"怪不得就你一个人，这是个陷阱！都是假的！你看到我的脸了！你认出我了！"中年人用衣服蒙着头，踉跄着逃出门去，转眼就消失在熙熙攘攘的人群中。

"真是莫名其妙。"于峰疲惫地出了口气。

这种事在所里已经听说过好几次，每年都会发生，实在不值一提。那些认真去处理的新人，到最后都发现不过是白忙一场。每天杂七杂八的事情已经够多了，实在没有精力浪费在这种事情上。于峰站在那里，仅仅犹豫了几十秒，就决定放弃上报。一个拒绝说出姓名、年龄、住址的流浪汉，说有鬼要杀他，要求派几百名警察保护他，不论怎么汇报，自己都会成为这个派出所的笑话。

他扒拉几口凉透了的盒饭，决定把这件事彻底忘掉。

"Soulmate真是太厉害了，已经预告第三起审判了。"

"听一个警察朋友说，他们对Soulmate完全没有办法，根本找不到她，甚至有不少警察都觉得她可能会法术。"

"瞎扯啦，这世界上怎么可能有法术，还警察朋友说，你也不怕风大闪了自己舌头。"

"前两个被审判的人到底犯了什么罪，怎么一直没见什么消息出来？"

"肯定十恶不赦，不然怎么会选他们。"

"第三起是谁啊？有谁知道吗？"

"你是傻子吗，怎么会在审判之前就知道是谁。"

"不过地点是千视公司，会不会是千视公司的人？"

……

徐佳打了个大大的哈欠，将手机丢到一边，把滚烫的脑门贴在桌面上。案情推进会刚开完，陈处长没有发脾气，而是详细询问调查情况，肯定了各组的成绩，说了一些打气鼓劲的话。除了进一步拓宽调查范围外，相当一部分警力都被放到了防止第三起杀人直播上。千视公司、姚佳宸的住房都派去了不少警员值班，而且指派专人负责附近的监控摄像头，一旦发现可疑人物，不用警告立刻拿下。

会议结束之后，人都走光了，徐佳却没有起身，点开手机看起了网上的议论。网络上的这些议论，内容大同小异，崇拜Soulmate、奚落警方、揣测死者诸如此类，虽然也知道看了没什么意义,只会徒增压力,但徐佳还是忍不住有空就翻翻。很多人对于网络直播杀人行为,自然而然地赋予了正义之名,将凶手视为审判之神,这让徐佳很是气闷。她注意到,很少有质疑反问的评论出现,就算是几个稍微理性的声音,也即刻淹没在数以万计支持凶手的评论中,几乎泛不起什么水花。

或许对大多数人来说,出现了预言、杀人这种事情,给灰暗枯燥的生活增添了不少谈资。更难得的是,这些事情被冠上了正义之名,使得他们可以站在道德高地,满足自己围观品评的欲望。至于真相是什么,他们不会去关心。毕竟这是跟自己无关的事情,究竟被杀的人到底是无辜,还是罪有应得,都不重要。

推门的声音响起来,徐佳头偏了一下,看到是陈诺进来了,手里还拿着两罐咖啡。

陈诺走到徐佳身边,伸手摸了下她的额头,大惊小怪道:"这么热!你是不是发烧了?"

"低烧好几天了,我吃着药呢。"徐佳有气无力道,"我听说你昨天跟人吵架了,怎么回事?"

"呸,谁嘴这么贱,连这种小事都告状。"陈诺愤愤不平道,"还不是外勤组那几个臭男人,扎堆在背后说咱们坏话,给我撞到后把他们骂了个狗血淋头。"

"什么坏话?"

"说网络犯罪调查科名不副实,整天领着其他科室瞎忙,一点对策都没有,连犯罪预告都是别人查到的。"

"说得挺刻薄的……不过好像也是实情。"徐佳又打了个哈欠。刚才的会议上陈处长没有发脾气,那是因为觉得下属们压力很大,士气低迷,不想再打击他们的积极性。但在他的心里,未尝不会因为案情进展缓慢,憋了一肚子火。本来以为查到了姚佳宸，就可以把案子破了，结果只找到了两间空屋。自从第二起案子后，姚佳宸就没有在公共场合出现过，也没有接触过熟人，连消费记录也在逐渐减少。在找到她的住址之后，所有支付渠道都没有了动静，估计换成了现金结账。

本来案子进行到这一步，最有效的做法是对姚佳宸发出通缉令。就算姚佳宸隐藏得再好，没有网络支付手段，必定要与人打交道，抓到她只是时间早晚的问题。然而上面却不同意发布通缉令，据说是千视公司的法律顾问对市政府发了公函，声称在没有确凿证据的情况下，把公司的核心技术人员作为杀人嫌疑犯进行通缉，会影响到千视的市场美誉度，甚至造成公司在美国的股票下跌和融资失败。这样的话，千视公司将不得不对市政府提起行政诉讼，并且要在美国 OTCBB 发布情况说明。

如果有确凿证据可以证明姚佳宸是凶手的话，发布通缉令当然没问题。但现在警方的难处是，没有人证、没有物证，只有利用间接证据进行的逻辑推演。千视公司公函上说得也很清楚，测试库中的 IP 地址虽然指向姚佳宸，但不能证明是姚佳宸本人进行了一系列操作；虽然在姚佳宸租住的公寓中发现了遗留信息，但也不能证明是姚佳宸所留。为了稳妥起见，市政府对市局口头上打了招呼，要求谨慎处理，所以通缉令也就没有发布。

对姚佳宸的背景调查让所有人大跌眼镜。那个看起来清秀脆弱的女白领，人生经历可以算作一场老套的苦情剧。母亲未婚先孕，生下她之后，跟情人一起离开了吴松市。她跟姥爷姥姥一起生活到八岁，亲生父亲才回家，说母亲病死异乡，临终的愿望是要他抚养女儿。但姥爷姥姥对她父亲心怀憎恨，拒绝他探望姚佳宸。直到十岁那年，姥爷姥姥相继离世，父亲接过姚佳宸，住在了一起。十四岁时邻居报警，父亲长期酗酒，并多次虐待姚佳宸。警方立刻介入，通过司法援助剥夺了他的监护权。姚佳宸回到姥爷姥姥的旧居中，准备独自生活。父亲却仍多次骚扰姚佳宸，最终在一次醉酒后，将与姚佳宸同路回家的两名同学打成重伤，被判入狱。

姚佳宸搬离了原住所，卖掉了房子，用卖房款和共青团的助学金维持生活，后来考上了大学。大学里她也一直勤工俭学，大三那年考取了麻省理工学院的交换生资格。在美国工作了几年后，她跟尚容胥相识恋爱，并一起回国入职千视公司，两周前突然跟尚容胥分手，并从公司离职，消失在几千万人之中。很显然，从跟尚容胥在美国恋爱开始，姚佳宸就在布局这场杀人直播，但动机却没人知道。和前后两起直播杀人中的相关人员一样，她与陈山宇、张礼道也毫无交集，并未见过面。

徐佳只觉得头皮针扎一般疼，忍不住发出轻微的呻吟声。

"别想那么多。压力太大的话，身体会累垮的，只能进医院躺着了。"陈诺帮徐佳揉着头，劝道。

"话是这么说，可第三起杀人直播的预告已经出来了，案子不等人。"徐佳道，"姚佳宸的背景经历调查过了，确实挺惨的。可她如果以冥界判官自居，应该是对她爸爸动手，为什么要杀跟她没有什么交集的陈山宇、张礼道？这案子处处透着诡异，根本不合情理。"

"别胡思乱想了。离十一月三日还有一周的时间，我们人手都撒开了，肯定能发现点线索。再说，按照我们现在的布控力度，姚佳宸一旦出现就会被抓到的。什么冰霜之龙，什么馈赠死亡，都鬼扯得很。"

徐佳摇了摇头说："听徐川分析，这一系列杀人直播谋划了很长的时间，至少在美国的时候，姚佳宸已经开始动手布置了。

接近尚容胥、成为他的女朋友、一起回国入职千视公司,都是在为杀人直播做准备。我们警方的反制措施,姚佳宸不会估算不到,我总觉得现在做得还不够,还会被她钻了空子。"

"徐川?"陈诺哼了一声,"那家伙整天故弄玄虚,有什么了不起。真有本事的话,他早就抓到姚佳宸了。"

"可是很多线索都是他找到的,如果他没什么了不起的话,我们又算什么?"

陈诺没好气道:"那不过是他运气好罢了。"

"你是没注意。凶手留下的大部分线索,都在他经办的案子里出现过。剩下的那些,也好像是为他量身定做,笃定他能发现一样。这案子挺诡异的,我都有点后悔把他拉进来了。"徐佳忽然想起了什么,"你一直在监控熊猫的电脑,有什么发现吗?"

"我前段时间启动了木马程序,让软件自动录屏,把熊猫在电脑上的操作都存成了视频文件。"陈诺道,"不过那死胖子电脑系统很复杂,光显示器都有八块,特别爱多线程操作。他几乎不关电脑,经常设置自动任务,所以监控信息超级多,这没日没夜的我才看了一半。"

"你不是用他电脑上的摄像头和麦克风,监控他们的房间吗,他们讨论过案子吗?"

"几乎没有。那个胖子好像对案子没什么兴趣,整天都在破解网络游戏和应用软件,要不就盗录压制些国外的电影电视剧什么的。徐川也基本不跟他说案子的事,倒是那个小姑娘,整天叽叽喳喳说个不停,一会儿一个点子,但他俩都不怎么接她的话茬儿。"陈诺道。

徐佳沉吟了一会儿:"我觉得不太对劲。按照徐川的性格,不跟熊猫说案子的事,至少得跟林萌说吧。"

"依我看，徐川对咱们这案子并不上心。"

"牵涉了Soulmate，他应该不至于。"徐佳猛然醒悟道，"难道是只有在事务所的时候，他才不跟林萌讨论案子？要不你辛苦一下，把那些录制信息先看完？"

"成。我先用四倍速放一遍，如果有什么消息，马上就告诉你。"陈诺甩了下头，长长的马尾飘到身后，很有气势地走出了房间。

徐佳直起身子，又翻开了面前的那沓资料，从中挑出几张并排铺在一起，那是陈山宇、张礼道、姚佳宸的基本情况。纸面上最显眼的共同点就是年龄相仿、与家里长辈关系不好这两处。陈山宇、张礼道这两个，外勤组早已做过家访，没发现什么特殊的情况。姚佳宸这边就更没什么可查了，当年租住的房屋，周边的租户换了好几茬。她父亲出狱后不久，就因为酗酒斗殴致人死亡而再度入狱，至今对外界一无所知，甚至不知道自己的女儿是否还活着。

吴松市由一条吴江一分为二，这三家原先都住在吴松大桥附近，只不过陈山宇在吴江北侧，张礼道在吴江南侧，姚佳宸家稍远一点。或许是隔了一条江的缘故，三个人上的并不是一个小学，初中、高中也并无交集。三个人的网络通信工具中也没有发现交流的痕迹。但是三家住得这么近，仅仅是个巧合恐怕说不过去。本着这个疑点，外勤组再次做了一些调查，却仍没有什么像样的收获。

这一带的民房在二〇〇六年八月拆迁完毕。原先这三家的邻居是谁，搬到哪里去了，通过户籍系统勉强查到了一些。可过去了十多年，经历了两代人，对于以前邻居家的孩子只是有些印象罢了。硬说什么不同寻常的往事，大概只有比较调皮、爱逃学之类的琐事。而现在的邻居，更只是点头之交。在邻居们眼中，这两家的子女与长辈关系冷漠，他们搬过来之前就已经如此。有些邻居甚至不知道陈山宇和张礼道的存在，毕竟这两人成年之后，也极少回父母家。

在这种状况下，徐川坚持要再一次走访陈山宇和张礼道的家人，有什么意义吗？

把徐川拉到这个案子里，一方面是为了借助他的能力，另一方面也是方便掌控。姚佳宸以Soulmate的名义犯案，徐川给出了"占据心理优势"这个理由，但案子发展到现在，恐怕还有其他的原因。凶手到底是要将徐川塑造成另一个张璇，还是要引导他发现当年的真相？

徐佳的头皮又疼了起来，她咬着牙，用手指狠狠揉着。早知道会是现在这个样子，当初就不该把徐川拉进来。

"我有一个很重大的发现。"林萌的表情很严肃。
"说呗。"徐川蹲在马路边，盯着过往的行人。
"五行杀人。"
"什么东西？"徐川的声调高了起来。
"第一起案子里，是钢铁之刃，对应金；第二起案子里，是地狱之火，对应火；第三起预告里不是说冰霜之龙吗？对应的是水。"林萌压低了声音，"你看，金木水火土已经出来三个了，你说姚佳宸是不是按照五行杀人？"

徐川张了张嘴，想要说些什么，最终还是敷衍道："有道理，然后呢？"

"然后……"林萌眼珠转了一圈，"然后，第四次的杀人手段不是木就是土。"

"了不起。"徐川漫不经心道。

看出徐川不认同这个思路,林萌怏怏不乐地中断了话题,也蹲到他旁边:"我们不去盯第三起案子,来这儿找前两起案子的家属,有用吗?"

"两个死者陈山宇、张礼道是租房住,姚佳宸也是一样。"

"租房又怎么了,你不晓得现在的房价多贵吗?"

"姚佳宸先不说。陈山宇、张礼道都是吴松本地人,父母都有房子。他们的经济条件并不宽裕,却没有住在父母家,有点反常。"徐川道。

"徐佳他们不是查过了,他们跟自己父母关系不好。"林萌用手指绕着自己头发玩,"陈山宇的父母都是退休的机关干部,彼此关系很疏远,最后一次见到陈山宇还是去年。张礼道的父母更是离谱,两个人都是退休教师,跟侄子住在一起。同事上门通报死讯,他们没有一点悲伤,好像反而松了口气。"

"我总觉得,不管是凶手还是死者,跟亲属关系都不太好,这是个很奇怪的点。"徐川道。

"那再跑一遍死者家属,就能搞清楚?"林萌还是不太认同,"徐佳他们都查过,也没发现什么啊。"

"碰碰运气吧。"徐川道,"反正警方正在针对第三次杀人直播布局,我们也掺和不上。"

"说得也是。虽然不想承认,但这次的对手真是好难应付。不但犯罪布局、手法、组织、实施上都很厉害,甚至连心理学、计算机、网络都样样在行,算得上是全才。从第一次杀人直播,我们就一直跟在他后面追,但查案节奏什么的完全被他掌控,真是气死人了。"林萌小心翼翼地看着徐川,"跟张璇比起来,谁更厉害一些?"

"你想说什么？"

"虽然从一开始，你就否认这案子里有张璇参与，但我觉得这种高智商犯罪风格，跟她多少有一点相像。"林萌道，"我还记得启明集团那个案子里，好像就是张璇在后面布局吧，这个案子会不会……"

"她已经死了。"徐川不想就这个话题深入下去。

"我是没见过她，但我总觉得她的死太简单了。一个犯罪天才，会被警察通过网络IP定位……"

"说起来你可能不信，我第一次见到她，也是这样。她在网络上发帖，被熊猫查到IP地址，然后被我堵了个正着。她的电脑水平不怎么样，估计跟我差不多。"

"你这么一说就更奇怪了。就算她电脑水平很烂，但她那么聪明，既然被你通过IP地址抓到过一次，怎么可能再犯同样的错误？"

徐川正要回答，却看到两位老人慢慢走了过来，正是陈山宇的父母。林萌也看到了，马上站起身想要上前相迎，却被徐川拉住了衣角。听徐佳说过，这老两口对警方调查有些抗拒，不太想谈自己的儿子。这种情况下，在人多眼杂的外面谈，会让他们很反感，不如等他们进了自己家再说。熟悉的环境下，人的防备心理比较弱，可能会问出更多的东西。

等老两口进了门洞，徐川才站起身，有些不自在地晃动了下肩膀。他和林萌都穿了深色西装，白色衬衣，还打着领带。老年人大多对正装都有种莫名其妙的信任。他和林萌一起上了电梯，到了门口，很有礼貌地敲了敲门。

过了一会儿，门那边的猫眼暗了下去，却没有声音。

林萌用吴松话脆生生地喊道："阿姨，我们是公安局的，麻烦开下门好吗?"

门开了一道缝,却是陈山宇的父亲。他上下打量了两人一阵子,将门开得更大了一些,普通话很标准:"你们有什么事?"

徐川掏出警方特别顾问的证件,很客气地说:"关于您儿子陈山宇的案件,有了一些新进展,按照规定要跟您通报一下,顺便了解一下其他情况。"

老人开了门,自顾自地向房间内走去:"说得好听,什么通报案件新进展,警方要对案件侦破进度保密,当我不知道?你们还是想套破案线索。"

徐川丝毫没有尴尬的表情,坦然地跟着进了客厅。房间里摆设风格有些过时,老式的真皮沙发,黑胡桃色的木质家具,一看就是老干部风格。陈山宇的母亲倒了两杯茶,就进了里屋,看样子不打算加入这次交谈。陈山宇的父亲抽出一支烟,自顾自地点燃,狠狠抽了一口。林萌寻了两把木椅,和徐川在茶几对面坐了下来。本来想等徐川发问,他却一直在乱瞟房内,完全没有要挑起话头的意思。

眼看场面越来越冷,林萌只好先跟老人谈了起来,说了一大通已经向公众披露过的案情,然后切入正题:"关于令郎的案子,您想必也清楚。除了您儿子陈山宇、第二个死者张礼道,现在已经出现了第三起杀人预告……"

"不用跟我说这些,破案是你们警方的事。"老干部打断了林萌的话。

"您对自己儿子的案子,不关注吗?"虽然在意料之中,林萌还是觉得憋屈。

"人都已经死了,关注有什么用?"老干部的态度很冷淡。

"那你就不想知道,是谁杀了他?"林萌追问道。

"他那种人，早晚是要死在别人手里的，晚死不如早死好。"

徐川干咳一声，终于把话题拉了回来："我明白您的心情。孩子小的时候总是又乖巧又可爱，长大之后难免受到外界不好的影响，一不小心就入了歪路。如果他好好听你们的话，按照你们给他规划好的路子走，现在不说是处级干部，至少也是个科级吧。"

老人的表情稍微缓和了下。"什么受外界影响，还不是他自己不争气！"

"话也不能这么说。个人是内因，外界是外因，虽然都说内因是主要因素，但很多时候，一点意外就很容易将人生撞离轨道。"徐川话说得很慢。

"怎么，你也读过《矛盾论》？"

"只是粗略通读了一遍。太深了，很多东西都不明白。"徐川微微笑道。

老头子的脸色有些缓和："现在的年轻人，愿意读哲学的可不多了。不过我这里可没有什么线索，也不知道是谁杀了他。"

"其实我们查到了一些东西，感觉可能跟他以前的一些朋友有关，不知道您还记不记得，他读书的时候，都跟谁走得比较近？"徐川盯着老人的眼睛。

"不知道。"老人避开了徐川的目光，"那时候他整天在外面疯，都不怎么回家，谁知道跟什么人混。"

"如果他后来远离了那些坏朋友，再放下年轻人的骄傲，跟你们走得近一点，应该会慢慢走上正路。"

"早告诉过他，团团伙伙一起没什么好下场，他就是不听！出了事后，也不跟家里说，倒是跟那些狐朋狗友一起死撑，想帮他还不领情，好心当成驴肝肺！"老人猛然意识到自己说得有点多,端起桌子上的茶喝了一大口。

"山宇办后事的时候,以前他那些朋友恐怕都没来拜祭吧?人情冷暖……"

"没什么好说的,"老人生硬地打断了徐川的感慨,站起身来,"我们接下来还有事,你们赶紧走吧。"

徐川没有纠缠,干脆利落地站起身:"打扰了,以后案子有了进展,再向您通报。"

两人几乎是被赶出了门,林萌嘴巴噘得老高,不住埋怨徐川态度太软,若不是事先说好了不能由着性子来,她非跟那老头子好好说上一番。

"今天你跟以前可是完全两样。"

"以前我什么样?"徐川似笑非笑地接过话。

"以前就算是关系闹得再僵,你也非死皮赖脸问个明白不行,就像在千视公司怼那个韩百川,那才叫解气。"

"不一样。那是要故意激怒他,套出新线索。"徐川道,"这老两口白发人送黑发人也够辛酸了,我们再戳他们伤心处,激怒他们,就显得太没底线了。"

"你心态不行啊。"林萌有点着急,"顾忌这个顾忌那个的,能查出什么线索来?就算他们再难受,只要问出对破案有用的线索,早点儿结案对谁都好。现在你啥都没问出来,白来一趟算什么。"

"虽然聊天时间不长,但也套出了点东西,稍稍有了眉目。"徐川推起一辆共享单车,"走吧,张礼道父母家离这里可不算近,咱们先去附近的地铁口。"

林萌也推了一辆:"你问出来的那也算是东西?"

"怎么,你听出来了?"

"你拍那老头子马屁的样子真恶心,不就是把他哄高兴了,对你有点认同感,好放松了戒备?你套出来的那一点点,只能推断出陈山宇当年结交了一群狐朋狗友,而且发生过什么事之后,就跟家里的关系搞得非常僵,直到被杀都没有好转。"林萌的语速很快,"一般来说母亲最袒护自己的孩子,但她的丈夫把孩子说得那么不堪,她一句话都没吭,甚至到我们起身都没出来送。这就证明,当年陈山宇出的事确确实实不占理,让他们觉得非常丢人。"

"不错。我还以为你一直在那里生闷气,什么都没发觉。"徐川揉了揉鼻子。

"别把我当傻瓜!"林萌气道,"就这么点东西,对案子能有什么推进?要是我们继续问下去,指不定能问出当年发生了什么事,那些坏朋友都是谁!"

"退休的机关干部最注重什么东西?"徐川道,"脸面。儿子做了件让他们觉得很丢人的事情,以至于十多年里几乎断绝了父子关系,他们会顶不住几句逼问,主动讲出来?别说我们,就算徐佳他们也不行。况且,从老爷子的话里可以看出来,他只知道自己儿子犯了大错,具体什么情况可能也不太清楚。"

"那你说接下来怎么办?去张礼道家,他们能说明白?"

"恐怕也不行,不过总要去试试。"

说话间,两人已经进了地铁站。徐川不太喜欢坐地铁,像沙丁鱼般挤在一个金属匣子里,在黑暗深邃的地下洞窟中横冲直撞,是件相当没有底气的事情。更何况他是一个喜欢把握过程,甚于知道结果的人。把自己的方向交给陌生人,就算每次都能到达目的地,仍会让他觉得很不爽。

一个多小时后,两人终于踏入了张礼道父母家的大门。这老两口是退休教师，态度比起陈山宇父母要稍好一些，但是口风依旧很严。对于徐川的一再引导暗示，不是沉默就是答非所问。尤其是当林萌故意说出"二〇〇一年"的时候，两个人的脸色一起骤然发白，好像见鬼了一般。但对于陈山宇这个名字，他们却没有太大反应，经过林萌提示，才想起来是第一起案子的死者。

从张礼道父母家出来之后，林萌对收获很不满意，闷声不吭了好长时间。徐川没有跟她解释什么，走访死者家属这件事，是徐川坚持要做的。但他并不是希望有什么重大发现，而是想要印证自己的一个推断。

不管是杀人预告信，还是姚佳宸的几次暗示，都指向了二〇〇一年。他总觉得这一系列直播杀人，应该跟二〇〇一年有很大的关系。虽然在两家交谈的时间都很短，但套出来的信息，已经可以确定他推断的大方向是正确的。在二〇〇一年，姚佳宸和死者都是十三四岁的年纪，到底发生了什么，才引起这场二十年后的审判？根据警方的调查和两家老人的反应，陈山宇和张礼道并没有明显的交集，也没有显著的共同点，姚佳宸为什么要对他们进行审判？这一切，恐怕都要从二〇〇一年查起。警方的主要精力都集中在阻止第三起杀人直播上，这件事只好由他去做了。

徐川隐隐约约地感觉到，自己很可能正在接近真相，虽然不知道要付出什么样的代价。

又是个阴冷的雨天。

伍越泽早早赶回来，躲在杂物间里写完作业，便坐在水泥地上看着窗外发愣。细雨打在斑驳的玻璃窗上，顺着油漆剥落的铁窗棂渗进来，汇成一道道红褐色的涓流，顺着窗台流个不停。偶尔一阵凉风从缝隙吹进来，发出嘶哑的尖啸声，让人很不舒服。他拿起墙角一块破布，折成细条形状，塞进窗户的缝隙里，勉强将雨水挡在外面。过了一阵子，屋里终于不那么冷了，肚子却又咕咕叫了起来。

外面雨这么大，家里没人，搞不好是去学校接表哥了。他从中午到现在还什么都没吃，虽然喝了好几次凉水，但依然抵不过饥饿的感觉。这段时间他没怎么去全嘉便利店，一直在躲着文若男，也就没了蹭饭的机会。他去厨房看过了，锅里焖着香气扑鼻的红烧蹄髈。但姨妈一家没回来，他是绝对不能动的。再等等，就算表哥有晚自习，也差不多该回来了。伍越泽按了按肚子，从书包里掏出另外一份作业，变换笔迹写了起来。那是跟同学商量好的，他帮着写两周作业，如果不被老师发现，就可以换来一束花。

外面忽然响起钥匙转动门锁的声音，伍越泽动作利索地关掉电灯，屏住呼吸待在黑暗里。他经常被莫名其妙骂上一通，理由总是自相矛盾。后来他想明白了，被骂不是因为他做错了什么，只是因为姨妈心情不好。只有尽量不引起她的注意，才能少挨几次骂。

"我就说我儿子脑子好，只要肯用心，什么淞沪大学之类的，通通都是挑着上！"客厅里响起姨妈尖厉高亢的声音，摆明了要让邻居都能听到。

"那是，那是，咱们儿子最聪明。"姨父赶紧笑着附和。

"小意思，不就是个全班前十名，我想考的话全年级前十名都不成问题。"这是表哥得意扬扬的声音。

伍越泽心里松了一口气，今天是不会挨骂了。表哥跟自己一样，都在宣明中学念书，不同的是一个在高中部，一个在初中部。两人的成绩也不一样，伍越泽总是全年级前五，表哥徘徊在班里的二十名开外。当然，以高中班级前十名的成绩，上淞沪大学还是很有些难度的，但并不妨碍姨妈炫耀。起先还有邻居夸伍越泽学习好，见姨妈每次都黑着脸，就没人再提这茬儿了。毕竟伍越泽学习成绩越好，便衬托得表哥学习越差，越让姨妈看不顺眼。伍越泽也很知趣，在这个家里从来不提自己的成绩，就算被问到也会撒谎搪塞过去。久而久之，这栋楼上最有出息的孩子就成了表哥，而他则成了不争气的方仲永。

"这样吧，今晚上我们出去吃，庆祝庆祝好了！"姨妈的声音依旧很大。

"啊？不是已经烧了蹄髈吗？"姨父嘟囔道。

"出去吃！"姨妈的底气很足，"去吃什么，儿子你选！"

"好久没吃大餐了，真的吃什么都可以？"表哥有些兴奋地问道。

"当然是真的，妈妈还能骗你不成？"

"那我想去曼玉餐厅，那里的排骨年糕很好吃的……"

"不光排骨年糕，糟田螺、富贵酱鸭这些，你想吃什么就点什么，毕竟以后要上名牌大学，营养一定得好！"姨妈笑得很开心。

"可是蹄髈……"姨父低声道。

"就知道蹄髈，放锅里还能坏了？"姨妈不耐烦道。

"不是，"姨父声音压得更低，"我是说伍越泽那小子，要是看到有蹄髈，万一给吃了怎么办？"

"他敢！"姨妈陡然怒道，"他要是敢偷吃，看我不撕烂他那张嘴！"

伍越泽打了个哆嗦,往黑暗里缩了缩。

"伍越泽,伍越泽!"姨妈快步向房间走了过来。听得脚步声越来越近,伍越泽屏住了呼吸,屈辱、恐惧、惶恐几种情绪一起涌上心头。那一瞬间,他已经做好了挨骂挨打的准备,反正这种无妄之灾,已经有好多次了。

"妈,他屋里灯都没开,肯定还没回来呢。"表哥急道,"咱们赶紧去吃饭吧,等会儿雨大了,过道里不好走了。"

"嘻,还是我儿子聪明。"姨妈笑了几声,从口袋里抽出几张零钞丢在茶几上。

"用得着给他这么多?够买七八个包子了吧?"姨父觍着脸说。

"昨天好像忘记给他餐费了,算啦,就当让他也沾沾喜气。"

"妈,赶紧走吧!"表哥的声音已经到了门口。

"别着急,拿好伞,穿好胶鞋啊……"

随着沉重的关门声,三个人的声音越来越远了。伍越泽慢慢放松下来,靠着墙壁静静坐着。这几年姨妈越来越嫌弃他,他也越来越不愿意回这个家,但除了这里他又能去哪儿呢?妈妈去世前跟姨妈签了协议,要伍越泽上大学之后,姨妈拿出第一年的学费,才能拿到房子。但看眼下的架势,学费是肯定不会给了,就连伍越泽能不能顺利住到上大学都没有把握。万一姨妈撕破脸,要他出去打工养活自己,大学还怎么上?不上大学的话,自己的人生就被堵住了唯一的上升渠道,那活着还有什么意思?伍越泽低下头,发出一声不该属于他这个年纪的叹息。

肚子又不争气地响了起来,按时间算的话,姨妈他们现在应该坐上公交车了吧。伍越泽轻声开了门,小心翼翼地看了看每个房间,确定没人之后,才走到客厅的茶几旁,捡起上面几张花花绿绿的零钞,一张一张地展平,叠好,塞进口袋里,走进了厨房。未来不管怎么样，眼下还要填饱肚子，才能活下去。

伍越泽掀起锅盖，一股浓郁的香气扑鼻而来，里面正焖着大块大块的红烧蹄髈。他咽了一大口唾沫，双手端起菜锅，倒出来小半碗汤汁，又从米桶里舀出一碗米，倒进饭锅里，打开煤气灶蒸起饭来。接着他洗了两根葱、一小块姜，切碎后撒在那小半碗汤汁里，搅拌均匀。外面的雨越下越大，姨妈他们一时半会儿肯定回不来，饭锅散发出的热气，映着窗外的大雨，竟让伍越泽莫名感到心安。

饭煮熟了，伍越泽盛了满满一碗饭，把那小半碗汤汁倒进去一些。用勺子来回翻转搅拌，让每一颗饭粒都浸上汤汁的香味。然后，他咽着唾沫，将米饭端到窗边，让风吹凉一些。刚煮好的米饭不能马上吃，就算嘴不怕烫，吃下去肚子也会痛。这是经过好几次教训后，他得出的经验。

过了一会儿之后，他用舌尖舔了下饭粒，试了试凉热，然后用勺子挖了很大一块塞进嘴里，满足而用力地咀嚼着。汤汁的鲜香和着米饭的糯软，在唇齿之间快活地跳跃，幸福感驱散了对未来的恐惧。整整两大碗米饭之后，伍越泽仔仔细细地刷好碗筷，给菜锅里添上小半碗开水，将做过饭的痕迹完全清理干净，回到了自己的小房间。

他打开灯，从折叠钢丝床后面摸出一个铁皮饼干盒，抠开盖子。扒拉开乱七八糟的小玩意儿，拿出一沓花花绿绿的零钞。然后，又从口袋里拽出那几张零钞，叠在一起认真清点了一遍。这是最近他饿着肚子攒下来的钱，虽然没有多少，但也差不多够用了。伍越泽的脸上忽然浮现出久违的笑容，将这沓零钞小心埋在饼干盒深处，又塞进钢丝床的后面。

那天，就快要到了。

第五章 洛川旧事

虽然已经在尚容胥的车上眯了一小会儿，但林萌依旧困得要命，半天缓不过劲来。昨晚十二点多才睡，今天凌晨四点多就起床了，自从她上大学以后，就没再睡这么少过。林萌打了个长长的哈欠，一脸倦容地揉了揉眼睛，向周围看去。车子停在一条静悄悄的马路上，间隔很远的路灯亮着，偶尔有辆车飞驰而过，看不到一个路人，肯定是在郊区了。

昨天尚容胥忽然给林萌打了个电话，问她有没有兴趣去看件好玩的事。林萌下意识地应承下来，放下电话想了好久，才回忆起上次跟尚容胥吃饭，确实随口说了句有好玩的事要喊她。然后，她满怀期待地坐上了凌晨四点多的车，跟着一个只见过几次的中年人，在黑夜中驶到了吴松市郊的马路上，还迷迷糊糊地睡了一会儿。

林萌对自己的识人之术很有自信。虽然跟尚容胥只见过几面，但从谈吐衣着来说，这个人素质很高，林萌很是放心。在她看来，就算退一步来讲，尚容胥真有什么歪脑筋，也不敢对自己这个少女侦探下手，尤其她正在查与他公司相关的案子。

"你怎么开了辆雪佛兰？"林萌摸着有些褪色的内饰，"跟你这个美国上市公司高管的身份可是不怎么搭。"

"二〇一七年的二手探界者，只花了十万块钱，性价比很高了。"尚容胥淡笑道。

"我还以为像你们这种人，一般都会开保时捷、法拉利之类的，再不济也是奔驰、宝马，开十万块钱的车，不觉得跌了身份？"林萌故意说道。

"车子嘛，我没有溢价追求，舒服就行了。而且我负责的是技术，对外不怎么交际，用不着豪车充门面。"尚容胥一点都不觉得尴尬，毕竟这位千视公司的二号人物，身上一件名牌都没有。

林萌换了话题："这么晚到这里，到底是什么好玩的事？"

"其实也不能说是好玩的事情，只是我觉得应该会符合你的品位。"尚容胥打开车内的照明，眼睛却看向漆黑的远处。

"品位……"林萌慵懒地打了个哈欠。这个中年大叔比表哥更了解自己，最起码在对待生活的态度上，跟自己有共通之处。就像今晚开的虽然是辆二手车，但车里非常整洁，还装了些精致实用的小配件。那天请吃饭的时候，对那种高档餐厅的熟悉程度，想必也是经常光顾。这种就是不怎么追求物质，但又什么都经历过的气质吧。什么场合做什么、穿什么、用什么、吃什么全都明明白白，却从不张扬，一派英伦贵族的风范。

徐川这个人，平日里对什么事都很淡然，整天漫不经心的。别说生活的品位了，让他稍微注意下衣服的搭配，就跟逼他去拯救世界一样。有一次，他跟启明集团的董事长萧城一起出席酒会，面对着各种名牌红酒香槟，他却打个响指喊来侍者，要了一瓶气泡水，实在太丢脸了。不行，等这案子结束了，非得逼他跟尚容胥好好学学才行。

想到案子，林萌问道："第三起杀人直播快到时间了吧，你拉着我跑到这么远，公司里的事情不用管吗？"

"我只是负责技术,行政和后勤都是其他同事在负责,我无权过问。"

"那就技术上来说,姚佳宸在千视公司进行杀人直播,能锁定她的位置吗?"

"这个是没什么问题的,如果警方同意,把追踪IP地址的任务交给我们技术部来做的话。"尚容胥笑了笑。

"你是在嘲讽警方的技术不如你们?"林萌故意找茬儿。

"不能这么说,电脑这方面呢,技术水平的发挥是要靠硬件来支撑的。我听说上次的直播里,警方是用笔记本电脑追查IP地址的,这比起我们的服务器集群来说,速度慢上不少。"

"慢多少?"

"一台高配笔记本电脑的运算力,与我们的服务器集群相比,也是上百倍的差距。当然,不是说警方五分钟能锁定,我们只需要几秒钟就行。除了运算之外,还有搜寻、解析、判断的过程,但比警方快上至少三五倍是没问题的。"

"也就是说,如果姚佳宸真的在千视公司直播杀人,可能还没动手就会被锁定?"林萌歪了歪头,"她冒这么大的风险,还这么高调,将第三起直播杀人放到千视公司,你到底是怎么惹到她了?"

尚容胥苦笑道:"我也不知道。我不觉得佳宸会是凶手,她虽然表现得很冷淡,但实际上是个很善良的人。"

"男人总是有种很莫名其妙的自信,觉得对自己的女人什么都了解。"林萌察觉到自己话说得有些重,"也可能她有什么苦衷吧。人嘛,谁都有难以释怀的过往,无法向旁人提起,只不过有人用沉默去应对,有人用谎言去埋葬,有人用不羁去掩饰罢了。"

"难以释怀的过往……"尚容胥喃喃重复了一遍,忽然笑了,

"我发现你虽然年纪不大,说的话还挺有道理。"

"我表哥说的。"林萌皱了下鼻子,"我才不会说这种老气横秋的话。"

车窗外不知道什么时候起了雾,薄薄的白色水汽悬浮在微尘上,形成一条又一条的缥缈纱带,在黑暗中翩翩起舞。还没等林萌赞叹这种奇异的美景,纱带就越积越厚,犹如面粉倒进开水之中,很快遮挡了所有视野。周围只能看见几步远,明亮的路灯变成黄色的光点,悬浮在白色之中,好像随时会熄灭。林萌摁下车窗,小心地将手臂伸出去,发现指尖消失在浓雾之中。这么浓这么深的雾,在这个季节出现,显得有些诡异。这让她联想到了一部斯蒂芬·金的小说,赶忙把手缩了回来。

回望尚容胥,却发现他早已闭上了眼睛,似乎在用心倾听着什么。林萌往下缩了缩身子,想要再打个盹。眼睛刚刚闭上,就听到空灵悠长的声音穿破迷雾,萦绕而来。她疑惑地睁开双眼,看到的只是一片迷雾。声音越来越近,是那种很奇特的吟唱人声,带着缓慢平和的节奏,伴随着恰到好处的清脆铜铃,犹如一把熨斗正在烫平灵魂。

"《地藏菩萨本愿经》。"尚容胥忽然开口道。

"啊?"林萌被吓了一跳,"什么经?"

尚容胥没有回答,打开车门,绕到林萌这边静静站着。他低下头,眼观鼻,鼻观心,态度十分恭敬。

诵经之声越来越近,转眼就到了跟前。黑暗浓雾之中,忽然映出一片朦朦胧胧的金色光芒,一根九环锡杖斜斜伸了出来,在地上轻轻顿了下,杖头的那些铜环相互撞击,发出清脆悦耳的声音。大片袈裟云卷而至,驱散了面前的浓雾,显现出一名须发皆白的老僧。他颔首低眉,轻声吟诵佛经,从尚容胥身边越过,缓步向前走去。他的身影刚刚消失在雾中,又一名清瘦的老僧接踵而至,双手合十,淡然而过。然后,又是一名慈眉善目的老僧从浓雾中走出来……

林萌张大了嘴巴,惊奇不已。佛家讲究避世修行,平时已经很少见到僧人,凌晨浓雾之中多名高僧齐吟佛经的景象,怎么想都觉得是一场虚无奇幻的梦境。她用力掐了一下自己的手臂,却疼得龇牙咧嘴。转眼间,诵经的僧人队伍已经走了过去,队尾还有不少神色肃穆的普通人,隔了一段距离远远地跟着。林萌想要上前拉住哪个人问问,又不知道合不合适,犹豫间队伍已经走远,消失在了茫茫雾气之中。

"地狱未空,誓不成佛。众生度尽,方证菩提。"尚容胥抬起头,叹道。

"这是……干什么?他们唱的那些话,就是你说的那个经文?"林萌问道。

"这些高僧,每月会选一日凌晨徒步绕城吟诵《地藏菩萨本愿经》,超度亡魂。"

"你一个海归,信佛?"林萌难以置信道。

"对于神鬼之说,我一向持保留态度。"

"既然不信神佛,为什么还参加这种佛礼?"

"这些高僧的年纪已经很大了,这么早就起来绕城超度亡魂,很辛苦。我觉得这是做好事,不管信不信,只要动机是好的,就很让人尊敬。"尚容胥顿了下,"我平时会跟着他们走上一段路,虽然不懂佛法,但在黎明之前听着吟诵的经文,会觉得很安心,似乎灵魂被洗礼,罪孽被救赎一样。"

林萌想起刚刚那种感觉,认同地点了点头问道:"为什么要叫上我?"

"上次你不是说有什么好玩的事情，一定要喊你吗？昨天想到这件事，就觉得你会有兴趣，不过没想到起了大雾，刚才没吓到你吧？"

"说什么呢，超度亡魂怎么会吓到我？"林萌不满地皱了皱鼻子，心里有些小小的失落。她还以为，尚容胥是对她有些好感，故意制造两人独处的机会。

"没有轻视你的意思。只是觉得雾气太浓，一切都影影绰绰，再加上诵经锡杖这些，让人觉得很荒谬，有种奇幻诡异的错觉。"尚容胥道。

"这还差不多。"林萌想起了什么，"我看那些大和尚身上的袈裟和鞋子都不一样，是有什么说法吗？"

"这几位高僧来自好几座不同的寺庙，衣着装束上自然有所不同。"

"你是怎么知道这种活动的？"林萌有些好奇。

"说起来惭愧。有一天我在网上无意间看到一个帖子，发帖人说某一天凌晨，自己在郊区的马路上撞见了这队诵经超度的高僧。帖子下面有各种各样的评论，大多数人以为这不过是个都市传说，只有少数笃信佛教的人留意下来，并且专门找寻。这些人将在何时何地撞见过这些高僧的信息发到网上，拼凑汇总了好几个月才弄清高僧们诵经的缘由、时间和路线。再后来，就有不少人自觉尾随这些高僧，大概觉得对自己来说也是一桩功德吧。"

天色逐渐亮了起来，温度也在慢慢升高，周围的雾气终于淡了一些。虽然尚容胥说得还不够详细，但林萌已经明白是怎么回事了。典型的互联网时代互助现象，由众多互不相识但有近似背景的人，对某个事件以多个角度去调查，拼凑事件、地点、时间、人员这些碎片，逐渐还原真相。

"吴松市这么大，这些大和尚不见得彼此都认识吧？每个月诵一次经的话，怎么确定时间和地点呢？"林萌随口问道。

"据说第一次诵经是在一次法会上。法会结束后，经一位高僧提议，才改成了现在的环城徒步诵经。每次诵经结束后，再约定好下一次的地点和时间就可以了。就算下一次换了人，同一座寺庙里的僧人也可相互交代……"尚容胥说着说着，突然发现林萌直愣愣地看着自己，好像走了神。

他下意识地摸了下自己的脸："怎么了？"

林萌恍然回过神，激动道："对，就是这样！"

尚容胥道："想到什么了？"

林萌冲他点了下头，拉开车门，小跑到路边打起了电话。尚容胥神色如水，活动了下手脚，将后背靠在柔软的座椅上。透过前窗玻璃，可以清楚地看到雾已经越来越薄，大概很快就会消散了。他摸出手机，点开相册，姚佳宸的照片占据了整个屏幕。昔日的恋人脸色苍白，眼神漠然，眉宇间凝结着一股忧愁，双手局促不安地放在身前，怎么看都不像是策划过两起杀人直播的凶手。尚容胥叹了口气，手指摁在照片上，看着询问是否删除的对话框，犹豫半晌，还没拿定主意，林萌已经打完电话，快步走了回来。尚容胥只好收起手机，换上一副温和的笑容。

"忙完了？马上就天亮了，可否赏脸一起吃个早餐？"尚容胥问道。

"要是没事的话，我肯定请你好好吃一顿。"林萌舔了下有些发干的嘴唇，"但眼下有个急事，你能不能送我去市图书馆？"

"完全没问题，"尚容胥发动了车子，"怎么，案子有进展了？"

"我忽然想到一个查案的方向，"林萌尴尬地笑了两声，"不好意思，你算是案子的相关人士，我可不能泄密。"

"那是当然，少女侦探不会犯如此低级的错误。放心吧，我也不是那种好奇心旺盛的人。"

"这样吧，我们简单吃个早餐，算是我谢谢你。"林萌有些不好意思，"反正我表哥还没起床，他赶到图书馆还要很久。"

"那就更没问题了。"尚容胥打趣道，"不过这次的早餐可要你请啊，算是兑现上次吃饭时的承诺。"

"肯定啦，我知道路上有家豆浆店的油条特别好吃，走啦，走啦。"

雪佛兰缓缓启动，撕开迷雾，迎着朦胧的亮光驶去。林萌坐在副驾驶上，脸色平淡如湖面一般，心中却波涛汹涌。如果按照这个方向能查到什么的话，这个案子就会水落石出了。

赶到吴松市图书馆的时候，林萌发现除了徐川，熊猫竟然也在。两人身前的桌子上堆满了旧报纸，还有不少颜色深浅不一的纸卷，像是地图之类的东西。林萌快步走上前去，发现熊猫正在笔记本电脑上叠加不同时期的地图扫描件，并逐步删去一些不需要的图层。

"怎么样，我的推断合理吧？"林萌满怀期待地问道。

徐川道："不错，我们和警方确实都忽略了这个方向。毕竟现在网络已经融入了生活，二十年前的那种交际模式，已经很少见了。"

"亏得你还让熊猫调查陈山宇他们是不是玩过同一款网游，那个时候根本没有实名制，能查出什么来？"林萌得意道，"幸亏我灵光一闪，要不然这案子到底怎么样，可就难说了。"

徐川点头夸赞道："的确，还是你的洞察力够强。"

林萌没有听出敷衍的语气，越发兴奋。她翻了几下桌上的旧报纸，跑到熊猫身后看看电脑屏幕，扫视图书馆的周边，一刻也停不下来。直到徐川点了点嘴角，她发觉有干掉的豆浆沫，忙不迭地解释了一通，才终于坐到了熊猫旁边。

　　通过对陈山宇和张礼道父母的家访，知道两人都曾结交过一些狐朋狗友后，徐川当时就怀疑两人肯定认识。但警方的调查却显示两人毫无交集，这让他很是不解。就算后来调查了网络通信软件，甚至网络游戏这些方面，还是找不到两人相熟的证据。好在林萌提出了一个方向，两个人很可能是在一些公共娱乐场所认识的。

　　二〇〇一年的时候，对于经常逃课的初中生来说，朋友不仅仅局限于发小、同学这个圈子，网友也没有那么泛滥，所谓趣味相投的新朋友，更多是在网吧、街机厅、台球厅、溜冰场这些地方认识的。而在这些地方结交的朋友，通常不会领到家里去，只会约在认识的地方见面。所以，不管是父母、邻居、老师、同学，都问不出个所以然。这种朋友圈子一般不大，排外性却比较强，没有融入这种圈子，根本不知道里面都有谁。如果陈山宇和张礼道是这层关系，就完全契合现在的状况，说不定会由此查出姚佳宸的杀人动机。

　　于是，徐川和熊猫一起赶到吴松市图书馆，将二〇〇一年的旧报纸、二〇〇一年到二〇〇六年的地图都找了出来。找旧报纸是为了看看当时有没有发生什么牵涉这三个人的事件。旧地图则是为了在三家的旧居附近，找到诸如网吧、街机厅之类的娱乐场所。本来以为有熊猫这个技术人才，可以很轻松地解决问题，结果却碰见意想不到的麻烦。旧报纸虽然有扫描版，但数量庞大，只能由熊猫现场编程，切到后台对关键字进行检索。地图的电子版本不全，还得手动扫描输入，然后将不同比例尺缩放一致，再根据图标来判断。由于二十年前管理并不规范，有些街机厅、台球厅都是无证经营，地图上并未标注，只能通过周边的店铺来圈出空余场地，并按照相关资料加以推测判断。

到了晚上，旧报纸的扫描结果才出来，摘出了一百多项疑似事件。地图的标注刚刚进行一半，在选定的区域内，列出十七个娱乐场所。三个人随便吃了点东西，就回到阅览室里，熊猫继续处理地图标记，徐川和林萌则在分析疑似事件。其间有管理员来通知闭馆，徐川拿出了警方特别顾问证件，好歹弄到了通宵的特权。直到天色大亮，陆陆续续有人进入图书馆时，三个人终于圈定了疑似事件五十一项，找到了三十四个娱乐场所。

"这些要是都靠我们去查，看着就让人胃疼。"熊猫苦着脸道，"我最讨厌的就是跑来跑去，能不能别让我掺和这个？"

林萌眼睛一瞪："你很忙吗？都让我和表哥去查，是想累死我们？"

"我这不是接了个活，赶着做个网络游戏的辅助外挂吗？只有挣了钱，才能让我和你表哥继续活下去对不对？"熊猫小心翼翼地辩解。

"以我们的能力，这些东西没办法进一步查证。那三十四个娱乐场所现在全都拆迁了，找不到人。就连那五十一项事件涉及的相关材料，我们也没有权限弄到。"徐川说道，"最关键的是，我们人手太少，一天弄清楚两个，也得一个多月。离第三起杀人直播的日期，可只有四天时间了。"

"那怎么办？"林萌不甘心道，"总不能放弃这条线索吧？"

"找徐佳呗。"熊猫小声道。

"呸！"林萌气哼哼道，"为什么我们要在图书馆查这些？还不是因为她监控了你的电脑，对我表哥不安好心？"

徐川拍了拍林萌的肩膀，道："别激动，也不是完全要避开她，这些资料只有图书馆才有。"

"那你发现姚佳宸的房子就在对面之后，为什么不让我在事务所里说案子的事，还不是防着她？"

"确实，不能让她知道我们查到的所有东西，因为她对我们也有所隐瞒。"徐川沉稳地说道，"不过这些待查的内容，完全可以交给徐佳，对我们没有什么坏处。警方在人力、权限方面的优势太大了，和我们根本不是一个量级的。"

"明明是我想到的线索，白白送给她，真不甘心。"林萌咬牙切齿。

"放心，萌萌酱，如果成功阻止了第三起杀人直播，首功肯定是你的。我回头就注册一堆小号，帮你去网上造势！"胖子眼见能把事情甩出去，笑得合不拢嘴。

林萌哼了一声，没有再说话。

看林萌不再反对，徐川拿出了手机。指纹解锁，屏幕一亮，首先映入眼中的是十多个未接电话，都是徐佳的。在图书馆里，他把铃声调成了静音，没想到徐佳一直在找他。他斜了林萌一眼，发现她心虚地偏过了头。打不通自己的电话，徐佳肯定会打给林萌，显然林萌并没有说实话。徐川只觉得哭笑不得，接起了电话。

"你怎么回事，一天一夜都联系不上。"徐佳的声音听起来很焦急。

"在图书馆里查些东西，手机静音了。"

"林萌是不是跟你在一起……"

"找我什么事？"徐川打断了她的话。

"韩百川终于回国了，我们约了他明天去千视公司见面，你一定要来。"

"知道了。等下我把一些资料传给你，是按照萌萌发现的方向查出来的。"徐川顿了下，"如果可以的话，我希望警方今晚就开始连夜核查，越早查清楚这些，对阻止第三起直播杀人越有利。"

"这丫头果然跟你在一起，又跟我说谎话。"听筒里传来徐佳悻悻的声音，"你赶紧把资料传过来，我还得先跟陈处长报告，不然指挥不动外勤组。"

"嗯，这个我明白。"徐川挂掉了电话，看着林萌。

林萌摸了下鼻子，转向熊猫道："我知道附近有家烤肉特别好吃，我请你们去吃吧。"

熊猫一听眼睛放光："烤肉？日式还是韩式，限不限量？"

林萌拽着熊猫，踉踉跄跄地向前走去："中式的，还有烤鱼、烤羊排！分量很足，包你吃撑……"

徐川只得也跟了上去。他很是迷惑不解，林萌和徐佳之间，明明没有发生过什么，可为什么关系这么差？女人的心思，真是让人琢磨不透。

第二天。

早上六点多徐佳就开车来到事务所，将徐川从沙发上拽起来，匆匆吃过早饭后赶往千视公司。本来跟韩百川约好九点钟见面，结果八点多到千视公司楼下才发现，那个叫克里斯汀的秘书已经等了很久。离上班还有一个多小时，办公楼里没什么人，两人跟着秘书走进专用电梯，一层未停就到了会客厅。

推开门，桌子上摆着好几碟点心，还有几杯已经冷掉的茶水,韩百川和尚容胥在桌子对面站起身迎接。尚容胥穿着白T恤、黑色休闲裤,脸色很平静。韩百川仍戴着金丝眼镜,西装笔挺,一副咄咄逼人的劲头。

他示意两人坐下,问道:"姚佳宸是嫌疑人这件事,目前有多少人知道?"

徐佳皱起眉头回答:"自然只有核心办案人员才清楚,你问这个干什么?"

"这段时间我人在美国,谈了两笔融资,其中一笔到了打款的阶段,却撤回了。"韩百川道,"我有理由怀疑是你们警方泄密所致。"

徐佳辩解道:"警方有严格的保密纪律,根本不可能泄密。"

"就算你们怕丢了饭碗,不敢乱说,"韩百川点了一下徐川,"这个人呢?说是警方顾问,其实就是个小混混儿。还有他的表妹和一个无业游民,都参与到了案子里。你能担保不是他们泄的密?"

徐佳咬了下嘴唇:"能。徐川帮助警方破过很多案子,他的表妹和熊猫也是……"

韩百川用力敲了几下桌子,打断徐佳的话:"你的保证有什么用?你们警方至少要派个处长过来!你能负得起这个责任?"

徐川干咳了一声:"韩总,失态了吧。"

韩百川看着他,没有说话。

徐川的身子靠在椅背上,笑道:"你是要发脾气,还是要解决问题?"

"发脾气怎么样?"韩百川冷笑道。

"发脾气就好说了。"徐川道,"就像你说的那样,我是个小混混儿而已。小混混儿嘛,最大的毛病就是受不得委屈。你有脾气赶紧发，发完我就回去，把对案子的揣测和妄想全部写出来。比如说千视公司一度不配合警方调查，有意隐瞒嫌疑人的注册信息，嫌疑人是千视公司的工程师，搞直播杀人是为了报复千视公司之类的，而且这些韩总全都知情。然后再让那个无业游民发到网上，最好在美国的网站上也发个几千几万条，这样热闹起来，才有意思。"

韩百川的眉毛抖了一下。

尚容胥朝一旁的秘书摆了下手："麻烦给徐先生拿一瓶气泡水，给我也拿一瓶。"

"要冰的。"徐川补充道。

"放心吧，克里斯汀知道。"尚容胥微笑着解释，"韩总的压力很大，毕竟我们是在美国上市的公司，如果出现很多负面消息，股价大跌的话，这一千多名员工的利益都会受影响。"

"所以韩总在美国谈完融资，就连夜坐红眼航班飞回来，是要解决问题的嘛。"徐川不紧不慢道，"生意人，利益永远是摆在情绪前面的。一上来就发脾气，无非是想占据心理优势，在接下来的交涉中掌握主动权。大家都是明白人，演戏只是画蛇添足，我们接下来还是谈谈怎么解决问题的好。"

韩百川忽然笑了，冲尚容胥道："我上次就说了，不能小看这个人。"

尚容胥欠了欠身说道："所以我也觉得，韩总你不必表演，反正一定会被他看破。"

"总是要试试的，万一占了便宜呢？"韩百川从容道，"既然被你看破了，就不用再拐弯抹角了，要想我们全力配合破案，警方必须答应几个要求。第一个，姚佳宸是千视员工这件事，警方要严格保密。"

徐佳刚从两人的争吵中缓过劲来，不假思索地应承道："那是肯定的。"

"这个保密，是要求警方帮你们隐瞒姚佳宸的身份，甚至案发时，也不能向公众披露？"徐川拧开送到手边的气泡水。

"这个有点难度。"徐佳赶忙纠正自己的话，"就算我们不说，也会有好事的人去调查，甚至姚佳宸自己都可能披露。"

"那些没问题。就算有各种奇怪的消息传出来，警方不出面回应，对我们影响就不大。"韩百川道，"我不要求警方说谎，沉默就可以。"

"这个我需要向陈处长汇报。"徐佳不敢表态。

"我就是跟你们打个招呼，市局领导那里已经同意了。"韩百川云淡风轻地道，"第二个要求，我准备把姚佳宸的千视直播账号封掉。"

"那不行。"徐佳连连摇头，"如果封掉了她的直播账号，她很可能会换成其他平台直播。不但会给侦破工作带来很大的麻烦，直播时你们也不好把控局面。"

"这个听你的。"韩百川妥协得干脆利落，"第三个，我要求将她的直播视频延迟三十秒，这样可以给警方留下一个反应时间。"

"这个最好不过了，如果你们在技术层面可以做到的话。"

"第四个，我要挑选十二名技术骨干，直播时和警方同步追踪姚佳宸，追踪结果和警方共享，但如果直播时发现对千视不利的内容，我们有权做技术处理。"

韩百川的确是个谈判上的老手，故意抛出第二个不可能达到的要求，接着迅速妥协，让徐佳以为占到了便宜。然后第三、第四个要求其实是同一回事，第三个看起来是让警方得了利，其实只是铺垫,用来增加第四个要求的合理性。徐川看了看韩百川,心中浮起一些疑惑,千视公司所说的追查不到 Soulmate 的信息,到底有几分是真的?韩百川他们会不会在第一起直播杀人时,就知道凶手是姚佳宸?

"这个……"

"对警方也有好处,最起码不会出现意外情况,让你们面对巨大的舆论压力。"韩百川道。

徐佳明显有些动心,最近一段时间,警方很多精力都被网络舆情所牵扯。

"还是老样子,市局领导那里我去说,你到时候按照实际情况,阐述下利弊就好。"韩百川补充道。

徐佳勉强点了下头。

"那好,最后一个要求,我希望你们两个用专业的角度来告诉我。"韩百川道,"姚佳宸利用千视作为直播平台有很多原因,我们的技术总监尚容胥也是其中之一。如果现在尚容胥辞去千视公司的职务,那么姚佳宸会不会改变第三起杀人的平台?"

徐佳吃了一惊,一时间愣住了,不知道说什么好。这种问题当着尚容胥的面说出来,未免太凉薄无情,就不怕员工寒了心?

徐川接过话说:"第三次杀人直播的预告已经流传好多天了,你辞退尚容胥,恐怕也不会让姚佳宸改变地点。况且,根据我们手上掌握的线索,她策划杀人直播并不是为了报复尚容胥。接近尚容胥,成为他的女朋友,都是为了借助千视这个平台,实施杀人直播。"

"听到了没有?"韩百川冲尚容胥摆了下头,"她对你根本没有什么感情,就不要再顾忌以前的情分了。"

尚容胥苦笑着,似乎有些尴尬。

"十二名技术骨干由尚容胥挑选，但他不能直接参加追踪，这样子更稳妥一些。"韩百川的话里有话，"很多男人都觉得应该对前女友有所关照，可他们不明白这种自作多情的姿态不但于事无补，还会让女方更加厌恶。"

"那……这十二名技术骨干，由谁指挥？"徐佳皱眉问道，她不喜欢尚容胥，但更讨厌韩百川。

"当然是尚容胥。他不参加追踪，只在现场坐镇，你们警方如果需要协助，可以由他沟通转达。"

"跟尚容胥沟通？直播的时候你不在公司？"徐佳有些意外。

"君子不立于危墙之下。"韩百川看着徐佳，"我虽然不是什么君子，但好歹也是身家上亿的总裁，不可能陪着你们留在预告中的杀人现场。"

徐佳有些生气地说："韩总想怎么样都行，反正你留在公司也帮不上什么忙。"

韩百川点了点头："确实如此，所以你的生气就显得很幼稚。希望在我们的通力合作下，能把悲剧遏制在第三次，将凶手绳之以法。"

徐佳哼了一声，没有理他。

韩百川抬腕看了看表后说："案子结束之后，会有很多媒体报道，宣传我公司在案件侦破中起到的重要作用。你们作为一线侦破人员，请全力配合。当然，这也是跟你们领导打过招呼的。"

徐川打了个哈欠，还好没让林萌跟来，不然她能直接跳到桌子上，去撕烂这个无良商人的嘴。

韩百川站起身。"技术上的细节问题，你们跟尚总沟通，我要去见一个很重要的客人，就不陪你们了。另外你们要有个心理准备，如果这次还没有抓到凶手的话，我会安排大量网络水军，宣称千视公司尽了全力配合，可惜因为警方处置不当，才功亏一篑。"

徐佳愤怒地说道："如果之前千视公司就配合我们警方工作，事情会发展到这种地步？你这么信口雌黄，心里就没有一点愧疚吗？"

"愧疚？"韩百川笑道，"为了那些肤浅的道德标准和社会责任？徐警官，你早晚会意识到，人和人之间本就是不平等的。在这个社会中，金钱和权势就是一切。所谓道德规则，只能约束你们这些人。而我则是踩着你们的尸骨一路前行，还会博得大多数人的仰望和歌颂，因为他们迫切希望成为我的样子。"

徐佳气得脸色通红，却不知道该怎么反驳。

徐川打了个哈哈："韩总话说得很犀利，不过公司扩张这么快，真的没问题吗？每次来都见你招了不少人，扩大了不少办公区域，想必其他地方花费更多吧。千视公司在这段时间能得到资本的青睐，无非因为杀人直播带来了巨大的流量，但你也应该明白一个道理，在流沙上是没办法建起高楼大厦的。"

"关于经营公司，我比你要懂得多。徐先生，你之所以有这样的担心，是因为你根本就是外行。"韩百川冷笑着推门而出，"一个穷光蛋想教一个亿万富豪怎么做生意，这世界怎么变得这么荒谬。"

尚容胥连忙打了个圆场："不好意思，韩总最近压力太大，有些焦躁。"

"理解，这年头大家压力都很大。"徐川不动声色地问道，"韩总是哪里人？"

"吴松本地人。"尚容胥道，"所以人脉才很广。"

"我听说，韩总创办千视公司之前，跟一位受贿案发外逃的政府官员私交很好？你说巧不巧，那个官员突然因心脏病在美国病故，不到两个月后，韩总就开始创业。"徐川顿了顿，"而且他选择回国创业，还被定性为外资企业，受到了不少政策优惠。"

"徐先生？"

"什么？"

"徐警官的网络犯罪调查科，隶属刑警总队，好像不算是经侦序列。"尚容胥道，"建议我们还是把注意力放回杀人直播上，毕竟韩总的很多事，作为下属议论起来并不妥当。"

"那尚总又是哪里人？"徐川没有纠缠，"我看警方的资料上，尚总只有英国、美国的生活经历。林萌说，你是在国内上到初中以后去的英国。国内的这段时间，你生活在哪里？"

"我吗？"尚容胥依旧在微笑，"我跟徐先生是老乡，洛川市人。"

一瞬间，徐川的嘴角紧绷起来，这是个未曾预料到的答案。

"说起来，家乡总是让人怀念。我在美国大学毕业后，还曾经回过洛川市一趟。按年龄推算的话，徐先生那时候正在上高中吧？那年发生了一起车祸，几乎轰动了整个洛川，你还记得吗？"尚容胥忽然摆了摆手，"你看，是我扯远了。我们得赶紧讨论下，如何在技术层面上布控，才能准确追踪到凶手。"

徐川脸色苍白，紧紧盯着尚容胥，一言不发。他忽然意识到，眼前这个温文尔雅的男人，总能说出一些话去触碰他最为纤弱的过去。这究竟是巧合，还是有意为之？

跟尚容胥沟通完，敲定了直播当天的布置，徐佳两人就离开了千视公司。坐在那辆破桑塔纳警车里，徐佳沉默了很长时间，才长出了一口气，仿佛要把胸中郁结都吐个干净。她对着后视镜，整理了下衬衣衣领，看向徐川。这个木头疙瘩，从出门到现在，一句安慰的话都没说。

"我是不是很幼稚？"徐佳问道。

"我不会说你幼稚，毕竟你是对的。"

"做对的事，为什么还要被人鄙视和嘲笑？"徐佳疲倦地说道，"有时候我也会怀疑，自己做的事究竟有没有用，坚持的那些坚持，又到底有什么意义。"

"很多时候，你都觉得我做得不对。"徐川耸了耸肩膀，"我知道什么是对的，却不会一直都按照对的去做，因为那样太难了。我没有看不起你的意思，反而觉得这个世界需要你这种坚持原则的人。"

徐佳看了他一眼："你怎么突然这么感性？对了，尚容胥说他也是洛川人，是真的吗？"

"肯定是假的，他没有一点洛川口音。"徐川道，"他知道我是洛川人，才这么说的。"

"可是……他还提到过什么车祸，那时候你的脸色忽然变得好差。"徐佳疑虑道，"有什么往事？"

"能有什么往事。"徐川打了个哈哈，"饿了，你还不开车？去哪里吃饭？"

"不愿意说就算了，反正看起来跟案子也没关系。"徐佳发动警车，底盘传来快要散架般的发动机轰鸣声。

"韩百川跟那个外逃贪官的事情，市局经侦处没有接着追查吗？"徐川换了话题。

"没有。查这个的是市纪委监委，听说由于事故发生在美国，双方资金上的往来很难调查，不是太好取证。不过他已经被盯上了，别看到处吹嘘自己人脉多好，现在愿意跟他打交道的人并不多。只不过由于披着外资这层皮，上面顾忌影响，在没有真凭实据的情况下还不想轻易动他。"徐佳愤愤道，"只要时机到了，肯定能将他绳之以法。"

"感觉你很讨厌韩百川。"徐川松了口气，徐佳已经不再提洛川市了。

"他这个人看起来衣着光鲜，精英派头，却一肚子男盗女娼。"徐佳鄙夷道，"你知道他是怎么搭上那个贪官的吗？"

"怎么，还有什么故事？"

"据说那个贪官原先看上了一个小学老师，但这个老师有男朋友，而且两人关系很好，对那个贪官的各种暗示、礼物都不为所动。后来，韩百川先是通过旅行社设了一个骗局，谎称那个老师被选成幸运客户，送给她一张世界豪华游的礼券。"

"然后呢？"

"然后就简单了。世界豪华游的高端旅行团啊，圣马可广场喂鸽子，皇后镇高空跳伞，卡帕多奇亚乘热气球，斯米兰深海潜水，北极圈内住圆顶酒店……"徐佳叹了口气，"当一个人享受过超出她想象界限的物质和精神生活后，再让她回归平庸，没有几个人能受得了。就像从贫苦大山走进繁华都市的孩子，很少能够再安心返回大山。没过多久，这老师就跟男朋友分手了，被那个贪官乘虚而入。"

徐川道："由俭入奢易，由奢入俭难。韩百川能这么利用人性的弱点，看来是对心理学也略懂些。"

"何止是略懂，这个人渣除了工商管理硕士外，还是行为心理学的硕士。"

"行为心理学硕士……"徐川若有所思地重复了一遍，"对了，昨晚传过去的资料，今天能开始查吗？"

"还今天,昨天已经连夜布置下去了。不过由于应付第三起杀人直播占用了大量警力,这项工作主要是抽调派出所民警去查的。他们擅长跟居民打交道,有些工作了几十年,调查这些事效率更高。"

"大概要多长时间才能出结果?"

"八十五项待查内容呢,加班加点也得一周。"徐佳的眼神有些黯淡,"是我们疏忽了,如果一早考虑到这个方向,说不定能派上些用处。"

"这只是其中一个可能,有没有收获还不知道。"徐川宽慰道,"将近二十年前的不良少年交友模式,我们这代人都不是很了解,林萌也是突然间才想到的。"

"错了就是错了,不用替我找借口。"徐佳放慢了车速,"我要直接回科里了,要不要先把你送回事务所?"

"不用,把我放到前面的地铁口就行。"

徐佳点了点头,没有再客气什么。她将车停在路边,看着徐川走进地铁口,又默默无语地向刑警总队开去。收音机里一首老歌正在咿咿呀呀地唱着,阳光透过车窗洒在额头上,颇有些初秋的味道。路上匆匆而过的行人,脸上都保持着现代社会的冰冷,对什么事都漠不关心。但徐佳很清楚,也正是这些人,一旦隔了张薄薄的屏幕,就完全变成了另一个人。尤其是面对社会热点问题,他们会抛下所有的顾虑,极致宣泄自己的情绪。

网络对大多数人来说,是个匿名的社交环境,所以越是身份普通的人,越会肆无忌惮。一旦他们发现自己成了大多数,就会认为站在了正义和公理的肩膀之上,借用大多数人的意见去裁决一切,来获得道德或者情感上的优越感。

这些年,确实有不少事件因为被网络舆论所关注,使得正义得以彰显。但在匿名社交环境下，膨胀的民意只求最大限度地宣泄情绪，对真相毫无兴趣。徐佳见过不少膨胀的民意借正义之名，将人逼入绝境的事例。参与其中的每一个人，即便在事情反转后知道错了，也不会有什么负疚感。他们认为是群体中的其他人，造成了这样不可挽回的后果，自己只是个旁观者。手上沾满鲜血的，将人推入深渊的都是别人，自己依旧崇高正直。

就像眼下的杀人直播，虽然杀人动机并没有查清楚，但网络舆论方面早已将两个人打上了十恶不赦的标签，甚至出现不计其数的爆料。警方进行过查验，发现这些所谓爆料都是编造的谣言。在找到其中转发量最大的爆料者后，他竟然还理直气壮，说什么就算是他编造的，被杀死的人肯定做过更恶劣的事。不少人并没有正直的品德，只是渴望站上道德的高地，以正义为借口尽情释放心中的恶意。

我并不幼稚，徐佳对自己说。我所做的一切，是要把真正的对错摆在所有人面前。就算做这样的事情，在韩百川这些人眼中是可笑的，也是因为他们站在了功利的角度。我的责任是维护社会的稳定，使之正常运转，而不是自己究竟能受益多少。金钱、地位，就算很多人在乎，我也不在乎。

毕竟，我是个警察。

文若男好些天没见到伍越泽了。

从派出所回来，语重心长地聊过之后，这孩子稍稍开朗了些。然而过了一段时间，也不知道为什么，他忽然开始躲躲闪闪，到后来索性见不到人了。该不会是那些孩子的家长找去学校了吧？文若男有心想去学校或者家里问问怎么回事，却担心不合适。那天在派出所，年轻警察说过有个姓曹的警官认识伍越泽，实在不行就去问问他好了。就在文若男这么想的时候，门前的风铃突然响了一声，伍越泽捧了一大束花推开了便利店的门。

"你总算回来了，"文若男盯着那一大束鲜花，好奇问道，"怎么带了一束……这是黄花菜？"

"萱草。"伍越泽很是窘迫。

"是吗？可是跟黄花菜好像。在我们老家，种了好多黄花菜，晾干之后很好吃的。"文若男把伍越泽拉到餐台前，发现他今天有些异样。头发虽然还是有点长，但梳得很整齐，身上套了一件洗到发白的夹克，明显有些大，脚上的鞋子倒是很新，是文若男买给他的那双。

"我是没见过什么世面，就算是什么草吧，你买这束花是要送给班上哪个女孩？"文若男想起了什么，"前段时间，不是有个女孩来店里找过你吗？"

"那是我家原来的邻居。"伍越泽连忙截住话，"我已告诉她，以后不要来店里了。"

"为什么，对女孩子这么冷淡不太好吧。"

"没事，我们在其他地方见面。"伍越泽举起了花，想递给文若男，"你不知道萱草是什么意思吗？我问过……关系好的女生，她说女人大概都会懂。"

"女人都会懂？"文若男有些不好意思，"花花草草的太浪费钱，我是没怎么注意过。萱草代表了什么，你给我说说。"

伍越泽有些失望："你不懂就算了。"

"是不是在班上没送出去，才想起姐姐的？"文若男接过花，找了个空瓶子插进去，倒上了水。

她后退两步，仔细端详了一阵。"挺好的，放在店里也多少有点颜色，还能净化下空气。"

"今天是你的生日。"伍越泽小声道。

文若男恍然大悟："真是买给我的？哎呀，对不起，我一直没怎么过生日，完全忘记这回事了。不对，你怎么会知道我的生日？"

"上次去派出所，你登记过身份证，我后来去问过曹伯伯。"

"你可真有心。这一束花得不少钱吧，哪里来的钱？"文若男问道。

"班里有个同学，家里开花店的。他说这种花不怎么值钱，就给我扎了一束。"伍越泽顿了顿，"我帮他写了两个星期的作业。"

文若男笑了起来，拍拍伍越泽的头："你也太老实了。普通人送礼物，都会强调礼物有多好，你却说不值钱。"

"我不会骗你的。"伍越泽抬头，很认真地说。

"好了，好了，这么久没来，要不要吃点关东煮？"

伍越泽点了点头，坐在餐台旁，从口袋里拿出一张方方正正的通知单，小心地舒展开来。文若男夹了好几串关东煮放进快餐杯，又舀进去几勺汤汁，端到餐台上。她仔细端详着那张通知单，抬头是伍越泽的名字，中间用红色楷体写着"英才计划"四个大字，下面是几行密密麻麻的小字。大致意思是经过校委会的票选，伍越泽进入了"英才计划"的选拔范围，接下来只需要参加一场演讲，通过复选，就能拿到名额了。

"英才计划啊……外国人搞的什么活动吗？"文若男问道。

通知单后面的落款，除了学校的公章外，还有一个达斯汀·霍夫曼基金会。

"是一家英国的教育集团跟我们学校合作的项目。每年经过笔试、票选、演讲这些环节，选出七个学生作为交换生去英国读书。一直到考上大学前,学费、生活费全免。"

"那你收到了通知,就要出国读书了?"文若男笑道。

"没有,我打算放弃。"伍越泽的眼里好像蒙了一层纸。

"为什么?"文若男拿起一串鱼豆腐,又递给伍越泽一串贡丸。

伍越泽接了过来,却没有吃。"我不行。"

"为什么不行?你的学习成绩不是全年级最好的?"文若男道。

"要演讲。我一到人多的地方就紧张,说话都磕磕巴巴的。"伍越泽道,"而且入选的其他同学,家庭条件都非常好,有很多好衣服,很会说话,我没办法跟人家比。"

"可是,不试试就放弃的话,岂不是很可惜?你都到最后一步了。"

"我本来就没想过报名,是班主任替我报上去的。"

文若男推开快餐杯,脸色严肃了起来:"我觉得你应该试试。有些事即便一开始看起来就会输,也不能因为怕输而不去尝试。"

伍越泽沉默着。

"而且,我觉得你在我面前拿出这张通知单,是因为内心深处依然渴望能够入选。"文若男道,"你喜欢现在的生活吗?你不喜欢,所以才会这么用功地读书,对不对?现在有一个机会摆在面前,即便看起来再不可能,也要拼命去搏上一把。"

"话是这样说……"伍越泽的眼睛躲开文若男,瞟向便利店外五光十色的闹市夜景。

"输不可怕,可怕的是不敢输。"文若男道,"不要因为懦弱,就放走属于你的奇迹。"

"可是奇迹不会轻易出现的。"

文若男扳过他的肩膀,盯着他的眼睛,一字一句道:"那你告诉我,像我们这种人,除了期待奇迹,还能期待什么?"

伍越泽浑身一震,终于抬起了头:"我听你的,试试。"

"这才对嘛。"文若男又笑了起来,"不管结果如何,只要全力做了,就没有遗憾。"

"我觉得你要是继续读书,应该会很厉害。"伍越泽道,"因为你懂很多道理,不像一般高中生的样子。"

"那是当然。"文若男咬了一口鱼豆腐,"我如果能上大学的话,绝对会是个很厉害的教育家。"

"你想当老师?挣不到什么钱的。"

"哎呀,人总不能什么都用钱去衡量。"

"可是没有钱,会活得很难。"

文若男愣了一下,意识到眼前这个孩子过得太苦了。她想要说点什么安慰,却觉得喉咙很涩,眼睛有些酸。相处了这么久,她对伍越泽也了解得七七八八。对于小孩子来说,这世上最悲哀的,莫过于家道中落。像文若男这种自小就穷惯了的,倒不觉得怎么难受。而伍越泽却从被宠爱、被呵护的云端跌落下来,不但连吃饭穿衣都很拮据,还要寄人篱下,受尽白眼和辱骂。在这种落差下,告诉他要有高尚的追求,无疑是强人所难。门口的风铃响起,有客人进来了。文若男将快餐杯推向伍越泽,示意他吃完,自己起身走到收银台前。

或许是正值下班高峰的缘故,这会儿的生意特别好,客人一个接一个,让文若男忙得焦头烂额。她回过神之后,才发现已经过去了一个多小时,伍越泽不知道什么时候走了,快餐杯刷得干干净净,倒扣在餐台上。

文若男走过去,拿起快餐杯,却发现里面藏着个黑色的植绒盒子。盒子下面还垫了一张纸，是从作业本上撕下来的。文若男疑惑地捏起那张纸，只见上面工工整整写着"祝你生日快乐"几个字，落款是"伍越泽"。真是人小鬼大，她嗔怪着打开首饰盒，里面是个小巧的银质天鹅项链。看样子要二百多块吧，也不知道伍越泽是如何弄到这笔钱的，搞不好花了很多心思。

　　文若男这样想着，将天鹅项链挂在脖子上，对着玻璃门看了又看。项链的样式其实很普通，而且尺寸太小，挂在脖子上孤零零的并不怎么好看。二百多块对于很多人来说并不算什么，但对伍越泽来说，已经是一笔巨款了。她大可以让伍越泽把项链退掉，免去自己的心理负担。但文若男还是决定留下它，接受伍越泽的礼物，这是对他最好的尊重。虽然这孩子很穷，但在他的内心深处，自尊远比金钱昂贵得多。

第六章 审判

天气有些凉意，只套条短裤已经不行了。

熊猫从梦中惊醒，脑子里一瞬间浮起这样的念头。他打了个哈欠，裹着夏凉被在沙发上窝了一会儿，才意识到桌上的手机正响着空灵悠长的音乐声。那是他设置的提醒信号，陈诺已经控制了摄像头和麦克风，正探查屋里的状况。

熊猫一下子来了精神，抖掉身上的被子，只穿着条短裤，大大方方地坐到了电脑前。面前几块屏幕上平常如故，看不出一丝端倪。但熊猫非常清楚，陈诺的木马程序正在后台运行，不光录下了房间内的状况，很可能还在记录电脑屏幕的变化和键盘鼠标的操作。

熊猫咧嘴笑了下，摁下手机，关掉了报警信号，然后将手搭在鼠标上，在一个视频网站中点开了京剧精选段落。他把声音扭到最大，跟着咿咿呀呀的唱腔，很有节奏地抖动着双腿。对于所有戏曲，连同国粹京剧，熊猫都完全没有欣赏水准，他根本听不懂视频里的人在唱什么，更不明白身段手势有什么讲究。他能陶醉在喧天的锣鼓唢呐里，是因为他正想象网线那头的陈诺，现在肯定一脸蒙。

熊猫把短裤往上用力提了下，松紧带被拽起后迅速回弹，打在肚皮上发出"啪"的一声脆响。他觉得这个动作很潇洒，于是对着摄像头又重复了好几次,才走向冰箱。拉开冰箱门,一股寒气迎面袭来,让他打了个响亮的喷嚏。熊猫揉了揉鼻子,胡乱拎出一听气泡水,依旧裸着上身回到电脑前,并没有穿上衣服的意思。比起身体健康,还是让陈诺恶心更重要。

他把五光十色的机械键盘放到大腿上,双手小心地搭在上面,然后深吸一口气,气势磅礴,运指如飞。嘀嘀哩哩的键盘电子音、吭吭锵锵的锣鼓声伴着咿咿呀呀的唱腔,顷刻间让整个房间如开水般沸腾起来。面前的八块屏幕上也依次弹出数不清的软件,各自打开进程,争先恐后地运行起来。

熊猫得意扬扬,起身往左上角的那块显示器戳了一下。这块显示器是触摸屏,操控系统独立在主机外,而且也在摄像头的死角上,陈诺监控不到的。显示器微微闪了一下,立刻出现了两个分窗。一个分窗上显示的是正在运行的木马程序,入侵的磁盘、搜集的资料和正在进行的操作,一目了然。另一个分窗上则是实景显示,扎着马尾、穿着速干衣的女警正目瞪口呆地看着屏幕。

熊猫神色淡然地站起身,绕过摄像头,抿着嘴压抑着笑声又蹦又跳。就在此时,门锁忽然转动起来,惊得熊猫脚下一崴,整个人摔在地板上,疼得龇牙咧嘴。

"你……听着京剧做瑜伽?"林萌站在门口问道。

"医生说我坐得太久,颈椎有点问题,需要时不时锻炼一下。"熊猫咧嘴傻笑道,"萌萌酱,让你见笑了。"

"把声音关了!"林萌命令道,"吵死了,说话都听不见。"

熊猫缩着脖子,溜到电脑前,拔掉了音箱的电源线。

"颈椎有问题,你劈叉干吗?"林萌拎着个大袋子走到冰箱前,皱眉看着凌乱的房间。

"我琢磨着,也不能头痛医头,脚痛医脚,得全面健身啊。

这全面健身吧，必须要从下盘练起，你说对不对？"

"对，对，你说什么都对。"林萌将袋子里的零食饮料一件件摆到冰箱里，"我表哥呢？跟徐佳去千视公司还没回来？"

熊猫点点头，取出一袋薯片，咬开包装，抓了一大把塞进嘴里。

"这么久都没回来，会不会是出了什么问题？"林萌担忧道，"徐佳的水平不行，只会拖后腿，还不如让我去。"

"你不得上课吗？旷课太多，当心重修。"熊猫嘴里满是薯片。

"用你操心！"林萌抢白道。

"也是。你要是担心他，就打个电话问问呗。"

"我才不要，那样显得太沉不住气了。"林萌冷哼一声，朝电脑的方向摆了下头。

熊猫手指竖在嘴唇中间，做了个噤声的手势，然后心安理得地窝在沙发上，嚼薯片，喝气泡水，好不惬意。林萌皱了皱鼻子，开始收拾房间，将地板上的书本和杂物一一归类，线缆零件全部整理好，又从狭小的洗手间里拿出拖把，开始拖地。她打扫得非常认真，先用半湿的拖把将污渍反复蹭掉，头发碎屑全都归拢到一起，再用餐巾纸捏起来丢进垃圾篓，然后洗好拖把，用力压着仔细拖了一遍。地板打扫干净之后，林萌又在抹布上喷好消毒剂，把电脑、显示器和沙发也擦了一遍。

做完这一切，林萌才用凉水冲了下红扑扑的小脸，站到电脑前。屏幕上仍在弹着乱七八糟的画面。熊猫放下第三袋薯片，走过来瞄了一眼，动作潇洒地点了下键盘，立即关机。

"电脑一关，那马尾就听不到，也看不到这边的状况了。"他挠着头嘿嘿笑道，"不过刚才那些东西，可够她好好消化一阵子的。"

林萌声音压得很低:"你做的这个什么系统,真的能骗到她吗?"

"那肯定的,马尾巴学的都是正经套路,应付不了我这野路子。"熊猫嬉皮笑脸道,"俗话说得好,乱拳打死老师傅嘛。"

"那就好。"林萌松了口气,"别跟咖啡厅那次似的,被人卖了还什么都不知道。"

"上次你的手机被监听,是因为那个高中生传给你的预告图片里植入了木马。现在你尽管放心好了,"熊猫拍了拍胸口,"不光是我们身上,这间房子都被仔仔细细地检查过一遍,完全没问题。不管是姚佳宸还是徐佳,都别想从我这儿占到一点便宜。"

"徐佳还好说,我总觉得姚佳宸神秘莫测。"林萌道,"我自己也查过不少案子,布局这么大,谋划这么细,着手这么早的还是第一次遇到。杀人直播进行到现在,每次都会发布预告,留下提示,我们和警方的每一步都在她的预料之中,一直在按照她的节奏进行。而且这个人太厉害了,可以说在网络、通信、心理学、领导能力很多方面都是一流水平。"

"这年头,总能遇到些天才般的疯子,当年徐川不就差点儿死在张璇手里?"熊猫道,"不过杀了人还留下提示的行为,我倒是有些理解。"

"说来听听?"

"做我这行久了,难免会碰到一些自视甚高的家伙。他们黑掉别人的网络后,会非常高调地留下线索,美其名曰挑战安保部门。"熊猫嘿嘿笑道,"都是些虚荣心爆棚的蠢蛋,想玩点刺激的,结果都把自己玩进去了。"

"你是说凶手留下线索,是为了追求挑战警方的快感?"林萌摇了摇头,"早先我还这么认为,但从后面发生的这些事来看,凶手绝不是这种性格的人。"

"那就不知道了。我可不像你俩，在查案上可是一窍不通。"熊猫咧嘴笑着。

"我表哥说，凶手很可能是通过几起杀人直播取得最大限度的关注，然后披露出一些被隐藏的真相，来达到自己的目的。"林萌咬了下嘴唇，"但是，我总觉得这案子有些奇怪，凶手的目的很可能是要把表哥拉下水。"

熊猫愣了一会儿，问道："为什么会这么想？"

"我总觉得表哥最近怪怪的，心里藏着事。凶手为什么要借用 Soulmate 这个 ID？就是要戳他的痛处。"

"徐佳也说过类似的话。你俩脾气不对付，想法倒是有点像。"

林萌哼了一声："徐佳只是把他当成破案的工具，整天把什么程序正义、规范执法挂在嘴边，装模作样。我表哥要是真的做了坏事，她肯定下手抓他，一点都不会犹豫。"

"警察嘛，大概也是身不由己。"熊猫干笑道。

"就像这次我们查到的那些东西，说是交给徐佳去查了，可快两天了还没结果。谁知道她会不会瞒着我们，自己揪住线索，先把案子破了。"

"别担心，我们手里也握着底牌。"熊猫很是自得，"你表哥交代的事，今晚就能出来结果。"

"你是说……直播现场的相关人员情况？"林萌的眼睛亮了起来，"这么快就能锁定他们？"

"没错。既然在杀人预告中，说第三次杀人直播会发生在千视公司，那范围就小了很多，对我来说轻而易举。"熊猫拽起短裤上的松紧带，"啪"的一声弹回肚皮上，"自视甚高的人只要留下线索，早晚会栽跟头。这次只要锁定相关人员，姚佳宸还能玩出什么花样？"

林萌很想赞同熊猫的话，心里却有些隐隐不安："等表哥回来，你的结果就出来了吧？我们再好好琢磨下。"

"怎么，你晚上不走了？"熊猫咽了口唾沫，"那我们晚饭吃什么？炸鸡，可乐，啤酒？"

"随便好了。"林萌看了下时间，已经快六点了，千视公司那边还没有解决吗？

仅仅过了两个多月，气温就已经降了不少。

第一起杀人直播的时候，穿衬衣还嫌热，现在晚上就有些凉了。徐川从共享单车上下来，手指插进被风吹得东倒西歪的头发里，随意梳拢了几下。他没有直接上楼，而是站在夜风中向上看去。高耸的写字楼上灯火凋零，只有寥寥几点亮光，显得孤独寂静。徐川事务所的那扇窗户依旧亮着，熊猫应该还没睡。

在这栋写字楼上已经住了三年，周围并没有什么变化，一到了晚上还是人烟稀少，犹如鬼城一般。如果不是两年前，张璇的照片出现在眼前，自己应该还是个不入流的私家侦探，没心没肺地活着。杀人放火那些重案，警方特别顾问的身份，都会与自己无关。人生真的很奇妙，偶尔一件意外，就足以将你推上完全不同的轨道。

他走进写字楼的大堂，看到保安仍旧在低头打盹。在这栋大厦里上班是件很轻松的事，除了必要的巡视，保安不管白天晚上几乎都在打盹。徐川走到电梯口，摁了下向上的箭头，发现没有任何反应。

"已经叫了工程部的人，但是他们下班了，说明天才能来。"

保安不知道怎么醒了，话里没有一丝歉意。

"那我只能走楼梯上去了，对吗？"

"才十三层，不累的。"

"好吧，就当锻炼下身体。"徐川只好向楼梯走去。

"对了……徐先生，Soulmate那个案子，你查得怎么样了？"

徐川停下了脚步，却并未转身。不知道这位保安在大厦里上了几年班，似乎事务所成立前就已经在了。这三年其他保安换来换去，他却一直没有走，最多白班夜班调一下。事务所平时接的生意虽然不算多，但人却很杂，保安对自己有印象也正常。但是，他为什么会关注杀人直播的案子？

"我就是因为这个杀人直播，才下载了千视。"保安在身后追问道，"Soulmate真的没死吗？你们抓不到她吧？"

"你说的Soulmate是张璇？"徐川问道，"为什么会这么想？就算是杀人直播预告也没这么说吧。"

"网上都这么说的。还说原先警方放出来的都是假消息，张璇根本没有被打死。这次的杀人直播，就是为了戳破警方的谎言。"

"如果真是这个目的，第一场杀人直播的时候，真人出镜就可以了。"徐川不想再跟这个保安纠缠，迈步向楼梯间走去。

保安追了上来，语气有些激动："就算凶手不是她，你们也最好不要抓到她。现在世道这个样子，就是因为警察无能，包庇了很多罪犯。只有Soulmate这样的人，才能为我们主持公道……"

徐川没有跟他争辩，敷衍地点了下头，径直走上步梯。楼道里一片死寂，只有脚步声和呼吸声交替响起。声控灯亮起来的时间很短，几秒钟就会熄灭，让周边陷入黑暗。徐川只得用力踏下脚步，让消逝的亮光重新降临。

　　保安会有这种想法，倒在他的意料之中。凶手采取杀人直播的方式犯案，原因之一就是博取大众的关注和认同。群体不善推理，却又急于行动，是利用起来最方便的载体。凶手扮演了裁决的判官，抛出些故弄玄虚的线索和词汇，就有大批的好事者编织出无数的故事。大众再从中挑选出最简单、最明了、最能体现道德优越感、最能发泄心中愤怨的那一个，作为真相，并深信不疑。

　　才走到十楼，徐川就开始不停喘息。明明经常骑自行车，搞不懂体质为什么还是这么虚。他倚在楼梯扶手处稍稍歇了一会儿，等气息平稳下来，又再度抬起了脚步。

　　或许，死去的陈山宇、张礼道的确是有罪之人，在整个杀人直播结束时，凶手会奉上证据，让围观大众体会到参与正义审判的成就感。这种犯案模式相当高明，可真是看透了群体的心理特征，相当于把警方也放到了直播中。在这么高的关注度下，警方只能小心翼翼地应对，行动上难免掣肘。就算最后抓到了凶手，大众仍然会对凶手保持同情，觉得被私刑杀死的陈山宇和张礼道死有余辜。从这个意义上来讲，凶手已经赢了。

　　十三楼终于到了。徐川推开楼梯间的木门，整个人都呆住了。

　　张璇。

　　走廊里的声控灯亮着，张璇正沐浴在惨白的光亮里，静静看着徐川。黑直的长发，消瘦的脸庞，眼睛里的光很冷，薄薄的嘴唇紧紧报着。光亮转瞬即逝，徐川只觉得一阵眩晕，细密的汗珠从额头渗出，整个人失去了平衡。他伸手扶住门框，粗重的呼吸声在黑暗中异常清晰。

　　良久，徐川终于平静下来。他踏入走廊，拍了一下手，灯光重新亮了起来。迎面的墙上是一幅等身彩绘写真，纯黑底板上什么都没有，只有张璇的高清照片，孤零零地陷在其中。徐川站在彩绘写真前，伸出手去，搭上张璇的脸庞。光滑的触感从指间传来，带着初秋的凉意，沁人心神。

一声清脆的铃音在耳边响起，徐川下意识摸出手机，仍旧是那个熟悉号码的短信：我回来了。

他没有动，站在原地，静静等待着。

果然，仅仅过了十多秒后，第二条短信又来了：不是我，不要相信。

利用张璇的号码，前后矛盾的短信，这种手段再次出现，是凶手黔驴技穷了吗？他将彩绘写真的两个角揭起，小心地撕下来卷好，走到事务所，推开了门。

露着肚皮的熊猫正躺在地板上，打着呼噜，手里还攥着一听气泡水。沙发上睡着的是林萌，弓着腰，整个人蜷缩成一小团，半个身子都悬空了。徐川打量了下房间，将彩绘写真插到墙角的书堆里，接着去洗手间掬了一捧水，洒到熊猫脸上。

熊猫迷迷糊糊地睁开眼，用手背揩了下脸上的水。

徐川踢了他一脚："为什么萌萌也在，她明天还有课吧？"

"说是想跟你讨论下案情，"熊猫打了个哈欠，"我琢磨着，她好不容易才考上大学，弄不好会因为翘课太多没办法毕业。"

"是我让她在案子里陷得太深了。"徐川沉默了一会儿，"结果出来了没有？"

熊猫轻手轻脚地走到电脑前看了一眼，冲徐川得意地晃了晃脑袋。屏幕上已经查找出了三组玩同款游戏的千视员工，并将信息列了出来。徐川仔细看过三组信息，视线停留在第二组的资料界面上。一共五个千视员工，年龄都不到三十岁，入职时间有早有晚,但最长的也只有六个月。

"你觉得是这组,为什么?"熊猫摸着下巴问道。

"第一组是国内网络游戏,监控比较严格,凶手不会冒这个险。第三组虽然是境外网游,但注册账号分布在不同服务器,而且注册时间间隔很大,交流起来很困难。唯有这第二组,玩的同一款境外网游,还是同一时间注册,最重要的是注册信息都不是员工本人。"徐川道,"跟前两期杀人直播的相关人员特征完全吻合,第三起杀人直播里,这几个千视员工很可能会相互配合,确保凶手的计划能够成功。"

"也就是说,只要把这几个人监控起来,就能抓到姚佳宸了?"熊猫问道。

"不一定。姚佳宸会不会出现都不好说,但至少能够阻止第三起杀人案的发生。"徐川看了一眼还在熟睡的林萌,"把这些资料都发给徐佳。"

"你确定?"熊猫咂了咂嘴。

"没关系,我会跟徐佳解释,就说前期没有告诉她这条线索,是不知道方向对不对。"

"我是说,我们未经许可,侵入他人电脑搜集信息,是违法的。"熊猫喝了一口气泡水,"这个你明不明白?"

徐川怔了一下,苦笑道:"这倒是个问题。"

"徐佳那么认真的人,别杀人直播还没开始,就先把咱俩拘留了。"熊猫老气横秋道,"况且她还让那个马尾巴监控着我电脑,问起来咱们是怎么查到这个的,要怎么回答她?"

徐川用力揉了揉自己的脸,没有说话。

"发生了什么事?怎么感觉你有点不在状态,这么简单的问题都没想到。"熊猫问道。

"没什么,只是有些累。"徐川沉默了一会儿,"这样好了,你匿名将这些资料发给那个马尾,就说这几个人有重大嫌疑。这样没问题吧?"

"放心,那个马尾肯定追查不到我。不过你在现场的时候可得绷紧了,别一不小心露馅了。"

"那是自然。"徐川眼神闪烁,"问你一个问题,怎么盗用别人的号码发短信?"

"简单,修改一下收信人通信录里的号码就行。"

"别打岔,有没有办法显示特定的手机号码?"

熊猫挠了挠头:"那样的话,应该是很麻烦的,每部手机上都有 PIN 码,而且基站也有防伪……"

"能,还是不能?"

"如果想做的话,当然能。"

"可以追踪到底是谁,或者是哪里盗用的?"徐川盯着熊猫的眼睛,问道。

"电话可以,短信不行。短信是瞬发的,追踪不到数据流。怎么突然问起这个,收到诈骗短信了?"熊猫笑着问道。

"有人用张璇的号码,给我发了两次短信。"徐川的声音很平静。

"会不会……是有人拿到了张璇的号码?她死了一年多,通信公司好像会在欠费超过一段时间后,取回号码的使用权。"

"我一直在给这个号码缴费,"徐川的脸上微微发红,"不欠费就不会停机。"

"你给死人的手机号码缴费?"熊猫咂嘴道。

"也就是说,没办法查到是谁做的?"徐川追问道。

"张璇的话,我试试吧。我可以在你手机上预装个软件,如果又收到短信，可以在那一瞬间追溯下数据流，如果距离近，没有转太多基站，而且运气还好的话，有机会查到具体位置。"熊猫道，"不过话说回来，谁闲得没事，会冒用张璇的号码给你发短信，是凶手想扰乱你吗？"

"不知道。有个很奇怪的事情，我收到过两次短信，每次都是两条，但这两条短信的内容却前后矛盾，像是两个人发的。"

"那就更有意思了。"熊猫的兴趣来了，"手机给我，我先给你装上软件。"

徐川将手机递给熊猫，走到沙发前。林萌还在睡梦中，呼吸很均匀，黑色长发倾泻下来，遮住了大半个脸庞，嘟嘟囔囔不知道在说什么梦话。徐川拿来一条薄被，盖到林萌身上，转身走到窗前，看向对面一栋稍矮的公寓楼。姚佳宸原先在那栋公寓楼上住了一年多，现在已经消失在人海之中。虽然警方密切监视着她，锁定了几乎所有的大数据终端，但始终没有发现一丝痕迹。离杀人直播只剩下两天了，这个时候，姚佳宸到底在哪里，在做什么？

说起来，虽然发现的诸多线索都对姚佳宸不利，但她并不符合犯罪心理画像。这么复杂、严密、耗时的犯罪布局，仅凭一个硅谷计算机高手就能设计并施行吗？自己会不会错过了什么？一股寒意如毒蛇般顺着脊背爬上来，徐川忍不住打了个寒战，意识到一个蹊跷之处。前两次杀人直播的相关人员互不认识，但这次出现问题的五个技术员同在市场部，肯定是相互认识的。为什么第三次杀人直播跟前两次不相同？是凶手的行为模式发生了变化，还是自己弄错了？徐川的目光失焦在黑暗的夜景中，纷乱的思绪如成群的苍蝇般嗡嗡作响。良久，他终于转过身，面色疲惫而严峻。

"熊猫，"徐川的声音有些嘶哑，"我觉得事情没有这么简单。"

"什么事，张璇吗？"

"张璇、Soulmate、杀人直播、姚佳宸。这里面有一根线，看不见的线。"

"神神道道的，到底怎么了？"

"我能相信你吗？"徐川直视着熊猫。

熊猫沉默了好一会儿，忽然笑道："放心，我们这么多年的交情，我绝对不会害你。"

"那好，杀人直播的时候，你帮我做一件事。"徐川下定了决心，走到林萌跟前，推醒了她。

"十一月三日，千视公司，冰霜之龙，馈赠死亡。"

第三起杀人直播的预告，所有警员都已经背得滚瓜烂熟，虽然没人明白到底是什么意思。按照陈处长的要求，从十月三十一日起，就有便衣陆续进入千视公司大楼，以不同身份混迹其中。而作为千视公司的联络人，尚容胥在各方面都十分配合，甚至提供了一间大会议室，作为警方的临时技术中心。

警方已经在临时技术中心里布置了两天，做了三次预演，确保所有环节衔接顺畅。但即便如此，仍没有人觉得轻松。第二次杀人直播也做了很多准备工作，都以为十拿九稳，结果近乎惨败。几乎所有人都在担心，会不会又出现突发状况。尤其在前天，陈诺收到一条匿名消息，指出千视公司有五名员工，很可能参与了这次杀人直播。

那条匿名消息的来源追查起来很是困难，时间又紧，只好暂时搁置。对于消息的真实性，警方也持保留态度，毕竟是匿名，很可能是恶作剧，也可能是凶手故布疑阵。还是在徐佳的坚持下，才分出五个警员专门监视这五名技术部员工，如果他们在杀人直播时出现异动，可以当场拿下。

与警方的小心谨慎不同，徐川直到十一月三日上午才出现在会议室，一脸倦容。他手里拎了瓶气泡水，晃到徐佳面前打了个招呼，就拉了把椅子来到墙角，闭上眼睛打瞌睡。徐佳追过去，皱着眉头问了几句，悻悻而回。

陈诺讥讽道："还特别顾问，对案子一点都不上心。要是第三起案子发生在凌晨，他都不会来现场。"

"他说……"徐佳欲言又止。

"什么？"

"他说凶手为了追求最大社会影响力，不会在凌晨犯案。根据前两次杀人直播的时间来推断，很可能还会选择中午。"

"他可真够镇定的。也对，就算被凶手钻了空子，倒霉的也不是他。"陈诺狠狠瞪了一眼墙角的徐川。

"不用管他了。"徐佳疲倦地摆了摆手，"已经九点多了，一切正常吗？"

"正常。保安、保洁都换成了我们的人，还有些便衣混在员工里，所有访客必须出示身份证在前台登记，目前没有发现可疑人物。技侦组搞了辆信号分析监测车，一直在大楼周围转悠，也没有发现异常的流量信号。放心吧，上次我们是被姚佳宸用惯性心理迷惑了，这次绝对没问题。"

"希望如此。如果这次再失败，真不知道网上会吵成什么样子。"徐佳叹了口气。

"别说晦气话，这次绝对能抓到姚佳宸。"陈诺嗔怪道。

徐佳勉强笑了笑，目光越过陈诺的肩头，落在会议室的东半部。那里并排放着十二台工作站,千视公司的十二名技术骨干正在忙碌。跟韩百川说的不同,他们名义上是协助警方,其实是自行其是,最多跟警方共享情报。尚容胥由于和姚佳宸的关系,被排除在侦查行动之外,正抱着肩膀向窗外眺望。这桩案子结束后,如果坐实了姚佳宸的罪名,尚容胥也会被韩百川一脚踢开吧。那个奸商眼里只有利益,没有对错,更没有人情。

徐佳拍了拍陈诺肩膀,示意她返回岗位,自己走到了投影幕布前。有几块幕布上显示着千视公司几个大型办公区域的实时画面,还有一些幕布轮流播放拐弯死角之类的画面。这些监视探头,是在第三起杀人直播预告后,千视公司紧急加装的。虽然画面质量不算高清,好歹覆盖了公司的大多数区域,总算聊胜于无。

从监视探头的画面里看,千视公司依旧很是忙碌,大多数员工并没有受到杀人预告的影响。听说韩百川给所有员工发了一封邮件,说比照前两起杀人直播的情况,死者都不是案发地的长居人员,而且没有伤及无辜。并且承诺,在杀人直播当天,仍能正常履行岗位职责的员工,将在年底多拿一个月的薪水。韩百川人品虽然不怎么样,但在管理方面,不得不说的确有一套。徐佳揉了揉酸涩的眼睛,看了下时间,才刚刚十点多。

"那八十五项查得怎么样了?"徐川不知道什么时候醒了,站起身走了过来。

"基本上算是查完了,不过由于是派出所民警查的,还得抽人专门去汇总分析。现在没有人手,只能等这起直播结束了再说。"徐佳道。

"我觉得应付这次杀人直播,用不了这么多人。抽出几个去汇总分析这八十五项……"

"浪费警力！查什么八十五项啊，马上就要抓到凶手了！"陈诺打断了徐川的话。

徐川有些尴尬，不明白为什么马尾对自己抱有这么强烈的敌意。他沉吟了一下，正在斟酌词句，却突然听到自己的手机发出一声清脆的提示音，是短信来了。徐川没有再说话，沉默着，等待着。徐佳有些疑惑地看着他，等着他接下来的反应。漫长的十几秒过去，终于又听到一声脆响。徐川果断转身，抛开两人，快步走回角落。

陈诺嘟嘟囔囔地抱怨，好像在说些徐川干扰破案之类的话，徐佳也不住地看向角落。徐川的手指在屏幕上来回滑动，读着两条相互矛盾的短信。

"迅速离开，免得波及。"

"不要妄动，注意安全。"

他拨通了熊猫的手机号码："怎么样，查得到吗？"

"一般来说，很难查到，毕竟短信是瞬发的……"

"说结果。"

"侥幸。第一条的发信人虽然用了中转服务器，但实际位置离你非常近，只有两千米多一点。"

"地址发过来。"徐川停顿了下，"第二条呢，是同一个信号源吗？"

"不是。第二条手段更高明一些，没有追踪上，但肯定不是在同一个地点发送的。"熊猫那边有些迟疑，"真的不用通知警方？"

"通知了也没用，他们哪里顾得上。"徐川挂掉电话，点开微信上的地址，看到步行过去只需要十多分钟。

他冲徐佳扬了下手机，径直向会议室外走去。徐佳非常惊讶,在后面追着问道:"马上就十一点了,你去哪儿?"

"有要紧事,我在这里也没什么用。"徐川随手把门掩上,向电梯跑去。

熊猫说过,冒充别人的手机号码发送短信这件事,看似简单,操作起来却很复杂。涉及基站、PIN码一大堆难题,必须要有一整套专门的电信设备才能搞定。而这些设备价值不菲,还需要装机调试,发信人不可能每发一次短信就换一套设备。换句话说,只要找到了设备,很可能就会找到发信人。发信人跟凶手有着非常紧密的联系,甚至就是凶手本人,这是徐川的直觉。如果直觉正确,那么更为复杂的直播设备当然会和发信设备在同一处。与其严阵以待,不如直捣黄龙。

刚出电梯,手机就响了起来,是徐佳打来的。徐川挂断电话,回了个短信敷衍过去。将耳机塞进耳朵,立刻听到了熊猫的声音,他正在根据路况,通报最近最快的路径。徐川顺着墙边,飞快地在建筑物的缝隙中穿梭,不多时就感觉吃不消了。呼吸急促,嘴里发干,肺里有些烧灼,两条腿也越来越沉。看来还是对自己的体能没有清醒的认识,两千多米的快速奔跑是个艰难的任务。就在徐川觉得已经跑不动的时候,终于到了信号源附近,那是一条比较冷清的街道,街边有栋用围挡遮住的烂尾楼。

顾不上休息,徐川听着熊猫的指示,喘着粗气扶着围挡走了一圈,从一处缺口钻了进去。这栋烂尾楼是五层混凝土框架结构,看样子像是个小型商场,周围地上堆满了碎石砖块,其间还长着高高低低的杂草。他深吸一口气,踩过嶙峋的碎石,走进第一层。熊猫又补充了两句,就下线了。按照徐川的交代,接下来熊猫要把主要精力放到杀人直播上。

徐川从口袋里掏出一根伸缩式警棍,紧紧攥在手里。这是林萌不知道从哪里淘来的，非要他带上。他小心翼翼地在一楼转了一会儿，发现整层楼只有承重柱和预制板，偶尔有空心砖砌成的断墙，显得杂乱无章。有几处墙边的楼梯已经建好，虽然没有安装扶手，通行是没有问题的。徐川再次点开手机上的信号源地址，确认是在四楼，踩着楼梯板向上走去。大楼里静悄悄的，偶尔传来远处街边汽车经过的噪声。

上了四楼，在楼梯拐角处转身之际，徐川忽然觉察到身后有细微的呼吸声。他猛地向旁边跃开，回身将警棍横在胸前，结果哭笑不得。墙角有只柴犬，正蹲在地上，歪着脑袋好奇地看着他。大概是把这里当成家的流浪狗吧。徐川没好气地挥了下警棍，柴犬不情不愿地起身，瞅了他一眼，夹着尾巴跑远了。

徐川微微放松了一些，尽管心头有股怪异的感觉，但没有细想。真相已经近在咫尺，容不得徘徊犹豫。他放眼看去，四楼的工程进度快一些，大部分墙体已经填充完毕，不少地方都隔成了房间，还装上了门。全神戒备地走过几十米后，徐川停了下来。面前是一组柴油发电机，输电线在地上逶迤着钻入旁边的房间。房间只有二十多平方米的样子，墙体由空心砖砌成，一扇白色木门虚掩着。徐川轻轻呼出一口气，侧身在门边，听到从里面传来电子设备特有的噪声。他将警棍完全伸开，轻轻顶开木门，闪身进去。

房间里没人。

里面的陈设很简单，一张木桌上摆了台笔记本电脑，木桌旁还放着几台正在运转的电信设备。这里确实是发送短信的地方，怎么发信人却不在？他看向笔记本电脑的屏幕，上面是满屏的程序代码，完全看不明白。徐川只得从裤袋里掏出手机，准备拍下照片传给熊猫，让他看看是什么意思。刚点开锁屏，就看到了徐佳的电话。他只得摁下接听键，焦灼的声音立刻响起："直播开始了，你给我快点儿回来！"

"好的，马上回去。"徐川敷衍了一句，对着电脑屏幕竖起手机，准备拍下来传给熊猫。

只是一瞬间，他忽然意识到刚才的那种怪异感源自哪里。那条柴犬太干净了，在这种废弃的烂尾楼里，流浪狗根本不可能那么干净！他心头一紧，下意识地抬头向门口看去，木门不知道什么时候已经关上了，锁芯旋钮正朝反锁的方向转动。

再拨打徐川的手机，已经无法接通了。

徐佳烦躁地挂断电话，咬着嘴唇看向幕布。直播已经开始了一分多钟，幕布上的影像没有变过，是千视公司技术部，五个技术部员工都在画面之中。这是不是意味着，那个匿名举报是真的，这五个人都将是杀人直播的协助者？陈诺正干脆利落地敲击键盘，追踪直播信号源，应该很快就能有结果。而尚容胥那边，十二名技术骨干却没有什么动作，反而面面相觑，有几个还在窃窃私语。

徐佳快步走过去，沉声问道："怎么回事？"

没有人理她，尚容胥的表情很奇怪，欲言又止。

"你们韩总已经跟警方达成配合协议，有什么事情是我不能知道的？"徐佳的声音很凌厉。

尚容胥推了下眼镜说："好吧，这个没必要隐瞒，你们应该很快就能发现。直播开始后，技术人员注意到，直播画面是由我们不久前安装的监控摄像头拍摄的。"

"也就是说，贵公司的监控系统在直播开始前就被凶手控制了，我们所有的布置都被她看得一清二楚？"徐佳的声音里掩饰不住怒意。

尚容胥辩解道:"这个……监控系统安装是后勤部门负责的,我没有参与,不是太清楚。"

"谁是后勤部门负责人?"

"陈亮。"

"通知他立刻来会议室!"

尚容胥点了下头,跟程序员们说:"这样,你们分成两组,一组查直播到我们平台的信号源,一组查侵入监控系统的信号源。"

"已经查到了!"会议室里回响着陈诺的声音,"直播信号源就在你们千视公司!"

徐佳愤怒道:"尚容胥!你作为技术总监,要怎么解释?"

尚容胥看了眼幕布,画面没有变化,还是技术部。他沉吟道:"不应该啊,明明已经做好了安保措施,直播系统不可能被入侵的。"

一名程序员讷讷道:"尚总,系统确实没有被入侵。"

"那直播信号源怎么会在我们公司内部?明明已经做了技术屏蔽,我们做过推演的。"

另一名程序员摇了摇头说:"姚总好像……好像是用我们公司内部人员的管理层账号,对安全命令进行了改写,打开了一条不受审查的直播通道。"

"不可能!她的账号权限早就被取消了。"尚容胥走到电脑前,俯下身去,表情瞬间凝固。

"怎么回事?"徐佳跟上去问道。

"姚总用的管理层账号……"程序员干咳了一声,"是尚总的。"

"这怎么可能？佳宸怎么可能知道我的账号密码？"尚容胥整个人都呆滞了，不停地喃喃自语。

徐佳推开他，厉声道："账号是尚容胥的，操控地点具体在公司的哪个地方？我要位置精确到米！"

程序员们却都看着尚容胥，没人行动。

"查，尽快！"尚容胥脸上一丝血色都没有。

程序员们低下头去，忙碌起来，会议室里键盘敲击声此起彼伏。徐佳看了眼时间，直播开始了五分三十二秒，却仍旧什么也没有发生。幕布上观看直播的用户越来越多，评论不停滚动，大多在抱怨这次直播的节奏太慢。徐佳焦灼地在会议室中来回踱步，给徐川打了三四个电话，仍旧无法接通。这家伙不至于这么离谱，会不会出了什么事？要不要派人去查一下他去了哪里？随即，徐佳就否定了这个想法，眼下自己这边还在焦头烂额，实在没有精力也没有人手再去照顾徐川。

"查到了。"程序员看向尚容胥。

"说！"徐佳道。

"你们正在监视的那五个技术部员工，"那个程序员道，"不过他们并不是具体操作的人，是他们五个人的电脑被远程控制了，姚总大概是把操作任务分成了五份，在他们电脑上分别运行，占用的系统资源不多，不好察觉。"

陈诺冷笑道："这就是你们技术部的水平？自己被渗透得像个筛子，还说什么比我们警方厉害。"

程序员忍不住反驳："我们公司一千多台电脑，哪里来得及一个个查过来？"

是自己疏忽了，当初接到匿名举报的时候，只想到监控这五个人，没想到要彻查他们的电脑。徐佳懊恼地摇摇头，挥手止住了陈诺，快步走到幕布前。直播画面还是没有改变，依旧是技术部，姚佳宸在等什么？

"通过这五台被入侵的电脑，能不能追踪到姚佳宸的地址？"

"能，他们刚才已经在做了。"尚容胥应道，"估计三到五分钟就能出结果。"

"三到五分钟……这段时间里，能直播几次杀人过程了。"徐佳瞟了下时间，直播已经开始七分四十二秒了。

"要不切断技术部的电源，试试能不能阻止直播？"尚容胥不太确定地问。

"你能保证姚佳宸只入侵了技术部的电脑？"徐佳语速很快，"要阻止直播，只有切断监控系统电源。"

"把监控系统关掉的话，我们就是盲人了。"尚容胥斟酌着词句，"而且佳宸……凶手的行事风格这么缜密，真是出乎意料，我怕她还留有后手。"

不错，阻止直播有很多种办法，关掉监控系统，将Soulmate的账号停权，中断千视网络信号都可以。但姚佳宸会没有考虑到这些吗？早在警方入驻前，她就入侵了监控系统，将警方布置尽收眼底，她会没有应对的办法吗？

况且，在如今的网络环境下，一旦阻止直播，谣言一定会如潮水般席卷而来。没有了真实的画面，那些躁动的网民会编造出更加恶劣的所谓真相，并且以阴谋论的腔调传遍网络。徐佳只觉得额头隐隐作痛，心头潮水般涌起一阵无力感，反复的挫败让她对自己产生了强烈的怀疑。

"直播画面……"会议室里响起了惊慌失措的声音。

徐佳抬头看向幕布，画面的底部出现了一行小字：No accident。紧接着，画面一闪，切换到千视公司的前台。看角度,依旧用的是监控摄像头。前台的小姑娘应该也在看直播,画面切过去的时候,她惊讶地抬头看了看,然后尖叫着跑了出去。

徐佳抓起桌子上的对讲机,道:"行动一组,立刻到前台去看看!"

话音刚落,直播画面上已经出现了两名警察,正快速探查四周。另有两名警察穿过画面,向前台小姑娘逃走的方向追去。

"会不会跟第二次直播杀人时一样,技术部只是个幌子,凶手的目标是那个小姑娘?"陈诺喊道。

徐佳没有说话。幕布上的直播画面还停留在前台,如果目标是那个小姑娘,镜头应该会跟着她切换过去。徐佳的目光落在前台的角落,那里堆满了各种快递物品,其中一件尤其扎眼。是个立柜形状的东西,外面是被粗大铜钉榫接起来的白茬松木板,铜钉之间还有细钢丝缠绕,看起来包裹得非常严实。

"墙角的大件快递是什么时候送到的?"徐佳通过对讲机问道。

前台的警察翻看了下桌上的登记簿:"十一点十三分。"

徐佳看了眼时间,现在是十一点二十八分,直播过去了十四分钟,也就是说快递送到之后一分钟,直播才开始。

"哪家快递公司?"徐佳的声音很急促。

"没有登记,恐怕要找到前台的那个员工,才能……"

"拆弹组立刻赶往前台!"

"你怀疑这个快递有问题?"尚容胥问道。

徐佳没有说话。陈诺不断切换监控摄像头,放大画面,落在快递外包装上。那里用黑色马克笔写着一个收件人的名字:尚容胥。

"前台员工找到了。那件快递不是快递公司送的,是有人通过网络联系了一个搬家公司，付钱让他们送过来的。"对讲机里传来警察的声音。

"既然收件人是尚容胥，为什么前台没有让人送过来？"

"她知道今天警方办案，觉得不方便打扰尚容胥。"

说话间，全副武装的拆弹专家已经出现在画面中，黑色的头盔抬起，看着摄像头。

"小心，可能会是危险物品。"

拆弹专家点点头，沉静地夹断钢丝，拔起铜钉，小心翼翼地将四面松木板拆开，露出一个立式的金属柜。像极了家用的大型电冰箱，只不过双开门上安装了一道电子密码锁，显示屏上的时间是05：00，正在一秒一秒地跳动减少。密码锁下面贴了一张A4打印纸，用从旧报纸上裁剪下来的字块贴了一句话："密码错误，三次机会。时间珍贵，尽力而为。"

"这是什么鬼东西？"直播画面上弹出好几条类似的问话。

"冰箱呗。"

"你傻啊，你家冰箱带密码锁？"

"独立式医用冷藏柜，有内置电源，不插电可以运作五个小时。"

"厉害啊，老哥。这都懂。"

"刚才那小子肯定是医生吧。"

"看头像是个女的呢。"

……

冰霜之龙，馈赠死亡。徐佳心里隐隐有不好的预感，转头去找徐川，扫视了一圈之后，才想起他已经失联了。她盯着屏幕，看到电子密码锁的密码是六位数，那得有一百万种排列组合，漫无目的地试肯定是不行的。屏幕上拆弹专家已经把头盔取了下来，冲徐佳做了个无可奈何的手势。

"拆弹专家……也对付不了密码锁啊？"尚容胥道。

"那快递是送给你的，你知道密码？"陈诺冷笑。

"数字密码的话，大家为了好记，一般都会选用特殊的日子。"尚容胥道。

"是姚佳宸的生日？"陈诺道。

"生日只有四位。"尚容胥不敢很确定，"前面四位搞不好是年份，后面是月份。"

"你们是什么时候认识的？"徐佳问道。

"二〇一六年十一月一日。"尚容胥叹了口气，"纪念日过了四次，忘不了。"

"201611。"徐佳摁下了对讲键。

拆弹专家小心翼翼地输入这六个数字，显示屏上立刻出现了"密码错误"的提示。他仰头看着监控，无奈地摊了摊手，等待下一个命令。

"第一次约会？第一次正式确立关系？第一次旅行？第一次……"

"不对。"徐佳打断了陈诺的话，"我们的思路错了，姚佳宸接近尚容胥，是为了实施她的杀人直播计划，不会用这种恋爱关系里的日子当作密码。"

"那是……他们分手的日子？"陈诺看了眼尚容胥。

"她是什么时候入职千视公司的？"徐佳问道。

"二〇一八年四月。"尚容胥回答得干巴巴的。

"201804，再试试。"徐佳对冷藏柜旁的拆弹专家说。

拆弹专家的手指伸得笔直，用力戳下，结果密码依旧错误。

"只有一次机会了。"尚容胥道。

"就你识数？"陈诺没好气地嚷道，"你知道她现在压力有多大吗？"

徐佳摆了摆手，看了眼幕布，上面快速滚动着大量的网民评论。有些在猜测密码到底是什么，有些在猜测冷藏柜里到底有什么，有些在猜测输错三次密码会发生什么，还有一些在幸灾乐祸，等着警方出错。徐佳闭上眼睛，陷入沉思。试了两次都错了，难道密码跟姚佳宸的爱情和工作都没有关系？到底是什么日子，对她来说很特殊？徐川这个浑蛋，这么紧要的关头竟然跑了，电话也不接。徐川……徐佳心中突然灵光一现，猛地睁开了眼睛。

她的声音很稳："200109，是这个。"

陈诺扯了下她的袖子："喂，最后一次了。"

"为什么是这个数字？"尚容胥好奇问道，"二〇〇一年九月？那时候我还不认识佳宸，徐警官你……应该刚上小学？"

"几次犯罪预告信，都是用二〇〇一年的旧报纸字块剪成的，这说明二〇〇一年对姚佳宸来说有很特殊的意义。"

"那九月呢？"

"徐川曾经在你们公司里，发现了一本二〇〇一年九月刊的《科幻世界》，那是凶手给他留下来的。"徐佳深吸了一口气，"徐川说他翻了下那本《科幻世界》，并没有发现什么。他当时认为，那是凶手对他的警告，但现在想起来，可能是凶手在暗示九月这个时间。而在陈山宇房间里发现的旧报纸，上面刊有九一一恐怖袭击的新闻，也是九月。"

话音刚落，直播画面中的拆弹专家已经摁下了"200109"，所有人屏住呼吸等待着。只听"嘀嘀嘀"几声电子验证声过后，冷藏柜里发出"咔嗒"一声，像是有金属锁簧弹开了。徐佳点了下头，拆弹专家伸出手去，慢慢拉开冷藏柜的门。柜门刚刚拉开一半，大股寒气化作白烟，瞬间倾泻而出。拆弹专家下意识地往后退了一步，几乎所有人都看清了冷藏柜里的状况。会议室里一片死寂，直播画面上的评论也停止了滚动。

冷藏柜里是一具冻僵的尸体，皮肤上覆盖了一层厚厚的冰屑，眼睛外凸，充满了血丝，嘴巴张得很大，似乎死前大声呼救过。他的整张脸都扭曲着，被恐惧和绝望所吞没。直播画面瞬间变黑，一行英文慢慢浮现出来。

It's judgment.

徐佳像是被抽走了浑身的力量，倒在座椅上。所有的推断都是徒劳，所有的布置都是徒劳，所有的追查都是徒劳，直播开始的时候，杀人已经结束了。这一次，她输得毫无还手之力。

会议室外传来急促的脚步声，所有人的目光都转了过去，须臾间大门已经被"砰"的一声推开，打开冷藏柜的那名拆弹专家喘着粗气站在门口，将一张白纸用力向面前一推。依旧是用旧报纸字块拼成的句子，只不过这次是漆黑色的，充满了绝望的气息。

"十一月九日，阿克戎河，洗净罪恶，终得安息。"

徐川上前使劲拉了几下木门，木门摇晃几下，却完全没有可以拽开的迹象。

他连忙拨打了林萌、徐佳、熊猫几个人的手机，耳边仍只有"嘟嘟"的忙音，凶手大概是打开了信号屏蔽器之类的东西。房间内的所有设备都停止了运转，看来是被人从外面关闭了柴油发电机。徐川注意到，只有笔记本电脑的屏幕上，仍然显示着乱七八糟的代码，会不会是外面的那个家伙疏忽了？笔记本电脑有电池，就算切断电源，再工作个两三小时应该不成问题。只要网线还连接着，总可以登上些网络社交平台，跟外面联系。

他在笔记本电脑前俯下身子，看到后面插着一根样式熟悉的白色网线，心中稍稍安定。熊猫曾经说过，一些黑客近乎神经质地不信任无线网络，认为有线网络才更可靠，更稳定。如果这台笔记本电脑采用的是有线网络连接，那屏蔽器是无法切断信号的。

徐川将页面切换出去，双击浏览器，等待了一会儿，但完全没有反应。他再次双击，却依旧没有反应。即便有线网络也被切断了，至少应该弹出无法连接的网页才对。徐川正在疑惑，忽然屏幕一闪，被直播画面完全占据了——会议室的门被撞开，全副武装的拆弹专家闯了进去，将手上的A4纸用力往前一挺：十一月九日，阿克戎河，洗净罪恶，终得安息。紧接着，屏幕完全变黑，任徐川用力敲击着键盘，也没了反应。

徐川摇了摇头，看样子不但自己跌入了凶手的陷阱，徐佳那边也失败了。在发现那五个可疑员工之初，他以为总算找到了切入点，但紧接着就意识到了蹊跷之处。前两次的杀人直播中，参与协助的人彼此完全没有社会交集。凶手花费了很多心思，让他们无法被证实参与了杀人直播，在最大限度上保护他们。到了第三次，却安排在同一个公司的同一个部门，应该是彼此认识。这五个人一旦在杀人直播中有所动作，很快就会被警方锁定为嫌疑人。

是因为直播地点在千视公司，凶手不得已缩小了参与者的范围吗？这个理由太牵强了，除了技术部，明明还有很多部门可以安插人手。或许，是凶手发现了熊猫的调查，将计就计设下的另一个陷阱。又或许，前两次杀人直播，相关人都用网络游戏作为沟通联系手段，也是凶手故意布下的惯性心理陷阱。这次杀人直播的真正参与者，根本不在千视公司，也根本不用网络游戏联系。

想清楚这点之后，徐川开始揣摩凶手这样做的目的。凶手剖析过徐川的心理特征和行为模式，留下几乎是量身定做的线索，从而把握了一系列案件的节奏。但是最近徐川的行动明显超出了凶手的预估，甚至对凶手的后续安排造成麻烦。冒名张璇的短信、事务所走廊里的海报，这些都是凶手不得不分出一部分精力来对付他的证明。那么，在第三起杀人直播时，为了防止徐川提前勘破真相，最好的办法就是调虎离山。抛出追查张璇短信来源地这个诱饵，徐川绝对无法抗拒。

想清楚这些事之后，徐川本打算将计就计，却没料到自己反倒被困在了这间屋子里。

房中不知道何时泛起一股呛人的味道，像是排放超标的汽车尾气。门口传来"汩汩"的声音，淡黄色的液体正顺着木门与地板之间的缝隙快速漫延开来，转眼间浸湿了大块水泥地面。这下糟了，徐川想到外面有一台柴油发电机，凶手不但想调虎离山，还想置他于死地。他转过身，看向房间里唯一的窗口，离地面足有一人多高。虽然窗口空洞洞的什么也没装，可以通过助跑攀上窗台，但是然后呢？从四楼跳下去？下面可都是水泥块和砖块，不死也得残废。

正犹豫间，淡黄色的液体"噌"的一下燃烧起来，火苗挟裹热浪向前猛扑而来，立刻吞没了几台电信设备，噼噼啪啪的声音此起彼伏。徐川往后退了几步，直到后背贴到墙，才稳住了心神。火苗越来越近，炙热的温度已经逼到身前，烤得人几乎睁不开眼。放着笔记本的桌子已经开始燃烧，整个房间都弥漫着黑烟，喉咙里刺痛得厉害，像是有一个锯条在反复拉扯。徐川再不行动，几分钟后就会变成一具焦尸。

徐川掩住口鼻，又抬头看了看窗口，虽说已经留了后手，但一直没见动静，怕不是出了什么意外？迫不得已的话，只有从这个窗口跳出去了，如果运气好，也就摔断个四肢之类的。他转身后退两步，忍着脊背上犹如针扎一般的刺痛，准备助跑翻上窗台。但就这一刹那，身后传来一声巨响，似乎有人在撞门。

徐川开口高声询问，但声音已经变得嘶哑，在浓烟大火之中传不了多远。紧接着，木门在更为频繁猛烈的撞击下，逐渐摇晃起来。有希望，大火之下，木门肯定也被烧得变了形，撞开要容易得多。只是自己能不能活下来，就得看是撞门的速度快，还是房间里火烧得速度快了。

这个念头刚刚泛起，就听到"嘭"的一声响，木门竟然应声而倒。浓烟被风一吸，倒卷回去，房间里火势顷刻减弱不少。徐川抓住机会，双手抱头，向门口猛冲出去。只听得"哎哟"一声，他在门口撞到一个人，两人踉踉跄跄地退了几步，一起滚倒在地。徐川深深吸了几口气，才用手臂撑地坐了起来。几步远的地上，林萌已经爬了起来，一拐一瘸地挪到他面前。她一头长发被火燎得卷成了一团，嘴唇上起了好几个水疱，脸颊熏得漆黑，就连身上的衣服也被烧出了洞。就算如此，她还是瞪大了眼睛看着徐川，仔仔细细打量了一遍，确定没什么大碍，才瘫坐在地上，长长出了口气。

"好在你及时赶到，不然我就真交代在里面了。真难为你了，硬生生把门撞开，被火伤得很疼吧。"徐川的声音嘶哑干涩，有些后怕地向林萌问道。

林萌摆了下手说："你可是我表哥，我能看着你烧死在里面？说这话就太见外了。"

"不管怎么说，我们的少女侦探还真是靠得住，多谢救命之恩了。"徐川盯着熊熊燃烧的烈火，"怎么房间里被火烧得近不了身，房间外火又不是很大？"

"门外的柴油不多，好像都流进里面了。幸好是这样，要是门口也烧得近不了身，木门再结实些，我还真踢不开，你也是真得烧死在里面了。"林萌嗔怪道，"都说了只有我一个人跟着你不行，还非要这么安排。萧城的整个公司都算是你帮着夺回来的，你如果问他要三四个保安跟着，也不至于弄成这样。"

徐川尴尬地摸了下鼻子："当初叫你偷偷跟着我，就是个以防万一的后手，谁知道会是这么险恶的陷阱。对了，看到可疑的人了吗？"

"一路上我都骑车跟着你，没发现什么异常。但你上楼后，我藏在围挡缺口处，看到一个穿罩头衫的女人跑了出来。"

"交手了？"

"她没两下就被我扯掉了罩头衫的帽子，再几个回合保证能把她放倒了。但那个时候，我看到窗子在冒烟，觉得肯定是楼上起火了，得先去看看你。"林萌瞪着徐川道。

"没留着她？那总看到她长什么样子了吧？"徐川的声音有些紧张。

"没有。她还戴着个大号墨镜和口罩，看不清脸。"

"啊？"徐川失望至极，"费了这么大力气，还是没什么收获。如果你能动作麻利些，认出她的身份就好了。真是可惜了……"

"可惜！可惜！我要是只顾着抓她，你现在已经被活活烧死了！"林萌气鼓鼓道，"说什么没想到会这么险恶，其实你不过是怀疑这女人是张璇,才执意不跟徐佳和萧城说的,别以为我看不出来!"

徐川刚要辩解,立刻被林萌打断:"你看看你,都二十七八的人了,还被张璇迷得颠三倒四。她都死了一年多了,被特警直接打死的,你还是一直觉得她没死对不对?还一直幻想她活着对不对?熊猫都跟我说了,凶手冒用张璇的手机号给你发短信,摆明了是陷阱,你还心甘情愿往里跳。真是没出息!

"我就不明白了,你脑子里都装着什么,怎么一直绕不过这个弯?张璇不过是个和你交过手的连环杀人犯,一个有点犯罪心理学天赋的疯子而已!她跟你有什么关系啊,她就算长得再合你心意,可说过喜欢你吗,有做过什么对你好的事情吗?"

徐川被骂得只有干笑,看林萌不说话了,才讷讷道:"这个……你确实骂得对。要不是你救了我,现在连后悔的机会都没有。还是咱家少女侦探靠得住,头脑聪明身手敏捷,有你在身边就很安心。"

"又想用几句好话敷衍我。"林萌哼了一声,语气稍稍有些缓和,"那个女的不是张璇。身材相差很大,看上去比张璇高不少,肩膀也比张璇宽得多。"

"你确定不是张璇?"徐川的神情明显松弛下来,想了想问道,"你又没见过张璇,怎么会知道她的身材?"

"熊猫的电脑里有她的照片,我看过好多次了。让你神魂颠倒的姑娘其实也挺一般,柔弱得跟只小鹌鹑一样。"

"我才没有神魂颠倒,只是……对她有些同情。"徐川试着站了起来,还行,浑身上下没有大碍。他走到柴油发电机旁,机器还在运转,油箱里还剩一大半的油。发电机旁边,有一条线缆连着个造型奇特的黑匣子,不停闪烁着。他关掉发电机,手机的信号立刻恢复成满格,这大概就是信号屏蔽器了。

"你还小,不懂。有很多事跟爱情并没有什么关系。"徐川走到房门口,里面已经完全烧黑了,火势也越来越小。木门并不是从中间裂开的,而是连同门框一起倒了下去,固定门框的空心砖被林萌撞断了。他拾起一块微微发烫的碎砖片,两手猛然用力,砖片竟然"啪"的一声断了。空心砖的硬度,看来确实比黏土砖小得多,不然林萌是无论如何也踢不开门的。这时,背后忽然传来一声呻吟,徐川转过头,看到林萌单脚站了起来,疼得龇牙咧嘴。

"脚受伤了吧?"他快步走过去,扶住了林萌。

"一直用右脚踢门,刚一着地,疼得厉害。"

"我看看。"徐川小心地脱下林萌的球鞋,褪掉袜子,发现脚踝处又红又肿。他轻轻按了一下,林萌倒吸了一口凉气,眼眶泛红,只差哭出来了。

"这么严重,要是骨折了就麻烦了。"徐川有些担心,弯下腰道,"我背你,去医院看看。"

林萌脸色发红:"背什么背,我自己能走。"

"你脚都这样了,逞什么强?"

"谁逞强了,说了能走就是能走,"林萌单脚跳着一步步向楼梯口走去,"下楼的时候你扶我一把就行。"

徐川无奈,只好上去扶着她,一步一步算是挨到了楼下。刚走出烂尾楼,迎面就碰到了熊猫。他穿着短裤T恤,趿拉着拖鞋,正拎了一只大号扳手,慌慌张张地从隔离带缺口处钻进来。看到徐川两个人的模样,熊猫吃了一惊,想要加快速度,却不留神摔了个狗啃屎。他很快从碎砖块里爬起来,满不在乎地拍了拍身上的土,走到两人面前。

"怎么回事，怎么失火了？没打一一九吗？"熊猫一连问了几个问题。

"你不是正在事务所盯着直播吗？怎么跑到这里了？"徐川问道。

"嗐，你的手机信号到这儿就没了，我还盯哪门子直播啊。我怕出了什么事，萌萌酱一个女孩子应付不来，就赶紧打车过来了。"

"谁应付不来！要不是我在，他就被烧死了。"林萌反驳道。

"确实，这次多亏了萌萌。"徐川示意熊猫搭把手，两人一起把林萌架了起来，"跟我们推断的一样，这里的确是个陷阱，凶手料到了我要来。说起来奇怪，凶手是如何做到一边进行杀人直播，一边引我入彀的？"

"一心二用，确实很有难度，不像一般人能做得到的。莫非凶手真是张璇？"熊猫咂着嘴道。

"你怎么也跟着发疯，张璇已经死了！"林萌没好气道。

"哈哈哈，我是模仿你哥嘛，他老是认为张璇没死。"熊猫笑道，"怎么，很失望吗？冒了这么大的风险，结果却没有印证张璇还活着的妄想。"

"别打岔了。"徐川道，"是因为那两次前后态度相反的短信，让我有些想不通。萌萌撞到的女人很可能就是凶手，比张璇高，又比她肩宽，是姚佳宸没错了。我们现在可以确定第一条短信确实是姚佳宸发的，第二条是谁发的，还没查出来。"

"那要接着查下去？"熊猫问道。

徐川回避了这个问题："刚才我看到了下次杀人直播的预告，徐佳那里肯定失手了。接下来，不知道警方会有什么动作。"

林萌不满道："要我说，这案子你就别查了，好好休息下。

别总被徐佳利用,这次要是你真的出事了,她一滴眼泪都不会流。"

"没办法。事到如今,已经不是替徐佳查案了,我总要给自己一个交代。"

三人走到了路上,过往车辆很少,只有零星的路人好奇地看着他们。

"现在去哪儿?"熊猫摸出手机,准备叫车。

"去医院,先给萌萌看看伤。"

"我没事儿,回事务所,擦点红花油就行。"

熊猫点开手机,脸色有些难看地说:"这下可麻烦了。"

"怎么了?"徐川立刻警觉起来。

"我刚刚打车过来花了一百多块,手机里没钱了。萌萌酱,要不你来叫车?"熊猫道。

徐川放松下来:"我还以为怎么了,打车去附近医院罢了,我来。"

"你来不了,我关联了你的账户,你现在手机里也没钱了。"熊猫贼兮兮地笑着,"前天不是出了款蕾姆的限量版手办吗?只卖五千九百九十九块钱,这么便宜的好事,怎么能落下!"

"你花六千块钱就买了个塑料小人?"徐川难以置信地问道。

"五千九百九十九块!不是六千块,限量版啊!全球只有三十个!"熊猫强调。

"好,就算物有所值。可事务所里不是没地方摆那些东西了吗?买回来都扔在纸箱里,有什么意义?"徐川嘴角抽搐着。

"不会啊。夜深人静的时候,我会小心翼翼地把它们都拿出来,擦拭干净后沐浴在月光下。"熊猫拍了拍隆起的肚子,"如果哪天半夜你忽然醒来,看到这种梦幻场景,一定会惊叹于它们的美轮美奂。"

"问题是今天才三号，我们就没钱了，这个月要怎么过？"

"总会有办法的嘛。实在不行就问萧城借呗。"

"我问人家借了十几次钱，欠了至少三四万都没还，哪里还好意思借？"

"怕啥，他能有今天全靠你，三四万对他来说又算得了什么？"

"你说得倒好，帮人一次就吃人一辈子，我没那么……"

林萌默默拿出了手机。这两人在很多时候都是废物，完全指望不上。她忽然想到了尚容胥，那个男人才算得上优秀吧，可惜也被姚佳宸耍得团团转。果然男人这种生物，一旦爱上一个稍稍聪明一点的女人，就变成了傻瓜。

网络犯罪调查科。

接连两次的抓捕失败，不但导致网络舆论一边倒的嘲讽，就连传统媒体也开始对公安系统提出批评。案发当天下午，市公安局召开党组扩大会议，陈处长在会上公开检讨，并立下军令状，如果不能预防第四起杀人直播，将主动辞去领导职务。

参与这件案子的所有警察，都感受到了前所未有的压力。凶手以杀人直播的方式，在网络上掀起舆论狂欢，不但削弱了警方的公信力，更让不少人蠢蠢欲动。如果不迅速将凶手抓捕归案，很可能引发模仿犯罪。执法机关的每个齿轮都全力运转起来，在第三起杀人直播发生三十一个小时后，各组就已经整理出详细的情况报告，汇总到了一起。

凌晨三点二十分，偌大的会议室内还亮着两盏灯，照亮了徐佳所在的位置。她正埋头在一堆资料中，梳理第三起杀人直播的大致脉络。在徐川被设局的烂尾楼附近，有两个监控摄像头都拍到了姚佳宸的身影。烂尾楼的房间虽然已经被烧毁，但外面的柴油发电机和信号屏蔽器上布满了姚佳宸的指纹。结合前两起案子里的大量旁证，姚佳宸就是这一系列直播杀人案的凶手，已经是确凿无疑的事实。

案发现场的医用冷藏柜中，除了第四次杀人直播的预告信之外，还有一部手持式生命体征监测仪。上面的数据显示，当医用冷藏柜送到千视公司时，里面的人已处于濒死边缘。当直播画面切换到前台，冷藏柜被打开时，里面的人心跳已经停止了好几分钟，没有抢救的可能。虽然警方当时并不知情，但这个情况一旦在网络上公布，肯定会引发大量苛责。好在凶手似乎并没有这个打算，案发三十多个小时后仍未发声。

与陈山宇、张礼道不同，这次的死者在指纹比对时，很轻易就找到了前科资料。洪兆庆，三十二岁，二〇〇七年因入室盗窃被判刑三年，二〇一二年因抢劫被判刑七年。现单身，无业，独居，靠偶尔打些零工度日。父母早在二〇一〇年移民新西兰，跟他断了联系，第二次入狱期间也没有探视过他。早在一周前他突然消失了，出租屋周围没有人见到过他，有可能那时就被姚佳宸控制住了。然后他被塞进冷藏柜，送到了千视公司，开始了结局早已注定的杀人直播。

"十一月九日，阿克戎河，洗净罪恶，终得安息。"第四次的杀人直播预告跟前三次相同，第一句是时间，第二句是地点，第三句是死亡方式。字面的意思是，第四个死者将于十一月九日，在阿克戎河中被淹死。阿克戎河是希腊神话中的一条冥河，它对应吴松市的哪一条河流，已经由外勤组去查了，但就目前来说线索并不多。网络犯罪调查科只好做了另一手准备，申请调整全市的道路监控系统，将姚佳宸作为优先排查人，只要捕捉到相似度60%以上的可疑人物，就立刻出警前往调查。

徐佳揉了揉发涩的眼睛，将手边的咖啡一饮而尽，起身走到白板前。上面贴了张二〇〇一年版本的吴松市地图，上面用红笔画着三个圈，分别是陈山宇、张礼道、姚佳宸的家。徐佳提起红笔，把洪兆庆的家也画在了附近。这个结果可以说在预料之中，如果弄清楚了二〇〇一年四个人之间发生了什么事，或许就能知道姚佳宸的杀人动机了。但现在时间太紧迫了，弄清楚为什么杀人，远远不如抓到杀人凶手更重要。

房间里忽然灯光大亮，刺得人眼睛生疼，徐佳下意识地用手背遮住了额头。

"怎么只开两盏灯？局里不缺这点电费，光线太暗对眼睛不好。"陈处长的声音，"熬了个通宵？"

徐佳看了眼时间，不知不觉已经凌晨四点了。

"不要给自己太大压力，前天的直播现场，不管是谁都无法预料会是那种情况。"陈处长安慰道，"我已经跟市局领导汇报过了，他们也很体谅……"

"体谅？"徐佳梗着脖子道，"听说你被领导骂了个狗血淋头，案子再出纰漏，处长都没得当了。"

"你都知道了啊。"陈处长摸出一根烟塞进嘴里，想要点燃的时候，看了看徐佳，又取下来，夹在耳朵上。

"抽吧。死了三个人，案子还没什么进展，你的压力比我们更大。"徐佳道。

"是不是觉得自己是个废物？"

"有点儿。"

"是不是觉得哪怕忙得没日没夜，只要没破案，就会被受害人的家属埋怨,被老百姓骂无能?"

"这个挺正常的。"

"是不是就算破案了,除了同事和领导表扬几句,其他人也都觉得是应该的,没说过警察什么好话?还有不少莫名其妙的人,恬不知耻地说什么凶手也有苦衷,也是逼不得已?甚至还有人为凶手鸣不平,说警方没有给凶手改过的机会?"

"我知道他们都是错的。"

陈处长叹了口气:"当年,我和你父亲经常因为这些愤愤不平,也没少跟人吵过架。你这孩子,正义感是挺强,但性子终究还是太刚烈了,也不知道是好事还是坏事。"

"知道黑白对错就好,其他的我没想那么多。"徐佳道。

"也好,活得纯粹些也好。没有什么恻隐之心的话,也不会被感情左右,不至于像老徐,同情凶手,反而……"

"陈处长,你这么晚了来找我,有什么事?"徐佳硬邦邦地打断了陈处长。

"没什么,只是路过会议室看到灯亮着,就来看看。"陈处长意识到自己说错了话,"别有太大压力,也别失去了信心,觉得自己破不了案子。我们当警察的,是解题人,只能在凶手犯了罪后才去破案。就算再优秀的警察,也不可能在案发前抓到凶手。正因为我们的存在,才让正义得到伸张,罪恶得到惩处。有些案子太过复杂,线索太少,再加上办案人员的能力和技术所限,案子会破获得比较慢,甚至变成悬案。但只要我们尽心尽力了,就不要去苛责自己,对于我们来说,重要的不是完美,而是坚持。你明白吗?"

徐佳沉默了半晌,道:"明白是明白了,但明白了也不见得能做到。"

"只有明白了，才有可能做到。"陈处长道，"我也不是白挨了骂，市局领导已经同意签发通缉令，全市通缉姚佳宸。对千视公司也不用太客气，该怎么调查怎么调查，出了什么问题，我担着。只要抓到了凶手，动机、手法之类的，可以在审问时解决。"

"如果这样就好办多了，查案子最怕的就是束手束脚。"徐佳的语气缓和了一些。

陈处长道："你好歹眯一会儿吧，天马上就要亮了，一直熬通宵可不行。"

"知道了。"徐佳点了点头。

陈处长向会议室外走去："还有那个徐川，他私心太重，没什么责任感，才会在杀人直播中途擅自跑出去，中了凶手的圈套。对这种人别陷得太深，还是少接触，没他我们警方一样能破案。"

"我只是在利用他查案，真的没什么。"徐佳辩解道。

陈处长站在门外，从耳朵上取下那支烟，一口气吸掉半支，才转身离开。

徐佳关掉灯，在黑暗的会议室中站了一会儿，索性将几张会议桌拼到一起躺了上去。睡上三四个小时后，就要抓紧时间对案件进行下一步的推演，那个阿克戎河到底是哪里，一定要搞清楚；还有八十五项待查内容，现在知道第三个死者是洪兆庆了，要加上这个因素，再重新核对一遍才行；还有姚佳宸，既然已经公开通缉……

没等她捋完纷乱的思绪，疲惫的意识已经跌入深渊之中，令她沉沉睡了过去。

"看第三起杀人直播了吗？Soulmate 真是神了！"

"警察还傻乎乎的追查什么数据流量，谁知道Soulmate已经把人杀了！"

"哈哈哈，真是太精彩了，必须赞一个。"

"我听朋友说，这次死的就是个人渣，抢劫强奸啥都干，好像手上还有人命。"

"我知道，我知道。这个洪兆庆是我初中同学的邻居，就是混黑道的，进过好几次监狱。"

"真的吗？那前面死的两个肯定也是这种货色！警察怎么就没把这些人抓起来啊？"

"你太落伍了，早就有人披露过消息。这几个人都是地痞流氓，他们在十多年前就干过不少坏事，弄得好多人家破人亡，早该枪毙了。结果呢，因为他们都有背景，警察根本不敢去抓他们！"

"什么世道！不过现在有了Soulmate，这些人日子不好过了。"

"唉，希望Soulmate不要被抓到。"

"你傻啊，就警察那种水平，能抓到Soulmate？"

"对，对。听说那个叫徐川的私家侦探也参与了这个案子，就算他以前抓到过Soulmate，这次还是被耍得跟个傻瓜一样。"

"哈哈哈，这种只认钱的傻缺私家侦探，出门被车撞死最好。"

……

林萌快速滑着手机，都是类似的帖子和评论，越看越是恼火。她试着用不同的小号发表一些观点相反的评论，马上就被群起攻之。到了最后，她只好把手机一丢，烦闷地看着白色的天花板发愣。

本来以为脚只是小伤,结果来医院拍了片子,才发现竟然骨折了。难怪会那么疼,也不知道当时自己怎么能忍得了,连续踢了十几脚。听医生的意思,就算她年轻,至少也得恢复个二三十天才能出院,不然很容易留下后遗症,走路都走不成。吓得她再也不敢任性,老老实实打上石膏,躺在了病床上。

让她感到烦闷的,不只是网上的评论,更重要的是自己没办法继续参与案子。没有了少女侦探林萌的助阵,警方特别顾问徐川和网络犯罪调查科徐佳查起案来,肯定事倍功半。但徐川却完全意识不到这一点,反而叮嘱她好好休息,自己跑出去了。

林萌转头,看到趴在床边睡得呼噜作响的熊猫,更是气不打一处来,抬脚就是一下。结果忘了脚上正打着石膏,刚碰上熊猫的脑袋,彻骨的痛楚就犹如电流传遍全身,让她忍不住大叫了一声。

熊猫迷迷糊糊地抬起头,嘴角还挂着一丝口水,呆滞问道:"萌萌酱,怎么了?"

"你压到我的脚了!"林萌骂道。

"哎哟,哎哟,真是罪过。"熊猫忙不迭地往后退了几步。

看林萌没再吭声,他放下心来,拍了拍自己的肚子:"现在几点了,怎么又饿了?"

"除了睡就是吃,你还能干什么?"

"这医院不是不让带电脑进病房吗,不然能干的事可多了。"熊猫看了眼窗外的天色,"你表哥应该不会回来了,咱们点外卖吃吧?"

"医院里有饭,为什么点外卖?"林萌道。

"太清淡了,不合我的胃口。"熊猫嘿嘿干笑道。

"随便你。"林萌将手机丢给熊猫,忽然想起了什么,"你说,姚佳宸为什么要在杀人直播时,给我表哥发短信?"

"当然是调虎离山啊,把你表哥从徐佳那儿调走,防止他看出破绽。"

"不对,这次杀人直播,就算我表哥在,也看不出什么破绽。要不是姚佳宸把直播画面切换到前台,谁会知道那里还放着一个冷藏柜?"林萌道。

"说得也是,既然你表哥在不在现场都无关紧要……"

"还有,我表哥到那栋烂尾楼的时候,姚佳宸早就提前设置好了陷阱。那个房间、信号屏蔽仪只能是提前准备好的。"林萌的眼睛渐渐亮了起来,"姚佳宸在杀人直播时给我表哥发短信,才不是什么调虎离山,是为了让警方没有警力可以支援他。"

"你是说……姚佳宸的主要目的,并不是第三起杀人直播,而是要杀死你表哥?"熊猫搔了搔头,"这么想的话,倒是挺可怕的。"

"第三起杀人直播早就设置好了,并不需要太多的精力去操作,最多就是切一下直播画面。姚佳宸对这个很有把握,才会在直播时把我表哥引到陷阱里。我表哥应该也怀疑到这一点,才会提前交代我尾随他,留下了后手。"林萌越说越自信,重重点了下头。

"真是搞不懂你们,一件小事都能想出花来。"熊猫咂了咂嘴。

"但姚佳宸为什么非要杀死我表哥,难道我表哥查到了什么对她不利的东西?也不对,所有人都知道她是凶手了,抓到她只是时间问题,有什么杀人灭口的必要吗?"林萌的眉毛拧到了一起。

"哎呀,管他呢,你不是把他救出来了吗?"熊猫看着手机屏幕,"要不吃猪排饭吧?再加一份油焖虾,一份炸鸡块,两瓶可乐?"

"我是病人!给我吃这么油腻的东西,没问题吗?"林萌没好气地道。

熊猫搔了搔头:"也是,要不给你点一碗清汤鸡蛋面?"

林萌没有理他,喃喃自语道:"为什么?如果是要杀人灭口,为什么又布置得不够严密,让我能踢开门把人救出来?"

她看着正在忙活点餐的熊猫,问道:"我记得,表哥收到的短信不总是分两次发的吗?两次发信人不是同一个,第一次是姚佳宸发的,第二次的内容刚好跟第一次相反。如果第一次的短信是要害他,那第二次的短信就是要救他了?"

熊猫看着手机,有一搭没一搭地说:"是啊。不过老徐说现在查第四起杀人预告要紧,第二个发信人到底是谁,缓缓再查。"

林萌的神色却慢慢凝重起来:"我看到楼上起火后,就冲了上去。但是你也知道,那栋楼还没建好,从外面根本无法确定起火的地点。如果我一个区域一个区域地去找,恐怕要花上很长时间。但是在一层的楼梯拐角,我遇到了一只柴犬,是它把我引到着火的房间门口的。"

"柴犬吗?在咱们这儿很少见的,虽然算不上非常聪明,但训练起来很容易。"熊猫心不在焉道,"你要是喜欢,回头跟老徐说说,我们也养……"

"我表哥不让你查第二个发信人,"林萌打断了熊猫的碎碎念,"是不是他心里有了底,基本上猜出来第二个发信人是谁了?"

那八十五项待查内容,竟然取得了意想不到的进展。由于出现了第三个死者洪兆庆,派出所的民警按照要求,又走访了一遍那三十四个娱乐场所的老板,进行指认。结果有家早已歇业的台球厅老板,立刻认出了照片上的洪兆庆。派出所的民警不敢懈怠,马上把人带到网络犯罪调查科,交给了徐佳。

对于这个突然出现的进展,徐佳显得非常慎重。不顾众人的反对,她坚持通知徐川,等他来了之后再进行询问。徐川赶到的时候,台球厅老板已经在会议室等了快一个小时,有点不耐烦了。

询问安排在会议室,这是徐川的主意。既然是台球厅老板主动提供的线索,就要给他一个宽松的环境,让他感到安心,才能畅所欲言。于是三人就在会议室里,拼了两张桌子面对面坐下来,没有录像,还放了几瓶饮料。先是聊了几句家常,弄清了台球厅老板的情况,让他没了拘谨,话也渐渐多了起来。他叫吴德金,年轻时盘下了一个小台球厅,磕磕碰碰开了二十多年,拆迁之后就搬走了。

"吴老板,搬走之后生意还好吗?"徐川淡笑着问道。

吴德金摇头道:"不行了,没多少人玩台球了。现在的年轻人啊,都玩手机上的游戏,也不知道怎么想的,那么一小块屏幕,哪能比打台球有意思?"

"以前去台球厅的人很多吧?我五六岁的时候,还记得当时台球厅、街机厅经常要排队,去晚了就得等。"

"那都是十几年前了,现在不行了,跟不上潮流啦。"

"不过那个时候,打架闹事的也多吧?有些小混混儿年纪不大,做起事来挺狠,连老板都不敢招惹他们。"徐川抛出了个钩子。

"那可不。那时候洪兆庆就是一个,别看他年纪小,可长得壮实,人高马大,不知道的还以为他至少十七八岁。有不少小孩都跟着他，比他大两三岁的都听他的。"吴德金愤愤道，"他打球挺好，经常在我那儿跟人赌球，赚了一点钱。有时候，还设局骗人，被发现了就跟人打架，我那儿有一大半的事都是他闹出来的。"

"为什么没报警？"徐佳问道。

"我是做生意的，得罪不起他们。有时候被骗的人报了警，警察来看是打架，也只能弄回派出所，批评教育下就给放了，撑死了拘留几天。出来之后，他们就带着麻袋什么的，找到报警的人，闷头打一顿，听说有的人胳膊都给打断了。"

"像这种事，还是应该报警，相信警方。"徐佳很真诚地说。

"除了洪兆庆，陈山宇和张礼道这两个人，你有没有印象？他们两个有没有在台球厅出现过？"徐川没有在那个问题上纠结。

"开始排查的时候，我是真没认出那两个人。你知道的，洪兆庆身边总是围着一群人，彼此都喊绰号，不知道叫什么名字。再说过了十几年，他们那群人都变了样，看不出谁是谁了。我对洪兆庆印象深，主要是他弄来的钱除了花掉一部分，还在我那儿存了一部分。"吴德金有些不好意思，"他那时候没办身份证，开不了银行卡，又不相信跟他一起的那些人。想着我是做生意的，跑得了和尚跑不了庙，才存到我那里。那些钱，我可是一分钱都没动他的，就相当于一个保险柜。"

"存了多少钱？"

"刚开始就两三千，后来就不得了了，最高能存到九千多。那时候九千多什么概念啊，抵得上平常人大半年工资了，仅靠他在台球厅骗人赢钱肯定攒不够。我就怀疑这些钱来路不正，问过他，结果被骂多管闲事。"吴德金摸了摸后脑勺，"后来，洪兆庆突然消失了好长时间，我问过跟他混的那些孩子，也都不知道怎么了。我还以为他搬家了，结果第二年春节刚过他又回来了，还吹嘘说杀了人。"

"杀人？"徐川和徐佳对视了一眼，"是什么时候的事？"

"二〇〇一年，大概是夏天……还是秋天来着，过去这么多年，实在记不清了。"吴德金道。

"他说自己杀人了，你报警了没？"徐佳插话道。

"没有。只是他自己说，也不知道是真是假，我不能给自己找麻烦。"吴德金躲过徐佳的目光，"后来没过多久，他好像就因为盗窃被抓了。警察找到我的时候，我就把他存的钱全都交了。再后来，那一片要拆迁，我就搬走了。"

"从那以后，你们就没再联系过？"

"要是那样就好了。他出狱后，不知道从哪里弄到了我的新地址，不依不饶非要我还他那笔钱，最后加上什么利息，足足敲诈了我五万块。"吴德金恨恨道，"好在没过多久，他又因为抢劫进去了，让我清净了几年。"

"这之后呢，还找过你吗？"

"你说呢？就在今年还找我，说要借钱做生意，又要走了五千块。"吴德金掩饰不住心中的快意，"前两天听说他被什么审判之神弄死了，我高兴得一个人喝了一整瓶黄酒，实在是太解气了。"

"是啊，这种人死了最好。"徐川附和道，"对了，洪兆庆那次说的杀人的事，你还知道多少？"

"那种事我没问过他，就听了那么一两句。那时候有几个经常跟他一起混的人，有段时间也没去台球厅。"

"知道杀人的事发生在哪里吗？"

"好像就在那一带？有次听他炫耀，说是从台球厅出去后，在路上干的。"

"杀了什么人知道吗?"

"那不清楚。后来传言多了,都变样了,有的说洪兆庆跟人打架,失手把人打死了;还有的说是他用匕首刺死了个黑道上的大哥;还有说他是偷东西时候被发现,把人推进地铁里了;当然,也有人说他是吹牛。这种事,警察应该能查到吧?"吴德金偷眼看了下徐佳,"其他的就真没什么了,我可以回去了吗?"

"嗯。谢谢你提供的线索,我们会仔细调查这件事的。"徐佳起身道,"如果以后又想到什么,随时可以打给我们。"

吴德金连忙站起身,冲两人微微弯腰,快步走出会议室。

"你觉得……这人说的话几成可信?"徐佳问道。

"最起码没他说得那么无辜。洪兆庆能一直敲诈他,当年他们的关系肯定不止存钱这么简单,搞不好所谓赌球骗人,是两个人设计好的勾当。"

"那杀人案呢,他是不是也有所保留?"

"不会,杀人这种事跟赌球不一样,是要坐牢的。如果真是跟他有关,他绝对不会说出来。"徐川道,"吴德金说杀人案可能发生在夏天或者秋天,结合凶手的暗示,应该就在二〇〇一年九月。"

"根据那八十五项待查内容,派出所的民警已经梳理了当年的刑事案件档案,二〇〇一年九月左右,附近并没有发生杀人事件,抢劫、盗窃倒是有几起,但也跟他们三个人无关。"

徐川道:"当年他们都未满十四周岁,按照当时的法律来讲,十四周岁以下不负刑事责任,而且犯罪记录会被封存。会不会因为这个原因,才没显示前科?"

"封存未成年人犯罪记录的范围并不适用司法、执法部门,我们警方调阅的话，第一时间就能查出来。"徐佳推了下眼镜框，"不过……二〇〇一年的话，不少派出所都还没有做到人手一台电脑，更别说网络化办公了，很多档案卷宗都是纸质的。再后来推行大数据平台，优先录入的也是刑事案件，治安案件还真不能确保百分之百地录入。但是，治安案件的情节一般都很轻微，无非是打架什么的，犯不着被人记恨二十年。"

徐川思索了一下问道："那系统中，有涉及这三个人的治安案件吗？"

"没有。不过在你来之前，我们已经派人去查了。"徐佳道，"如果发现了什么，我会马上跟你通气的。"

"嗵！"会议室的门忽然被撞开，气喘吁吁的陈诺出现在门口。

徐佳问道："怎么了，有新情况？"

"刚才有个派出所的值班民警打电话，原来洪兆庆在失踪前一周报过警，说有人要杀他！"

"这么重要的事，怎么现在才说？"

"他当时没有做记录也没上报，这几天一直在纠结，今天才决定说出来。"

"叫几个人，我们马上去派出所，问详细情况。"徐佳对陈诺道，"我去洗把脸，马上就去门口集合！"

陈诺用力点头，白了徐川一眼，转身离开了。

"线索越来越多，姚佳宸的嫌疑也越来越确定了。"徐川道，"如果……我是说如果，你们抓到姚佳宸之后，她也坦白了这三起杀人直播都是她一手完成的，你们还会继续追查下去吗？"

"有了证据和证言，再加上凶手的口供，为什么还要追查下去？"徐佳快步走到门口，"只要抓到姚佳宸，只要她配合我们，那她的杀人直播动机、二〇〇一年到底发生了什么，这些谜团就都能解开了。"

徐川跟着追了两步问道："问句题外话,那个值班警察会被记功还是记过?"

徐佳身子停顿了一下："应该会被开除。"

"就算提供了破案的佐证,也是这个下场?"

"他违反了工作纪律,隐瞒了本该上报的事情,就算有理由,也是没有办法的事。"

"如果不说,岂不是没人知道?"

"他自己知道。如果不说,他会一辈子不安,一辈子活在阴影里。"徐佳的声音越来越远,逐渐听不到了。

偌大的会议室里,只剩下徐川一个人。他上前几步,坐到主席台的桌子上,面对着白板,陷入沉思。面前的白板上写满了字,几张彩色照片被杂乱的线条拉扯,宛如一团乱麻。就算姚佳宸认了罪,还有一些疑点是无法解释的,但警方在舆论的压力下,已经沉不住气了。人是种情绪化的动物,当压力到了极限,会迫切需要一个答案。如果这个答案能解决大多数问题,那么绝大部分人会欣然接受,坚信不疑,将剩下一部分问题弃之不顾。这是人的本性所决定的。毕竟,这世间不存在完美的东西,就连真相也一样。但是,不完美的真相和虚假的真相并不是一回事。徐川摇摇头,跳下桌子,拿起擦板将白板上的字迹全部擦掉,重重写下了"Soulmate"这个单词。

然后,独自离去。

伍越泽目光呆滞,脸颊僵硬,手心中满是汗水,双腿在微微打战。他刚演讲完,坐回自己的位子上,情绪还没有缓过来。虽然稿子改了无数次,对着文若男背诵了无数次,但正式演讲的结果仍不是很理想。面对礼堂内一千多人，伍越泽的心脏几乎要跳出胸腔，除了开头几句还算流畅，接下来的十多分钟都是磕磕巴巴，勉强说完。若不是看到文若男坐在后排，他都没勇气在演讲席上待下去。

伍越泽抬头看了眼主席台，现在演讲的是个穿了一身精致西装，打着领带的同学，他正声情并茂地讲述自己参加社会实践遇到的趣事，时不时引起一阵笑声。英才计划的演讲环节实行淘汰制，二十五进七，由主席台上的十多位学校校董评分，这下无论如何是没有希望了。

文若男和他都想得太简单了，以为就是个演讲比赛，看谁表现得更好。结果看看其他同学的演讲，不少都是精心设计过的，有意展示出课业之外的精彩人生。兴趣爱好、志愿服务、社会实践方方面面的闪光点，让这些学生看起来综合素质非常优秀，而且家庭条件显然也很殷实。伍越泽第一次见识了什么叫作阶级差距，也明白了自己的优异成绩，在"英才计划"中的参考比重并不算太大。生来就在地上爬的，是无论如何都飞不到天上去的，他拉了下洗得发白的夹克下摆，身子往座位里又缩了缩。

本来也没抱太大希望，只是偶尔想到，如果踏入这条捷径，离自己的目标就更近了一些。现在的话，只能老老实实地读完初中，考上重点高中了。上了高中的话，可以利用空闲时间打零工挣学费。妈妈留给自己的钱并不多，还是要早做打算的好。等到上了大学会方便一些，课业不紧张，假期又长，利用大学生的身份，也能找到些薪水高点的兼职。大学毕业后，找个工作先干着，最重要的是攒钱，毕竟有太多的事都需要用钱。

周围响起了掌声，演讲环节终于结束了。伍越泽扭头向后排看去，文若男冲他摆了摆手，让他不要在意。之前约好了，不管演讲能不能过,都要一起去吃牛肉面,文若男请客,算是对收到天鹅链坠的谢礼。

一个花白络腮胡子的外国人走上了演讲台,校长介绍过他叫雅各布·霍夫曼,是达斯汀·霍夫曼基金会的执行主席。这个外国人伸出双手将笑声压了压,一开口竟然是字正腔圆的汉语。他介绍了达斯汀·霍夫曼基金会的建立背景、英才计划的创立初衷,然后是对刚才演讲学生的点评。伍越泽听了几句,发现都是些客套话,赞扬那些学生如何优秀之类的。接着,这位外国友人拿出名单,开始公布"英才计划"的入选人,毫无意外都是那些出身好,兴趣多,涉猎广的学生。从第一名到第六名,无一例外。

念到第七名的时候,这位"英才计划"的创始人停顿了一下,眉头皱了起来。不知道为什么,伍越泽忽然有些忐忑,尽管不觉得自己会被评上,但他还是奢望会有奇迹发生。主持人快步走了上去,看着名单低声说了几句。

霍夫曼摊了下手,道:"看来我对中文还是知之甚少,被生僻字难住了。第七名入选同学,是陈昭熜,建议你到英国之后取个简单点的英文名。"台下响起一阵善意的哄笑,被点到名字的学生站起来,很是优雅地鞠了个躬。伍越泽摇了摇头,刚才的想法太自作多情,奇迹这种东西什么时候眷顾过自己?

"我父亲创立基金会时,规模并不大,只是给一些有抱负的先生一点金钱上的支持,关键时候推他们一把。基金会是在我手上蓬勃发展起来的,我创立了英才计划,以促进中英之间优秀人才的交流,给他们提供平台,拓展诸多人脉,从而让基金会成了俱乐部性质的团体。每位入选英才计划的先生,都相当于拿到了一张高速车票,几乎每个人都会得到基金会会员的帮助,金钱上、荣誉上、机遇上等,我曾经以此为荣。"外国人停顿了一下,"有时候,我也会想起我的父亲,他在晚年失去了对基金会的控制,还一度想要改变我的做法,虽然他并未成功。我以为这是出于父亲的自尊和对儿子的嫉妒,包括他临终前说的那句话。"

伍越泽觉得挺没意思,虽然这位外国人很坦白,剥去了英才计划上的冠冕外衣,但这些东西他很早就意识到了。不然的话,就算文若男再劝他,他也不会参加这个演讲。

"人总要跟父亲和解,无非时间早晚。"霍夫曼继续道,"前几天,有位警察先生要求跟我见面,也是要谈一谈英才计划。说真的,我遇到过很多人,找了很多关系,想要疏通所谓的关节,为他们的孩子争取一个名额。我都拒绝了,我在意的是入选者是否优秀,而不是他的父母是否优秀。所以我按老办法,晾了晾这位警察先生,让他在酒店的大厅里等着。几乎所有来疏通关节的人,都忍受不了这种羞辱,都会愤然离开。就算坚持等的,也超不过五个小时。但这位警察先生却是个例外,他等了我三天两夜,在我进出大厅时努力跟我搭讪了四次,虽然每一次都被保安推开。

"直到最后一次,我有些好奇。一个身份普通的警察,为什么如此执着,于是给了他五分钟的时间。就在这五分钟的时间里,他说服了我,让我深深反思了一番。跟我父亲临终前说的一样,达斯汀·霍夫曼基金会创立的初衷,是为了帮助最需要的人,见识广阔的天地。而我后来做的这一切,是把机会留给了最优秀的人。但在大部分时候,最需要的人和最优秀的人,是完全不同的两种人。不,这不是我向父亲认输。他是一个理想主义者,我是一个现实主义者,我不会延续他的人生,我只是向死去的他表示和解。"

主席台上的十多位校董面面相觑,显然这番话事先没有进行过沟通,也没人知道这个外国人想做什么。礼堂里也有不少学生在小声议论,尤其是那些已经公布名单的学生,在担心会不会推翻结果。

"所以,我决定,给这次的英才计划增添一个名额,留给入围的二十五个人中最需要的那个。这个名额的所有费用,由我自己出,让我们恭喜这位意外入选的先生,"霍夫曼的目光转了过来,"伍越泽。"

伍越泽只觉得脑袋"嗡"的一声,整个人都飘了起来。无数目光向他射来,羡慕、嫉妒、温暖、嘲讽、欣喜、愤恨各种情绪杂陈其间。他浑浑噩噩地坐在位置上,不知道要怎么办才好,是起身表达谢意,还是上台发表感言?他看到有老师走了过来,情不自禁地缩紧肩膀,目光飘向了别处。

"让这位先生在喜悦中沉浸一会儿,也许晚宴的时候,你们可以再问问他的感受。"霍夫曼替他解围道,"有些时候,惊喜总会让人觉得这个世界不那么真实。"

伍越泽的嘴唇翕动了一下,似乎说出了什么话,周边几个同学脸上露出惊讶的表情,已经走过来的老师也哭笑不得。

"这位先生说了什么?"霍夫曼好奇问道。

伍越泽张了张嘴,没有发出什么声音,反倒是后排的同学大声替他回答:"刚才他说,他不参加晚宴,要和他姐姐去吃牛肉面!"

话音刚落,礼堂中立刻响起了一阵哄笑,主席台上的校董也频频摇头,选出这么一个乡巴佬去国外留学,真是有损学校的颜面。

"挺好,有个性。"霍夫曼耸了耸肩,"Do what you want

to do, be who you want to be."

接下来,是部分入选学生表态发言,校长总结讲话,又拖拖拉拉地进行了将近一个小时。伍越泽全程都是浑浑噩噩的状态,脑子里快速浮现起无数个念头,转眼间又消散而去。等他回过神的时候,礼堂内的人已经走得差不多了,文若男坐在他身边,正忧心忡忡地看着他。

"我……没……没做梦吧?"伍越泽结结巴巴地说。

"没有。我倒是怕你跟范进一样,拿到了名额,反而疯了。"文若男拍手道,"现在好了,起码不耽误吃牛肉面了。"

伍越泽长舒了一口气,又忽然像想起了什么,站起身慌张地四处张望。看过一圈之后,他又坐了下来,面露沮丧,神情木讷。

"找人?"文若男道,"上次去派出所领你,有警察说是熟人打招呼,才让我们先走。今天这个老外又说,是个警察找到他,他才改变了主意。怎么,你跟某个警察很熟吗?是你的亲戚?"

"不是。"伍越泽生硬地回答,"只是个朋友。"

"朋友。"文若男若有所思地重复了一遍,"我好像都没见过你的朋友。"

"我们吃牛肉面去吧,我饿了。"伍越泽低着头,声音很小。

"好。那我们现在就去。"文若男没有追问。

她明白,不去探求别人不愿提及的秘密,是保持关系的底线。更何况,伍越泽入选了英才计划,他们能相处的时间已经不多了。人海茫茫,以后很有可能会失散在世界之中,从此再没有了交集。就让这段奇特友情的最后时光,平平淡淡地结束,才是最好的选择。

第七章 非关正义

淞沪大学图书馆。

徐川拎了个大塑料袋，在王进办公室门口晃悠了一圈，走进去后随手关上了门。老头子正在读一本厚厚的德文原著，没有搭理他。徐川也不说话，在办公桌上清理出一大片地方，从塑料袋里掏出很多东西，一一摆在上面。四个形状古朴的赭色瓷瓶，上面贴着商标，写着"黄樱"两个汉字，还有一些字体很小的日文。几个漆成黑色的木质小食盒，装着各色食物，盖着透明的玻璃盖子。徐川把瓷瓶上的木塞拔掉，划拉出两个小瓷杯，将酒倒了进去。与想象中的不同，杯中的酒是透明的。

徐川提起瓷瓶看了看，确实写着"黄樱"两个字："奇怪，怎么这黄酒颜色不黄呢？"

王进的目光从厚厚的镜片下斜过来，嘲讽道："什么黄酒？这是清酒。"

"好吧，我以为名字是黄樱，应该是黄酒才对。"徐川把一个瓷杯推给老头，将食盒上的盖子全部拆掉。

王进拈起酒杯，一饮而尽："你小子怎么会舍得给我买酒？从哪儿弄的？"

"萧城那儿，我去问他借钱，顺便要了几瓶酒。他知道是请你，又擅做主张，交代人弄了这几样小菜。"徐川道。

"那他可比你强多了。"王进念叨着,向食盒看去。银鱼干、海盐脆猪皮、醋昆布、帆立贝柱、炭烤章鱼脚,小菜处理得很用心,不论从色泽、形状上来看,操刀之人都有很高的水准。

"那是,他可比我有钱多了,我要是有个大公司,天天请你喝酒都行。"徐川捏起一块脆猪皮丢进嘴里,嚼得咯吱咯吱响。

王进又给自己满上一杯,道:"你怎么老是找萧城借钱,好意思吗?"

"他整个公司都是我给要回来的,偶尔借点钱也不算什么事儿吧。"徐川眼神闪烁,"反正以后他再有什么事,我也会帮他不是?"

王进发出一声嗤笑,一仰脖,又是一杯酒。

"其实借钱是他提出来的,问我手头紧不紧。我找他是问千视公司的事儿,韩百川之前提到过他,听口气两人似乎打过交道。但结果在我预料之中,萧城虽然见过韩百川,但彼此没有什么深交。而且萧城还告诉我,韩百川这人在商圈的名声不怎么样,都知道他过河拆桥的德行,没事的时候称兄道弟,一旦涉及利益翻脸比翻书还快。"徐川瞥了老头子一眼,"你上次的那个浆果干呢,就是别人从美国给你快递回来的那种?"

王进拈着酒杯,斜眼道:"绕什么圈子,你到底想问什么?"

"我想知道,张璇到底有没有死。"

"警方已经公布了她的死讯。"

"我试探过徐佳,她说当时特警突入,张璇试图反抗时,被半自动步枪打碎了脸,紧接着尸体就被火化了。但是,张璇没有前科,警方手上没有她的DNA资料,而且也没有亲属前去认尸。"徐川道,"那么,警方是如何断定,他们打死的是张璇呢?"

王进捏起一条银鱼干,放在嘴里慢慢嚼着:"或许,特警开枪前,就确认是张璇了。"

"这点就更奇怪了,警方的目的是抓捕张璇,不是打死她。一个单薄消瘦的小姑娘,在近身格斗上是特警的对手吗,能逼得特警开枪射击?而且特警一般训练有素,开枪打腿、打胳膊、打躯干都能做到吧,为什么偏偏打脸?"

王进举起酒杯,跟徐川碰了一下,慢悠悠道:"疑人偷斧的典故,你应该知道。有些时候,之所以觉得很多事都不合理,实际上是自己先入为主了。用这些隐晦的怀疑,来证明张璇还活着,太牵强了。"

"有人在美国见过她,就在警方公布她的死讯之后。"徐川直视着王进。

"哦?那人确定他见到的就是张璇?"王进一脸淡然地反问。

"那倒没有。"

"所以说,那人见到了一个姑娘,是你觉得她是张璇。"

徐川索性把话说明白了:"其实我这次来,就是想探探你的口风,如果张璇还活着,她应该会跟你联系。"

"如果那姑娘还活着就好了。"王进又给自己倒了一杯,"总比你这烂泥扶不上墙的小子强。"

徐川笑笑,没有再继续这个话题,两条短信前后矛盾的事情,他不打算讲出来了。王进的反应不太正常,提到张璇还有活着的可能时,他的反应太平淡了。要么是他见过张璇已经死了的确凿证据,要么是他知道张璇还活着。不管如何,在他这里套不出什么关于张璇的消息。

"案子查得怎么样了?"王进忽然问道。

"你不是不乐意说案子吗?"

"看你这么颓丧,我就勉为其难,指导你一下好了。"老头子又拆开一瓶黄樱,给自己倒了满满一杯。

"不怎么样。警方确定了一个叫姚佳宸的嫌疑人,现在正顺着这条线往下追,但我觉得有些事情还说不通。"徐川道。

"凶手的犯罪心理状态,这个最基本的环节,你搞清楚了吗?"

"差不多了。凶手在每次杀人直播之前,都会留下预告和信息,让杀人过程充满仪式感,让大众觉得他不可阻挡。而且在预告信息和壁画中,凶手都将自己放在审判者的位置,指出每个被杀的人都属于邪恶的一方。从犯罪心理学的角度分析,凶手应该是在相当弱小的时候,很可能是童年或者少年时期,经受过重大挫折而陷入人生低谷,并且无法以个人力量或者法律途径取得公平回应,造成了强烈的心理创伤。之所以会采取这么诡异而又麻烦的杀人方式,制造出轰动的社会效应,很大程度上是为了弥补早年间的屈辱和愤恨,来满足复仇感和正义感,对死者进行社会性的抹杀。"

王进吧唧了下嘴说道:"分析得头头是道,可惜没什么用。"

徐川点了点头,虽然能搞清楚凶手的心理状态,但不能以此去对照现实中的嫌疑人。他想了想,道:"现在的嫌疑人姚佳宸,跟我做出的犯罪心理画像差别比较大。她受过良好的精英教育,还有严重的心理创伤,精通IT技术,这方面算是符合犯罪心理画像。但她在性格、组织力、心理学这几个方面,又跟犯罪心理画像格格不入。"

"一九七九年,美国联邦调查局行为科学部推出了犯罪心理画像这项技术,但直到现在,也没有只凭心理画像就将罪犯在法庭上定罪的先例。"王进吐出了口酒气,"犯罪心理画像说到底是经验论,而且受侧写者本人的能力限制,只能作为查案的参考,不能作为决定性的依据。随着时代的变化,犯罪心理画像需要考虑的条件也越来越多,稍不注意就会得出错误的结论。"

徐川有些尴尬,"你是说我的心理侧写不准吗?"

"你的水平,啧啧。"王进语气中满是嘲讽。酒精让这位国宝级犯罪心理学专家脸色变得绯红,舌头也有些大,眼睛却更亮了。他索性撇开酒杯,拎起瓷瓶仰头灌了一气,满意地长出了一口气。

"我的水平当然不如你了,如果你算是高等教育,我最多是小学级别的。"徐川捏着鼻子拍马屁,"但是你说的时代变化,是什么意思?"

"以前的时代,不管是知识还是眼界,都有一定的阶级壁垒。学识、出身、地位,甚至年龄不同的人都有不同的圈子,这些圈子绝大部分都壁垒森严,外人很难融入。比如一个在山村长大的人,接触到外界的渠道,最多是通过电视机、收音机这些单向传播渠道。要想了解高出本身所处环境的东西,简直难如登天。"王进把炭烤章鱼脚划拉到自己这边,捏起一根丢进嘴里,"但现在不一样了,网络的普及,在很大程度上打破了一些阶级壁垒。各种平台、论坛、群组里,挤满了学识、出身、地位不同的人,他们会因为兴趣爱好或者奇怪的原因,汇聚成一个群体,完全无视现实中的个人条件。如果你对某些东西真的感兴趣,肯下功夫,不光能在网页上搜到这些知识,甚至能获得网友的一对一热心帮助。"

"但是网络上鱼龙混杂、泥沙俱下,也充满了错误的信息和不怀好意的骗子。"

"说得对,要想依靠网络成长,首要条件就是有明辨是非的能力。所以现在这个时代，聪明的人会更聪明，愚蠢的人会更愚蠢。"

"这些我都明白，但跟案子有什么关系？"徐川问道。

"没什么关系，就是发下感慨而已。"老头子的眼镜片下折射出狡猾的目光，"你的犯罪心理画像指出犯罪嫌疑人心思缜密、处事干练、心理素质良好，这三点都是对的。受过高等教育、拥有较高的心理学水平和计算机技术，组织领导能力和行动能力强，这些也对。你刚才说警方锁定的嫌疑人跟这个凶手的画像不符，也是对的。但你有没有想过，按照这个犯罪心理画像，你能抓到人吗？这么完美的凶手，还算是个人吗？"

徐川意识到老头子话里有话，却觉得眼前飘着一层迷雾，想不通他到底在暗示什么。王进已经歪在椅子上，醉眼蒙眬地斜视着徐川，嘴角还带着高深莫测的微笑。

徐川叹了口气："本来想找你指点迷津，结果越听越迷。"

离第四次杀人预告只剩下两天的时间了，有些东西不知道还是否来得及查清楚，更不知道查出来的会是什么结果。如果在这之前，徐佳抓到了姚佳宸，这个案子的真相或许将永远湮灭在黑暗之中。至少，徐川是这么认为。

"逆向思维。"王进在睡梦中嘟囔了一句。

徐川看着他，若有所思。老头子正顺着椅子往下滑，眼睛已经完全闭了起来，手中还紧紧攥着酒瓶。徐川站起身，环视四周，从书架下揪出一张薄毯子盖在老头子身上。他把桌子上的空食盒和空酒瓶都收拾起来，一股脑儿塞进垃圾篓里。

手机毫无预兆地响了起来，是徐佳："你在哪里？"

"淞沪大学这边，派出所那边的治安案卷有发现了吗？"

"不是治安案卷。不过基本可以确定姚佳宸就是凶手了，她的杀人直播动机、二〇〇一年发生了什么事情,都搞清楚了。"徐佳道,"我们正在回总队,刚好顺路,你在大学门口等着吧。"

徐川挂断了手机,看着正在酣睡的王进,自言自语道:"这么简单,就把案子全破了?"

在淞沪大学门口只站了不到二十分钟,那辆老桑塔纳警车就遥遥驶来,停在路旁。徐佳摇下车窗,冲徐川摆了下头。

"怎么车里就你一个人?"徐川拿起副驾驶座上的平板电脑,坐了进去。

"我把他们都打发走了,只有我们两个人,谈起来更方便一些。"

徐川没有再说话,盯着平板电脑的屏幕,上面是卷宗模样的照片。

"说起来挺巧的,洪兆庆报警的派出所刚好就是当年有属地管辖权的派出所,我们顺便筛查了下二〇〇一年的治安案卷,果然发现不少没有录入系统平台。不过在剩下的治安案卷里,仍然没有发现跟这几个人有关的案子。于是,我们扩大了核查范围,把警察出动执法的民事案卷也查了一遍,结果发现十一月的一起意外事故有些问题。"

"十一月?凶手暗示的不是九月吗?"徐川皱眉。

"案卷虽然标注是十一月,但这起意外事故其实是九月发生的。"徐佳道,"受害人方文娟昏迷了两个月后才清醒,由于瘫痪在床,是另一个人前去派出所报案的。"

"既然是意外事故,为什么还要去报警?"徐川一张张看着案卷。很平常的案子,受害人与三人发生纠纷,互相推搡,头部不慎撞到石阶,导致脑部受伤,昏迷瘫痪。报警人声称方文娟是被三人殴打所致，要求对三人进行批捕，并提起刑事诉讼。但因为缺少关键证据，最后以意外事故结案，只协调了一些民事赔偿。整个案卷里有些人是有名字的，有些人则用了字母代替。徐佳说的问题，应该指的就是这个。

"发现了？"徐佳道，"我从入职以来，办的都是重案，对为什么用字母缩写也不是太清楚。原先负责核查的同事，因为这个案卷是十一月的，又不是刑事案件，也没有三个死者的名字，就完全没有注意。这次翻阅案卷时，我才意识到，案卷里那些用字母代替的人，跟一系列杀人直播案的凶手和死者姓氏首字母一样。"

徐川飞快地切换几张案卷，Z、C、H这三个是与受害人方文娟发生推搡的人，Y是帮受害人报警的人。不错，跟陈山宇、张礼道、洪兆庆、姚佳宸四个人是对应的。

"为什么会把这几个人的名字用字母代替，我也是问过年龄大的老警察才弄清楚。"徐佳道，"当年有个不成文的惯例，对于未成年人，出于保护隐私的原因，在案卷录入时一般用姓名首字母代替。这几个人在二〇〇一年时，都未满十四周岁。当年到底陈山宇、张礼道、洪兆庆三人是不是对方文娟进行了殴打，我们现在已经不好查了。根据相关资料显示，在这事件被认定为意外事故后不久，方文娟就抑郁而终。

"由于这起案子没有人证物证，只有受害人的自述，再加上洪兆庆三个人都未成年，就算提起公诉，败诉的可能性也非常大。估计办案警察看明白了这一点，跟受害人协商后，让三人赔了方文娟一些钱，做了意外事故结案。但参照姚佳宸现在杀人直播的举动倒推的话，至少她是认定这三个人杀死了方文娟的，她所做的一切都是在为方文娟复仇。"

徐川看着案卷，沉默着。案卷的末尾有办案警察的签名，力透纸背，写得非常潦草，看不清到底是什么。

"办案警察呢？"

"死了一年多了，肺癌晚期。"

"一年多……"徐川道，"这案卷不对。"

"什么？"徐佳看了眼屏幕。案卷中用的是老式信纸，顶头是派出所的名字，接着用红色虚线作为横纹，将信纸分成了十几行。

"信纸下面的页码写错了，跟内容顺序不对照。"

"哦，可能当时先手写了页码，后来信纸散了，就没按原先的页码顺序写案卷。"徐佳道，"别说那时候，现在的信纸质量也不好，撕多了也会散开。"

"姚佳宸跟方文娟是什么关系，为什么会替她审判这三个人？"徐川问道。

"邻居。还记得姚佳宸的母亲生下她后，就跟情人跑了的事情吧？姚佳宸跟着姥爷姥姥生活，平时没少得到方文娟的照顾，可以说把方文娟当成了母亲。后来帮姚佳宸报警，把她从亲生父亲手中救出来的，也是这个方文娟。姚佳宸为方文娟报仇，从情感方面说得过去。"徐佳道。

"即使相隔了二十年？"

"人嘛，爱一个人持续的时间通常很短，恨一个人却可以恨一辈子。"徐佳疲倦地摇晃了下脖子，"我们调取了姚佳宸的医疗记录，发现她常年服用抗抑郁症药物，甚至在国外因为自杀被急救过。当年方文娟的死对她打击很大，大概是为了复仇，才能撑到现在。"

徐川沉默不语。

徐佳接着道:"昨天已经下发了姚佳宸的全市通缉令,现在动机也弄清楚了,再加上台球厅老板的证言,局里打算明天上午就开新闻发布会。接下来,就是如何将姚佳宸缉拿归案的问题了。"

"逻辑上说得通,但总觉得哪里不太对劲。如果这个推断是正确的,那难道第四起杀人直播预告,是针对姚佳宸父亲的?他还在坐牢吧?"徐川沉吟道,"预言中有阿克戎河,洗净罪恶,姚佳宸要怎么把他从戒备森严的监狱里弄出来,再找到一条河淹死他,而且全过程直播?"

"这个最难,所以姚佳宸放到了最后。"

"说不通。凶手心思缜密、处事冷静、锱铢必较,每个细节都精确得可怕,怎么可能在最后一步给自己定下不可能完成的目标?"

"你……"徐佳叹了口气,"你在潜意识里一直希望Soulmate没有死,所以把一些暂时解不开的疑点,都作为Soulmate还活着的证据。你不想让案子这么简单就破了,不想这案子没有Soulmate参与,所以不愿承认现在这个进展,对不对?"

徐川沉默了很长时间,忽然很轻松地笑了起来:"你说得对,是我钻了牛角尖。"

徐佳有些不好意思,轻声道:"我刚才说得有些重,但也是为了你好……"

徐川点了点头:"我明白,麻烦先把我送回事务所吧。"

林萌躺在事务所的沙发上,吊着打石膏的那条腿,神情严肃地看着手上的平板电脑。那是徐川从徐佳那里带回来的案卷资料。熊猫在一边握了听气泡水,正在翻着那本《枪炮、病菌与钢铁》。九块电脑显示屏都黑着，没有开机，倒不是怕陈诺监听，而是昨天他搞什么极限超频，连着烧了两块CPU。徐川手里也拿了本书，《希腊神话故事》，皱着眉头若有所思。

"怪不得徐佳不想再弄清楚其他疑点了，就从她手上掌握的这些证据来看，枪毙姚佳宸是绰绰有余了。"林萌舔了舔嘴唇。

"你也觉得这案子，这样就真相大白了？"徐川道。

"你闹什么别扭啊，姚佳宸也是我和你一起揪出来的，徐佳也就是捡了个漏。"林萌把"我"字咬得特别重。

徐川笑笑，没有再说话。

林萌放下平板电脑，道："但是从我们的角度来看，这案子里还有很多疑点。我们跟警察不一样，警察只关心谁做的，我们更关心怎么做的、为什么要这么做。因为我们比警察要追寻的东西更多，所以往往会发现意想不到的线索。"

"又是王进那老狐狸说过的话，当心被他给带歪了。"徐川道，"你发现了什么？"

"我问你些问题，你得跟我说实话。"林萌盯着徐川，"搞不好我能帮你弄清楚真相。"

徐川放下了手里的书，问："你发现了什么？"

"前两次杀人直播，有几个没有社会交集又不相关的人协助凶手，我们经过调查，发现他们是用网络游戏联系的。按照你的交代，熊猫调查了千视公司员工的电脑，锁定了其中五个人，以为他们就是第三次杀人直播的相关人员。那时有了这张王牌，我都觉得胜券在握了，你的态度却很谨慎。结果到了杀人直播时，那五个人果然只是个幌子。"林萌道，"你是怎么发觉这是个惯性心理陷阱的？"

"凶手对我很了解，几次留下信息和线索时，都参考了我以前查过的案子。当发现这五个人都在技术部,跟前两起杀人直播的相关人员互不相识时,我开始怀疑这条线索会不会是凶手故意留下的钩子。"徐川道,"毕竟,连环杀人凶手在第三次作案时,突然改变方式,这是非常罕见的。"

林萌歪着头说:"这是个连环局,凶手揣摩透了你的心思,选在第三起杀人直播时给你发短信,引你进入烂尾楼,想在没有警力支援的情况下杀死你。一开始我是这么想的,但后来又觉得不对。在烂尾楼那里,你很仔细地观察过现场,得出什么结论了?"

"木门、空心砖、柴油发电机、姚佳宸都有问题。"徐川微微笑道。林萌已经成长起来了,最起码在很多时候,已经跟得上自己的节奏了。只是这个样子下去,她今后的人生岂不是都纠缠在这种血腥的案子中?

"对,对,就是这个。"林萌的眼睛在闪闪发光,"这个局虽然设得非常巧妙,却又前后矛盾,根本不合逻辑。就拿关你的那间屋子来说,用的是劣质木门,空心砖也很脆。我在网上请教过建筑方面的专家,正常的空心砖虽然比黏土砖强度低,但用脚是很难踹碎的。还有,我跟姚佳宸交手时,发现黑烟后立刻冲上楼去。她如果要杀死你,为什么不阻拦我?她已经暴露了,无所谓了,哪怕跟我纠缠上七八分钟,你都有可能被烧死在那间房子里。"

熊猫在一旁瞠目结舌地插话:"你们是不是想多了,搞不好是姚佳宸疏忽了。"

"凶手在这系列案子里,一直表现得沉稳冷静、心思缜密、布局深远,你说她疏忽了?"林萌冷哼了一声,"就好比你一直把陈诺耍得团团转,突然有一天输给了她。"

熊猫想了想，认真道："也不是没有可能，如果她冲我撒娇的话，还真不好说。"

"还有，柴油发电机油箱里的油还剩一大半，如果姚佳宸要置我于死地，为什么不把柴油倒完？"徐川道，"甚至根本不用设陷阱这么麻烦。她在第二次杀人直播时，布置了两辆豪车相撞的车祸，要除掉我只需故技重演就可以了。这说明，她表面上想要杀死我，但实际上并不真想杀我。"

"那她的目的是什么？"

"不知道。倒是徐佳他们在烂尾楼附近的监控视频里，发现了姚佳宸，进一步验证了她就是凶手。但如果只是让警方确认自己的凶手身份，大可不必搞得这么麻烦。"徐川沉吟道，"这让我想到了另外一件前后矛盾的事，很有些相似之处。"

"两条前后矛盾的短信？"林萌马上会意。

"熊猫，你曾经说过，虽然因为时间关系没有追查到第二次短信，但可以肯定跟第一次短信的发信源并不相同。也就是说，两次短信是两个不同的人发的。"

"理论上是这样的。而且第二个发短信的人，有解码第一条短信内容的能力，所以才能发送内容矛盾的第二条短信。"熊猫搔搔头，"但凶手不是姚佳宸吗，她为什么要这么做？人格分裂？"

"第一个发短信的人想杀死你，第二个发短信的人想救你。"林萌咬了咬嘴唇，"难道真跟熊猫说的一样，她人格分裂？又或许，姚佳宸只是一个棋子，她背后的人才是真正的凶手？"

"如果姚佳宸背后的人是想杀死我的，姚佳宸跟我又不认识，作为执行者为什么又不想杀死我？这点我问过王进，他似乎有点想法，却不愿意挑明。"

"那个老头子经常故作神秘。"林萌不以为然道,"这些搞不清楚的疑点先按下。那个阿克戎河到底象征着什么,你搞清楚了吗?会不会跟姚佳宸房间的那幅壁画有什么联系?"

"阿克戎河是冥界之河,波涛汹涌的黑水万年不息,连羽毛都能吞噬。死者要支付给摆渡人等同于自身罪孽的船资,才能被载到河对岸。不然的话,只能化身亡魂,永久徘徊在阿克戎河畔。"徐川扬了扬手中的书,"前三次杀人预告都点明了现实中的地方,第四次却是冥界中的地方。"

"姚佳宸预料到了自己会被通缉,第四次杀人直播难度会非常高,就在地点上隐瞒了。"林萌撇嘴道,"她以冥界判官米诺斯自居,蛮中二的。"

徐川话说得很慢:"姚佳宸真的以米诺斯自居吗?我总觉得有些地方对不上。按照警方的调查资料,姚佳宸杀死陈山宇、张礼道和洪兆庆,是为了替方文娟复仇,那她为什么不以复仇女神提西福涅自居,而是选择了冥界判官米诺斯?"

林萌歪着头,想到了几个应对的说法,但都太牵强了。一时之间,她竟然被徐川问住了。如果姚佳宸不是以米诺斯自居,那频繁借用希腊神话来暗喻,到底要表达什么?

"都快下午两点了,你们不饿吗?"熊猫抱怨道,"老徐,你不是从萧城那里借了点钱,我们点牛排吃吧?"

看两人都没反应,熊猫觉得他们已经默许了,干脆拿出手机开始搜索最好吃的牛排店,反正支付宝账户跟徐川的关联了,花多少钱都不算问题。

"你怎么突然这么说,是不是查到了更多东西,瞒着我呢?"林萌狐疑道。

"我脑子里有好多种猜想,但都缺少关键环节,也没有时间去印证。"徐川揉着发酸的脖子,"第三起和第四起杀人直播的间隔时间太短了,凶手大概把这个因素也考虑进去了,很多东西来不及去查。"

林萌诧异道:"不是还有一天时间吗,不再拼一把?"

"这几天我去过关押姚佳宸父亲的监狱,去过三个案发现场,去过千视公司技术部,去过三个死者的出租屋,去过姚佳宸的直播点。"徐川的声音低沉,"都没有什么进展,所有的线索都指向了姚佳宸,其余的好像都被抹去了。"

"徐佳那里也没什么进展?"林萌问道。

"没有,他们现在只有两个方向。一方面加紧对姚佳宸父亲的监控,听说安排了单间关押,三班人马轮流二十四小时看守,远离一切有水的地方;另一方面是加强对姚佳宸的搜索,除了无处不在的监控摄像头,还出动了两千多警力,正在进行地毯式排查。"

"他们手上的资源可比我们强多了。"林萌道,"那你呢,就这么放弃了?"

"怎么可能?我想把姚佳宸的人生经历再捋一下,走访一些人和地方,但明天就是预告中杀人直播的时间了,恐怕是来不及了……"

"我点了两客台塑牛排,一份意大利面,还有一份比萨饼。"熊猫的脑袋凑了过来,"你俩要点什么?"

林萌不耐烦地推了他一把:"说正事呢,你掺和什么?"

"那给你俩一人点一客菲力牛排吧,你看这有不同的款式,选哪一种?"熊猫咽了口唾沫。

"随!便!"林萌大声道,"别来烦我们行不行?都是牛排,能有什么区别?"

熊猫讨了个没趣，怏怏缩回脑袋。"区别可大了。这高级餐厅的牛排款式都不一样好吧，鸡蛋要双面煎还是单面煎，西兰花要清煮还是盐渍，小番茄用红的还是绿的，就连通心粉都有弯的直的……"

林萌气急，抬脚把熊猫踹了个狗啃泥，这才反应过来脚上还打着石膏，一迭声地喊疼。徐川叹了口气，上前把熊猫拉起来，把林萌抱回沙发里，正要说些什么，动作却忽然停滞。他呆呆站了十几秒，拾起熊猫的手机，盯着点餐单看了一会儿，又拾起林萌的平板电脑，盯着案卷看了好一会儿。随后，他将两者全部抛下，神色匆匆地冲出了事务所。

林萌喊了几声没喊住，也没办法站起来追，气得直捶沙发："又是这个德行，能把人气死。有什么进展总是不说清楚，总是要先去查证，把别人撇在一旁，仿佛解释一下就耽误他破案了一样。这个样子，才能显出他智商有多高，整个案子都在他掌控之中……"

"萌萌酱。"熊猫打断了林萌的话，觍着脸道，"要是你表哥不回来，他那份我也吃了吧？"

林萌抓起沙发上的书砸了过去："吃！吃！都给你吃算了！"

办公桌上堆满了待签的文件夹，手机上还在不断弹出新邮件提示，一大堆工作等着走流程，尚容胥却坐在座椅中怔怔发愣。

警方在新闻发布会上的态度强硬，不但宣布全市通缉千视公司员工姚佳宸，还通报千视公司借机炒作，隐瞒事实，要在案情明朗后追究相关人员的责任。发布会刚结束，韩百川就心急火燎地飞往美国，要连夜拜访几位华尔街投资人，应对将要出现的股票大跌。临走前，他把公司全权委托给了常务副总，结果常务副总第二天就辞职跳槽走了,排在后面的运营总监死活不肯接手,最后事务竟然落在技术总监尚容胥的身上。

公司里人心惶惶,各种小道消息此起彼伏,尤其是财务部那边的流言最为致命。据说由于公司前段时间扩张太过激进,流动资金已经烧得差不多了,本想着用接下来的两笔风投来堵窟窿,现在官方媒体给公司爆了个大雷,一笔风投已经撤回,另一笔也暂停了拨付,员工们下个月薪水能不能按时发都不知道。受国内案情消息的影响,美国OTCBB市场对千视公司股价看空,接连两天大跌。明明一周前还是发展势头猛劲,一场新闻发布会后就看到了衰败的迹象,互联网时代的新媒体公司,真是其兴也勃焉,其亡也忽焉。

那个叫克里斯汀的秘书推开门,才意识到自己没有敲门,站在门口犹豫着要不要退出去。尚容胥招了招手,示意她过来,将几份文件夹递给了她。克里斯汀翻开看了一眼,发现并没有签字,有些不解地看向尚容胥。

"这是市场部的业务,我一个搞技术的怎么会懂,为什么拿过来给我签?"尚容胥道。

"市场部没有资金了,这些营销活动没办法推广,说要问问您还搞不搞。"

"为什么要问我?不应该是财务部的事吗?"

"财务部说……说现在公司是您负责,他们不能越权。"秘书小声道,"要不……要不您打电话,问问韩总?"

尚容胥拿回那几份文件夹,丢到旁边一大摞上面,问道:"来找我什么事?"

"人事部那边,今天接到了十多个员工的离职申请。"

"想走的,不要劝,也不要拦。"

"但是他们想要 2N+1 的离职补贴。"

"主动辞职还要离职补贴？还要 2N+1？"尚容胥捏了捏眉间，"人事部怎么说？"

"人事部说不给，如果给了恐怕会引起大规模的离职潮，但那十几个员工可能会找您闹事，人事总监希望您能顶住压力。"克里斯汀抿了下嘴唇，"您看，要不要躲一躲？"

"躲什么，找我闹就闹吧，无所谓了。"尚容胥道，"这样，财务那边不是还有一笔备用金吗？原来打算要扩容核心服务器，现在把那笔钱挪出来发下个月的工资吧。"

"明白了。"克里斯汀犹豫了一下，"尚总，公司真的很困难吗？不是说韩总只要在美国拉住股价，再稳住风投就行了？这个困难只是暂时性的吧？"

"如果找好了下家，尽快办离职手续吧。我会跟人事那边打招呼按辞退走，多少能领点补偿金。"

秘书愣了一下，下意识地道："不，我不会辞职的。我在好几家公司都做过行政秘书，您是所有老总里人品修养最好的。"

尚容胥笑道："跟着我能有什么前途，人总是要为自己考虑才好。"

"技术部有好多同事都支持您，我们都不走，会跟您一起撑过这个难关。就算公司真的倒了，您去哪里，我跟着您。"克里斯汀下定了决心，"您先忙，我去办您交代的事情。"

尚容胥看着她离去的背影，想要说些什么，却终究只是摇了摇头。他将手机上的邮件提醒关掉，点开了浏览器，热点推送是千视公司出现的经营危机。他知道，这是系统基于大数据分析，推送给他的个性化热点。讨论版上有洋洋洒洒几千条，但切到要害的并不多，网络时代最大的便利就是赋予了每个人发声的自由，却也将能听到的声音数量扩大了数万倍，展示出个体之间智商、阅历、三观上的巨大差距。

尚容胥关掉个性热点推送，发现有几个飘红的主题，都在讨论杀人直播。三个死者的详细资料都被人肉了出来。同学、老师、邻居、朋友、亲戚等各种身份的人都在爆料，把三个死者由出生到死亡的人生轨迹都展露在网上，每条爆料都像煞有介事，连时间地点都说得很清楚。逃单、盗窃、欺凌、性骚扰、抢劫甚至杀人，每个死者都是恶行累累、十恶不赦的人渣。尚容胥有些诧异，死掉的这三个人确实不是什么好东西，但也不至于像网上说得这么不堪吧。

他犹豫了下，在搜索栏里输入姚佳宸的名字，隔了好一会儿才敲下回车键。几万条讨论立刻刷新出来，绝大部分是崇拜的、赞扬的、称颂的，还有人报出了些名字，希望能被审判之神公开处刑。鬼使神差般，尚容胥输入了负面评价的关键词，跳出来几百条讨论。有人对姚佳宸是 Soulmate 非常失望，甚至声称姚佳宸不过是张璇的傀儡。还有些人对姚佳宸提出质疑，认为她是在借正义之名，滥杀无辜。网络就是这样，不，是人类就是这样，他们会根据些似是而非的东西，不假思索地把人贬为魔鬼，或者膜拜为神。

尚容胥放下手机，拉开抽屉，将几本工具书挪开，拿出放在底层的平板电脑。他用指纹解开密码，点开了一个视频。大雪弥漫在天地之间，将远处停着的越野车埋了一小半，甚至模糊了对面洛基山脉的轮廓。镜头跌跌撞撞向前推进几步，将一个苗条的白色登山服身影框住，定格下来。四周只有簌簌的落雪声，慌乱的呼吸声，急促的心跳声，一只手抬起来，想要搭上白色登山服的肩膀，却又无力地跌落下来。

画中人终于回过身,是一张文静悲伤的脸,眼睛中闪烁着泪光,犹如孤星坠入大海。

派出所里的民警不多,办事的居民排起了长队,有几个人在阴阳怪气地发牢骚。徐川问了两次如何查询二〇〇一年的民事案件档案,都没有人能给个明确的答复,直到出示了警方特别顾问的证件,终于指派了一个年轻警察协助他。年轻警察看起来无精打采,把徐川领到地下档案室门口,才发现忘了带钥匙。

在他回去拿钥匙的时候,徐川打量了一下四周。这个派出所占地并不大,档案室设在地下也算情有可原,楼道里虽然没有垃圾,但拐角处积满了灰尘。防盗门上掉了不少漆,墙上还挂着蜘蛛网,就连锁眼处都锈迹斑斑,应该是不经常使用的缘故。

年轻警察很快就回来了,他歉意地冲徐川笑了笑:"不好意思,领导。现在都是电子化办公,最近几年的纸质档案都在楼上,这里就疏忽了一些。"

"没事儿,我又不是来检查卫生的。"徐川有意缓和气氛,"怎么我看所里人手好像挺紧张,都去休假了吗?"

"怎么会呢。我们所长带队,一半人都下去排查去了,说是要抓那个杀人直播的凶手,叫姚佳宸来着。"年轻警察打开门,一股发霉味道迎面飘了出来。

"通风不行啊。"

"不好意思,领导。"年轻警察有些拘谨,"经费有限,按照惯例一个季度打扫一次,防潮防蛀就是搁点樟脑丸和柚子皮之类的东西。我们等一会儿,味道散散再进去好了。"

"没事儿,我不是个很讲究的人。"徐川走进档案室,借着外部的亮光,看到房间有两百平方米的样子,并列放了十多排简易三角铁书架,书架上码放着一个个瓦楞纸箱子。

年轻警察摁下门口的开关,十多个老式日光灯闪烁过后,将房间内照得大亮。徐川看到墙角处摆了张长木桌,走上前去用手指在桌面抿了一下,发现落了一层灰。年轻警察不知道从哪里找出一块抹布,干脆利落地将桌椅擦干净,走进了三角铁书架之中。不多时,他抱着两个瓦楞纸箱子走回来,放在桌子上。

"这里都是二〇〇一年的民事案卷,不知道领导要找的是哪一宗,经办人是谁?"

"我先看看吧。"徐川从箱子里拿出一摞,翻开其中一卷。里面的用纸有些杂乱,一些是在信纸上手写的,一些是在A4纸上打印的,标准不是很统一。毕竟是二〇〇一年,正在向电子化办公的过渡期,也是情有可原。案卷保存得也不是很好,信纸上的手写墨迹已经洇染了,A4纸上的针式打印机墨点也淡化了不少。

他接连翻开了几本案卷,都是扫了一眼就放在了一旁。直到翻开十一月的那本案卷,才仔仔细细审视一番,还放在鼻端嗅了嗅味道,用手指抚摸案卷的边缝、两端和背脊。做完这一切之后,他把这本案卷郑重放在桌上。

接着,徐川走马观花地翻完了其他案卷,抬头对年轻警察道:"劳烦,把二〇〇二年的案卷和二〇〇〇年的案卷也拿过来。"

年轻警察来往三四趟,又抱回来几个纸箱,站在一边。这次徐川看得更粗略了,每本案卷都是飞快翻动一下,随即就放在了一旁。这样的看法,根本看不出案卷里写了什么东西,也不知道徐川在找什么。

年轻警察忍不住道:"领导,你要查什么,要不我也搭把手?"

"马上就看完了。"徐川道,"不要叫我领导,我只是个顾问,连编制都没有,用你们的话来说就是个临时工。"

"领导谦虚了。听说你帮警方破了很多大案子,挺神的。"年轻警察道,"我原先考警察,也是想当个神探,结果现在连民警都当不成了。"

"哦,要辞职?"徐川有些心不在焉,手边的案卷已经快翻完了。

"是被辞退,今天是我最后一天当警察,明天就得脱了这身衣服。"

"犯错误了?"徐川合上案卷,已经确定了心中的判断。

"我叫于峰,"看徐川没有反应,年轻警察挠了挠头,"就是洪兆庆来报警的时候,放他走了还没上报的那个蠢货。"

徐川这才抬头看了他一眼,很年轻,头发很短,脸颊有棱有角,就是眉眼之间充满了失意。徐川没有再说什么,安慰人从来不是他的强项。他指了指桌上堆积如山的案卷,示意年轻警察把它们都放回原处。于峰干脆利落地做完一切,抹了下脑门的汗水,又站到了徐川身边。

"刚才我看案卷的时候,你也瞅了几眼,跟这份案卷比比,有什么差别?"徐川递给他那本二〇〇一年十一月的案卷。

于峰拿在手里,翻了翻道:"这本案卷好几个当事人没有名字,用的是字母缩写。"

"什么原因,知道吗?"

"不知道,不过可以问当时的办案人。"于峰翻到末尾,看到龙飞凤舞的签名,苦笑道,"原来是曹警官的案子,麻烦了。"

"怎么麻烦了?"徐川问。

"他一年前因为肺癌晚期过世了,他老婆一直往所里跑,要求为他申报烈士，说他是累出来的癌症。但这样不符合规矩，不可能批下来。后来一直都是我接待处理，所以印象特别深。"于峰道，"要不，我去问问所里的老人？"

"不用了，用字母的原因是，几个当事人那时候没有成年。"徐川道，"除了这个，你再看看这宗案卷，有什么奇怪的地方。"

于峰翻来覆去又看了好几遍，也没看出什么端倪，挠了挠头，不知所措地站着。

徐川道："刚才我翻案卷的时候，你大概也注意到了，案卷中的资料大部分都是信纸手写，只有一部分是打印的。其中有个很明显的违和之处，没有发现吗？"

于峰有些尴尬地搓了搓手。

"这个不怪你。当初我看案卷扫描件时，也没有发现什么不妥。后来碰巧遇到了其他事，才想起这个地方。"徐川道，"二〇〇二年五月之前的案卷所使用的信纸，都是波浪形横纹的，在二〇〇二年六月之后的案卷里，这些信纸的横纹都是虚线形的，应该是二〇〇二年六月所里重新印制了信纸，格式也跟着发生了变化。这其中只有一个例外，二〇〇一年十一月的这份案卷，里面用的信纸横纹也是虚线形的。"

"领导您是说……十一月这份案卷里面的内容，被人调换了吗？"于峰道，"也不一定吧，会不会新信纸十一月就印好了，出于某种原因只有曹警官自己用过一次，到了第二年六月，大家才都开始用新的？"

"这种可能性非常小，但也不能完全否定。所以我才会到你们所里实地查看一下。"徐川道，"档案室里潮湿阴暗，所有案卷都保存得不算很好。按道理说，时间存放越久的案卷，老化程度会越高。但是你看二〇〇一年十一月的这宗案卷，墨迹洇化和纸张发黄的现象比二〇〇一年十二月的还要轻，倒是跟二〇〇二年八月的比较接近。这个说明了什么？二〇〇一年十一月的这宗案卷的装订时间至少在二〇〇二年八月左右。"

"是二〇〇一年的案子在二〇〇二年才结卷？不对啊，如果是二〇〇二年结卷，那应该归属到二〇〇二年的案卷里。莫非这案卷真的被人调换过，还是在二〇〇二年八月调换的？"于峰疑惑不解道，"可是为什么？这只是桩涉及未成年人的民事案件，根本就是无关紧要。"

"为了掩盖真相。现在的一系列直播杀人案，就是害你丢了工作的案子，是靠这卷案宗确定杀人凶手的。"徐川道，"但如果这卷案宗是假的，那凶手到底是谁，恐怕现在还没有揭晓。"

"真……真的？"于峰激动得结巴起来，"那我们要不要把这个发现报告上面？"

"上面？他们承担了太大的舆论压力，急于破案，对这种疑点不会太在意。"徐川道，"我们得找到真凭实据才行。"

"说得也是，"于峰泄了气，"可都过去二十年了，哪里去找真凭实据？像这种民事案件，通常只有一个警官主持调查，其他人最多是配合一下。如今曹警官死了，恐怕没有人知道真相了。"

"如果曹警官死前，给我们留了一手呢？"徐川把案卷竖起来，"你看看案卷顶端，这些连续的墨点。"

"那……不是不小心洒上去的墨迹吗？"

"墨迹只在信纸的顶端才有，案卷封皮却没有，不显得怪异吗？洒上去、沾上去的墨迹，形态要么是溅射，要么是晕染，这明显是用笔点上去的墨迹。况且信纸下面手写的页码，跟内容顺序不对照。"徐川用牙齿咬开案卷的装订线，把里面的信纸一张张都散了开来。

"领导,这是干什么?弄坏了案卷可怎么得了?"于峰紧张地问道。

"二十年前的这起民事案件,跟现在的杀人直播案件有很大的关系,这是确凿无疑的。那么曹警官在十九年前更换案卷,最大的可能就是为了保护凶手。但为什么十九年前就更换了案卷,凶手拖到现在才开始杀人?"徐川手上没有闲着,根据页码将信纸一张张重新排列。

"大概是因为年龄小?凶手是姚佳宸,她那个时候才十多岁……"

"那时候十多岁,十年后就二十多岁了,二〇一〇年到二〇二〇年之间为什么不动手?"徐川耐心解释道,"唯一的解释,是曹警官和凶手达成了某种协议,对凶手形成了制约。我们在调查过程中已经发现,杀人直播案是在一年多以前开始布置的,而曹警官也是一年多以前死于肺癌的,这不是巧合。这个制约很可能是曹警官活着的时候,凶手不能动手杀人。"

于峰瞠目结舌:"领导……您慢点儿,我跟不上您的节奏了。"

"网络、档案都可以作假,我们依靠这些东西太久,反而忘记了到底什么是真实。"徐川拼好信纸,顶端的墨点组成了一串数字:232526。

于峰道:"这是什么?二三二五年……也不对,第二排第三列……也不对啊,怎么明明拼出了墨团是什么,却偏偏又是一个新难题?"

"不是案卷的年月编号,也不是档案柜标号。前者调阅案卷时候容易被发现,后者如果翻修档案室就没有意义了。按照案卷里的内容,很容易推断出来代表什么,"徐川手指摩挲着下巴,

"为什么不是我怀疑的那个人？莫非是我弄错了？"

232526，徐川盯着这串数字，手指下意识地敲击着桌子。整张拼图已经只剩下一个碎片，然而手上的碎片形状却跟空着的图形格格不入，整个推理都似乎进入了死局，只能全部推倒重来。但明天就是预告中的直播杀人时间了，如果徐川所料不错，整个案子会在明天结束，真相将永远湮灭。

他猛然想起了什么，问道："你说这位曹警官在去世后，他的家属来问过评定烈士的事情，那曹警察住院的时候，他的家人提过什么要求吗？"

"那倒没说过什么，听说住了大半年医院，所里只去看过他一次……"

"他是在哪家医院治疗的？"

"好像是北京协和医院。"

"北京，跑那么远？异地的话，医保都没办法用吧。"徐川隐隐意识到了什么。

"这我不太清楚。听说当时所里想搞个募捐啥的，但曹警官说有钱治病，不麻烦大家。"于峰道，"不过听说他家境也挺一般的，不知道怎么解决的医药费。"

徐川看了眼时间，不知不觉已经晚上十点多了。他拍了拍于峰的肩膀，想要说些什么，终究只是帮他掸去肩章上的灰尘。两人一起走出地下室，天色已经黑透了，只有楼上昏黄的灯光折射下来，将两人的身影拉扯得很长。

"不好意思，最后一天还拉着你加班。"徐川客套了一句。

"领导，领导，这案子……我帮上什么忙了吗？"年轻警察挠了挠头，不好意思地追问道。

"当然，你可是帮了大忙。没有你，真正的凶手会逍遥法外的。"徐川背对他，话刚说完，就快步走出了派出所。

于峰长长舒了一口气，走到门口的落地镜前，仔细整理警服，将全身上下打理得服服帖帖，然后怔怔看着镜中的自己。许久之后，他脸上露出了一丝笑容，身体绷直，胸口前挺，右手迅速抬起，端端正正地敬了个礼。

走出派出所的大门，一阵夜风吹过，徐川竟然觉得有些冷。他裹了下衣服，才意识到现在已经是十一月上旬了。杀人直播开始在九月，天气正是热的时候，短短百天之内死了三个人，天气也跟着凉了下来。二十年的隐忍，一百天的复仇，这场杀人直播从某种意义上来说，是警方输了。即便能够将杀人者绳之以法，凶手的目的也已经达到。延续了三个月之久的网络热点事件，陈山宇、张礼道、洪兆庆三个人，将作为第一起在互联网中被公开处刑的人渣典范，铭刻在无处不在的电磁波中，每隔一段时间就会被人拎出来评论谩骂。

徐川摁下了徐佳的号码，单调的铃声响了很长时间后，熟悉的声音才传了过来："刚才不小心睡着了，什么事？"

"能帮我查件事吗？时间太紧，只有你们警方有渠道。"徐川低声说。

听筒那边传来了陈诺的牢骚，好像在抱怨抽不开人手，毕竟再过几个小时就到第四起预告的时间了。

"没问题，我会安排人去做。"徐佳停顿了下，"不是你们警方，是我们警方。"

徐川仰起头，看着漆黑无光的天空："谢了，稍等我把要查的事情用微信发给你。有警方的渠道，应该今晚就能出结果，如果方便的话，直接发给我好了。"

"你是不是有别的线索？你还是认为姚佳宸没有杀人，就算有那么多的证据？"徐佳问道。

"你是对的，姚佳宸确实杀人了，但杀人的不只是姚佳宸，这案子后面还有其他的东西，甚至可能跟我也有关。"徐川道，"我或许能给你一个不同的答案，又或许只能认同你的答案。"

"为什么？什么人能让你也不敢确定？"

"张璇。"徐川吐出了这两个字，静静等待着，然而那边却干脆利落地挂掉了电话。他有些失神地笑笑，给徐佳发过去了一条微信，稍做犹豫后又给熊猫发了一条微信。这两件事情不知道什么时候才能查清楚，就算查清楚了，也不知道来不来得及。第三和第四起直播杀人之间，只隔了六天时间，凶手是故意为之。网络的反应和警方的压力都已经达到了阈值，只需要给他们一个结果，就可以给整个案子画上句点了。

熊猫的微信发来了，那是一个附近的地址。徐川扬手招来一辆出租车，只用了十几分钟就到了沿江公路上。公路一边是绿地缓坡，逐渐蔓延到江边公园，另一边则是高大厚重的花岗岩砌成的江岸，将哗哗作响的吴江水阻挡在脚下。他下车，往前走了一段距离，在一辆停在江堤的雪佛兰SUV旁看到了尚容胥。他正靠着车门，怔怔看着远方的吴松大桥。

"好巧，在这里碰到了尚先生。"徐川走上前去。

尚容胥推了推眼镜，扶正耳边的蓝牙耳机："我一直觉得，如果有人能在这个时候找到我，那一定是徐先生。"

"还有几个小时，就到预告的时间了，你有没有空跟我聊聊天？"

"时间这么紧，我和你聊天，能聊什么？"尚容胥的态度有些冷淡。

"我觉得，你应该和我一样，都知道姚佳宸不是真正的凶手。"

尚容胥看着徐川，徐川也在看着他，两个人面无表情，目光平和，好像不过点头之交，在大街上偶尔遇到。

"我车里还有几瓶气泡水，看样子徐先生是有故事要讲？"尚容胥身子挺直，脸庞隐没在黑暗之中。

"没错，我们都是有故事的人。"

月光如水般洒下，在暗淡的夜色中浮浮沉沉。两人很有默契，都没有说话，只有江边的水声翻滚而过，将时间一分一秒地带走。徐川忽然想起了千视公司的会议室，在那里第一次跟尚容胥见面，林萌对他很有好感。短短百日，恍若隔世，人生真是个很奇妙的东西。

终于，尚容胥长长叹了口气，从后备厢里搬出一张折叠桌，两张折叠椅，在车前摆好。然后又拎下来几瓶气泡水，放在桌子上。徐川拉过一张折叠椅坐下，向后仰了仰，还算结实。

"公司在盲目扩张的阶段，买了不少这种稀奇古怪的东西。"尚容胥道，"这套桌椅还能用上已经不错了，更多的恐怕都要抵成工资发给员工了。"

"公司已经不行了？即便是决策错误，也太快了。"徐川看着尚容胥，"韩百川不打算回国了？"

"他心里到底想什么，我是尽量不去猜的。人太聪明了不好，不但想算计对手，还想算计同伴。"尚容胥道，"有位朋友曾经告诫我，跟徐先生说要紧事的时候，一定要小心一些。她说你特别喜欢录音，恕我冒昧，手机能给我吗？"

徐川心中一动，没有片刻犹豫，把手机递给了尚容胥。尚容胥拿着手机，走到江边弯下腰，动作优雅地掷了出去。手机反射着月光，脱手而出，沉入水中。

徐川忍不住道："有必要这么谨慎吗？我手机上面存了很多东西，这样还怎么能找得回来？"

"有些东西是时候放下了。"尚容胥拧开一瓶气泡水，递给徐川。徐川接了过去，却没有喝的意思。尚容胥耸耸肩，自己拧开另一瓶，一口气喝下了大半。徐川却仍没有喝水的意思。

尚容胥轻轻叹道："徐先生多虑了，你看人还没有林萌准。"

"自从被张璇摆了一道之后，我一直很小心。"徐川道，"虽然林萌一直觉得你是个绅士，但我对你却不怎么了解。比如说，你对我说喜欢喝气泡水，对林萌说喜欢红茶，对徐佳说喜欢咖啡，你到底喜欢什么？"

"也是，都到了这个时候，做一回自己也无妨。"尚容胥起身，从车上拿下瓶喝了一半的干红，拔掉橡木塞子抿了一口。"我是不是绅士不重要，我觉得徐先生像个君子，所以才会在这个时候，同意跟你聊聊。至于聊的东西，不足为外人道，不知道徐先生能不能遵守这个约定。"

徐川点了点头。

"徐先生了解希腊神话吗？警方已经认定佳宸就是冥界判官米诺斯，你觉得呢？"

"在前三起杀人直播的预言中，钢铁之刃、地狱之火、冰霜之龙对应了希腊神话中的冥界八狱，陈山宇、张礼道、洪兆庆也分别以三种形式被杀，可谓吻合度非常高。再加上在姚佳宸的房间里发现了一幅壁画，上面有冥界判官米诺斯的形象，所以警方断定姚佳宸以米诺斯自居，对三个死者进行审判，这种想法是很有道理的。至少现在很多证据表明，姚佳宸曾在三起命案的现场出现，甚至留下了指纹、脚印和毛发。"徐川顿了顿，"但我却对这个推断心怀疑虑。"

"为什么？"尚容胥又抿了一口红酒，没有咽下去，似乎在细细品味。

"壁画前面放了个祷告台，还是简易的。从视觉效果上来看，祷告台上的人从属于米诺斯。这就有些奇怪了，如果姚佳宸以米诺斯自居，为什么要向自己祷告，还是以下对上的姿态？第四起杀人直播预告出现后，这种不协调感就更明显了。第四起预告中的阿克戎河、洗净罪恶这些词句，不但找不到现实中的地点，而且找不到对应的地狱，可以说跟前面三个截然不同。徐佳和林萌都觉得，这是凶手图穷匕见之后，不得已而为之。但我却不这么认为，从竹溪街道第一起杀人直播开始，凶手就勾画了步步为营的杀局，几乎将所有人的反应都推算到位，而案子也一直在跟着凶手的节奏走。这种精密细致的谋划，不可能出现草草应付的环节，实在是说不通。于是，在排除这种可能之后，我跑了不少地方，做了不少调查，终于找到了另一种解释。"

"佳宸不是米诺斯。"尚容胥握着酒瓶，叹了口气。

"不错，她不是米诺斯。米诺斯不代表任何人，只是她幻想的一种存在，可以抚平她心头的痼疾。阿克戎河在希腊语中叫作愁苦之河，传说死者要向摆渡人支付等同于自身罪孽的船资，才能被载到河对岸，接受冥界判官米诺斯的审判。很多人在听到这个传说时，往往把注意力放在了死者和判官身上，甚至是阿克戎河，却唯独忘记了那名摆渡人。"徐川靠在狭窄的椅背上，"关于摆渡人的资料非常少，我翻了好几本书，才知道他的故事，只有寥寥数语。他叫作卡隆，生前由于逃避职责，致使家园被外敌焚毁，父母妻儿被杀。郁郁而终后，他进入冥界，被米诺斯裁决为摆渡人，来往于愁苦之河两岸接送亡魂，除非等到罪赎完的那一刻，否则永世不得安息。

"十一月九日，阿克戎河，洗净罪恶，终得安息。到了这个时候，我已经明白姚佳宸在杀人直播案中到底是以什么角色自居的了，她不是公正威严的米诺斯，而是悲伤渺小的卡隆。她杀死陈山宇、张礼道、洪兆庆，将杀人过程在网上直播，目的是让这三人臭名昭著，帮某人实现所谓的审判，从而赎清当年她犯下的罪恶。第四起杀人直播，要杀的不是她的父亲，而是她自己，这就是她的安息。

"我虽然推断出了这种解释，却没有向徐佳说明，更无法左右警方的行动。因为这种解释里少了个关键的一环，就是当年那件民事案件中，到底发生了什么事，让姚佳宸对方文娟愧疚至深，以致几次抑郁自杀？又是谁能说动姚佳宸，让她决绝地放弃人生，参与这场杀人直播？

"我发现民事案卷被调换，也解开了曹警官留下的信息，但结果却与我的推断无法吻合。事到如今，只剩下两条线可以查，我在做最后的尝试，还需要时间。不过，我不是喜欢等待的那种人，所以通过熊猫定位了你的手机信号找到了你，虽然不知道你的态度，但这案子或许还有转机。"

尚容胥没有说话，举起红酒瓶遥遥跟徐川碰了一下，然后喝下了一小口。他靠在椅背上，斜着身子看着不远处波光粼粼的吴江水，嘴角挂着淡淡的微笑。江面上有几艘驳船正缓慢经过，吃水线低得几乎要跟船舷持平，人影在扯起的光晕下走动，细碎的说话声被江水吞咽。再往远去，是璀璨辉煌的吴松大桥，亮着灯的车辆在光带上川流不息。

"徐先生，在你心里，是真相重要，还是正义重要？"尚容胥的目光散落在桥上，轻声问道。

"正义这个东西，在不同人的眼中有不同的意义，相比之下我还是偏向真相一些。"

"但是人对真相没有兴趣，他们只相信自己能接受的真相。有些时候，用虚假和真实交织而成的谎言，比真相更符合逻辑，更无法证伪，更能让所有人满意。就像这一系列杀人直播案，绝大部分人更愿意相信这是一个审判人渣的故事。任何试图告诉他们真相的人，打破他们单纯善恶观的人，不管之前身上再有多光环，都会被他们厌恶。"

"还好，我一向不在意别人喜不喜欢我。"徐川摊了下手，"我不明白，如果你不打算说出真相，为什么会同意跟我聊聊，伺机杀人灭口吗？"

尚容胥笑道："不要把我说得那么难堪，我同意跟你聊，是为了拖住你，好让佳宸完成心愿而已。"

徐川身子稍稍前倾，面色逐渐凝重，嘴唇微微绷紧。不安犹如毒蛇般在耳边嗡嗡吐芯，他感觉自己好像遗漏了重要的东西，却怎么也想不出来。顺着尚容胥的目光，徐川也看向吴松大桥。他猛然意识到，在更远的地方，是姚佳宸当年的家。

尚容胥摘下了蓝牙耳机，笑道："怎么，想到了吗？"

徐川失声道："已经开始了？"

"已经快要结束了。"

尚容胥从口袋里拿出手机，横在两人面前，小小的屏幕上正在直播。一辆六成新的黑色林肯刚冲上吴松大桥，后面一片警灯闪烁、警笛大作，十多辆警车尾随而至。屏幕接着一闪，切换到了大桥对面，已经有几辆防暴车横在路上，不少警察正在招呼附近的车辆快速离开，更多全副武装的特警正在布置铁马和路障。看样子警方已经下定决心，就算在闹市，也要拿下姚佳宸。

徐川抬眼向远处的吴松大桥看去，并未发现直升机，随即醒悟是利用了桥上的监控摄像头在直播。看样子，直播已经开始了一段时间，徐佳并没有联系他，是因为上次他从直播现场离开的缘故吗？尚容胥在遇到他的时候，就戴着蓝牙耳机，看来一直在关注着直播的状况。这时候抢过手机，打给徐佳的话，不知道能不能终止警方的行动？

尚容胥把手机按了下去，淡淡道："徐先生，君子成人之美，不成人之恶，小人反之。"

话音刚落，就听到一声闷响远远传来，一颗光点犹如流星般从吴松大桥坠落，在吴江上绽放出一朵灿烂的昙花。滚滚江水东去，涟漪还未散开就被冲散抚平，仿佛什么也没有发生过。只有光点跌落处的桥身上，越来越多的警车汇聚在一起，红蓝交替的警灯兀自闪个不停。

徐川跌坐在椅子上，沉默良久，问道："杀人直播为什么要提前？"

"为了让故事有个完美的结局。"尚容胥道，"女白领隐忍二十年，化身审判之神，亲自手刃仇人。在这个故事里，黑白分明，善恶有报，是大家最爱听的那种传奇故事。"

徐川只觉得口干舌燥，看了桌上的气泡水一眼："你呢，逍遥法外？"

尚容胥静静看着徐川，没有回答。

徐川冷笑道："刚才已经说过了，我手上还有两条线索，就算杀人直播结束了，还是有办法弄清楚你到底干了什么。"

"不如这样，趁今晚夜色尚好，我们好好聊聊。或许不用等那两条线索的结果，我可以回答你一些问题，解开你的疑惑。"尚容胥手上那瓶干红已经见了底。他回到车上，又拿下来一瓶，还拿了两个高脚杯。他将红酒打开,倒了一杯递给徐川,自己拿了另一杯。徐川将两个杯子调换过后,才举起杯子抿了一口。

徐川道:"我发现你特别喜欢笑。但不是那种发自内心的笑,而是不管见到谁,不管在什么时候,脸上都是淡淡的笑意,这种笑让我很不舒服。"

"像我这种人,面对命运的左右,只能用笑来反抗了。"尚容胥举杯,与徐川碰了一下,"准备好了吗?我们开始下一个故事吧。"

"联系不上,一直打不通。"林萌把手机丢到沙发上,疑惑道,"会不会出事了?"

"你表哥一个大男人,能出什么事。"熊猫喝着气泡水,打了个嗝。

据说姚佳宸被排查的警员逼出了隐匿地点,不得已开启了直播。林萌和熊猫知道消息时,第四次杀人直播已经进行到了尾声。打开直播视频后,看着姚佳宸在市区的道路上被警察追踪了一小段路,就开上了吴松大桥,撞断护栏,坠入吴江中。这期间林萌给徐川打了十几个电话,却始终没有接通。开始时林萌以为他跟徐佳在一起,但后来徐佳打来电话,说也在找他,让林萌不由得担心起来。案子对于大部分人来说已经完结了,但林萌和徐川都知道还有不少疑点没有解开,背后肯定还有隐情。徐川会不会是触碰到了隐情,被幕后凶手盯上了?

"胖子,你能查出来我表哥在哪里吗?"林萌问道。

"如果有信号,那保证没问题。但现在完全搜寻不到他的手机,就连中国移动和工信部都不知道他在哪里。"熊猫道。

"警方应该有办法查到吧?"

"向徐佳低头,萌萌酱你肯吗?"熊猫嬉皮笑脸道。

"你去问怎么样?"

"估计问不出来。"熊猫朝九块屏幕摆了下脑袋,"她现在忙得要命,正在协调应急管理局,派消防队和救援队来打捞尸体。"

林萌咬着嘴唇:"那我们自己去找他。"

"我们?怎么去?"熊猫盯着林萌打了石膏的右腿,"用轮椅推着你去吗?已经很晚啦,老徐交代过,没特殊情况的话,要天天送你回家。"

"我有预感,如果今晚找不到表哥,搞不好他会死。"林萌脸色很不好看,"你送我回家,然后明天去给他收尸吗?"

"不会这么严重吧?"熊猫嘴里这么说着,已经把轮椅推了过来,"那我们去哪儿找他?"

"第一站,千视公司。"林萌喃喃道,"希望还来得及。"

徐川虽然不懂红酒,但眼前这瓶确实很不错。口感清冽,入喉柔顺,淡淡的果香萦绕在齿颊之间,完全没有平时喝的那种酸涩。徐川想看看是什么牌子的,却发觉瓶身并没有商标。

"自酿的干红。"尚容胥道,"我感觉自己隐藏得很好,就算你去派出所查案卷,也不会怀疑到我。你是什么时候对我起疑的?"

"第二次杀人直播案发生前,我和徐佳曾经去过千视公司,韩百川让你和我们对接,那时候我就觉得有些奇怪。当时千视正借着杀人直播案的风头进行扩张,你这个技术总监应该很忙,为什么要你来做行政总监的事?"徐川道,"站在你们的角度来讲,是为了更好把握警方的侦破节奏。"

"就因为这个?有些牵强吧。"尚容胥给两人的高脚杯中斟上酒。

"这件事只是让我略微觉得不正常,但并没有怀疑你。注意到你,是因为你两次挑拨我和徐佳的关系。一次是暗示你遇到过张璇,另一次是暗示你知道陈雪心。"徐川道,"当然,这两次也可以说是巧合,也可以说是我多心。但在第三次杀人直播时,你露出了真正的破绽。我当时虽然被引到了烂尾楼,徐佳却把现场全程录像给我看了。我注意到,你当时说错了一句话。你和姚佳宸的相识是在二〇一六年十一月一日,却说过了四次纪念日,也就是说二〇二〇年十一月一日你们还见过。但按照调查情况,姚佳宸是十月上旬从千视公司辞职,中旬实施了第二次杀人直播,之后你们并未联系。如果以你的话为准,在已经明确姚佳宸的杀人嫌疑后,你们还是见过面。"

"是我的疏忽。"尚容胥点了点头,"当时说出来后我就意识到了,还好没有人注意。想不到徐佳竟然全程录像,还给你发现了,这也许是定数。"

"我也是看第二遍的时候才注意到的。我觉得奇怪,为什么Soulmate既能在烂尾楼对付我,又能把握千视公司的现场,这用凶手能力过强来解释太牵强。凶手在整个案子中表现出来的,是注重细节到了变态地步的心理特征,不会让自己陷入两线作战、临场发挥的窘境。从那时起,我意识到凶手很可能是团队,而且是个高智商的团队。可这与常理不符,高智商的团队太容易起争执,尤其在这种高风险的案件中,不出现矛盾和内讧是不可能的。但是后来,在王进那里,他侧面点醒了我。逆向思维,如果这个团队中,每个人的最终目的都不相同,没有利益与观念冲突,是可以达到和谐共处的。

"接下来,我很自然想到了前两起案子中,那些没有社会关系的协助者。他们通过网络游戏联系,演练杀人直播过程,十分完美地实施了两起凶案。尤其是第一起案件,充满了意外性,算是个非常引爆情绪的开端。附近炒面店的小哥,说撞到陈山宇的那个高中女生经常停下的时候,我以为她在照镜子。后来想想,她不是在照镜子,而是每天都要练习一遍,如何才能把陈山宇撞到脚手架上,并且保证仪容镜夹层里的手机能够拍摄到,完成直播。包括那个出门泼水的老板娘,一定也是练习了无数遍。甚至那个脚手架靠着的山墙上,当时有没有人顺手推了一把,确保钢筋能落下来,都说不好。这种模式,这种配合程度,没有坚定的信念是办不到的。你们用了什么办法,让他们对杀死一个素不相识的人这种事,保持如此疯狂的热忱?"

"心理创伤。老板娘的儿子参与未成年人斗殴致残瘫痪,一辈子算是完了。女高中生在初中时被未成年人强奸。两起案子,都因为加害方未满十四周岁,没有被追究刑事责任。"尚容胥抿了一口红酒,"法律是这么规定的,但很多人并不认同。所以我们帮了他们一把,他们也就帮了我们一把。"

"《未成年人保护法》和《未成年人犯罪档案封存制度》。"徐川叹了口气,"这些案子里,加害方不但不负刑事责任,连犯罪记录都被封存了,相应的被害方也没留存记录。这两个人都不是犯罪嫌疑人,调查程度没有那么深入,没有专门向封存机关查阅。要不然第一轮调查时,发现了他们的这个共同点,你们也不会走得这么远。"

"讽刺吗?想不到法律也会有站在我们这一边的时候?"

徐川端起酒杯,喝下了一大口。"第二起案子里,最起码发生车祸的两个人参与了吧,咖啡厅老板、公寓的业主等应该也有份,这起案子的协助者,社会地位很高,该不会也有相同的心理创伤吧？徐佳他们查过，这几个人都曾长期生活在英国，这几年才陆续回来的。你在留学的时候，结识他们的？你是如何说动他们的？毕竟对于他们来说，犯罪成本更大，一不小心就会身败名裂。"

"不得不承认的是，家世好、受过高等教育的人，共情力和同理心通常要比平均值高很多。"尚容胥眼中闪光，似乎在回忆很有趣的事，"我用了五六年的时间，通过性格、修养、能力、从业这些条件来层层筛选，有意分别结识了他们几位。他们都是很好的人，认为牺牲和奉献是自己应该具备的品格，如果挚友受苦，必须要伸手援助。劝说他们加入第二起杀人直播，只需要佳宸出面就可以了。一个弱小的女孩子，眼睁睁看着养母为了保护她被人殴打致死，产生了极为严重的心理创伤。虽然后来学业有成，出国深造，但也患上了严重的抑郁症，几次自杀未遂。回国后，当年杀死养母的人因为未满十四周岁，不但逍遥法外，还竟然又一次纠缠上了她。姚佳宸如果要活下去，接下来该怎么做？于是其中一个朋友站出来，说要策划一场杀人直播，亲手将三个人渣彻底铲除，其余的人只需要做些微不足道的协助。你觉得有人会退缩吗？"

徐川叹了口气："只怕他们不但没有退缩，而且还很积极，协助你杀死张礼道后，认为自己做了一件很伟大的事情。"

"他们确实很伟大。凡是利他性的行为，只要目的是为了公平正义，不管做了什么，都是英雄。"尚容胥很认真地说。

徐川正色道："如果一个社会存在很多超越法律的英雄，那这个社会将是非常可怕的。"

尚容胥道："你说得对，但如果一个社会不允许超越法律的英雄存在，那代价是必定会有你我这种小人物含冤受苦。"

徐川摆了摆手："这个问题太深，不用再讨论下去了。听你说到这里，我大概明白被调换的案卷是怎么回事了。为什么姚佳宸把自己当成有罪之人，以阿克戎河上的摆渡人自居，一直存在很深的愧疚感。恐怕当年的那起治安案件中，起先受到欺负的是她，方文娟是为了救她，才被打成重伤。对不对？"

"差不多。"尚容胥似乎并不想多说。

"方文娟一直昏迷不醒，姚佳宸前去报警，却被洪兆庆三人威胁，不敢说出实情。以至于九月的治安案件，生生拖到了十一月。那个时候方文娟已经死了，而且经手这个案子的曹警官发现，洪兆庆三人都未满十四周岁，就算罪名成立，也不受刑事处罚，甚至连犯罪记录都会被封存。他很可能最后查清了案子的真相，出于义愤，认为即便证据不足会被驳回，也要移交检察院提起公诉。但后来却出现了一个变故，你和姚佳宸知道洪兆庆三人无法得到应有的惩罚，而感到无法接受。于是你们不知用了什么方式，说服曹警官调换了案卷内容，并没有提起刑事公诉，只走了民事赔偿。"徐川看着尚容胥，"你们并不是想放过他们，而是要隐藏自己，并等待合适的时机，不但要杀死洪兆庆三人，更要让他们变成臭名昭著的人渣，接受社会的审判，被万人唾骂。只有如此，才对得起死去的方文娟，对得起你们被毁掉的人生。"

"凭什么说是我？"尚容胥迎着徐川的目光，依旧很平静。

"我猜的。"徐川道，"在翻阅徐佳他们的调查资料时，我看到方文娟有一个儿子，但在曹警官调换过的案卷里，通篇没有提到这个儿子。你觉不觉得，这样做起来是欲盖弥彰？调换案卷的主意，恐怕就是这个儿子提出来的。徐佳他们因为时间太紧，并没有查到后来这个儿子的去向，就此搁置了。但从你和姚佳宸联手策划了这一系列杀人直播案来看，你不是那个儿子的话，谁是？"

"不错，我是方文娟的儿子，也是佳宸的青梅竹马。"尚容胥很干脆地承认了，"其实调换案卷并不是我提出来的。老曹虽然是个小民警，却是个很有正义感的人，他觉得不能因为人渣年龄小，就让他们逃脱应得的惩罚。都说要给这些凶手一次机会，那被他们毁掉的人，被他们杀死的人，能问谁要一个重新来过，重新生活的机会？一个从警十多年的基层警察怎么想都想不通，所以决定把选择权交给我。可惜的是，人年龄越大，越容易向现实妥协。他是看着我成长的，也帮了我很多次，可以说我能有今天，跟他也有很大的关系。后来他说看我已经成了很优秀的人，劝我放弃复仇，说什么不要为了过去而毁掉未来。"

"你假装答应了他，却在得知他患上肺癌后回国，等他死后开始了复仇。这就是为什么二十年后，你们才开始杀人直播，你不想让他看到你双手沾满鲜血的模样。"徐川道，"曹警官是在北京协和治疗的，以他的家庭情况负担不起这笔开支，我已经让熊猫去查了，相信很快就会有结果。"

"你会发现出资的是一家医药公司，为了验证新疗法而为。"尚容胥摇晃着高脚杯，"那个时候我已经决定动手，这些细节自然会考虑进去。其实，老曹到临死前都很矛盾，他甚至怀疑当年调换案卷，给我复仇机会是错还是对。"

"原来如此。怪不得案卷顶上的墨点没有洇淡，清晰很多，应该是这几年才留上去的。"徐川感慨道。

"你既然发现了那个信息，应该也明白了老曹的意思。"

"很传统的密码，232526换算成英文字母是WYZ，应该是某个名字的首字母。"徐川道，"但尚容胥的缩写却是SRX，姚佳宸的缩写是YJC，方文娟是FWJ，跟你们都对不上号。"

"那是自然。能够掀翻警方结论的佐证,我早就全部消去了。"尚容胥道,"对于佳宸来说,她选择了背负凶手之名来赎罪,十九年前的那段心酸往事,还是从此湮灭的好。"

"如果我能还原那段往事呢?"徐川的眼睛眯了起来。

"那你就永远不会知道,我提到的蕾安娜和洛川市的车祸到底是怎么回事。"尚容胥的笑容更冷,"很多时候发现真相需要代价,而说出真相要付出更大的代价。"

徐川沉默着。尚容胥将自己杯中的酒喝完,斟上之后,走到江边慢慢倒进水中。他昂起头,眺望着远方的吴江大桥,脸上却依旧带着淡淡的笑容。桥边缺口处汇集了各色灯光,熙熙攘攘,很是杂乱。

"敬姚佳宸的?"徐川坐在椅子上,问道。

"算是吧。我这个人是不信神佛的,一直觉得人死了之后就什么也没有了。"尚容胥回到椅子旁,"但有些时候,对有些人,终究不能免俗。"

"说到姚佳宸,她除了对方文娟的死愧疚之外,和你之间是什么感情?你是什么时候知道方文娟的死,跟她的胆怯退缩有很大关系的?是她告诉你的,还是你自己查出来的?知道了之后,你们的关系变得如何?她去美国读书,有没有你的原因?后来和你一起施行这系列杀人直播,仅仅是因为愧疚,要赎罪吗?"徐川一口气问了很多问题。

"这些问题太私人,千言万语,不如一默。"尚容胥眼帘低垂,"我们之间的事,只有我们知道就行了。"

"我没有恶意,只是觉得她从本质上来说不算个坏人。第三次杀人直播的时候,林萌撞到过姚佳宸,如果不是姚佳宸手下留情,我恐怕已经变成一具焦尸了。"徐川试探着问道,"我曾经收到过三次以张璇名义发来的短信,每次都是两条,前后矛盾。现在看来,第一条是想要杀死我的,第二条是想要救下我的。你和姚佳宸都知道短信的事,不然姚佳宸也不会在烂尾楼等着我,留下你在千视公司掌控第三次杀人直播。让我来大胆猜测一下,第二条想要救下我的短信,是你和姚佳宸发的?"

尚容胥摇了摇头。

"那么,就是张璇发的了。"

尚容胥微笑道:"徐先生为什么觉得,我不是发第一条短信的人?或许是我想杀你,佳宸想救你呢?"

"第一条短信是韩百川发的,这个我还是清楚的。"

"哦?"尚容胥微微有些吃惊,"为什么是韩百川?"

"我刚才已经说过了,确定杀人直播这一系列案件是团队作案后,很多疑点就迎刃而解了。凶手借用千视公司这个平台进行杀人直播,固然有千视公司市场占有率低、技术团队相对较弱、管理不是很规范这些优势,但最主要的是这个公司能配合自身的计划。你和姚佳宸加入千视公司,掌控技术部门,拖延警方查案进度,已经算是很难得。可是整个公司对于杀人直播的反应,跟警方的配合程度,以及对自身的审查,是你们无法把控的。那么,韩百川作为千视公司的实际控制人,为何会跟你们的步调一致?这个问题值得细细思量,尤其知道是他把你和姚佳宸纳入创业班底的时候。"徐川道,"凶手在施行这系列杀人直播案时,在网络通信、电脑技术、心理学、组织力这几个方面表现一流,如果说你负责网络通信、电脑技术,姚佳宸负责利用自身经历使相关人产生共情,亲自实施的话,心理学、组织力这方面还有缺口。我曾经一度怀疑张璇是否直接参与了案子,后来却无意间从徐佳那里听到了一番话,确认了韩百川的嫌疑。

"韩百川创立千视公司的钱,来源于一个贪官。而他之所以跟这个贪官交情匪浅,很大程度上因为他利用心理学帮这个贪官追到了一个女人。韩百川不但是工商管理学硕士,还是行为心理学硕士。如果他是团队中负责心理学、组织力这方面的人,就可以解释为什么千视公司处处都在配合你和姚佳宸。

"但韩百川为什么要这么做?为了你们的审判和复仇,为什么要搭上自己好不容易拿到的钱,毁了自己创立的公司?也就是说,他在这个团队里面的目的和利益是什么?我注意到了千视公司的快速扩张、美国上市、多笔风投,于是让熊猫查了下美国OTCBB市场,发现在千视公司股价震荡上涨的时候,韩百川作为大股东,却屡次抛售手中的股票,直到警方的新闻发布会之前,他所拥有的股份少了将近三分之二。也就是说,就算现在千视公司的股票在美国停牌,他也套现了不少钱。如果他能预料到公司股价会大跌,搞几个影子公司做空股票的话,一反一正圈到的钱,到底会是个什么样的数目?

"接下来是风投资金。你刚才也说过,公司在快速扩张时,买了很多奇奇怪怪的东西,比如现在的这套桌椅。我虽然对商业发展模式并不清楚,但还是旁敲侧击地嘲讽过韩百川,惹得他当场翻脸。那时候我就怀疑,他是在打着扩张公司的旗号,用各种巧立名目、虚设项目的开支转移风投资金。事情到了现在,就明朗许多了。韩百川、你和姚佳宸,在杀人直播案中各有目的,韩百川为了挣钱,你为了复仇,姚佳宸为了赎罪。这种犯罪模式非常罕见,多个高智商罪犯,因为目的的不同,反而利益冲突较小,保证了罪案的稳妥推进。

"直到第二起杀人直播之后,你们第一次出现了分歧。韩百川认为我的存在,对计划来说是个威胁,想要利用张璇的名义来误导我,甚至杀死我。而你和姚佳宸,表面上同意了他,却在背后暗示我,协助我,所以才会出现三次前后矛盾的短信,所以姚佳宸虽然布置了陷阱要杀死我,却处处又留下余地。

"尽管姚佳宸在实施三次杀人直播时都没有伤及无辜,但我也没有那么自恋,认为你们不愿意杀死素不相识的我。你们的背后还有一个人,是她不想杀死我,而且这个人的存在恐怕连韩百川都不知道。我现在只有一个问题,这个人到底是谁?"

尚容胥的身子靠在椅背上,笑道:"好一番抽丝剥茧的推理,可谓精彩至极。你真如我那位朋友所说,敏感多疑,思维发散,善于演绎。现在看来,如果不是你有心结,这一系列杀人直播大概不会这么顺利。当初选用 Soulmate 这个 ID,确实有先见之明。"

"是啊,选用 Soulmate 这个 ID 的手段,在启明集团案中已经出现了一次。林萌提醒过我,以 Soulmate 的名义犯案,除了其他的便利之外,可能还有把我拉进案子的原因。我不明白你那个朋友为什么要这么做,如果是为了腐蚀我,未免太一厢情愿了。"徐川道。

"你是不是有时候……会感到深入骨髓的孤独,就好像全世界只有自己是个异类?"

"我和她不同,我虽然正义感并不强,但还没有游离于世界之外的觉悟。不管发生什么事,我也不会为了任何人去杀人,我绝对不会成为凶手。"

"话不要说得太满,"尚容胥举起酒杯,透过红色的液体看向大桥的方向,"在我母亲死之前,如果有人告诉我,说我以后会杀人,我一定认为那人疯了。"

"所以你们就利用网络去蛊惑民众,用违法的手段来实现你们的正义，用污蔑的方式来完成你们的复仇？"徐川道，"你觉得这样合适吗？"

"徐先生，为什么你会站到社会精英的角度来指责我？"尚容胥笑了笑，"从某种意义上来说，你我都是处于社会底层的民众。你总认为民众是容易被煽动的，是愚蠢的，有很大的局限性。但我们如果想要对抗这世间的不公，想要实现自身的正义，能依靠的又有谁呢？只有这些愚蠢的民众，才会跟我们一样有切肤之痛，才会跟我们站在同一个立场上。就算你看不起乡民的正义，但那也是正义。

"就拿未成年人保护相关的法律来说，社会精英自然能说出很多的道理，来印证它的合理性。但作为被那些未成年的人渣伤害过的人来说，我们的权益又有谁来保障？仅仅是因为他们年纪小，要给他们一次重新做人的机会，就要对被他们伤害过的人、被他们毁掉未来的人视而不见吗？慷他人之慨，就能心安理得吗？"

徐川沉默了很长时间，道："我不是法律专家，也不能感同身受，这个问题无法和你讨论下去。但有一点，我觉得是可以肯定的，用违反法律的方式去寻求正义，终究不是正途。"

尚容胥拎起酒瓶，给两人都满上酒："这些都是题外话，不说也罢。"

徐川意识到了什么，换了话题："洛川市的那起车祸是怎么回事，你怎么会知道陈雪心？"

"你会明白的，但是要等到尘埃落定。"

"尘埃落定是什么时候？"

"不知道，但起码不是今晚。今晚的故事已经结束了，陈雪心的故事会不会开始，就看你如何对警方讲今晚的故事了。"

"你要我隐瞒真相。"

"真相？这世上哪有什么真相，只有故事而已。"尚容胥道，"就像童话故事中，每当讲到王子和公主从此幸福地生活在一起，就是结束了。如果再追问一句后来，无疑是大煞风景。"

徐川一小口一小口地喝着杯中的酒，忽然道："其实林萌对你很有好感。"

"如果林萌问我有没有提到过她，请你一定要告诉她，我对她只字未提。"

"我明白。"

杯中的酒已经饮尽，尚容胥没有再斟上的意思，将自己的手机递给了徐川。徐川接过手机，点了几下，发现有开屏密码。

"232526。"尚容胥笑道，"我有些醉了，想要休息一会儿，接下来的事就交给你了。"

徐川拿起气泡水，大口喝了几下，问道："非要如此？"

"所有的故事，既然在某一个时间开始，必然在某一个时间结束。你是个很有趣的人，如果不是因为大家都迫不得已，或许可以交个朋友。你或许不懂朋友对我和佳宸意味着什么。我和她在这二十年里，都是很孤独，没交过朋友的人。事到如今，让她独自一个人离去，始终是太过残忍。"尚容胥闭上了眼睛，嘴角微微抖动几下，似乎进入了睡梦之中。

徐川紧握着手机，没有动。夜风愈加凉了，吹在身上有股刺痛的感觉，身旁的江水呜咽而去，不知在为谁悲泣。他下意识地往吴江大桥的方向看去，江边上停了艘黑乎乎的大船，几道光柱在水面上来回游弋，还在寻找着那辆黑色林肯。故事是时候结束了，以某人所期望的方式。

徐川点开手机，按下了徐佳的号码，几乎是立刻就接通了：

"我没事。"

"什么你没事？"徐佳的声音很是急躁，"姚佳宸坠江了，估计活不了了，我们正在打捞尸体，你要不要过来看下？在吴江大桥这边！"

"知道了。"徐川问道，"我拜托你的事，查了吗？"

"你是说尚容胥的户籍资料？还没有，我还没来得及交代，就有人发现姚佳宸了，一直忙到现在。"徐佳问道，"怎么了，跟案子有关？"

"不用查了，是我搞错了。"徐川道。

徐佳有些警觉："什么意思？"

"有时间再详细说吧。姚佳宸死了，这案子就算结束了，没有什么值得深究的。"徐川道。

"那好，我这边很忙。对了，林萌和熊猫一直在找你，我告诉他们这个电话号码。"徐佳挂断了电话。

徐川静静地站了好一会儿，直到路灯毫无预兆地熄灭了，将一切都隐藏在黑暗之中。他借着月色，看到酒瓶不知道什么时候倒了，红色的液体浸湿了尚容胥的衣袖。徐川叹了口气，走上前去，将酒瓶扶起来，却不小心碰到了尚容胥的手。

那双手已经在夜风中变得冰凉。

外面下着大雨，伍越泽正靠着窗写作业，不时透过门缝向卧室偷偷看去。母亲双眼无神地躺在床上，苍白干枯的嘴唇抿得很紧。姨妈坐在床边，不知道在小声嘀咕什么，脸上的表情一会儿亲切，一会儿悲伤，让伍越泽感觉到说不出的厌恶。

他想要凑到前面，听听两个人到底在说什么，却又害怕让母亲生气。那场意外之后，母亲就一直躺在床上，连下床走路都不能了。伍越泽很自觉地承担起家务，虽然他年纪还小，但扫地、拖地这些还是能做的。邻居们也会来帮忙，尤其是比他大一岁的姚佳宸，几乎包揽了做饭、洗衣这些家务。

但伍越泽还是会听到，半夜里母亲压抑着的哭声，那种细小几乎不可闻的声音，常常会刺穿厚重的黑夜，久久无法散去。对于未来，伍越泽是茫然的。他不知道家里还有多少钱，不知道自己还能不能继续上学，不知道什么时候会没了饭吃。但是他也不敢问，甚至不敢跟妈妈对视，那是一双了无生气的眼睛，充满了灰暗绝望。

伍越泽写完了作业，看到姨妈还没有走，自己洗漱完躺在了床上。如果妈妈真的太担心，他只好辍学，去找个活干干好了。但是自己年龄这么小，有没有人肯用呢？做一天工，能挣回来多少钱？够妈妈的药钱，够吃饭吗？他睁着眼睛，只觉得这些问题让他很困扰，无论如何都想不出办法。也不知道过了多久，他听到开门的声音和一连串轻快的脚步声，应该是姨妈走了。他想要起床，跟妈妈说几句话，却又不知道说什么才好，最后渐渐在黑暗中沉睡了过去。

第二天醒过来的时候，天还没有亮。伍越泽终于鼓起勇气，想要去安慰妈妈几句。以前他觉得受了委屈，妈妈总是把他搂在怀里，轻轻地拍着，说着，让他的心渐渐平复下来。他已经是初中生了，妈妈既然病得这么重，他也要为妈妈做些什么。

伍越泽推开门，看到的是散落了一地的白色药片，无力垂在床沿的手，还有一张写满了歪歪扭扭的"儿子加油"的纸。他在门口站了很久，只觉得整个世界天翻地覆，完全感受不到周围的一切。直到被急促的敲门声惊醒之时，他才明白母亲已经死去的事实。

"怎么，伍，你做噩梦了吗？"耳边传来中年男人说话的声音，伍越泽吃力地睁开了双眼。

吴淞国际机场。

他咽了口唾液，对身边的外国人道："没事的，霍夫曼先生，没事的，都已经过去了。"

候机大厅里的客流量不算很多，"英才计划"的人选者聚集在休息区里，跟前来送行的父母告别。他们衣着光鲜，谈吐得体，不时发出一阵阵刻意压低的笑声。伍越泽离他们远远的，坐在冰冷的椅子上，只有霍夫曼在身旁站着。

伍越泽想了想，抬头问道："您为什么要帮我？真的是曹伯伯说动了您？"

"一半吧，另一半是我对你很感兴趣。"霍夫曼耸耸肩，"曹跟我说了之后，我向学校的老师和学生打听了你，对你的评价有好有坏，但积极、上进、执着是他们的共识。在英国已经很少能看到像你这样的人了，绝大部分年轻人都缺乏向上爬的动力，并将自己的妥协称之为低欲生活。你跟他们是鲜明的反差，虽然身处泥沼，却野心勃勃。我觉得，你跟我年轻时候有些像，想看看你究竟能走多远。"

"谢谢您，我会报答您的。"

"等你有能力了，再说这些话也不迟。"霍夫曼向四周张望，"怎么，没有人来送你？"

伍越泽点了点头："有人要送的，但是不合适，如果以后被人发现了，会很麻烦。"

"你在说什么？"霍夫曼好奇道，"伍，我有时候觉得你很神秘。"

伍越泽沉默下来。不远处有个年轻女孩朝这边跑了过来，穿着打扮都很普通，不像是那几名入选者的家人。霍夫曼看到伍越泽的眼睛亮了起来，立刻明白了怎么回事。

他低声道："这位就是让你拒绝了晚宴，一起去吃牛肉面的姐姐？"

伍越泽点了点头。

他拍了拍伍越泽的肩膀："去吧。人生总是要面对分离，我们无法避免，只能尽量让每次分离都不那么遗憾。"

伍越泽用力点了点头，迎了上去。文若男在离他还有几步远的地方停了下来，弯腰喘着气，细细的银色项链从颈间滑落下来，一只小天鹅在来回飞翔。

"这机场离市区也太远了，路上还坐反了车，我差点儿没赶上。"

"还得等一会儿才去登机口。"伍越泽难得笑了笑，"能见到就好，我还以为你忘了。"

"我有那么心大吗？"文若男摆了摆手，"好歹相处了那么久，说什么也要送你一程。"

"谢谢你，我在最难熬的时候碰到你，是你让我撑到了现在。以后不管在哪里，只要我还活着，就一定会照应你，尽我最大的能力。"

文若男扑哧一声笑了："你这话说得太严重了，不就是请你吃几回关东煮罢了。"

"我问过朋友，"伍越泽很认真地道，"托他查到了你老家的地址，这样就不怕失去联系了。不管你以后是在吴松这边，还是在其他什么地方，我都会照应你的。"

"口气好大，你还是先照顾好自己吧，英国我是没去过，也不知道怎么跟老外打交道。你在我见过的小孩子里，算是最自立的了。不过国外嘛,也不知道你去了那边,吃饭睡觉什么的会怎么样。"

"我没问题。"伍越泽道,"只是……只是以后再也见不到你了。"

文若男愣了一下,问:"怎么,刚才不是还说留了我老家的地址吗?"

伍越泽突然踮起脚,伸手拍了拍文若男的头:"保重。"

没等文若男反应过来,他就转身大步离去,走向霍夫曼那群人。文若男摸着自己的头顶,嗔怪道:"这傻孩子,到底在搞什么。"

她站在那里,看着伍越泽夹杂在一群衣着光鲜的同龄人当中,低着头走向了值机口。她想要挥手跟伍越泽告别,或者喊上几句"一路顺风"之类的祝福,然而伍越泽直到身影消失在安检门之后,都没有再回头。

伍越泽低着头,跟着霍夫曼一起走上了飞机,在靠窗的位置坐了下来。那些同龄人坐在前面的不远处,正谈论着各自的英文名字,不时发出轻轻的笑声。伍越泽面朝着舷窗,沉默着,看向候机楼的方向。

"怎么,还在想刚才的那个姑娘?"霍夫曼扬了下眉毛。

"很可惜,今天没有下雨。"伍越泽喃喃道。

"为什么要下雨?"英国人觉得很奇怪。

"没什么。霍夫曼先生,我想问一下,到了英国的话,我可以把自己的中文名也改了吗?"

"随你喜欢。"霍夫曼耸耸肩,"如果对你的户籍没有什么影响的话。"

"中国的历史上有一个叫伍子胥的人,父亲和哥哥被楚王冤杀，他历尽千辛万苦逃到了边境，后面追兵马上就要到了，却又被一条大河挡住了去路。就在这个时候，河上有个老渔夫划着小船过来，把他渡到了吴国。伍子胥站在船上很是感慨，说虽然昏君无道，险象环生，但好在老天尚容得他伍子胥，给了他一条生路。"伍越泽眼中满是回忆，"小时候，爸爸给我讲过这个故事，说他可能是我们的祖先。"

"哦？我还没听说过这个故事，后来怎么样了呢？"霍夫曼问道，"你要改名字叫伍子胥吗？"

"不，"伍越泽轻声道，"我想既然老天能容得伍子胥，也一定容得下我。我想要改名，叫尚容胥。"

第八章 似是故人来

贵州省，麻江镇。

刚下过一场雪，起起伏伏的路面上结了一层薄薄的冰，走起来脚底打滑，很是辛苦。前面引路的是镇派出所一名老民警，岁数有五十多了，可能是第一次遇到吴松市来的同行，兴奋得很，一路上絮絮叨叨就没有停过。徐佳一边耐心地应和，一边催促着后面懒懒散散的徐川，不留神趔趄一下，差点儿摔倒在水泥路上。

杀人直播案已经结束快两个月了，主犯姚佳宸自杀，从犯尚容胥自杀，虽然不是完美收官，也算完成了任务。网络舆论沸沸扬扬了一个多月后，对于凶手的崇敬惋惜之情慢慢偃旗息鼓，倒是陈山宇、张礼道、洪兆庆三个人作为人渣典范，被人在各种场合反复提起。市公安局认为千视公司为了自身利益，故意隐瞒销毁破案线索，安排经侦和刑侦配合，展开新一轮调查，发现了不少问题。千视公司的总裁韩百川一直躲在境外联系不上，公司员工纷纷辞职，市场占有率也在快速下降，美国 OTCBB 市场的股价更是每天都在下跌，面临停牌的危险。正如徐川所说，依靠杀人直播吸引来的流量，就如同把大厦建在流沙上，就算看起来巍峨雄壮，倾倒也只是转瞬之间。

随着调查的深入，经侦处发现千视公司通过影子公司、虚开发票这些手段，转移了大量资金，其中绝大部分都已经流出境外无法追查，但有一笔却非常奇怪，是汇给了贵州省麻江镇的一个女人，叫作文若男。而且与那些转移境外的资金不同，这笔钱是尚容胥交代的，并未征得韩百川的同意。经侦处把这条线索转交给了网络犯罪调查科，徐佳拽上徐川，一起奔赴贵州的十万大山之中。

"问了你很多次，都没说清楚当时的状况，这次来贵州你也不情不愿。"徐佳斜视着徐川，"你是不是有事在瞒着我？"

"能有什么事啊。"徐川打了个哈欠，"我只是不想出门罢了，上次跟你一起去山城，可没有留下什么好回忆。"

"你说当时只有尚容胥你们两个，在你点破他协助了姚佳宸杀人之后，他就服毒自杀了。这一处很奇怪，且不说你们是怎么跑到江边，在那里喝酒的，为什么尚容胥会随身带着毒药？为什么在你点破他之后，他没有逃跑，就那么自杀了？"徐佳摇了摇头，"不对，你肯定有事瞒着我。"

"你太多疑了吧。或许尚容胥对姚佳宸爱得很深，协助她复仇杀人的时候，就做好了随时赴死的觉悟，随身带着毒药也不稀奇嘛。况且，那晚很戏剧性的一幕，是我们谈话的地方刚好能看到姚佳宸坠江的地方，他可能是触景生情，心理崩溃了吧。"徐川漫不经心道，"我能瞒你什么？你让那个马尾入侵了熊猫的电脑，我们一举一动都在你的监视之下，怎么可能瞒得住你？"

徐佳眨了眨眼道："你说什么？我怎么不知道？"

徐川笑了笑，没有再继续这个话题。

"两位领导，咱们到了。"领路的老警察回过身，客客气气地说。

眼前是一家全嘉便利店，门脸是一面透明的玻璃墙，里面的装潢模式、商品码放和吴松市区的正牌店一模一样。徐佳和徐川对望一眼，跟着老警察，一起走进便利店中。收银台前站着的店员，服装也是正经的全嘉店员制服，看起来这家店并不是山寨货。

"文若男，这两位是吴松公安局的领导，来找你了解一起案子。"老警察从货架上拿了两瓶气泡水，递给两人，"走这么远渴了吧，解解乏。"

"两瓶气泡水，记你账上哟。"店员冲老警察嚷道，有些好奇地看着徐佳他们，"吴松来的？什么案子？"

"你认识尚容胥吗？"徐川抢先问道。

"不认识。"文若男回答得很干脆。她看起来四十多岁，虽然算不上漂亮，却有种素净淡雅的感觉，隐隐透出知性的味道，跟一般的镇民区别很大。

"那千视公司呢？"徐佳瞪了徐川一眼。

"也不知道啊，怎么了？我都回贵州十多年了，吴松的案子怎么会跟我有关？"

"我们查办的一个案子，千视公司打给过你一笔钱……"

"啊，你说那一大笔钱啊，我也不知道怎么回事，也不知道谁寄给我的。通过银行给转账的，应该就是你说的那个千视公司吧，我跟他们联系，问是不是搞错了，他们却说就是转给我的，但为什么转给我也说不清楚。"文若男笑道，"既然这个样子嘛，我就把那笔钱都捐了。"

"捐了？捐给哪里了？"徐佳皱着眉头。

"给镇里建小学啊，还有初中部也在建。"文若男说得很自然，"其实不光那一大笔钱，过去我每年都会莫名其妙收到一笔汇款，积攒下来也有六七十万元的样子了。我就跟老公商量，不管是谁给我的,不管为什么给我,这钱我花着不安心,索性跟上次那一大笔钱一起捐了。听县里说,不光能建小学、中学,还能余下一部分,那就给其他镇子建小学好了,山里的孩子上学路太远,太不方便了。有些父母没远见,就让孩子辍学了,有些连初中都没上完。"

"她这个人好奇怪的。"老警察在一旁帮腔道,"别人建希望小学,都是用自己的名字。她倒好,起了个越泽小学的怪名字,也不晓得什么意思。"

"哪里怪了?是你没文化嘛。"文若男笑着打趣道。

"越泽小学……"徐川叹了口气,"这个名字对你来说,是不是有很特殊的意义?"

文若男收起了笑容,很认真地道:"你们是大城市来的,又是公务员,出身自然不差,你们不会了解的。像我们这种阶层的人,不少人一生下来,就好像陷入了人生的沼泽。几所学校或许算不得什么,但总可以帮一些想要上进的人,给他们一些光亮,让他们可以循着光的方向,越过沼泽。"

"如果没有光呢?"

"如果没有光,那你自己就变成光嘛。"

文若男的手放在胸前,下意识地摆弄着吊坠。徐川注意到,那是一个银制的吊坠,已经过了好些日子,颜色都微微发黄了。尽管如此,却还是能看清楚吊坠的造型,是一只迎风振翅的天鹅。

冰岛。

韩百川从雪橇上站起来,放眼望去,白茫茫的冰原在海边戛然而止,深蓝色的海水在极远处与阴沉的天空连在了一起,颇有点山河壮丽的味道。到达这个岛屿已经五天了，见识过了辽阔广袤的极地草原、千姿百态的冰山冰川、诡异神秘的黑色沙滩，听说今晚还可能看到极光。这次旅途虽然花费不菲，但他还算满意，人生这么短，就应该到处旅行享受美好生活。

千视公司虽然不行了，但他已经套现了一笔巨款，可以好好休息上一段日子了。等什么时候休息够了，换个身份想个门路，照样能从商场上捞到不少钱。像自己这种智商高、视野广、能力强的商业天才，收割那些蠢货的钱是天经地义的事。甚至不用多么详尽的计划，只要摆出一副成功人士的派头，就能博取他们的信任，让他们主动奉上自己的所有。

就像这次单人随行的漂亮华裔女向导，这种小姑娘通常做着跟富豪总裁邂逅，坠入情网，嫁入豪门的美梦。她们会用从那些偶像剧中看到的愚蠢套路，积极踊跃地讨好客人，期望用肉体和青春来完成这项交易。这种可悲的人，韩百川见得多了，对于这种送到嘴边的，他向来不挑食。反正得手之后，就随随便便打发了，有些甚至连钱都不要，陶醉在自己有情人难成眷属的假想中。

周围的光线越来越暗，再等一会儿天就要完全黑下来了。原本今天来这片冰原上是要打麋鹿的，但雪橇的牵引装置却出了毛病。女向导忙不迭地道歉，用卫星电话联系了附近的村子后，主动徒步去远处的路口等待救援。

韩百川跳下了雪橇，按时间来说，救援的车子也该来了，不知道是不是又发生了什么状况。这个叫作奥蕾莉亚的女向导太蠢了。过几天的话，再去格陵兰岛玩玩，听说那里更冷，还能见到极夜。正想得入神，韩百川忽然觉察到了一些异样。他回过头，才发现不知道什么时候，那些卧着的雪橇犬都不见了。雪橇犬的纪律性极强，就算遇到危险，也绝不会弃人于不顾。他有些警觉起来，快步走到雪橇前，从包袱里拿出了猎枪。

今天仅仅打死了两只野鹅，剩下的子弹还很多，不管是什么危险都足够应付了。他持枪站在夜风中，镇定地看着四周。不多时，从冰原的灌木丛中，一个庞大的黑影正匍匐而来。待近了一些，韩百川才看清楚，那是一只北极熊。他立刻举枪瞄准，这种生物看起来笨重，却极其危险，牙齿的咬合力和熊掌的拍击力都不是人类能承受的，只有先下手为强。北极熊也发现了韩百川，喉咙里发出呜呜的威胁声，迅速冲了过来。

韩百川扣动了扳机，枪却没响。

他怔了一下，又接连扣动几下，仍旧没有响。

他拉开枪栓，发现撞针不知道什么时候被拆掉了。他没有丝毫的慌乱，立刻丢下猎枪，从靴子里拔出猎刀，摆好了架势。

北极熊已经扑到跟前，韩百川挥刀向前斩去。刀刃划过北极熊的前肢，瞬间一蓬血雾炸开，但与此同时韩百川腹部也遭受了重重一击，喷出一口鲜血，整个人都飞了起来，在地上翻滚了很远才停下。他吸了一大口凉气，只觉右腰疼得厉害，任凭再用力也坐不起来，应该是被打断了胯骨。

血腥味刺激了北极熊的野性，它低头舔舐几下伤口，蓄力猛然扑到跟前，埋头向韩百川挥舞的双手咬去，撕心裂肺的喊叫声随即划破死寂的夜色。就在这时，一颗发亮的信号弹突然射来，打在北极熊身上炸裂开来。紧接着，又是一发信号弹正中北极熊的头部，将它打得摇摇晃晃，跌倒在地上。信号弹里好像有易燃的油脂，在北极熊身上越烧越旺，刺鼻的焦臭味充斥在空中。北极熊撇下韩百川，痛苦地号叫着奔向远方，在冰面上来回打滚，越来越远。

过了很久之后，北极熊早已不见踪影，韩百川的呻吟声也逐渐微弱，黑暗中才显现出一个身影。她腰里插了把信号枪，斜挎了个硕大的黑色防水背包，双手横持一杆猎枪走了过来，是奥蕾莉亚。韩百川吃力地抬起头，眼中满是暴戾之色。

"是你设下的圈套？"韩百川厉声喝道。

奥蕾莉亚面无表情，将身上的背包放在地上，利索地打开，露出各种精良工具。

"一不小心，栽到你手里了。牵引环和枪栓都是你弄坏的吧，雪橇狗是你用狗笛叫走的？北极熊呢，用什么法子引过来的？对，雪橇上有两只野鹅，北极熊的嗅觉很灵敏，能闻到几千米之外的血腥味。你是不是知道这附近有北极熊出没，才故意把我带到这里的？"

奥蕾莉亚依然没有说话，她拾起地上的猎枪，动作娴熟地装上撞针，对着地上空放两枪，丢到了雪橇边。

"是谁指使你的？给你多少？我出双倍，五倍也可以，只要能让我活下来。"韩百川提高了声音，"我有钱，很多很多的钱，你根本想象不到的数字！"

奥蕾莉亚将两条牵引绳套在韩百川身上，拖着他在冰面上向海边走去。鲜血从韩百川身上涌出，浸染出一道赤红的痕迹，在一望无际的白色雪原上非常显眼。

"我明白了，我明白了。你是想把我丢进海里，就算北极熊不吃，也有很多鱼会吃掉我，留不下一点痕迹。冰岛这个地方，每年都会发生游客遇袭、失踪这些意外，大家都习以为常了，不会有人起疑。"韩百川还在做最后的挣扎，"你知道我的钱存在哪里吗？你知道我的银行账号吗？知道需要什么程序才能支取吗？你杀了我，岂不是什么好处都没有了？你留我一条命，所有的钱都是你的……"

奥蕾莉亚停了下来，侧身斜睨着韩百川，清秀柔弱的脸上满是冷漠。韩百川心中升起了一丝希望，他用力撑起身子，只要能用钱说动这个女人，出了这片冰原，他有的是办法。然而，电光火石之间，他的心又沉了下去。他看到这个少女脱下了手套，从背包里摸出一个黑色盒子，还有一把手术刀。他的钱存在瑞士银行的金库中，支取时不管身份，只需要视网膜和指纹验证。少女将黑色盒子打开放在身边，手术刀在纤细的指间旋转飞舞，犹如吐芯的毒蛇一般。她踩住韩百川的胳膊，没有丝毫犹豫，手术刀直接咬上了韩百川的手指。

一阵钻心疼痛袭来，韩百川用尽了全身的力气，怒吼道："你到底是谁！"

少女俯下了身，忽然展颜一笑，清脆的声音犹如这极点的气温一般冰冷："No accident, It's judgment."

漫天的大雪在冷风挟裹下肆意飞舞，将所有一切都覆盖起来。郊区晚上本来就没什么人，尤其是在这么罕见的雪夜，更显得寂静。徐川裹紧身上的冲锋衣，迎着满天的雪花，如履薄冰地走着。刚才没注意脚下，踩上了冰块，身子趔趄了好几下，差一点摔倒。他刚完成了一桩调查商业信用的委托，戳破了一位所谓天才少年创业家的拙劣谎言，正在赶回事务所的路上。熊猫和林萌还在事务所里等着，说好了一起去吃火锅。

从贵州回来一个多月了，大家都再度步入了枯燥的日常。林萌去了大学老老实实地上课，熊猫在制作一款手机游戏的辅助软件，徐佳在追查一起跨境网络赌博的案子。杀人直播的案子已经没有什么热度了，互联网就是这样，集体性情绪爆发得很快，消散得更快。徐川有时候会想，如果尚容胥和姚佳宸还活着，看到这种情形，不知道会做何感想。为了所谓审判，为了所谓复仇，以自己的人生为代价，究竟值不值得？

拐过街角，事务所已经近在眼前，徐川却停下了脚步。在他的面前，静静卧着一只柴犬。它嘴里叼了个小盒子，脖子上有项圈，浑身上下毛发很光滑，覆盖着一层薄薄的雪花。它昂着头，看着徐川，似乎已经等待了很久。

徐川的心跳快了起来，他认得这只狗，在烂尾楼的楼梯间里遇到过。柴犬走向徐川，将嘴里的小盒子放下，用鼻子向前拱了拱。这就是尚容胥说的尘埃落定之时吗？徐川拾起了盒子，打开。

里面是一只标了数字的树脂手环。柴犬咬着徐川的裤脚，用力扯了扯，就自顾自地向前走去。徐川没有犹豫，立刻跟了上去。一人一狗走在寂静的街道上，半个小时后才在一家洗浴中心前停了下来。那只柴犬卧在门边，昂头看着徐川。徐川大步走了进去，在服务生的引领下，来到一排储物柜前。他平复了下心情，将手环对着电子锁抵了上去。随着"啪嗒"的轻微响声，储物柜的门打开了，一封土黄色的信件孤零零躺在里面。他拿出那封信，是熟悉的娟秀字体，抬头写着事务所的地址，中间写着"徐川收"，落款是"洛川市陈雪心"。

黑云悬顶的天空，芳草萋萋的墓园，缤纷大雪弥漫在天地之间。一个身材消瘦的少年，孤零零捧着骨灰盒，站在一座被冰雪覆盖的坟墓前。雪花落到黑色的骨灰盒上，转瞬化作冰水四溢，扭曲折射出人影，犹如痛苦挣扎的灵魂。面前墓志铭简短到了极致，就像是将她的人生火化了一般，所有善恶悲喜一焚而尽，只留下些支离破碎的骨渣，镶嵌进冰冷坚硬的石头上。从此以后，这个世界上再也没有她,就好像她从不曾存在于这个世界上。

多年前的画面又闯入脑中,悲戚的情绪在全身奔涌,徐川故作镇定地捏了下信封,里面有一沓薄薄的信纸。他动作僵硬地翻过信封,看到后面写着两行字,情不自禁低声读了出来。

君埋泉下泥销骨,我寄人间雪满头。

图书在版编目（CIP）数据

网案演绎法：预告犯 / 何慕著 .—— 北京：新星出版社，2023.11
ISBN 978-7-5133-5298-7

Ⅰ.①网… Ⅱ.①何… Ⅲ.①推理小说 – 中国 – 当代 Ⅳ.① I247.5

中国国家版本馆 CIP 数据核字 (2023) 第 152393 号

网案演绎法：预告犯
何慕 著

责任编辑	王 萌	责任校对	刘 义
责任印制	李珊珊	封面绘图	KEN
装帧设计	Caramel		

出 版 人	马汝军
出版发行	新星出版社
	（北京市西城区车公庄大街丙 3 号楼 8001　100044）
网　　址	www.newstarpress.com
法律顾问	北京市岳成律师事务所
印　　刷	北京汇瑞嘉合文化发展有限公司
开　　本	910mm×1230mm　1/32
印　　张	11
字　　数	198 千字
版　　次	2023 年 11 月第 1 版　2023 年 11 月第 1 次印刷
书　　号	ISBN 978-7-5133-5298-7
定　　价	48.00 元

版权专有，侵权必究。如有印装错误，请与出版社联系。
总机：010-88310888　　传真：010-65270449　　销售中心：010-88310811